À PROPOS DE L'AUTRICE

C'est à l'aube de la trentaine qu'Audrey Perri décide de renouer avec un doux rêve oublié à la fin de l'adolescence : écrire des romans. Depuis, elle n'a plus abandonné sa plume (ou plutôt son clavier) et s'amuse à écrire les histoires qu'elle aimerait lire. Ses héroïnes, toujours éprises de liberté, n'en sont pas moins de grands cœurs tendres qui n'espèrent qu'une chose : trouver l'Amour !

La demoiselle inattendue

Collection : VICTORIA

HARPERCOLLINS FRANCE
83-85, boulevard Vincent-Auriol, 75646 PARIS CEDEX 13
Service Clients — https://www.harlequin.fr/contenu/contactez-nous
ISBN 978-2-2805-1106-3 — ISSN 2493-013X

Édité par HarperCollins France.
Composition et mise en pages Nord Compo.
Imprimé en juillet 2025 par CPI Black Print (Barcelone)
en utilisant 100% d'électricité renouvelable.
Dépôt légal : août 2025.

MIXTE
Papier
FSC
FSC® C159065

Pour limiter l'empreinte environnementale de ses livres, HarperCollins France s'engage à n'utiliser que du papier fabriqué à partir de bois provenant de forêts gérées durablement et de manière responsable.

AUDREY PERRI

La demoiselle inattendue

Victoria

HARLEQUIN

AUDREY PERRI

1

La demoiselle inattendue

1er octobre 1880, Bretagne.

Pourtant, le soleil brillait depuis les premières heures du jour et donnait l'impression à qui l'apercevait derrière les carreaux qu'il faisait doux et bon le long du littoral.

De là où je me trouvais, je ne pouvais évidemment admirer la baie de Morlaix, ses flots rocailleux, ses criques cachées aux secrets bien gardés, ou encore les silhouettes familières des bateaux de pêcheurs, partis relever leurs casiers au large. Il me suffisait pourtant de regarder la cime des arbres osciller dans le vent pour deviner le froid mordant et imaginer ses dents glacées s'enfoncer dans ma chair. De mémoire de jeune femme, jamais mois d'octobre n'avait été aussi glacial.

— Auras-tu bientôt fini ?

Trois épingles glissées entre les lèvres, je ne pris même pas la peine de relever les yeux vers le visage de Louise et me concentrai de nouveau sur mon ouvrage.

J'avais tant rêvé à ce corset qu'en esprit je l'avais déjà terminé depuis longtemps ! Or, les lamentations répétées de Louise, qui semblait vivre un véritable martyre depuis le début de la séance, tout comme mon incapacité à contenir une baleine récalcitrante, [illegible] pour [illegible] à sa dimension, tout me ramenait à une vérité [illegible]

1

1er octobre 1889, Bretagne

Radieux, le soleil brillait depuis les premières heures du jour et donnait l'impression, à qui l'apercevait derrière les carreaux, qu'il faisait doux et bon le long du littoral.

De là où je me trouvais, je ne pouvais évidemment admirer la baie de Morlaix, ses îlots rocheux, ses criques cachées, aux secrets bien gardés, ou encore les silhouettes familières des bateaux de pêcheurs, partis relever leurs casiers au large. Il me suffisait pourtant de regarder la cime des arbres osciller dans le vent pour deviner le froid mordant et imaginer ses dents gelées s'enfoncer dans ma chair. De mémoire de jeune femme, jamais mois d'octobre n'avait été aussi glacial.

— Auras-tu bientôt fini ?

Trois épingles glissées entre les lèvres, je ne pris même pas la peine de relever les yeux vers le visage de Louise et me concentrai de nouveau sur mon ouvrage.

J'avais tant et tant rêvé à ce corset qu'en esprit je l'avais déjà terminé depuis longtemps. Or, les lamentations régulières de Louise, qui semblait vivre un véritable martyre depuis le début de la séance, tout comme mon incapacité à enfiler une baleine récalcitrante, refusant de se glisser dans un couloir pourtant conçu à sa dimension, tout me ramenait à une vérité que j'aurais préféré occulter. J'avais beaucoup fait mais encore beaucoup à accomplir et surtout si peu de temps pour faire des miracles !

Décidant de ne pas m'appesantir sur un retard absolument catastrophique, je préférai mettre davantage d'ardeur à la tâche et plantai résolument une aiguille dans le brocart vert pâle.

La réaction de mon modèle du jour ne se fit pas attendre.

Hurlant comme si je venais de lui traverser le corps d'une lance affûtée, Louise posa une main catastrophée sur son flanc douloureux et me fusilla du regard.

— Tu l'as fait exprès !

Était-ce son air dramatique ? La contrariété que j'éprouvais à l'idée de devoir faire face à un nouveau contretemps ? À moins que je ne sois tout simplement lassée de lui demander de rester immobile ? Pour une fois, je ne cherchai pas à apaiser mon amie, levai le menton en signe de défi et déclarai d'un ton affirmé :

— Mais bien entendu !

Comme attendu, les yeux de Louise se remplirent de larmes, elle porta la main à sa bouche et dans un trémolo désespérant, lança :

— Oh ! Tu ne nies même pas !

— Bien sûr que non ! Pourquoi prendrais-je cette peine ? Quand tu es de cette humeur, rien ni personne ne peut te faire entendre raison !

À ces mots, la martyre s'effaça pour laisser place à une enfant à la mine renfrognée, une autre facette de Louise que, les années passant, j'avais appris à connaître tout aussi bien.

— Mais ma parole, à t'entendre, on dirait que je suis la coupable et non la victime ! souffla-t-elle, entre ses lèvres pincées. Tu m'as piquée parce que j'ai eu le malheur de te demander si tu avais bientôt terminé, voilà tout ! S'il y en a une de nous deux qui est de mauvaise humeur, c'est bien toi ! Je peux me changer ?

D'un signe de tête, je le lui confirmai. Elle passa derrière un grand paravent représentant de magnifiques cerisiers en fleurs sous lesquels se promenaient une multitude de petites silhouettes. Son exotisme et la beauté de sa bordure en soie et de ses pigments dorés avaient fait rêver la petite fille que j'avais été. À présent, davantage intéressée par sa provenance et le long voyage qu'il avait dû faire avant d'être installé dans la chambre de mon amie, je le voyais avant tout comme un objet de curiosité.

Une main se tendit subitement sur le côté de ce dernier et je récupérai mon corset inachevé avec un soupir.

— Tu auras le temps de le terminer, m'assura alors Louise, d'une voix qui se voulait consolatrice.

Incapable d'éprouver longtemps la moindre rancune, elle me prouvait ainsi que, pour elle, tout était oublié.

— Je n'en suis pas si sûre. L'exposition ferme à la fin du mois. J'aurais dû le finir depuis bien longtemps ! J'ai manqué de rigueur et de sérieux.

— Tu as été malade, Adèle, et tu as mis des semaines à vraiment te rétablir. Comment aurais-tu pu faire autrement ? Ce n'est pas comme si tu l'avais décidé.

— C'était une simple grippe.

— Tu as failli mourir. L'as-tu oublié ?

Comment l'aurais-je pu ?

Au souvenir de cette maladie qui m'avait clouée au lit des jours et des jours durant au tout début du printemps dernier, je sentis mes poings se fermer. Ces journées de souffrance où j'étais à moitié assommée par la fièvre avaient été autant d'heures perdues pour mes grands projets. Après un été passé à me remettre et, selon ma mère, à « me remplumer » de manière à ne pas m'envoler au premier coup de vent, j'étais prête à tout, sauf à laisser de côté mon rêve.

— Et si tu n'y parviens pas, après tout, peu importe ! Tu participeras à cette exposition la prochaine fois ! Ne te fais pas une montagne d'un rien !

Mes doigts se crispèrent sur le tissu et je me mordis les lèvres pour ne pas répliquer trop durement. Je ne pouvais en vouloir à Louise pour sa légèreté. Elle n'avait ni mon ambition ni mes projets et, pour elle, présenter ou non mon corset dans l'une des galeries d'un événement sur le point de se terminer tenait de l'anecdote.

Pendant qu'elle passait de nouveau ses vêtements, je préférai ranger mon nécessaire à couture plutôt que de m'étendre une fois encore sur mes espérances. Bien qu'impliquée en tant que modèle, Louise n'avait jamais été transportée par mon travail. Depuis quelques semaines, son indifférence me paraissait encore plus prononcée, ce qui était, selon les jours, tantôt déprimant, tantôt agaçant. Elle semblait avoir constamment l'esprit ailleurs.

— Certaines personnes ont des préoccupations beaucoup plus urgentes, souffla-t-elle justement, tout en se décidant à passer de mon côté.

Dans la lumière morne de cet automne 1889, elle me sembla alors plus pâle qu'elle ne l'avait jamais été. Avec sa peau de porcelaine, ses cheveux d'un blond doré et ses grands yeux bleus, comme délavés par les pluies diluviennes qui étaient tombées depuis qu'elle avait été mise au monde, Louise n'en était pas moins une jeune femme pleine de vie. De ses sentiments les plus intimes, elle ne faisait généralement pas grand mystère. Qu'elle soit si vague et si hésitante ne laissait rien présager de bon.

Je dus alors me résoudre à oublier mes propres préoccupations, au moins pour un temps, et à enfin m'intéresser aux siennes.

— Dans ce cas, pourrais-tu cesser de faire de tels mystères et enfin me dire ce qui te tracasse ? Me penses-tu sourde au point de n'avoir entendu tous tes soupirs ? Ce n'était pas uniquement de l'ennui, je le sais ! D'ordinaire, tu le combles davantage en bavardages...

— Que tu n'écoutes pas, si occupée que tu es avec tes tissus et rubans !

— Je t'ai toujours écoutée, Louise. Quoi que tu en penses. Et je te connais assez pour savoir que ta mauvaise humeur n'est pas seulement due à ce nouvel essayage...

Louise fronça les sourcils comme si mes constatations, pourtant évidentes, étaient une surprise pour elle.

— Je pensais avoir assez bien dissimulé ma contrariété mais je suis certainement une bien piètre comédienne…

— En effet.

— Mais c'est que mon cœur est si lourd !

— C'est la raison pour laquelle je te demande de te confier à moi sans tarder. Une fois ce problème écarté, nous pourrons de nouveau discuter comme nous en avons l'habitude.

— J'ai bien peur que la situation ne soit plus dramatique que cela, tu sais ? Mais descendons au salon. Maman nous aura fait servir une collation et après une telle séance, j'ai besoin de reprendre un peu de force !

Je quittai la pièce sur ses talons, jetant au passage un regard navré à mon sac de couture.

Lorsqu'on la contemplait de l'extérieur, la demeure des Dusang avait un petit quelque chose de solennel qui forçait non pas à l'admiration mais au moins à un certain respect. Peut-être était-ce dû à sa grande façade d'un rose pâle, percée de dizaines de fenêtres ? À moins qu'elle ne doive son élégance à la tourelle, qui trônait au bout de l'aile Est, désormais condamnée ou à la porte d'entrée, immense et pourrait-on dire disproportionnée ?

De l'intérieur, la maison faisait une tout autre impression. Tout n'y était que bric-à-brac, association de meubles disparates et où que l'on pose les yeux, on voyait toujours l'un ou l'autre de ces petits trains de bois qui avaient fait le succès de la famille en des temps lointains. Il n'y avait là rien d'élégant et rien de distingué, contrairement aux airs que continuait de se donner la mère de Louise.

Une fois dans le petit salon, je m'y installai cependant avec un certain plaisir sur un divan rose poudré qu'il me semblait connaître depuis toujours. Je savais exactement où m'asseoir pour ne pas avoir à souffrir de ses ressorts proéminents. Puis, j'acceptai avec plaisir la tasse de chocolat chaud que Louise, en bonne maîtresse de maison, me tendit obligeamment.

— Mère doit être à l'étage, commenta-t-elle presque immédiatement. Nous pouvons parler en toute liberté.

— Alors, je t'écoute !

— Je ne sais par où commencer ! Ce qui m'arrive est si… si terrible !

Cette fois, je me contentai de lever les yeux au ciel sans m'embarrasser de davantage de politesses. Louise et sa théâtralité… Décidément, elle ne changerait jamais !

— Alors commence par le commencement ! Tu ressembles à un pêcheur venant de remonter le tout dernier poisson de la Manche ! Or, cela ne peut pas être si grave !

Ses traits, un temps exaltés par le reflet de ses émotions profondes, se figèrent en une grimace dépitée.

— Adèle ! Si tu n'as que des moqueries à m'offrir, je préfère encore me taire…

— Viens-en seulement aux faits, je t'en prie ! Tu sais bien que je peux tout entendre et que je serai toujours prête à t'aider !

— En es-tu vraiment certaine ?

— Plus que jamais !

Alors, peut-être encouragée par la pénombre grandissante, Louise se confia enfin à moi. Elle parla et parla tant que ses explications me donnèrent bien vite l'impression d'avoir été avalée par un tourbillon. J'en perdis mes sens et un instant le don de la parole, ce qui ne lui échappa évidemment pas.

Me désignant de la main, elle laissa enfin couler quelques larmes sur ses joues.

— Tu vois ? Toute cette histoire est tellement folle et tellement ridicule qu'aucun mot ne te vient ! Oh ! Il n'y a au monde pas plus malchanceuse que moi !

Je n'avais pas le cœur sec et j'avais toujours aimé mon amie Louise d'un cœur sincère. À sa manière, elle était la sœur que je n'avais jamais eue. Nous étions différentes et à la fois semblables de bien des manières. Nous avions grandi avec l'eau de la Manche comme plus proche voisine, nous avions à peine connu notre père et, surtout, nous avions toutes deux un goût immodéré pour les pâtisseries, le vent et les portes fermées à double tour.

Il y avait pourtant une différence flagrante entre elle et moi : Louise adorait les scènes tandis que je les fuyais autant que faire se peut. Ainsi, il était pour moi hors de question de laisser cette conversation finir dans les larmes.

Tout comme elle avait tenté de le faire avec moi, un peu plus tôt dans sa chambre, je cherchai à minimiser son affliction.

— Tu fais, toi aussi, d'un rien une montagne ! Ce n'est pas si grave que cela, je t'assure !

— Non, c'est pire !

— Mais voyons, toute cette histoire de mariage n'est-elle pas un conte plutôt qu'un véritable projet ?

— Je le pensais aussi mais maman a été très claire. Elle veut que j'aille faire leur connaissance en vue de notre union prochaine. Elle était si fébrile depuis quelques semaines, si préoccupée... J'aurais dû comprendre que quelque chose de grave allait arriver !

Ma tasse de chocolat, à présent vide, s'entrechoqua vivement avec la soucoupe où je la déposai un peu trop rudement.

— Je ne peux le croire !

— C'est pourtant vrai.

— Tu ne peux te rendre dans ce manoir que tu ne connais pas pour épouser un homme que tu connais encore moins !

— Pas l'épouser, non ! Seulement le rencontrer ! Ce serait l'affaire de quelques jours. Ils vivent à moins d'une journée de voyage d'ici.

— Ah ! Tu me vois rassurée ! Alors si c'est l'affaire de quelques jours, tout va pour le mieux !

Louise fronça les sourcils.

— Ton sarcasme ne m'aidera en rien.

— Dans ce cas, je te prie de m'excuser mais je ne sais que te dire !

— On dit parfois que le silence est la meilleure des réponses...

— Peut-être mais pas entre amies ! Pas entre nous !

Contrariée, je restai silencieuse quelques secondes supplémentaires, cherchant mes mots et surtout la logique dans toute une histoire qui, je le devinais, allait finir par totalement me dépasser.

— Penses-tu que ta mère pourrait revenir sur sa décision ? Il n'est peut-être pas trop tard.

— Non, elle est catégorique. Elle parle déjà de me réserver une place dans une diligence pour la semaine prochaine. Te rends-tu compte ? Je suis censée partir là-bas dans seulement quelques jours et je suis désespérée !

— Et moi qui pensais que tu étais triste à cause de Persée ! En réalité, c'est pire que cela !

Louise secoua la tête, atterrée de voir sa grande peine reléguée au rang des faits anecdotiques.

— Persée ? Mais sa vente a tant déchiré mon cœur que je préfère ne pas y songer ! Tu le sais ! J'ai failli mourir de chagrin !

Mal à l'aise au souvenir de cet épisode, je tentai de ne pas poser les yeux sur la décoration dépassée qui nous entourait, les tapis élimés, la porcelaine ébréchée. Tout comme la vente au plus offrant de Persée, le cheval adoré, ces objets ne parlaient que trop clairement des problèmes financiers qui s'accumulaient sur Louise et sa mère.

— Malheureusement, le sacrifice de mon cheval n'aura été que le premier acte d'une tragédie dont je suis malgré moi l'héroïne !

Comprenant qu'il était grand temps de mettre fin à ce déluge d'émotions, je quittai mon siège et me glissai à son côté. Puis, après lui avoir attrapé les mains avec une tendresse de sœur, je tentai de lui insuffler un peu de mon calme.

— Louise, écoute-moi bien : il n'y a aucune raison pour que tu épouses un inconnu. Il y a vingt ans, ton père a passé un accord avec ce fameux M. de Mussey, c'est bien cela ?

— Oui. Je crois qu'ils étaient associés. Mon père a pu vendre de nombreux trains grâce à cet homme. Il lui devait une large part de sa réussite commerciale mais surtout, il l'a assisté. Enfin, jusqu'à ce qu'il ne puisse plus le faire…

Je baissai les yeux, comme toujours gênée lorsqu'il était question du père de Louise et particulièrement de sa triste fin. La maladie qui avait fini par emporter cet homme à la constitution fragile n'était rien en comparaison des rumeurs qui continuaient à circuler à son sujet. On disait qu'il s'était laissé sombrer dans la folie, convaincu d'avoir un quelconque talent d'inventeur alors qu'il n'avait fait, en vérité, que dilapider le peu de ressources dont sa famille disposait encore. Sans en avoir honte, Louise préférait oublier des histoires d'autant plus douloureuses qu'elle n'était encore qu'un bébé lorsque le destin paternel s'était joué.

— Peut-être. Dans tous les cas, cela ne les autorisait pas à décider de ton avenir, n'est-ce pas ? Ce n'est pas juste ! Tu as ton mot à dire !

— Oui, bien sûr ! Mais...

— Il n'y a pas de « mais » ! À notre époque, de tels arrangements ne devraient plus se faire ; un point, c'est tout ! Cela devrait être tout bonnement interdit ! Tu n'es pas d'accord ?

Louise me jeta un long regard avant de souffler :

— Bien sûr que je suis d'accord mais... tout le monde n'est pas aussi moderne que toi, Adèle...

— Je ne suis pas moderne. Je suis simplement... audacieuse.

Car audacieuse, il fallait l'être pour seulement envisager de s'imposer dans un monde d'hommes, avec une pièce de lingerie que j'osais qualifier, à juste titre, de révolutionnaire.

Étrangement, le terme sembla faire écho en Louise. Après avoir essuyé ses yeux d'un revers de main, elle planta son regard pâle dans le mien. J'y vis un aplomb soudain mais n'eus pas le temps de m'en étonner.

— Alors, si tu es audacieuse, tu prendras ma place !

Un silence accueillit sa réplique puis je balbutiai.

— Co... comment cela ? Je ne comprends pas...

— Il n'y a rien de compliqué. Tu vas aller au manoir de La Renardière à ma place, Adèle. C'est aussi simple que cela.

2

Aussi simple ? Jamais bêtise n'avait été proférée avec autant d'enthousiasme !

Une forte bourrasque vint rabattre mon châle sur mes yeux, manquant de me faire trébucher sur une branche de châtaignier, abandonnée en travers du chemin après la dernière tempête. À n'en point douter, depuis mon départ de la maison, les températures avaient encore chuté et la nuit menaçait de tomber d'un instant à l'autre.

Longeant le mur en pierres brutes qui ceignait la demeure des Dusang, je hâtai donc le pas. Solidement ancré dans le sol, l'ouvrage privait les promeneurs d'une vision plongeante sur le parc de la maison. À cette époque de l'année, avec sa grande serre abandonnée, faute de moyens pour l'entretenir, ses plates-bandes pauvrement agrémentées et ses immenses tilleuls aux longues branches dégarnies, il n'aurait de toute manière rien eu de beau à offrir aux yeux des plus curieux des marcheurs.

Amoureuse des plantes et des fleurs, je n'avais jamais vu de saison passer sans regretter le peu de soins accordés à un lieu qui restait malgré tout charmant. Et si, à bien des reprises, j'avais osé faire part de mes interrogations quant à ce manque cruel d'entretien, je me taisais depuis que maman, d'un ton désolé, m'en avait expliqué les raisons. Il m'avait encore fallu un peu de temps, à l'époque, pour réellement comprendre que les Dusang, malgré leur grande maison et leur parc aux dimensions impressionnantes, n'avaient plus les moyens de se payer ne serait-ce que les services d'un seul jardinier.

En comparaison, le jardinet qui entourait notre petite maison, bien que beaucoup plus modeste, était un petit paradis à la belle saison. Des massifs d'hortensias, de rhododendrons et de campanules en embellissaient chaque recoin et au printemps, bruissant d'insectes en tous genres, ils embaumaient jusqu'à l'intérieur du petit salon dont maman maintenait les fenêtres grandes ouvertes du matin au soir.

Malgré ces rêves qui me tiraillaient et me donnaient des envies d'ailleurs, à mes yeux, ma maison restait un havre de paix et je la retrouvais toujours avec un certain soulagement.

Quand j'en poussai la porte, ce soir-là, maman m'attendait de pied ferme dans le hall. Sans doute s'était-elle levée en entendant grincer sur ses gonds notre portail. À la voir ainsi postée, droite et immobile, telle une statue dans son alcôve, le doute était pourtant permis.

— M'attends-tu depuis longtemps ? demandai-je le plus obligeamment possible, avec le plus serein des sourires.

— Bien trop, si tu veux mon avis !

— Ne me dis pas que tu es restée dans ce hall glacé ?

— Glacé, peut-être, mais toujours moins que l'endroit d'où tu viens ! Rentre vite ! Et ferme la porte ! Il fait si froid ! C'est une folie, pour toi, de te promener par un temps pareil ! Après tout ce que nous avons vécu ! Après la peur que tu m'as faite ! Viens te réchauffer près du feu ! Caroline a préparé du thé et un far au four. Cela te fera du bien ! Il y a aussi les biscuits que tu aimes.

Abasourdie par ce déluge de mots, je contestai mollement.

— Je reviens de chez Louise, maman. Je n'étais pas en train de me promener. De plus, j'ai déjà mangé et bu un chocolat.

— Tu trouveras bien encore un peu d'appétit !

Puis, sans ajouter quoi que ce soit, maman tourna les talons et me laissa le soin de me débarrasser de mon lourd manteau d'hiver et de mes bottines. Je n'eus pas besoin de suivre du regard sa petite silhouette rebondie pour savoir qu'elle avait déjà retrouvé le fauteuil d'où, en femme frileuse qu'elle était, elle n'avait certainement pas bougé de l'après-midi.

Une fois débarrassée de mon accoutrement de marcheuse, j'entrai à sa suite dans un petit salon agréablement agencé, où tout n'était que confort, douceur et joie de vivre. Des murs, d'un beau bleu pâle, aux lourds fauteuils qui encadraient la cheminée, en passant par la jolie bibliothèque où j'avais puisé bien des lectures, la pièce se voulait féminine et réconfortante.

— Bois ça ! m'ordonna maman d'une voix ferme, alors que je prenais finalement place face à elle dans l'un des deux fauteuils. J'ai mis une dose supplémentaire de sucre pour te requinquer un peu. Avec ces températures, il faut savoir se restaurer sous peine de tomber malade ! Et ce n'est pas ce que tu veux, n'est-ce pas ?

J'attrapai la tasse en rechignant, au moins pour la forme.

— J'ai marché quelques minutes à peine !

— À la nuit tombée ! Et seule ! Si seulement il y avait eu un domestique pour te raccompagner ! Je n'en pouvais plus de t'attendre ! Quelques minutes de plus et j'alertais les voisins pour organiser une battue !

— Tu exagères toujours…

— Absolument pas ! Le temps est affreux ! D'ailleurs, qu'ai-je appris tout à l'heure ?

Malgré moi, je me crispai. Maman était-elle déjà au courant de ma conversation avec Louise et surtout de sa proposition inimaginable ? C'était impossible et, pourtant, comment interpréter autrement sa mine réprobatrice ?

— Figure-toi que Joséphine, qui m'a apporté ma commande de chez l'épicier, vous a aperçues, Louise et toi, au niveau du phare de la Lande ! Quelle idée ! Mais quelle idée !

— C'est totalement faux, maman ! Nous ne sommes même pas sorties ! Joséphine a dû nous confondre avec d'autres.

— Mmm… Tu ne me mentirais pas, Adèle ? N'est-ce pas ?

— Je ne t'ai jamais menti, maman, et je ne te mentirai jamais.

— Très bien. Je fais le choix de te croire ! Après tout, notre Joséphine n'est plus de la première jeunesse... Quoi qu'il en soit, promets-moi une chose, s'il te plaît : demain, reste à la maison. Oui, Louise et toi, restez au chaud jusqu'au printemps ! Pourquoi ne pas l'inviter à te rejoindre ici, plutôt que d'aller toujours chez elle ? Leur maison doit être si désagréable en hiver... Si froide ! Leurs cheminées ne fument pas autant qu'elles le devraient.

Je préférai ne pas relever tout comme je feignis de ne pas prêter attention au regard entendu qui accompagna cette remarque. Certes, la demeure des Dusang n'était pas des plus chaleureuses mais si les feux de cheminée se faisaient rares, c'était surtout à cause de toutes ces portes qui avaient été fermées à double tour. Inutile de chauffer des salons et des chambres où on ne va jamais, n'est-ce pas ?

De plus, je n'étais guère en position d'avouer la raison pour laquelle la chambre de Louise était devenue notre lieu de rendez-vous préféré. Maman ne savait rien de mes travaux de couture et encore moins de mon ambition secrète. Et mieux valait qu'elle l'ignore encore un peu...

Sans doute aurait-il été préférable de m'en tenir là et, peut-être, d'orienter notre conversation vers un sujet moins délicat comme le retour de l'hiver qui se présentait comme rude ou l'enfant de Clémence, ma cousine, qui arriverait certainement avec les premiers flocons. Malheureusement, je ne pouvais aussi facilement mettre de côté toutes mes préoccupations présentes.

— Quoi qu'il en soit, je pense que nos petites habitudes auront bientôt une fin...

— Comment cela ?

— Louise va bientôt partir.

— J'en étais certaine, murmura-t-elle, tout en déposant sa tasse sur la table. Je l'ai senti à la manière dont tu as fermé le portail...

Je fronçai les sourcils, incapable de savoir si elle plaisantait ou non.

— Tu veux me faire croire qu'à ma manière de fermer le portail, tu savais que Louise allait partir ?

— Non ! Je savais que tu n'allais pas bien ! Pourtant, j'ai croisé leur bonne en ville, il y a deux jours, et elle ne m'a pas parlé d'un prochain départ !

L'air agacé qui trahissait clairement sa frustration me donna envie de la taquiner.

— Eh bien, il faut croire que certaines informations t'échappent ! Maman, tu n'es plus celle que tu étais !

— Je pense surtout que leur bonne n'en savait rien du tout ! répliqua-t-elle tout en secouant vivement la tête. C'est la seule raison plausible. Mmm... À moins qu'elle n'ait été tenue au secret ? Non, cela serait fort étonnant. La mère de Louise n'a rien à cacher. C'est une femme sans histoires.

Maman haussa les épaules puis croqua résolument dans un biscuit à la cannelle que, d'ordinaire, elle me laissait bien volontiers. Moqueuse, je retins un sourire. Maman était si déçue d'apprendre le départ de Louise par une tierce personne qu'elle en oubliait même ses dégoûts et préférences...

Il fallait bien reconnaître que l'événement était particulier. Depuis que le monde était monde, ma mère, Mathilde Lamour, une femme connue et aimée de tous, se targuait de tout savoir sur son voisinage. Une nouvelle portée de chiots chez les Lambert ? Une naissance à venir chez les Morvan ou une visite impromptue d'un inconnu chez les Le Gall ? De la plus grande nouvelle à l'anecdote la plus insignifiante, rien ne lui échappait jamais et cela devait être une torture d'ignorer un fait qui concernait, de plus, sa propre voisine ! L'occasion était vraiment trop rare et trop délicieuse pour ne pas en profiter un peu.

— Figure-toi que je sais encore une chose que tu ne sais pas, ne pus-je m'empêcher d'ajouter.

— Et quoi, je te prie ? Cela ne doit être rien de bien important, en tout cas.

Je me rengorgeai, pas peu fière, oubliant un instant que l'affaire n'avait rien de réjouissant.

— Au contraire ! Il s'agit d'une nouvelle de la plus grande importance ! Louise va se marier ! Et à un inconnu !

Sa réaction ne se fit pas attendre. Sursautant vivement, comme si elle avait été à son tour piquée par l'une de mes aiguilles, maman s'écria :

— Se marier ?

— Eh bien, oui ! L'affaire est aussi ridicule qu'elle a l'air de l'être ! Sa mère a décidé qu'il était temps qu'elle épouse l'homme auquel elle est promise depuis sa plus tendre enfance. Ne se croirait-on pas dans un conte remonté du fin fond des âges ?

Comme indifférente à ma question, maman ne répondit pas, me poussant à poursuivre mon explication.

— M. Dusang, son père et M. de Mussey, qui fut son associé, sont morts depuis bien longtemps mais le pacte qu'ils auraient passé il y a de cela deux décennies, ou presque, serait sur le point d'être scellé par une union. Est-ce que cette histoire te dit quelque chose ? En avais-tu entendu parler, à l'époque ? Oh ! c'était il y a longtemps mais je sais que tu n'oublies rien.

Maman reprit un biscuit et le grignota lentement avant de répondre, prudente :

— Tu sais, Adélaïde et moi n'avons jamais été très proches malgré votre amitié.

— Très bien, mais ce nom... De Mussey ? Il te dit forcément quelque chose... N'est-ce pas, maman ? Il ne te rappelle rien ?

— Oh... C'est un nom très commun.

— Je crois qu'il est tout le contraire, en réalité. Même moi, je le sais. J'en ai déjà entendu parler au village...

Se levant pour raviver un feu qui n'en avait nul besoin, maman semblait beaucoup moins en verve, tout à coup. Sans doute n'en revenait-elle pas d'avoir laissé passer pareille indiscrétion. Mon triomphe fut pourtant de courte durée. À la voir soudainement si contrariée, j'en aurais presque regretté de n'avoir su tenir ma langue. Si elle ne dépassait pas sa déception et ne retrouvait pas le sourire sans tarder, la veillée serait encore plus longue qu'à l'accoutumée.

Elle reprit la parole exactement au moment où je la croyais trop absorbée par ses pensées pour seulement se rendre compte de ma présence.

— Pour tout te dire, je ne me souviens pas de grand-chose, si ce n'est que M. de Mussey était vendeur de jouets en gros. Il était suffisamment important pour avoir attiré l'attention du père de Louise. Tu sais, les affaires étaient devenues un peu plus compliquées, au moment de la naissance de ton amie. Les petits trains étaient un peu passés de mode et ils ne se vendaient plus aussi bien. Il y avait plus de choix, pour les petits enfants d'alors, et surtout davantage de concurrence.

— Ce M. de Mussey était également inventeur, n'est-ce pas ?

— En effet. Et c'était un domaine qui intéressait beaucoup M. Dusang. Tout le monde le savait mais… tout cela remonte à longtemps !

— Très bien mais, au-delà de cela, je ne vois toujours pas de rapport avec ce mariage arrangé !

Soudain, l'envie de m'indigner vint de nouveau me chatouiller la langue mais je me tins à un silence sage et raisonnable afin de ne pas faire de peine à maman. Elle me préférait calme et pondérée, ce que j'étais la plupart du temps, à sa grande satisfaction. Dans le cas présent, sans doute devais-je en partie mon mutisme à l'inconfort dans lequel Louise m'avait laissée, peu avant mon départ.

Sans être capable de me donner le moindre renseignement supplémentaire sur ce mystérieux manoir tout comme sur ses occupants, elle n'en avait pas moins réitéré sa demande.

— Voudrais-tu prendre ma place, Adèle ?

J'en avais de nouveau perdu la voix, le temps de quelques secondes que Louise avait su utiliser à bon escient. Dès lors, cela en avait été terminé, de ces longues tirades larmoyantes sur sa malchance et les drames par lesquels l'obligeait à passer l'existence. Toute son énergie avait été dirigée vers un dessein qui, peut-être, couvait en elle depuis le tout début de notre conversation.

Alors que j'avais décliné sa proposition pour la seconde fois, cela avait été à son tour de me prendre les mains.

— Tu sais, il ne faut pas voir cette rencontre autrement que comme une visite de courtoisie et des échanges de politesses entre individus bien élevés, m'avait-elle alors assuré d'un ton presque léger.

— Vraiment ? Ce n'est pas tout à fait ce que tu sous-entendais, il y a seulement quelques minutes…

— Peut-être bien, oui. Mais tu m'as aidée à y voir plus clair.

— Je n'ai rien dit de particulier.

— Détrompe-toi ! Tu as toujours les bons mots et c'est pourquoi je suis persuadée du bien-fondé de ma proposition. Tu devrais y aller à ma place ! Ils n'ont aucune idée de ce à quoi je ressemble ! Tu pourrais être moi !

Très vite, je lui avais retiré mes mains puis avais résolument croisé les bras sur ma poitrine, comme pour mieux me protéger de ses efforts de persuasion.

— Es-tu sérieuse ? Tu es grande, je suis petite ! Et mes cheveux sont aussi noirs que les tiens sont blonds ! Pas un instant je ne ferai illusion !

— Tu as raison.

— Bien sûr que j'ai raison !

— Mais nous sommes aussi deux jeunes femmes de qualité, cultivées et agréables ! Je suis certaine qu'ils te feront un très bon accueil.

— Pourquoi ne pas y aller toi-même, dans ce cas ? Après tout, une bonne surprise t'attend peut-être au bout du chemin. L'homme auquel tu es promise est peut-être charmant. N'attends-tu pas le grand amour, ainsi que tu me l'as souvent répété ? Il t'attend peut-être à la… Comment s'appelle le manoir, déjà ?

— La Renardière.

— Oui, voilà.

— Eh bien, non.

— Non, tu ne penses pas que cet homme te conviendra ou alors tu n'attends plus le grand amour ?

— Cet homme est forcément vieux, laid et boiteux. Sinon, il n'aurait pas besoin de ressusciter un pacte vieux de vingt ans pour trouver une épouse ! Et quand bien même il serait agréable à regarder et à vivre, par loyauté, je ne pourrais me résoudre à faire une telle rencontre...

— Et pourquoi cela, je te prie ?

— Parce que mon cœur est déjà pris par un homme, bien sûr ! Ce grand amour dont tu parles, je l'ai trouvé ! Et je n'ai jamais aimé comme je l'aime !

Bien peu surprenante, la révélation – qui se voulait certainement théâtrale – était tombée à l'eau tel un marin sans bouée. Pinçant les lèvres, j'avais fait le choix de garder un silence évocateur. Louise ne tombait-elle pas éperdument amoureuse tous les quatre matins ?

— Cette fois, c'est le bon ! avait-elle assuré d'elle-même, semblant avoir deviné la nature de mes réticences muettes.

Après tout, une telle intuition n'était pas difficile à avoir puisque les mêmes conversations se répétaient en boucle. Si j'en connaissais les refrains par cœur, il y avait toutes les chances pour qu'elle en connaisse également les moindres variations, elle aussi.

— Certains ont été considérés comme tels avant d'être relégués aux oubliettes ! n'avais-je pu m'empêcher de souligner.

— Avec Florentin, c'est différent ! Cela n'a absolument rien à voir ! Avec lui... c'est l'amour fou !

Sans doute mes poings s'étaient-ils refermés d'agacement à ce souvenir car la voix de maman, qui m'observait certainement depuis un moment, me fit revenir à notre conversation.

— Que se passe-t-il, Adèle ?

À mon tour, je la regardai, lasse.

Dans l'âtre, un feu joyeux brûlait toujours et par les rideaux entrebâillés, je devinais qu'une nuit d'un noir d'encre était enfin tombée sur la maison, le sentier, la plage, le village entier.

Bien loin de nous, dans une ville que l'on appelait Paris et dans laquelle je rêvais de faire mes premiers pas de femme indépendante, la lumière des réverbères devait à présent guider les attelages et les promeneurs tardifs. Certains revenaient peut-être du Champ-de-Mars, après une promenade aux abords de la tour Eiffel. Ici, on parlait de ce foudre gigantesque qu'Eugène Mercier avait présenté pour faire connaître son champagne au plus grand nombre. De ce côté, on se plaignait peut-être encore du prix exorbitant des abonnements. Cent francs par personne quand l'entrée en coûte seulement un aux heures ordinaires ! Là-bas, on s'extasiait peut-être d'un meuble, d'une horloge ou d'un jouet, aperçus lors de promenades dans l'une ou l'autre galerie. Rien à voir, en somme, avec ce que je vivais et ce qui faisait mon quotidien.

Je relevai mes yeux sur maman, dépitée comme jamais. Cette vie que je savais faite pour moi serait-elle un jour mienne ou devrais-je passer mon existence à parler des autres en grignotant des petits gâteaux ? Et que dirait maman si je lui avouais que Louise voyait dans le plus jeune fils du cordonnier le prince charmant qu'elle attendait depuis trop d'années ?

— Rien, me contentai-je de répondre. Quoi qu'il en soit, Louise n'ira pas. Elle n'a aucune envie de se marier avec un inconnu. Elle n'a aucune envie de s'y rendre comme une condamnée se rend à l'échafaud ! En lui imposant un tel sacrifice, sa mère fait preuve d'un égoïsme monstrueux !

Et ce fut cette dernière réplique qui, plus que le reste, eut pour effet de ramener maman à la réalité et à son rôle. D'indécise et étonnée, elle redevint plus grave.

— Ma fille ! Ne divague pas ainsi ! Tu te fais des idées ! En lui proposant de rencontrer cet homme, Mme Dusang ne condamne pas sa fille, bien au contraire ! Elle lui offre certainement la possibilité de faire un beau mariage et de profiter d'une existence bien plus agréable que celle qu'elle connaît actuellement.

— Il ne me semble pas que Louise soit malheureuse.

À l'exception du récent épisode de Persée, mon amie paraissait en effet jouir d'une vie douce. Les rideaux ternis du salon, les tapis élimés que l'on finissait par reléguer dans les recoins les plus sombres, laissant à l'ombre le soin d'en cacher les défauts, ou encore les menus d'une simplicité extrême n'avaient pas fait de Louise une jeune femme aigrie et triste. Bien au contraire !

— Tu ne sais pas tout.

Piquée, je croisai les bras sur ma poitrine et toisai maman d'un air vindicatif.

— Eh bien, d'après ce que j'ai compris, j'en sais déjà davantage que toi…

Nos regards se croisèrent et je vis dans le sien que j'étais allée bien trop loin. Ce dernier mot, ce fameux dernier mot que maman tenait à avoir en toutes circonstances risquait bien de ne pas être à mon goût.

— Ne sois pas insolente, je te prie ! J'essaye simplement de te faire comprendre que la mère de Louise sait ce qu'elle fait. Tout comme moi, elle a élevé seule sa fille. C'est beaucoup de responsabilités. D'ailleurs, puisque nous parlons de responsabilités, moi aussi, j'ai quelque chose de très important à t'annoncer ! Je ne pensais pas le faire aussi tôt mais puisque tu m'y contrains… Écoute-moi bien, tu veux ?

3

Alors, j'avais écouté et au-dehors, il y avait eu comme un coup de vent terrible. Si terrible qu'il en avait fait frémir la maison du sol au plafond. À moins que ce ne soit moi qui, n'en croyant pas mes oreilles, me figurai que la construction, tout comme mon petit univers, s'était mise à trembler sur ses fondations, nous mettant en danger, moi et mes belles certitudes ?

Un peu plus tôt, alors que j'avais pour la troisième fois refusé la proposition de Louise, prouvant par là que notre amitié, si forte soit-elle, avait tout de même quelques limites, jamais je n'aurais pensé me retrouver dans une situation semblable à la sienne. Car que venait de m'annoncer ma mère, si ce n'est mon mariage prochain avec un homme dont je ne savais rien ?

— Tu exagères, répliqua-t-elle, après que je lui ai fait part de ma surprise et même de mon indignation. Tu le connais ! Tu fréquentes sa boulangerie depuis que tu es en âge de marcher !

— Celle de son père, en l'occurrence !

— Un jour, elle sera sienne et d'une certaine manière, à toi également !

— Rien n'appartient jamais aux femmes, maman ! Et surtout pas leur cœur, si l'on en croit ta proposition et celle de la mère de Louise !

— Oh ! tu m'agaces avec tes grands mots !

Je me renfrognai et gardai finalement le silence.

Ma réplique n'était pas née d'une envie de la contrarier. Il n'était question que de ce cœur qui tenait à s'exprimer. Un cœur qui, contrairement à celui de Louise, ne battait pour personne d'autre mais qui espérait néanmoins vivre selon sa propre loi.

Jamais, je n'étais allée soupirer après un homme. Jamais aucun d'entre eux n'avait attiré mon regard ou retenu un tant soit peu mon attention. Ceux que j'avais écoutés n'avaient été appréciés que pour ce qu'ils pouvaient m'apprendre. J'avais toujours eu soif de savoirs en tous genres et été capable de m'intéresser à tous les sujets auxquels une femme, d'ordinaire, n'accorde pas d'importance. Et le savoir-faire d'un boulanger, si utile et noble soit-il, n'éveillait aucune curiosité en moi.

Incapable de poursuivre plus longtemps cette conversation, je me levai. Si elle en fut surprise ou même déçue, maman eut la décence de ne pas l'exprimer.

— Je suis fatiguée. Tu avais raison, sortir par un temps pareil n'est pas raisonnable.

— Tu n'es pas de nouveau malade, tout de même ?

— Non. Non, je ne pense pas.

— Bon. Très bien. Va te reposer mais, s'il te plaît… pense à tout cela très sérieusement. François est un jeune homme travailleur, plein de ressources, et l'affaire de son père est florissante. Je ne serai pas toujours là et après tout, tu pourrais être heureuse avec lui. À ses côtés, ton avenir serait assuré, comme celui de vos enfants…

« De vos enfants ? »

Cette évocation, plus que le reste encore, me tira quelques larmes de rage, une fois retrouvée l'intimité de ma chambre. Cette journée se terminait de la manière la plus terrible qui soit. Louise, tout d'abord, et puis moi ?

Le fils de Mussey pouvait bien être le plus charmant des hommes et François, le plus travailleur, cela ne changeait rien au fait que ni Louise ni moi ne voulions d'eux ! Elle en aimait un autre ; quant à moi… Comment laisser libre cours à mes envies, ouvrir ma maison de corseterie parisienne et me faire connaître pour mes créations, entourée d'un mari couvert de farine et d'une flopée d'enfants ?

Non, Louise et moi ne pouvions décidément pas devenir prisonnières d'une histoire que l'on avait imaginée pour nous.

N'étions-nous pas toutes deux à l'image de ce vent qui fouettait les grandes herbes, faisant voler les grains de sable et s'envoler les oiseaux sauvages ? N'étions-nous pas comme ces nuages qui, venus de loin, apparaissaient et disparaissaient en un clignement d'œil ? Constamment à la recherche d'émotions fortes que nous ne trouverions que dans l'accomplissement de nos volontés les plus intimes. Et il n'y avait là rien à ajouter.

J'affrontai la nuit qui suivit comme on surmonte une épreuve : les poings et les mâchoires serrés. Et si mon corps, fatigué, finit par trouver le sommeil quelques heures, mon esprit, lui, ne put jouir d'aucun répit. En moi tournèrent et tourbillonnèrent des idées, des faits que je ne pouvais accepter ni même considérer comme acceptables.

Dès que la lumière du jour me parut assez vive, je m'habillai aussi chaudement que possible. Maman n'approuverait pas mais maman dormait encore, et ce, pour quelques heures. J'étais donc libre de partir puis de revenir, sans qu'elle se rende compte de rien.

Me faufilant par la porte arrière de la maison, je traversai le jardin et décidai de laisser mes pas me guider vers le lieu où je me sentais davantage à ma place que nulle part ailleurs au monde. En cette heure matinale, j'en étais plus que jamais certaine : la grisaille du ciel, le froid mordant et mes inquiétudes, si acérées soient-elles, ne seraient plus rien dès que s'étendrait devant moi le long ruban de sable de la plage. Léché par l'écume, balayé par les vents, il me semblait alors bien moins hostile que ce lit glacial où l'insomnie, cette visiteuse indésirable, m'avait tenu compagnie une grande partie de la nuit.

Sans doute aurait-il été plus doux de courir me confier à Louise, de lui raconter la nouvelle, mes peurs et mes frustrations mais l'incompréhension sur laquelle nous nous étions quittées la veille me faisait peur et m'empêchait de me montrer aussi spontanée.

Sa présence ne me manqua pas moins cruellement, le long de ce sentier où je cheminai alors, plus seule que jamais.

Combien de fois ne l'avions-nous pas parcouru à deux, enfants puis jeunes filles ? Nos pieds connaissaient alors le terrain jusqu'à ses moindres fissures. Ils avaient toujours su éviter les trous, les pierres trop instables et se poser sur les touffes d'herbe bien verte. Et s'ils avaient parfois dérapé sur le sable, ce n'était jamais assez pour nous faire chavirer. Nous avions toujours retrouvé notre équilibre, petites funambules que rien n'arrêtait jamais.

L'été, la sueur perlait à nos fronts et nos joues se coloraient d'un beau rose. L'hiver, nous remontions le col de nos lourds manteaux tout en nous offrant aux bourrasques qui attaquaient ce décor désolé comme l'aurait fait une armée invisible, lancée au triple galop. Parfois, ces coups de vent étaient si forts qu'ils nous avaient coupé le souffle tout en nous emplissant de vie. Nos jupes dansaient puis se retournaient d'un coup sec, comme le font les parapluies les jours d'orage. Nous riions tant, alors... Si nous l'avions pu, sans doute nous serions-nous envolées comme deux cerfs-volants devenus ivres de vent...

Et ces instants si délicieux étaient donc sur le point d'avoir une fin ?

J'écrasai une larme amère tout en posant le premier pied sur le sable. Sur ma droite, la mer déchaînée semblait être le miroir de mon esprit tourmenté. Je ne savais plus que faire, quelle attitude adopter et surtout comment faire valoir mes intérêts. Je n'en étais pas moins persuadée d'une chose : la réponse était là, proche, évidente mais la décision en serait cependant difficile à prendre...

Quand mes yeux se posèrent sur une silhouette, au loin, je sus dans quelle direction mes pas devaient me mener. Car la personne qui venait dans ma direction n'était autre que Louise. Assurément, je n'étais pas la seule à ne pas avoir trouvé le sommeil...

Lorsque nous fûmes assez près l'une de l'autre pour que

l'expression de nos traits ne laisse aucun doute sur notre affliction respective, il n'y eut plus de silence pesant qui tienne, plus d'incompréhension, plus de craintes. Après cette nuit de réflexion et de soupirs, il semblait s'être passé au moins trois siècles et j'avais cruellement besoin d'elle.

Comme cent fois, auparavant, nos doigts gantés se rejoignirent et nos yeux se cherchèrent. S'il y avait une certaine familiarité dans cette scène, ce que j'avais à lui dire avait cependant un caractère exceptionnel.

Je commençai d'une voix douce mais assez forte pour être entendue au-dessus du grondement des vagues.

— J'irai. Je vais prendre ta place. Nous allons échanger nos rôles.

— Vraiment ?

Les lèvres de Louise tremblèrent un peu et l'étreinte de nos mains se fit plus étroite encore.

— Tu vas te servir de moi pour endormir la vigilance de ta mère. En te croyant partie pour rencontrer ton futur mari, elle ne pourra te soupçonner de quoi que ce soit. Florentin t'attendra sur la route, quelque part. Quant à moi… j'irai au manoir et j'essayerai de jouer le jeu aussi longtemps que possible.

— Et ensuite ?

— Ensuite ? Tu vivras heureuse avec Florentin, et moi… moi, je verrai en temps voulu.

— Tu es sûre ?

— Plus sûre que jamais.

Louise me dévisagea un long moment, comme en quête de réponses, qui sans doute lui échappaient. Plus tard, il serait temps de lui parler de François, de la proposition de ma mère et de mon refus catégorique de m'y plier.

Pour l'instant, je n'en restais pas moins persuadée du bien-fondé de mon choix mais également de la nécessité de garder en partie secrètes les raisons qui m'avaient poussée à une telle décision.

4

Plusieurs heures étaient passées depuis notre départ, et mon excitation, à présent totalement retombée, avait laissé place à des émotions beaucoup plus désagréables. La culpabilité, ajoutée à l'immobilité forcée, les vêtements de voyage trop serrés et trop épais, sans oublier toute l'incertitude dans laquelle nous plongeait notre « grand secret », comme aimait le nommer Louise, rendaient ces instants difficiles à supporter.

À de multiples reprises, déjà, je m'étais tournée vers mon amie avec, au fond du cœur, des envies de confidences. Se superposant au conte que nous partagions, mon propre mensonge semblait peser plus lourd à mesure que nous nous éloignions de notre cher village natal.

J'avais cependant très vite abandonné ce besoin car rien, dans l'attitude ou le grand sourire de ma compagne de voyage, ne me permettait de deviner un quelconque inconfort. Fidèle à elle-même, Louise était de nouveau souriante, confiante et pleine de joie à l'idée du mariage qui l'attendait. En elle ne semblait y avoir nul doute et pas le moindre questionnement quant à la trahison dont elle se rendait coupable. Contrairement à elle, je n'avais aucun amour avec qui partager ce secret et souffrais de davantage d'incertitudes qu'elle ne pouvait s'en douter.

Comme pour mieux confirmer cette intuition, elle se tourna finalement vers moi, la larme à l'œil.

— Je n'arrive à y croire ! Non, je n'arrive pas à croire qu'enfin ce grand jour est arrivé ! Demain, à la même heure, je serai sa femme ! Tout est prêt ! Il a pensé à tout ! Il y a une robe pour moi, un voile qu'il tient de sa grand-mère et un beau bouquet de fleurs séchées ! Il s'est débrouillé pour nous trouver des témoins. Oh ! Adèle, j'aurais tant voulu que tu sois là, à mes côtés, pour ce grand moment ! Viens donc dans mes bras !

Le temps d'une étreinte rendue maladroite par l'exiguïté du lieu, je réussis à mettre mes inquiétudes de côté, laissant la place à une joie sincère. J'étais heureuse d'aider Louise et de réunir deux cœurs qui, j'en étais certaine à présent, battaient l'un pour l'autre avec une intensité folle. De telles âmes sœurs ne pouvaient être séparées plus longtemps que nécessaire ! On ne pouvait lutter contre cela ! Je n'avais qu'un regret : ne pas pouvoir assister à un mariage qui, j'en étais sûre, serait très émouvant.

Lorsque Louise s'éloigna de nouveau sur son coin de banquette, mes doutes revinrent pourtant au grand galop. Penser à mon amie et à son bonheur était louable mais après tout, ne m'étais-je pas laissé emporter par mes propres émotions ?

Sur la plage, cinq jours plus tôt, l'idée m'avait semblé être la meilleure au monde et la manière la plus efficace de mettre un doigt dans l'engrenage des projets de nos mères respectives. Nous partions pour vivre, l'une et l'autre, les grands amours de notre vie. Louise, avec Florentin. Moi, avec mes corsets.

Du fond de cette voiture qui, tour de roue après tour de roue, nous emportait toujours un peu plus loin de chez nous, l'idée n'avait pas perdu en charme. Cependant, à présent que les rouages de la machine s'étaient enclenchés les uns après les autres et que d'une simple promesse était née toute une supercherie, je me sentais tantôt triste, tantôt totalement catastrophée. Surtout, je souffrais d'avoir doublement menti à ma mère.

Le cœur lourd, je la revoyais m'embrasser de manière sonore sur les deux joues, incapable de seulement deviner à quel point sa fille, sa chère fille qu'elle aimait tant et en qui elle avait tant confiance, se jouait d'elle.

— Rendre visite à ta cousine Clémence avant la naissance de son enfant est une excellente idée ! s'était-elle exclamée, le sourire aux lèvres. Elle sera ravie d'avoir un peu de compagnie ! Et ainsi, Louise et toi pourrez faire voiture commune pendant de nombreuses heures ! Tu vois, tu étais si sombre, l'autre jour, et finalement, tout se passe pour le mieux !

J'aurais préféré qu'elle me parle de nouveau de François ! Au moins aurais-je eu une raison de partir avec en tête autre chose que de la culpabilité. La colère ou l'agacement m'auraient permis d'être plus assurée mais tant d'amour, tant de sourires pour une menteuse comme moi ! J'en perdais presque mon assurance, et seul penser très fort à mon sac de couture, bien rangé dans ma malle, me permettait d'apaiser un peu les battements de mon cœur. Tout reposait sur mes corsets dorénavant, et surtout sur ma capacité à terminer mon dernier modèle dans les jours à venir.

— Je sais que tu as peur, nota Louise, à qui ma tension n'avait pas échappé. Mais il ne faut pas te laisser dépasser par les émotions négatives. Sois au contraire confiante car tout se passe pour le mieux. Dans un jour ou deux, ta cousine recevra la lettre lui annonçant le report de ta visite. Ta mère te croira auprès de ta famille mais Clémence, elle, ne t'attendra pas et ne pourra ainsi donner l'alerte. Quant à moi, tu le sais bien, je n'oublierai pas de t'écrire au manoir dès que je serai mariée. Je te raconterai tout ! J'aurai également écrit à ma mère pour l'informer de ma décision. Alors, tu pourras tranquillement rentrer chez la tienne ! Ton séjour loin de chez toi n'aura ainsi duré que quelques jours !

Quelques jours ? Si seulement elle savait ! Le manoir des de Mussey ne serait en réalité qu'une étape pour moi…

Autant pour détourner son attention que pour me permettre de retrouver un peu de contenance, j'osai enfin lui poser la question qui ne m'avait pas quittée depuis notre départ.

— Crois-tu qu'elles nous pardonneront un jour ?

— Tu veux dire, nos mères ?

— Qui d'autre ?

— La mienne m'en voudra peut-être pendant des années... Il faut dire qu'elle tenait au mariage avec cet homme comme un enfant tient aux fables qu'on lui raconte depuis son plus jeune âge... Il est difficile de se détacher de certaines histoires et d'accepter que certains personnages décident eux-mêmes de leur destin. Mais toi... toi, n'aie crainte ! La tienne te pardonnera dès ton retour ! Vous êtes si proches ! Vous vous aimez tant ! Rien ne peut vous arriver !

La déclaration me parut si injuste qu'une envie de vérité me traversa de nouveau.

— Et si, moi non plus, je ne revenais pas ? Et si je profitais de l'occasion pour, je ne sais pas... vivre enfin la vie dont je rêve depuis toujours ?

J'en avais sans doute beaucoup trop dit mais, loin de me prendre au sérieux, Louise éclata d'un rire sonore.

— Toi ? Tu ne ferais jamais une telle folie ! Tu es la plus raisonnable de nous deux et surtout tu es une fille trop aimante pour seulement faire souffrir ta mère. Non, la plus folle, la plus ingrate, c'est bien moi ! Toi, tu rentreras chez toi et tout ira pour le mieux. Tu sais bien qu'à la fin tu n'épouseras pas François. Ta mère ne pourra t'y obliger et tu finiras par rencontrer un homme charmant avec qui tu auras une vie charmante ; un point, c'est tout !

Louise semblait si sûre d'elle que je me surpris à vouloir y croire, moi aussi. Certes, l'homme charmant s'était transformé en un séjour à durée indéterminée à Paris mais, après tout, j'avais tous les droits d'espérer, moi aussi, être heureuse à ma manière. Il y avait bien des femmes qui parvenaient à se frayer un chemin sans compter sur leurs maris ou leurs pères, n'est-ce pas ? Et quand bien même elles étaient encore très rares, il fallait bien des pionnières et, malgré ma petite taille, j'espérais être assez solide pour incarner ce renouveau.

Mettant brutalement fin à mes pensées, comme à notre

conversation, le cocher frappa durement sur la cloison qui le séparait de nous et lança d'une voix qui ne nous parvint que très assourdie : « Prochain arrêt dans cinq minutes ! »

Alors, ce fut l'effervescence dans la voiture.

Louise, qui avait emporté une énorme malle que le cocher avait hissée à grand-peine sur le toit du véhicule, n'avait qu'un petit nécessaire à réunir et, pourtant, elle prit un temps fou à vérifier le contenu du sac de voyage qui ne la quittait pas. Elle y avait rangé, selon ses dires, tout ce dont elle avait besoin pour une nuit de noces absolument inoubliable. À l'entendre, cet événement avait demandé autant de préparation que la cérémonie elle-même ce qui, au fond, m'intriguait plutôt.

— C'est le moment ! chuchota-t-elle, comme si une oreille indiscrète, tapie dans l'ombre, pouvait désormais nous écouter. Tout commence maintenant ! Oh ! Adèle ! Mon amie si chère ! Je suis tellement heureuse !

En tant qu'amie si chère, j'aurais voulu en dire de même mais, faute de pouvoir le faire sans mentir, préférai sourire tendrement à Louise. À quoi bon l'inquiéter avec mes propres peurs ? Mes incertitudes ? Ma propre petite folie ? Nul ne m'avait forcée à me trouver dans cette voiture ni ne me forçait à mener mon projet à sa fin !

Au lieu de cela, je préférai demander :

— Rappelle-moi le nom de la sœur ?

— Rebecca.

— Et de la mère ?

— Son nom est Angélique.

— Tu ne l'as jamais rencontrée ?

— Absolument pas, tout comme ses enfants.

— Très bien. De ce fait, nous pouvons donc affirmer que je vais vivre avec des inconnus jusqu'à ce que tu daignes m'écrire ?

— Tu le savais déjà, Adèle. Et il ne t'arrivera rien. Ils te traiteront avec le soin que tu mérites.

— Avec le soin que, toi, tu mérites !

Louise secoua la tête, un sourire aux lèvres.

— Tu sais très bien que tu es plus méritante que je ne le serai jamais. Je ne connais pas de personne plus droite et courageuse que toi. Je suis certaine que tu t'en sortiras bien mieux que moi, là-bas !

Que ces paroles aient été dictées par le cœur, je n'en doutais pas. Mais je savais également mon amie fine stratège. Avec son regard de chat et ses mots doux, elle pouvait faire fondre le cœur du plus coriace adversaire et c'est peut-être en ceci qu'elle avait le plus tort : à ma place, elle aurait séduit les habitants du manoir en moins de temps qu'il n'en fallait pour descendre de voiture.

Lorsque celle-ci s'immobilisa, ma gorge se serra un peu plus fort. Je n'eus pas le temps de paniquer ni même d'en dire plus que nécessaire. La porte s'ouvrit sur le cocher et l'homme, frigorifié, demanda :

— Mademoiselle Lamour ?

Tout comme cela avait été le cas au cours de la journée, ma première impulsion fut de lui répondre. Heureusement plus vive que moi, Louise prit les devants et après un dernier sourire à mon intention, descendit de voiture en prenant appui sur la portière.

Instinctivement, je me glissai sur le siège auparavant occupé par mon amie et lui tendis une main suppliante.

— Donne-moi vite de tes nouvelles, je t'en prie ! Tu as juré de m'écrire !

— Tu peux en être assurée, ma chère Louise ! Trois jours ! Tu recevras ma lettre dans trois jours, comme prévu !

Nos mains se séparèrent puis, sans crier gare, la porte se referma sur la véritable Louise et je me retrouvai seule dans la voiture.

Il y eut un instant de flottement, un raclement sur le toit, quelques râles puis le cocher déposa la malle au sol et remonta sur son siège. Je n'eus pas le temps de voir si, oui ou non, Florentin était au rendez-vous que, déjà, la voiture quittait le relais et reprenait la route.

Détournant les yeux de la fenêtre par laquelle un paysage morne et gris défilerait encore quelques heures, je préférai me plonger dans la contemplation de mes mains. Ainsi posées sur ma jupe, petites et fines, elles étaient un peu à mon image. Pâles, peut-être un peu recroquevillées sur elles-mêmes mais également habiles et curieuses. Et c'est de cette curiosité qu'elles vivraient, dans les jours qui suivraient, quel que soit l'accueil qui me serait fait au manoir de La Renardière.

Au fond, je n'avais nulle crainte à avoir. Mon rôle serait de retenir l'attention de l'homme qui attendait Louise, de converser agréablement avec sa mère et sa sœur, en bref : de laisser un bon souvenir de Mlle Dusang tout en faisant comprendre que d'un mariage il ne serait pas question.

Ensuite, je n'aurais qu'à m'éclipser comme j'étais arrivée et à poursuivre le cours d'une existence qui, j'en étais persuadée, me réservait encore de très belles surprises.

5

Lorsque j'entendis le cocher taper deux coups, je compris que mon voyage solitaire était sur le point de prendre fin. Un sursaut d'enthousiasme aussitôt tempéré par l'angoisse de l'inconnu acheva de remuer mes sens et émotions. Qu'importent la bêtise de l'entreprise ou tous les risques qu'elle représentait, il était trop tard pour faire machine arrière et demander à rentrer chez moi. J'allais devoir assumer le rôle que j'avais choisi d'endosser et jouer ma partition jusqu'à la fin du concert.

Le nez collé au carreau de la fenêtre, je tentai de me faire une idée plus précise de l'endroit où je me trouvais sans y parvenir véritablement à cause de la pénombre ambiante. De maussade, le ciel était devenu obscur et la nuit, désormais presque totale, apportait une tonalité dramatique à mon arrivée au manoir. À n'en point douter, Louise aurait été dans son élément.

Mes mains, rendues fébriles par l'impatience, ne savaient plus où se poser. On aurait dit qu'elles étaient douées d'une vie propre, lissaient ma jupe, s'assuraient du bon ordre de ma coiffure puis se posaient sur la vitre froide de la voiture comme pour prendre davantage contact avec une réalité qui, par instants, semblait m'échapper.

À plusieurs reprises, au cours de la dernière heure, je m'étais interrogée sur la posture à adopter face à mes hôtes. Devais-je m'inspirer de la personnalité de Louise ? Au contraire, être moi-même ? Ou alors, tout simplement, devenir une autre ? Me trouvant incapable de faire le moindre choix, je décidai d'attendre de rencontrer la famille de Mussey. Leurs propres personnalités guideraient peut-être la construction de la mienne…

La voiture ralentit à peine en passant par une grande grille dont les deux immenses battants, repoussés de chaque côté, invitaient à pénétrer sans ambages dans le domaine. Puis, elle suivit sagement la longue allée sinueuse qui menait à la bâtisse.

Si l'on devait estimer la richesse d'une famille au temps que l'on mettait à parcourir la distance entre l'entrée du domaine et le seuil de sa porte d'entrée, la famille de Mussey ne manquait de rien. Dix fois, au moins, il me sembla être sur le point d'arriver avant que la voiture emprunte un nouveau virage pour poursuivre sa route.

J'ignorais ce qui, de la solennité de la rencontre imminente ou de ma peur d'être découverte à peine descendue de voiture, me pesait le plus mais, au moment où le véhicule, dans un dernier soubresaut, s'arrêta enfin, mon cœur s'emballa de nouveau. Toutes les petites histoires et les mises en scène que Louise et moi avions imaginées avec la plage pour seule complice m'apparurent alors telles qu'elles étaient réellement. Non comme de savantes mises en situation mais bel et bien comme les bêtises puériles de jeunes femmes non moins puériles !

Lorsque le cocher ouvrit la porte d'un geste brusque, je reculai au fond de la voiture comme un animal acculé et il fallut attendre que l'homme, intrigué, passe finalement la tête dans l'habitacle pour que je prenne conscience de la bêtise de mon comportement. Jamais Louise n'aurait manifesté une telle angoisse en un pareil moment ! Résolue, je pris finalement mon courage à deux mains et attrapai celle de l'homme pour enfin sortir à l'air libre.

La façade du manoir se dressa alors devant moi de toute sa superbe. Sombre et d'une inquiétante austérité, elle était surtout immense ! Deux rangées de fenêtres s'alignaient au-dessus de celle devant laquelle mes hôtes avaient pris place. Car, tout absorbée que j'étais par ma rencontre avec le manoir, j'avais tardé à remarquer les deux silhouettes qui, depuis le perron, me surplombaient aussi sûrement qu'un duo royal peut le faire sur ses sujets.

Lorsque, enfin, ma stupeur me laissa le loisir de me remettre, mes yeux s'attardèrent tout d'abord sur une femme. Brune et grande, entre deux âges, elle était vêtue d'une robe sombre et ses épaules étaient recouvertes d'un châle épais. L'homme avait l'air plus jeune. Lui aussi d'une grande taille, aux cheveux d'un blond cendré, il était habillé d'une manière que je jugeais tout à fait élégante. Tous deux semblaient heureux de me voir mais, dans la lumière tremblotante de la lampe à huile que l'homme brandissait, tel un phare au-dessus des flots, leurs sourires ressemblaient à s'y méprendre à des rictus de gargouilles.

La gorge un peu serrée mais le sourire aux lèvres, je montai les quelques marches qui me séparaient encore d'eux. D'une voix rendue un peu rauque par l'émotion et le silence auquel la fin de mon voyage m'avait contrainte, je leur souhaitai le bonsoir. Face à moi, ils continuèrent à sourire, ravis comme des enfants à qui l'on raconte leur histoire préférée, avant que Rebecca, puisque c'était bien elle, me fasse signe de venir à elle.

Sa main, gantée d'une dentelle noire si délicate qu'elle paraissait avoir été tissée par la plus minutieuse des araignées, se referma alors sur mon poignet, me donnant l'impression d'avoir plongé la main dans la neige.

— C'est moi qui suis ravie de vous voir enfin ici ! commença-t-elle d'une voix suave, étonnamment apaisante. Je vous attendais avec tant d'impatience ! Le voyage a-t-il été agréable ? Oh ! ne dites rien ! Vous nous raconterez cela tout à l'heure ! Vous devez être si fatiguée !

— En effet, cela m'a semblé un peu long.

— Les voyages sont usants et surtout dangereux pour les femmes seules... Dorénavant, vous serez en sécurité, ici, soyez-en certaine ! Nous allons bien nous occuper de vous. N'est-ce pas, Paul ?

Ses yeux, sombres comme la nuit qui désormais nous entourait, se posèrent sur celui qui se tenait toujours à son côté, raide comme une chemise saisie sur la corde à linge par un froid mordant. De près, je lui trouvais un air maladif que je n'avais pas remarqué au premier regard. Il avait l'air pourtant lui aussi des plus agréables ou, du moins, me donna à son tour l'impression d'avoir été attendue avec impatience.

— Je me joins évidemment à ma sœur pour vous souhaiter la bienvenue au manoir, mademoiselle ! Puisse votre séjour être aussi agréable que possible !

Puis il se tut, se contentant de plonger son regard dans le mien.

Peut-être aurait-il été de meilleur ton de lui répondre quelque chose de poli à mon tour mais cette rencontre était pour moi si étonnante qu'aucun mot sensé ne se décida à franchir la barrière de mes lèvres. La fatigue et l'émotion ne pouvaient à ce point brouiller ma vue ! Il fallait que je me rende à l'évidence : l'homme qui se tenait devant moi n'avait absolument rien à voir avec l'individu laid et boiteux que m'avait dépeint Louise ! Il était au contraire charmant, bien que son physique se distingue en réalité davantage par sa délicatesse que par sa force.

Profitant de cet instant de flottement, Rebecca revint à l'assaut et, sans oser m'attraper de nouveau par le bras, nous fit à tous comprendre qu'il était temps de quitter ce parvis glacial.

— Nous serions bien mieux à l'intérieur ! J'ai évidemment fait allumer un feu dans votre chambre, Louise. Vous y serez bien !

Après être passée par la grande porte, comme on rentrerait dans une bouche immense, j'eus le plus grand mal à me faire à la pénombre ambiante, bien plus épaisse que celle qui régnait au-dehors. J'y voyais si peu que mes pieds butèrent sur le bord d'un immense tapis rouge, manquant de me faire chuter.

Pourtant, lorsque mes yeux furent pleinement acclimatés à ce changement de luminosité, je regrettai immédiatement le flou qui avait accompagné mon arrivée. Car sur les murs de ce hall immense avaient été exposées non pas une, non pas cinq mais des dizaines de têtes de renards empaillés, montées sur des écussons en bois sombre. Leurs yeux morts, accusateurs, semblaient me reprocher ma présence. À moins qu'ils n'aient percé à jour mon secret, à peine avais-je passé le pas de la porte, et ne s'apprêtent à me trahir ?

À n'en point douter, cette petite fantaisie décorative expliquait à elle seule le nom du manoir, à moins que plusieurs générations d'occupants ne se soient mis en tête d'apporter une cohérence à l'affaire en décimant autant de canidés que faire se peut. Quoi qu'il en soit, il y avait peu de chances que je reste assez longtemps dans cette propriété pour avoir la moindre réponse à cette épineuse question.

— Nous sommes chasseurs, dans la famille, souffla Rebecca, qui n'avait rien manqué de ma stupéfaction.

D'un geste élégant, elle me fit ensuite signe de la suivre, ce à quoi je concédai sans me faire prier. Il me tardait de changer de vêtements et d'adopter une tenue plus confortable.

J'emboîtai donc le pas à mon hôtesse, la suivant dans un escalier qui, je l'avais compris, me mènerait jusqu'à la chambre qui m'avait été attribuée.

Tout occupée que j'étais à observer le dos de Rebecca, qui continuait à progresser rapidement dans le ventre du manoir, je n'avais pas remarqué que Paul, qui nous avait suivies un temps, avait finalement disparu sans un mot à notre intention. Nous étions désormais seules, et Rebecca gardait le silence.

Le temps de tourner sur la gauche puis sur la droite, dans un couloir labyrinthique qui me donnait l'impression d'avoir perdu tout sens de l'orientation, je me retrouvai dans une grande pièce aux rideaux fermés sur la nuit.

Plusieurs chandelles, disposées de part et d'autre de la pièce, en éclairaient les recoins, y repoussant timidement l'ombre. Sans rien retenir de ce qu'il voyait, mon regard se mit alors à errer le long des murs et du mobilier. Je distinguai la table de toilette avec son imposant pot à eau, le grand miroir qui surplombait une coiffeuse en chêne décorée de roses si réalistes que je me surpris à guetter leur parfum, le lourd fauteuil si imposant. Et puis le lit, immense, dans lequel je me perdrai certainement durant la nuit, telle Boucles d'Or dans la couche de l'ours.

— Louise ?

Le ton de Rebecca, tout comme la façon dont elle me regardait, me fit comprendre qu'elle m'avait déjà interpellée à plusieurs reprises sans que j'en aie vraiment conscience, trop occupée à observer la pièce.

— Veuillez m'excuser, Rebecca, je... J'étais ailleurs.

— Vous êtes tout excusée. Je voulais seulement savoir si cela vous convenait.

Me tournant plus franchement vers elle, je la découvris beaucoup plus jeune que je me l'étais figuré au moment de notre rencontre. Ses yeux, que j'avais crus noirs, étaient en réalité d'un vert profond. Rassurée par toute la sollicitude que je pus lire dans son regard, je lui souris aussi largement que ma fatigue et mes interrogations m'y autorisaient.

— C'est parfait. Je vous remercie !

À mon grand soulagement, ma réponse chaleureuse sembla la satisfaire.

— Bon, très bien ! Dans ce cas, je vous laisse vous installer et peut-être vous reposer un peu. Nous dînons dans une heure. Oh ! j'y pensais, lança-t-elle encore, sur le pas de la porte. C'est un dîner habillé. Bien que de taille modeste, notre petite assemblée ne nous interdit pas d'être élégants, au contraire !

Puis, elle se retira rapidement et je me retrouvai seule, mes rêves de confort aussitôt envolés.

J'hésitai quelques secondes, un peu désorientée puis fis enfin quelques pas timides dans une pièce où j'allais passer les trois prochains jours.

J'en fis le tour une fois, puis deux avant de finalement me diriger vers la fenêtre. La main posée sur les lourds rideaux d'un bleu profond, je caressai l'idée de les ouvrir et de me plonger dans le paysage mais la nuit, le froid et une appréhension inexpliquée m'en empêchèrent au tout dernier moment. Mieux valait attendre le lendemain et le retour du jour pour m'y risquer. Au lieu de cela, j'allai m'allonger et croisai résolument les mains au niveau du cœur, tels les gisants de l'église Saint-Sauveur.

Peu à peu, les muscles de mon visage se détendirent, et un sourire amusé vint étirer mes lèvres. Ne m'étais-je finalement pas fait toute une histoire pour bien peu de choses ? Rebecca, tout comme Paul, était polie et charmante. Rien, dans leurs attitudes ou leurs mots, ne m'avait paru étrange ou désagréable. Et il y avait bien peu de risques que je sois soumise à un interrogatoire poussé durant mon séjour...

Restait à comprendre pour quelles raisons étranges ils acceptaient la venue d'une inconnue dans leur manoir et ce qu'ils attendaient réellement de leur invitée... Espéraient-ils de l'argent de la part de cette potentielle future épouse ? Mme Dusang avait-elle fait miroiter une dot intéressante ? Ou s'agissait-il simplement d'une affaire de pitié, comme le pensait à demi-mot Louise ? Pour ma part, l'éventualité qu'un jeune homme tel que Paul de Mussey accepte d'épouser la fille d'un ancien partenaire de son père, et ce, en vertu d'une vieille amitié, me semblait aussi peu plausible qu'apercevoir des sirènes aux abords du château du Taureau.

D'aucuns n'en affirmaient pas moins en avoir vu certains soirs de pleine lune. Alors, après tout, pourquoi pas ?

6

Un long moment plus tard, j'avais abandonné mon costume de voyage au profit d'une robe d'un beau vert sombre, à la fois simple et élégante. Juliette, une jeune fille envoyée par Rebecca, m'avait coiffée, tordant mes cheveux en un chignon élaboré que je n'étais pas certaine d'apprécier. Au moins avait-il l'avantage d'effacer la confusion qu'une journée de voyage avait infligée à ma coiffure habituelle.

Arriva bien vite le moment où je ne pus plus feindre d'ignorer l'heure. Il était temps de descendre et de rejoindre ceux qui, j'en étais à présent certaine, attendaient Louise Dusang de pied ferme. Se montreraient-ils de nouveau agréables ? Me presseraient-ils de questions ? Auraient-ils le bon goût de ne pas évoquer les raisons de ma visite de façon trop frontale ? Je ne pouvais évidemment le savoir sans m'y confronter alors, après un dernier regard à ma chambre, je passai dans le couloir.

Caressant du bout des doigts la tapisserie épaisse qui en couvrait les murs, je descendis lentement l'escalier jusqu'à l'étage inférieur. Comme attentif à mes émotions les plus intimes, le manoir semblait tout entier retenir son souffle. Les chandelles fixées au mur, dans des bougeoirs en bronze, donnaient l'impression de s'être accordées pour me montrer le chemin, peut-être amusées à l'idée de me voir pénétrer si naïvement dans l'arène…

En moi persistait l'impression étrange d'être une actrice sur le point d'entrer en scène sans pour autant connaître la moindre réplique. Comment allais-je me présenter à ces personnes que je n'avais fait que croiser ? Devrais-je me montrer curieuse et avenante, au risque de les induire en erreur sur mon état d'esprit ou, au contraire, rester lointaine et détachée, leur laissant deviner que j'étais là contre ma volonté ?

Au bas des marches, face à la large porte d'entrée par laquelle j'étais entrée une heure plus tôt, je me retrouvai de nouveau désorientée. Fallait-il se glisser dans le couloir de droite ? Ou au contraire me diriger vers la gauche où, semblait-il, se trouvait une série de portes ? Si Louise avait été à ma place, figée sur ce tapis vieux d'un siècle, qu'aurait-elle fait ? Se serait-elle élancée vers l'inconnu sans s'embarrasser du moindre questionnement superflu ou aurait-elle attendu que l'on vienne la chercher ?

J'avais tout fait pour les ignorer mais il aurait fallu être aveugle ou dans un état second pour ne pas noter leur présence. Bien évidemment fidèles au poste, tous les renards m'observaient en silence, du haut de leurs perchoirs respectifs. J'eus une pensée émue pour toutes ces petites vies, fauchées pour rien ou seulement pour le plaisir d'une collection dont l'attrait m'échappait totalement. Quel sinistre spectacle à imposer à chaque visiteur passant cette porte ! Que de tristesse dans ces museaux pointus et ces poils roux, devenus gris de poussière !

Heureusement, je n'eus pas à m'appesantir plus que nécessaire sur des bêtes qui, pour certaines d'entre elles, pouvaient très bien avoir été chassées avant ma naissance. Mes yeux, qui n'avaient jusque-là fait qu'errer sans finalité, se posèrent enfin sur une silhouette qui, pour une raison étrange, était restée jusque-là invisible. Nonchalamment adossé au chambranle d'une porte désormais grande ouverte, grand et fin, se tenait Paul de Mussey.

Sans faire un geste dans ma direction, il se contentait apparemment de me regarder en silence, un sourire énigmatique aux lèvres. S'amusait-il de mon hésitation évidente ? Ou bien repoussait-il le moment où, forcé de manifester sa présence, il lui faudrait me faire la conversation ?

Le doute ne persista pas longtemps. Lorsque nos regards s'ancrèrent l'un à l'autre, il me sourit plus largement et, d'un geste élégant, me fit signe de venir à lui, ce que je fis sans me faire prier. Comme venu d'un autre temps, le baiser qu'il déposa sur le dos de ma main me parut aussi léger, aussi doux qu'une brise printanière.

— Mademoiselle Dusang...

— Monsieur de Mussey...

— Appelez-moi Paul, si vous le voulez bien.

— Alors, seulement si vous m'appelez Louise...

— Dans ce cas, c'est entendu ! Si vous voulez bien prendre la peine d'entrer... Nous n'attendions plus que vous !

S'effaçant avec galanterie, il me laissa pénétrer dans une salle immense où une grande table avait été dressée pour le repas. Je notai avec plaisir qu'aucun renard, ni vivant ni empaillé, ne faisait partie du décor. Remarquant malgré tout la présence de quatre couverts, j'eus la confirmation que leur mère, Angélique de Mussey, qui s'était jusque-là faite très discrète, serait bien des nôtres. Cette fois encore, je ne savais si je devais m'en réjouir et en profiter pour sceller le destin de Louise ou si je devais plutôt craindre cette confrontation.

— C'est d'elle qu'il te faudra le plus te méfier ! m'avait répété Louise à plusieurs reprises. Tu connais les mères... Elles savent tout et ce qu'elles ne savent pas, elles le devinent en un regard ! Si tu hésites, si tu te trompes, elle aurait vite fait de se poser des questions. Or, il faut que tu tiennes trois jours ! Au moins trois jours ! Le temps pour moi de me marier et de partir suffisamment loin pour ne pas être rattrapée par ma mère. Trois petits jours ! Ce n'est rien et, à la fois, c'est énorme lorsque l'on est soumise à la question !

Sur l'instant, confortablement installée dans un décor qui m'était familier, je m'étais contentée d'en rire. Comme souvent, Louise faisait d'un rien une montagne. À l'entendre, on aurait pu croire que je m'apprêtais à vivre une aventure de tous les dangers alors qu'il était seulement question d'une visite de courtoisie, n'est-ce pas ? Si suspicieuse qu'elle soit, cette femme ne pouvait se montrer impolie. Je n'avais rien à craindre de cette personne ni de ses enfants et encore moins de l'ombre planante de ce mari, passé de vie à trépas alors que je n'étais encore qu'une petite enfant, blottie dans les bras de ma mère.

Désormais devenue poupée de porcelaine au cœur d'une salle à manger où la pénombre était reine, je fus décontenancée par cette rencontre à venir. Malgré moi, je frissonnai légèrement. Le grand feu qui brûlait dans l'âtre n'arrivait pas à réchauffer l'atmosphère et je regrettai de n'avoir pas adopté une tenue plus chaude, à défaut d'être élégante.

— Pour nos soirées privées, nous ne prenons pas la peine de faire allumer le grand lustre, précisa Rebecca, qui, venue à ma rencontre, avait saisi le regard que j'avais posé sur les chandeliers, disposés de-ci de-là. C'est beaucoup plus intime ainsi, ne pensez-vous pas ?

Acquiesçant d'un sourire, je fis quelques pas supplémentaires sur le tapis immense qui avait été disposé au centre de la salle. Cet éclairage rappelait à s'y méprendre celui auquel Louise et sa mère m'avaient habituée, à la différence que leur choix était davantage motivé par des questions pécuniaires que par un désir « d'intimité ».

Je cherchais que dire ou, du moins, une façon de me rendre agréable à mes hôtes quand un mouvement au fond de la pièce retint mon attention. Contrairement à ma première impression, son origine ne provenait pas d'un chien de chasse tapi dans l'ombre ni même d'un chat curieux venu observer la nouvelle venue mais bel et bien d'un homme dont je n'avais jusque-là pas saisi la présence.

Se relevant brusquement d'un fauteuil tourné vers le feu, il se figea à ma vue comme si tout, de mes premiers pas dans la pièce à ces quelques mots échangés, lui avait totalement échappé. Je retins immédiatement sa haute taille, ses cheveux d'un brun foncé, sa mâchoire carrée où, déjà, se devinait la repousse d'une barbe sombre et drue. Ce furent pourtant ses yeux, d'un bleu perçant, absolument glaçants, qui me firent le plus d'effet. Si elle n'était ouvertement hostile, sa physionomie, très froide, n'avait en tout cas rien d'engageant.

Lorsqu'il se résolut à parcourir la faible distance qui nous séparait encore et qu'il se campa devant moi, me regardant d'aussi haut que sa stature le lui permettait, j'eus l'impression furtive qu'il me blâmait silencieusement d'avoir pénétré dans leur cercle très restreint. Peut-être était-il le seul membre de la famille à considérer ce potentiel mariage d'un mauvais œil ? Si tel était le cas, alors il était certainement la personne dont j'étais la plus proche. Il était fort regrettable que cette confidence ne puisse être partagée avec lui. Peut-être aurait-elle fait naître l'esquisse d'un sourire sur ces traits si durs.

Mal à l'aise en comprenant qu'il ne se présenterait pas à moi, je préférai alors me tourner vers Paul.

— Notre cousin, Ernest de Mussey, déclara-t-il justement avec cette légèreté qui semblait lui être naturelle. Il n'a pas pu être des nôtres au moment de votre arrivée. Il était malheureusement souffrant.

Je me tournai vers l'homme, décidée à rompre la glace qui s'était comme figée entre nous.

— Dans ce cas, monsieur, j'espère que vous vous portez mieux désormais.

Bien que sincère, j'attendais de lui qu'il se montre aussi obligeant dans sa réponse. J'y aurais vu la marque d'une civilité que j'aimais retrouver chez mes semblables et tout particulièrement chez les hommes avec qui je conversais habituellement, bien que trop rarement.

Il y eut un long silence, aussi étonnant que gênant et durant lequel je doutais même d'avoir été entendue. Enfin, une voix grave, profonde et bien loin des accents doux et rieurs de Paul de Mussey, finit par répondre :

— Je crains de ne pas aller mieux, non.

Puis, sans un mot poli ou même agréable à mon égard, l'homme se détourna et alla s'asseoir à table, à la place qui lui était certainement habituelle.

Surprise, je tournai cette fois le regard vers Rebecca. Avais-je dit ou fait quoi que ce soit qui justifie pareil comportement ? Loin de partager mon étonnement, cette dernière me fit signe de m'installer à mon tour, m'indiquant ma place aux côtés de ce quatrième convive auquel je n'étais absolument pas préparée.

Après m'y être assise avec toute la dignité et l'élégance dont je me sentais capable, je me tins bien droite et un peu raide, je l'avoue. Je ne connaissais pas encore M. Ernest de Mussey mais je me promis de garder mes distances avec sa mine sombre, son humeur maussade et ses mauvaises manières. Rebecca et Paul devaient certainement faire preuve d'une patience d'ange pour supporter avec tant de flegme et de sympathie un tel visiteur ! À moins qu'ils ne l'apprécient malgré tous ses défauts ?

Quoi qu'il en soit, m'abaisser de manière à lui montrer à quel point son attitude, sombre et mutique, me contrariait et même m'intimidait un peu malgré tout était absolument hors de question. N'étais-je pas Louise Dusang, une jeune fille de bonne famille qui savait tenir son rang en toutes circonstances ?

— Mme de Mussey sera-t-elle des nôtres, ce soir ? demandai-je alors obligeamment, feignant de ne savoir compter.

Paul et Rebecca, campés côte à côte de l'autre côté de la table, échangèrent un coup d'œil furtif avant que la seconde prenne la parole.

— Mère n'est malheureusement pas à La Renardière. Elle a été appelée ailleurs pour des raisons familiales et n'a pas pu être de retour à temps pour vous accueillir. Soyez certaine qu'elle en est navrée. Nous espérons avoir de ses nouvelles dans les jours qui suivent.

Tout, de son sourire confiant au regard qu'elle posa sur la porte pour vérifier si, oui ou non, la domestique chargée du service apportait le premier plat, absolument tout prouvait que Rebecca pensait en avoir terminé avec le sujet. Ce n'était pourtant pas l'avis de son frère qui, après un petit rire moqueur, décida d'ajouter une remarque de son cru.

— Ce que ma sœur omet de dire, Louise, c'est que mère ne reviendra certainement pas à temps.

— Oh ! je vois… Ferait-elle partie de ces voyageuses capables de quitter nos contrées des mois durant ?

À l'idée que, peut-être, nous n'aurions l'occasion de nous croiser, je sentis un peu de couleur revenir à mes joues. L'instant dura le temps d'un clignement d'œil, malheureusement.

— Non, non, rien de tout cela. Nous attendons d'un jour à l'autre une tempête de neige importante. C'est monnaie courante, ici, en début d'hiver.

— Nous ne sommes qu'en automne…

— Ici, l'hiver commence au début du mois, affirma Rebecca, d'un ton ferme comme si elle était elle-même à l'origine de cette fantaisie météorologique.

— Et les hivers sont rudes, poursuivit Paul, d'un air entendu. Nous y sommes habitués mais les nouveaux venus en sont toujours surpris. Être coupé du monde pendant plusieurs semaines à cause d'importantes chutes de neige est monnaie courante.

— Êtes-vous en train de sous-entendre que… Peut-être devrais-je… Partir ?

À l'idée d'évoquer aussi tôt l'éventualité de mon départ, je me sentis faiblir. Louise ne me le pardonnerait pas mais avais-je seulement le choix ? Il était absolument hors de question que je passe les premières semaines à une telle adresse ! J'avais bien trop à faire pour me le permettre !

Devinant mon trouble, Paul eut l'obligeance de lever une main apaisante dans ma direction.

— Je ne dis pas qu'une tempête approche. Je dis que c'est chose courante ici.

— Ce que mon frère veut dire, assura Rebecca, non sans avoir jeté un regard appuyé à Paul, c'est que mère aura peut-être un peu de retard. Mais vous la rencontrerez, soyez-en certaine. Nous avons le temps.

Rebecca en semblait si certaine que je n'eus pas le cœur de la détromper. Comment aurais-je pu lui avouer qu'en réalité je ne comptais pas rester plus de trois jours en un lieu où, de toute manière, je n'avais absolument rien à faire ? Si je comptais sur ce séjour, c'était davantage pour terminer mon ouvrage en cours que pour découvrir un potentiel fiancé. S'il semblait charmant, Paul de Mussey n'avait absolument rien à faire dans mes projets. Entre les corsets et un bel homme adepte du baisemain, mon choix était tout fait !

— De belles journées nous attendent, confirma ledit adepte.

Cette fois, le frère et la sœur échangèrent un regard ravi.

Par gêne, autant que par volonté de détourner la conversation de ma personne, j'oubliai mes belles affirmations intérieures et me tournai vers Ernest.

— Comptez-vous prolonger votre séjour au manoir, monsieur ? Ou prendrez-vous vous aussi le risque d'être bloqué par la neige ?

Pivotant vers moi, il me toisa comme on regarde un insecte ou un rongeur, soit avec un mépris teinté d'agacement. Ses lèvres pincées, ses mains, immenses, dont les doigts pianotaient sans cesse sur la table, tout en lui exprimait la contrariété, voire la nervosité. Il semblait presque s'étonner que j'ose lui adresser la parole, voire que j'existe dans le même monde que lui. Je n'avais plus aucun doute à avoir sur sa personne : sans me connaître, il avait décidé de me détester.

— Je resterai autant que cela me chante.

— Ernest nous fait le plaisir d'être parmi nous depuis seulement trois petits jours, précisa obligeamment Rebecca, tout en plongeant sa cuillère dans le potage qui venait enfin de nous être servi. Nous espérons encore profiter longtemps de sa présence ! On a parfois tendance à l'oublier mais la famille est notre bien le plus précieux, n'est-ce pas ?

— Voilà des mots bien sages après la journée que nous venons de passer ! s'amusa Paul qui, décidément, semblait beaucoup plus joyeux qu'au moment de mon arrivée.

Malgré moi, je jetai un regard furtif à son verre de vin, me demandant si cette légèreté était due à l'un des grands crus qui, j'en étais certaine, attendaient par dizaines de bouteilles dans la cave du manoir. Il était pourtant presque intact, Paul n'ayant qu'à peine trempé les lèvres dans le liquide bordeaux.

— Ce que mon frère veut dire, répliqua la jeune femme selon une formule qui, décidément, lui semblait habituelle, c'est que notre cousin Ernest n'est pas ici par hasard. Paul et moi avons pour projet de remettre l'entreprise familiale à flot. Le monde a bien changé depuis que notre grand-père a créé sa société de vente de jouets en gros et, ces dernières années, nous sommes restés sur nos acquis. Des acquis fragiles, ajouta-t-elle tout en regardant Paul bien en face. Désormais, mon frère, mon cousin et moi-même cherchons à développer notre affaire en nous ouvrant notamment aux marchés internationaux. L'avenir de la France se trouve au-delà de ses frontières paraît-il et nous voulons en être !

— Tout ça pour vous dire, chère Louise, que nous avons passé la journée à discuter en buvant du cherry. Connaissez-vous ? C'est divin bien que très féminin, j'imagine. Pour ma part, je préfère le vin mais Rebecca le trouve vulgaire, du moins dans l'après-midi ! Pour ce qui est du soir, elle se fait rarement prier !

Je ne pris la peine de répondre. Tout ce que je savais, de l'alcool, résidait dans la consommation d'un peu de cidre brut les jours de fête... Ce verre de vin, que l'on m'avait servi sans même me demander mon avis, incarnait à lui seul une entorse au bon goût qui, j'en étais certaine, déplairait au plus haut point à ma mère... Quant aux habitudes de Rebecca, je ne pouvais ni ne voulais en juger !

Je préférai commenter platement.

— Vous retrouver en famille doit vous être particulièrement agréable.

À mon grand soulagement, Paul n'attendait que cela pour reprendre la parole.

— Et plus encore ! Nous avons des conversations passionnantes ! Il faudrait nous entendre ! Surtout Ernest ! Tel que vous le voyez, il est plutôt silencieux, n'est-ce pas ? En réalité, il est intarissable !

La remarque, qui s'avérait être une critique à demi dissimulée, ne sembla pas peiner le cousin en question. Haussant les épaules, il gratifia son hôte d'un pâle sourire.

— Vous parlez pour deux, Paul, et c'est déjà bien suffisant...

— Insinuez-vous que je m'exprime trop ? Ce serait bien mal me connaître ! On me dit généralement cachottier et secret !

— Je ne prétends pas vous connaître.

— Et vous faites bien, mon cher ! Entre cousins, préservons nos petits mystères ! Qu'en pensez-vous ?

Rebecca, qui avait tourné un regard étonné vers l'un puis vers l'autre, crut bon d'intervenir.

— Je ne comprends absolument pas de quoi vous parlez, messieurs, mais ce dont je suis à peu près certaine, c'est que notre invitée est encore plus perdue que moi ! S'il vous plaît, revenons à des conversations plus classiques.

— Alors, parlons du vin, si vous le voulez bien ! avança Paul, les paupières plissées, tel un chat guettant sa proie. Du moins, tant qu'il en reste ! Vous tenir si près du feu vous a donné grand soif, on dirait !

L'ignorant sciemment, Rebecca se tourna de nouveau vers moi.

— Je sais que vous n'avez fait qu'apercevoir le parc en passant mais qu'en avez-vous pensé ?

— Je... l'ai trouvé fort grand.

— Et triste à mourir, telle une journée pluvieuse d'automne ?

— Paul ! Vas-tu cesser à la fin ? Ton sarcasme est des plus agaçants !

Le frère et la sœur s'affrontèrent un instant du regard. Je crus tout d'abord à un jeu, à une taquinerie habituelle entre frère et sœur avant de comprendre qu'il n'en était rien. Rebecca en voulait réellement à Paul et lui… semblait s'en amuser comme il s'amusait d'à peu près tout.

— Ne nous en voulez pas, souffla alors la jeune femme, apparemment dépitée. Nous n'avons pas l'habitude d'avoir du monde à table.

— Ce que ma sœur veut dire, crut bon d'ajouter Paul, c'est que nous sommes des ermites, vivant dans une ruine pleine de courants d'air !

Était-ce parce que j'avais été élevée par une femme seule et que j'avais développé, avec les années, une relation étroite avec une autre femme que je considérais comme ma sœur ? Il y avait toujours eu en moi un petit quelque chose, un sentiment aussi fort qu'impossible à définir mais qui me poussait invariablement à soutenir les autres représentantes du sexe féminin. Aussi, ne pas défendre Rebecca qui, j'en étais convaincue, n'avait qu'une volonté, que son invitée passe le meilleur séjour possible au manoir, me sembla impossible.

— Je ne pense pas que La Renardière soit une ruine pleine de courants d'air, assurai-je alors d'une voix forte. C'est une maison ancienne avec une longue histoire derrière elle !

— Assurément, renchérit Rebecca, tout en hochant vivement la tête. Nous avons ici un grand nombre de souvenirs, de meubles et de biens que nous tenons des générations précédentes. Votre propre demeure doit être du même acabit, n'est-ce pas ?

— En effet. À la différence qu'elle… qu'elle n'est pas aussi isolée, ajoutai-je presque malgré moi.

Même avec les meilleures intentions du monde, l'éloignement terrible du manoir des de Mussey ne pouvait être ignoré.

— Je vous assure qu'au printemps, en bonne compagnie, l'endroit est différent. Il ne faudrait pas vous laisser perturber par un premier contact un peu rude, n'est-ce pas ? Vous apprécierez le manoir, comme nous avons appris à l'aimer, ajouta alors Rebecca, avec un doux sourire qui me toucha en plein cœur.

Elle était si agréable, si attentionnée et elle semblait mettre tant d'espoir dans le séjour de Louise Dusang que je culpabilisais déjà à l'idée de la tromper. Car je n'étais pas celle qu'elle croyait. Jamais, je n'épouserais son frère. Quelles que soient les raisons qui la poussaient à voir en ce pacte ancien une idée lumineuse, je ne pouvais abonder dans son sens et supportais mal de devoir cacher mon véritable avis sur la question.

Heureusement, Ernest intervint à son tour.

— À votre place, Rebecca, je n'en serais pas si certaine ! Mlle Dusang, comme toutes les jeunes femmes de son âge, accordera sans doute peu d'importance aux variations des saisons. Toutes celles que je connais ne parlent que de « robes esthétiques », de colliers ras-de-cou, de broderies et de que sais-je encore... Certainement pas de la mélancolie de l'automne ou de la féerie du printemps !

— Alors, celles que vous connaissez n'ont guère plus de cervelle que ces oies que l'on voit glousser devant les fermes, à l'entrée des villages ! Nous n'avons pas toutes les mêmes occupations et les mêmes sujets de prédilection, monsieur !

Il y eut un court silence avant que le rouge commence à me monter aux joues. Je n'avais pas besoin de croiser le regard étonné de Rebecca ou de tourner les yeux vers Ernest, forcément hostile, pour savoir que j'avais dépassé les bornes. Jamais, ô grand jamais, Louise ne se serait abaissée à tenir de tels propos. Elle se serait contentée de sourire quand, moi, je n'avais pu m'empêcher de parler et je le regrettais déjà.

Seul le rire de Paul, qui semblait quant à lui apprécier le spectacle, me permit de retrouver un peu mon sang-froid. Tant que quelqu'un riait, c'est que l'histoire ne devait pas être si terrible. Du moins essayais-je de m'en persuader.

— Doit-on comprendre que vous avez des occupations et des préoccupations plus importantes que ces histoires de fanfreluches, Louise ?

— Il se pourrait.

— Et pourrait-on en savoir davantage ? À quoi une jeune femme de votre âge peut bien occuper son temps ? Faites-vous de la musique ? De la peinture ? Avez-vous l'âme d'une artiste ?

Je partageai un long regard avec lui mais n'hésitai pas.

— Non, absolument pas.

Heureusement, Paul était bon joueur.

— Eh bien, eh bien… Voilà une invitée bien mystérieuse ! se contenta-t-il de noter, le sourire aux lèvres.

— Laissons au temps le plaisir de nous découvrir, compléta obligeamment Rebecca avant de nous engager à poursuivre notre repas.

Finalement, et principalement grâce à son obstination, la conversation prit un tour plus agréable.

S'il ne mangea guère, à quelques reprises, Ernest lui-même prit la parole. Quand elles ne m'étaient pas destinées, ses interventions étaient toujours courtes, ses mots choisis avec soin mais non moins pertinents. À bien des reprises, je sentis mon intérêt être happé par ses paroles avant de me reprendre. Je ne voulais lui accorder aucune attention et évitai scrupuleusement son regard.

À mon grand désarroi, ces quelques instants agréables ne durèrent pas longtemps. Lorsque Rebecca, appelée à cause d'un problème en cuisine, dut s'absenter et que Paul, désireux de fumer avant le dessert s'éclipsa sur la terrasse malgré le grand froid, je me retrouvai subitement seule avec Ernest sans même avoir eu le temps de le redouter.

Le silence écrasant et très évocateur des dissonances, qui sans doute s'imposeraient entre nous jusqu'à la fin de mon séjour, perdura et se serait sans aucun doute éternisé si Ernest ne s'était finalement tourné vers moi et m'avait demandé, aussi abruptement qu'à son habitude :

— Le jeu en vaut-il la chandelle ?

Je papillonnai des cils, interdite.

— Je vous demande pardon ?

— Une jeune femme avec d'aussi hautes préoccupations que les vôtres n'avait-elle rien de mieux à faire qu'entreprendre un tel voyage pour rencontrer mon cousin ? Était-ce votre idée ou alors n'êtes-vous que la marionnette de votre mère, que l'on déplace là où on souhaite la voir aller ?

Une fois n'est pas coutume, j'hésitai à répondre. Que sous-entendait-il ainsi ? Et pourquoi se permettait-il d'être aussi désagréable ?

Il reprit avant que j'aie eu le temps de contester quoi que ce soit.

— Je sais quel genre de personne vous êtes et sachez qu'il n'y a rien pour vous ici, ne vous faites aucune illusion sur la question. Vous ne trouverez que de la poussière, du vide et du silence.

— Je ne...

Ernest leva une main autoritaire.

— Non, écoutez-moi encore un peu ! Si je pouvais vous donner un conseil, ce serait d'oublier et de rentrer chez vous sans attendre. Cela étant dit, vous m'excuserez auprès de nos hôtes mais pour ma part, la soirée s'arrête ici. Je préfère monter m'allonger.

Puis, il se leva et sans un regard superflu, quitta la pièce.

7

Fatiguée par le voyage et par ma première soirée auprès de mes hôtes, j'avais espéré trouver le sommeil dès mon coucher. Or, il se passa de longues heures avant que je réussisse à m'évader au pays des songes.

Il était si tôt, lorsque j'y parvins enfin, que le jour filtrait déjà sous les rideaux. Et il me semblait dormir depuis quelques minutes à peine quand Juliette, la petite bonne qui m'avait aidée à me vêtir la veille, arriva avec un lourd plateau au bout de ses bras frêles.

Une fois les rideaux ouverts sur un ciel couvert d'une épaisse couche de nuages, je pus en examiner le contenu et y découvris un billet où quelques mots avaient été tracés d'une plume élégante.

Chère Louise,

Je suis à la serre et vous y attends dès que le cœur vous en dira.

Je vous souhaite un bon réveil.

Rebecca

Bien que très lasse, j'eus un sourire attendri en songeant à la sollicitude dont la jeune femme avait fait preuve à mon égard, la veille.

Pour une raison incompréhensible, je n'avais pu me résoudre à lui confier l'agressivité avec laquelle Ernest m'avait abordée avant de quitter la table. Si elle n'avait pu deviner la nature exacte de notre échange, Rebecca n'avait sans doute pas oublié la vivacité de ma réaction, un peu plus tôt.

Au moment de notre séparation, au bas des marches de l'escalier, et alors que Paul s'était de nouveau évaporé je ne savais où, elle m'avait gentiment retenue.

— J'ose espérer que vous ne garderez pas un mauvais souvenir de ce premier repas parmi nous. J'ai bien peur que vous ne vous y soyez pas amusée et... Non, non, laissez-moi terminer ! Paul et moi n'avons pas l'habitude de recevoir, et notre cousin Ernest n'est pas toujours des plus affables.

— Sans doute se sentait-il encore souffrant.

Ma compassion avait bien évidemment été feinte. Si je m'étais inquiétée de son état en début de repas, je n'en avais plus que faire. Lorsque l'on était malade au point d'en perdre les bonnes manières les plus élémentaires, mieux valait garder le lit !

— Rien qui ne soit très grave, j'en suis certaine, avait assuré en retour la jeune maîtresse de maison.

Alors qu'un silence s'était finalement imposé entre nous, l'envie de lui demander ce qu'elle pensait de moi m'avait caressé de son souffle. Il fallait davantage y voir de la curiosité que le reflet de mon orgueil car si je n'avais rien dévoilé de ma propre personne – je l'espérais –, j'éprouvais l'envie de savoir si je faisais une Louise Dusang convaincante... Après tout, si la corseterie ne voulait ni de moi ni de mes créations, peut-être pourrais-je envisager les planches ? Maman en serait ravie, bien entendu...

Rebecca m'avait finalement souhaité une bonne nuit avant que je sois tentée de l'interroger.

— Je suis ravie de vous savoir ici, parmi nous. Il est agréable d'avoir une présence féminine dans la maison. Cela n'est pas si fréquent. Passez une bonne nuit, Louise. Qu'elle soit reposante !

En la regardant disparaître par le couloir que j'avais été sur le point d'emprunter, plus d'une heure plus tôt, j'avais été partagée entre la lassitude due à la fatigue et une certaine curiosité. J'avais bien noté l'alliance qui, fine et travaillée, brillait à son annulaire gauche bien que, pas un instant, elle n'ait évoqué un quelconque mari. Où se trouvait-il ? Ceci, ajouté à l'absence de leur mère, Angélique, et au souhait d'Ernest de me voir « oublier » des choses dont je n'avais pas l'ombre d'une idée, m'avait, je l'avoue, un peu perturbée.

Certes, la nuit avait été tout sauf reposante mais je me préparai rapidement et surtout sans penser une seule seconde à la suite ni à ce qui m'attendait véritablement à la serre.

La veille, avant de descendre manger, j'avais pris la peine de ranger moi-même mes vêtements dans une large armoire, laissant ma petite malle dans un coin de la pièce. S'il me semblait l'avoir toujours possédée, elle n'avait en réalité eu que peu d'occasions de sortir du grenier. Elle n'en avait d'ailleurs pas bougé depuis mon retour du pensionnat rennais où j'avais passé quelques années, à la fin de mon enfance. Il était grand temps, pour elle, comme pour moi, de changer un peu d'air.

Ce matin, c'est donc avec un plaisir non dissimulé que je m'habillai, commençant bien évidemment par la pièce maîtresse d'une collection qui, je l'espérais, serait à la hauteur de mes espérances. Unique en son genre, ce corset m'était si précieux et me semblait si esthétique que je regrettai presque de devoir le porter en dessous de mes vêtements et non pas au-dessus de ces derniers. Une telle merveille n'aurait pas dû être ainsi dissimulée aux regards !

Cependant, tout comme les qualités d'une femme ne devaient se résumer à la beauté de son visage, son grand atout résidait au-delà de son esthétique. En plus d'être beau, il était terriblement pratique et offrait un confort inédit grâce à ses dimensions parfaites ! Plus court que ceux que j'avais portés à partir du moment où j'ai été en âge d'être sanglée dans des sous-vêtements qui n'avaient que faire de mon bien-être, il laissait mes hanches et le haut de mon dos totalement libres. Grâce à lui, il m'était possible de me mouvoir avec liberté et aisance, et ce, qu'importent les circonstances.

Enhardie par ce premier succès et l'étonnement sincère de Louise, qui m'avait fait l'honneur de l'essayer un dimanche pluvieux où nous n'avions guère d'autres occupations, je m'étais mis en tête de confectionner un second modèle, amélioré et toujours plus pratique, afin de le soumettre au verdict de juges avisés. Depuis, et malgré cette maladie qui m'avait clouée au lit bien plus longtemps que nécessaire, cette idée ne m'avait pas quittée. Tout me portait à croire que mon entreprise serait un échec et à la fois, j'y croyais aussi fort qu'il était possible de le faire dans la profonde solitude où j'avais pris l'habitude de songer à mes rêves…

Une fois prête, je me fis indiquer le chemin de la serre par l'un des rares domestiques qui semblaient travailler à La Renardière et fis quelques pas hésitants vers un manoir dont l'arrière, à vrai dire, était aussi inquiétant que la façade.

Après avoir accordé un coup d'œil distrait à la grande vasque de pierre, emplie d'une eau stagnante à moitié gelée, je dépassai les limites de la petite cour et empruntai le sentier adjacent qui me mènerait apparemment jusqu'au lieu où j'étais attendue.

Autour, tout était silencieux et, au loin, une légère brume floutait le paysage, renforçant le sentiment d'oppression qui grandissait en moi depuis que j'étais sortie à l'air libre.

Loin de mon bord de plage, de ses embruns et du sentiment de liberté que les vagues et l'horizon ouvert m'inspiraient invariablement, je me sentais comme en cage. À la morte-saison, un parc peut être aussi beau que mélancolique, qu'il soit à l'abandon ou non. Pourtant, et même avec toute la bonne volonté du monde, je n'aurais absolument pas pu qualifier de beaux les jardins du manoir. Bien que vastes, ils n'avaient rien d'accueillants. La terre à vif de certaines plates-bandes ou encore ces arbres morts depuis longtemps et que nul n'avait jamais pris la peine de couper étaient comme des plaies ouvertes dans un décor qui n'était absolument pas à mon goût.

Très vite, et sans que je le veuille vraiment, ce malaise prit de plus en plus d'ampleur, me donnant finalement une furieuse envie de rentrer, de refaire ma malle et de quitter ce manoir aussi rapidement que j'y étais arrivée. Seuls la pensée de Louise, de son bonheur, et l'espoir que j'avais vu se peindre sur son beau visage m'empêchèrent de mettre ce projet à exécution.

Lorsque j'entrevis la serre, j'accélérai immédiatement le pas, pressée de trouver quelqu'un à qui parler et auprès de qui oublier cette drôle d'impression. Si l'invitée des de Mussey partait trop vite, sa mère en serait invariablement informée et le rêve de mon amie, en danger, ce qui était tout bonnement impensable à mes yeux.

Une fois sur le pas de la porte, je pris le temps de recouvrer mes esprits et tentai de me préparer à ce qui ne manquerait pas de suivre, soit aux nombreuses questions que Rebecca avait certainement à me poser. Car à quoi devais-je ce rendez-vous matinal, si ce n'est à une évidente envie de faire davantage connaissance avec moi ? À moins qu'elle ne souhaite évoquer son frère dans un cadre plus propice aux confidences ? Le mariage était avant tout une affaire de femmes, du moins était-ce ce que l'on nous faisait généralement croire, et sans doute lui avait-on demandé de sonder mon avis sur la question.

La porte opposa une légère résistance lorsque ma main gantée se posa sur le loquet. Cependant, je fus surtout surprise par la chaleur ambiante qui me sauta au visage dès mon entrée dans cette pièce immense, aux murs entièrement vitrés. Très vite, j'oubliai pourtant de regarder à travers les vitres, tant ce qui se dévoilait à moi était étonnant. Partout, il y avait des tables, des commodes, des supports variés sur lesquels étaient placés des pots aux tailles diverses d'où se déployaient toutes sortes de plantes. Je déboutonnai sans attendre le haut de mon manteau, proche de la suffocation.

À l'autre bout de la pièce, Rebecca m'appela immédiatement.

— Louise ! Est-ce bien vous ? Venez ! Je suis au fond ! Derrière le grand paravent de Chine !

Tressaillant comme chaque fois que je me rappelais ma nouvelle identité, j'allai la rejoindre aussi rapidement que me le permit le bric-à-brac qui nous séparait.

Le lieu, étonnant, et le timbre joyeux de la voix de sa propriétaire me donnèrent pourtant envie de me présenter sous le jour le plus souriant possible. L'heure ne semblait plus être aux questionnements mais bel et bien à la curiosité vive qui me submergeait tout entière.

— Bonjour, Rebecca ! J'ai vu votre billet et je me suis permis de venir vous voir sans attendre.

— Et c'est exactement ce que j'espérais ! Voyez ! M'imaginiez-vous ainsi ?

Avec ses longues mains fines glissées dans des gants qui, au vu des taches qui les maculaient, avaient connu des jours meilleurs, et sa robe recouverte d'un immense tablier, Rebecca était radieuse.

— Vous faites donc partie des chanceuses qui ont la main verte ?

— J'en ai la prétention, en effet ! Mais il ne faut voir là-dedans ni don particulier ni sorcellerie ! Le temps que je passe dans cette serre explique à lui seul mes réussites !

D'une main, elle me désigna la forêt de plantes qui nous entourait.

— Et vous ? Jardinez-vous, Louise ? Vous devez vivre dans un cadre agréable, entourée de fleurs et de plantes en tous genres. Passez-vous du temps dans votre parc ? J'imagine qu'en toutes saisons, il doit faire l'objet de la plus grande attention…

Le temps d'un clignement de cils, j'eus une pensée silencieuse pour le parc des Dusang, complètement laissé à l'abandon. J'avais beau ne pas être Louise et n'avoir absolument rien à gagner à mentir, j'éprouvai l'envie de lui dépeindre l'endroit sous sa facette la plus positive.

— Je le trouve très beau, en effet, mais il ne déploie véritablement toutes ses beautés qu'au retour du printemps.

— La saison du renouveau… N'est-ce pas celle que nous attendons tous ?

— Je dois malgré tout avouer que rien de ce qui pousse dans

notre jardin ne ressemble à ce que je vois ici. Ces plantes sont-elles exotiques ?

Rebecca eut un rire clair et s'essuya les mains sur son tablier. Puis, elle me fit signe de la suivre dans un coin de la pièce, à l'opposé même de la porte que je venais de franchir. Au passage, j'entrevis l'origine de la chaleur ambiante : un poêle rougeoyait dans un coin.

— Je fais toujours en sorte qu'il soit chargé et de maintenir ici des températures correctes, même en plein hiver… Sinon, elles descendent trop vite et ce n'est pas du tout du goût de toutes les demoiselles qui grandissent ici ! Paul ne se doute pas de la quantité de bois que j'utilise ! S'il vous plaît, gardez le secret, ma chère Louise ! Cela restera entre nous. Regardez, ce sont elles que je voulais vous montrer. Ce sont mes petites préférées !

Naïvement, je me penchai sur les belles fleurs bleu indigo que me désignait Rebecca et dus de nouveau reconnaître mon ignorance.

— *Aconitum napellus.* Ces pétales ont une couleur merveilleuse, n'est-ce pas ? Personne ne pourrait croire qu'ils sont en réalité mortels, même à petites doses ! Jadis, on les utilisait pour empoisonner les pointes des flèches. Bien dosé, le poison créait une défaillance cardiaque inévitable.

— Êtes-vous chasseuse ?

— Non ! Contrairement à mon père à qui, je le crois, cela n'a pas porté chance. Nous lui devons une grande partie des trophées exposés dans le hall du manoir. Si je peux me permettre une confidence, Louise… Si j'en avais le droit, je les décrocherais bien volontiers, tous autant qu'ils sont, et les ferais brûler sans aucun regret ! Mais sur ces derniers, comme sur le reste, je crains qu'on ne me demande pas mon avis ! Là n'est pas la question… Je préfère concentrer mes efforts et mon attention sur ces plantes. Celles qui sont aussi belles que dangereuses me fascinent tout particulièrement !

— Ce ne sont pas des préférences très communes…

Loin de s'offusquer, Rebecca parut ravie de la remarque.

— N'est-ce pas ? Oh ! cela remonte à l'enfance, il me semble. J'avais alors une grande amie. La gentille Rose. Gourmande ! Elle aimait cueillir les petits fruits, le long des chemins. Les baies d'*Atropa belladonna*, si belles, portaient un costume de myrtilles et le goût sucré qu'elle affectionnait tant. Elle y a goûté à ses risques et périls, ajouta-t-elle, sans préciser si cette petite amie était passée de vie à trépas ou non. Ma préférée est le laurier-rose. Vous connaissez forcément ses jolies fleurs...

— Bien entendu.

— Alors vous savez ce qu'elles cachent derrière leur beauté ! L'oléandrine qu'elles contiennent entraîne nausées et vomissements terribles ; et on finit par mourir d'un arrêt cardio-respiratoire. Terrible ! Bien sûr, il y a également le lierre grimpant. Oh ! nous n'en manquons pas, par ici, bien que Paul, à une occasion pas si lointaine, se soit mis en tête d'en venir à bout. Il pousse partout sur nos vieux murs... On le croit banal, voire inutile. Il est loin de l'être ! À forte dose, ses fruits provoquent des hallucinations qui peuvent aller jusqu'à la perte de connaissance et l'asphyxie.

Plus Rebecca parlait et plus le rouge montait à ses joues pâles. Son beau visage, aux traits si fins, si harmonieux s'animait comme jamais. Décontenancée, j'éprouvais de plus en plus de mal à cacher l'étonnement que cet emportement m'inspirait. En faisant sa connaissance, la veille, j'aurais davantage parié sur son amour pour les roses, l'aubépine ou les hortensias...

— Trouvez-vous mes petits penchants étranges ? me demanda-t-elle finalement, semblant deviner mon étonnement. Ma mère n'approuve pas du tout.

Une fois encore, je pensai très fort à mes petits croquis, mes ouvrages et mes aiguilles, autant d'activités qui, comme le jardinage, auraient pu passer pour insignifiantes mais auxquelles, tout comme Rebecca, je donnais une dimension un peu plus subversive.

— Parfois, nous sommes contraintes de contrarier nos mères pour arriver à nos fins...

Que Rebecca comprenne ce qu'elle voulait comprendre. Après

tout, cette réplique convenait autant à ma propre personne qu'à la véritable Louise Dusang.

Était-elle mariée à présent ? Oui, certainement ! Avait-elle seulement une pensée pour moi ?

J'étais plongée si loin dans mes réflexions que la question de Rebecca, pourtant prévisible, me surprit plus que de raison.

— Qu'avez-vous pensé de mon frère ?

— Eh bien...

— Son attitude envers moi ne doit pas vous alerter outre mesure. Nous avons une relation particulière. J'imagine qu'il en est de même entre tous les frères et sœurs... Quoi qu'il en soit, ne vous arrêtez pas à cela. Paul... Paul peut être une personne charmante quand il est bien entouré et qu'il n'est pas, disons... perturbé par des facteurs extérieurs. L'ennui le pousse parfois à dire ou à faire des choses qu'en temps ordinaires, il ne dirait ou ne ferait. Ne prenez pas au sérieux tout ce qu'il vous racontera, vous le voulez bien ? Il n'est pas toujours des plus fiables. Avec lui, il faut savoir lire entre les lignes.

Il y avait tant de tension dans sa voix et tant d'intensité dans son regard que je ne sus comment réagir. Paul m'avait paru détaché, vite déconcentré mais son attitude ne m'avait pas décontenancée plus que nécessaire. Peut-être parce que j'avais été, malgré moi, davantage occupée par les variations d'humeur de son cousin ?

— Il vous a beaucoup appréciée, Louise.

— Moi ?

— Oui, vous !

De nouveau rieuse, Rebecca semblait s'étonner de la naïveté de ma réaction.

— Je l'ai vu dans la manière dont il se tenait à table. Vous savez, les sœurs remarquent ces choses-là. Il avait l'air captivé. Je connais les attitudes des hommes et je sais que vous l'intriguez. C'est déjà un premier pas important, soyez-en certaine. N'hésitez pas à lui parler davantage de vous, de vos goûts, de vos occupations... Ce sont des détails qui peuvent rapprocher les cœurs et mener à de belles et douces histoires... Je parle en connaissance de cause, ajouta-t-elle avec un léger soupir. Eh bien, si vous le voulez, je vous laisse dès à présent à votre exploration du domaine et de notre modeste demeure. J'ai encore beaucoup à faire ici et je crains que cela ne soit pas particulièrement intéressant. Nous nous reverrons tout à l'heure, sans faute !

Je sortis à l'air libre avec l'impression de revenir à la vie. Le ciel au-dessus de moi était toujours aussi gris, les nuages toujours aussi bas mais, après l'étouffement végétal de la serre, ne me donnaient pas moins l'impression de respirer enfin. Je n'avais qu'un regret : après avoir été exposée à une chaleur si suffocante, je ressentais le froid ambiant comme d'autant plus mordant.

Quoi qu'il en soit, les paroles de Rebecca avaient été fort claires. Paul et Louise étaient bel et bien promis l'un à l'autre et on espérait un premier rapprochement aussi rapidement que possible. Il n'y avait que Louise – à moins qu'elle ne tienne cette assurance de sa mère ? – pour penser qu'il n'était là question que d'une simple visite de courtoisie.

Pour la sœur de Paul, en tout cas, la présence de Louise Dusang au manoir n'avait rien d'anecdotique et elle semblait prête à faire ce qu'il fallait pour que son frère et celle qui lui était promise convolent en justes noces. Était-ce pour l'argent ? Pour le plaisir d'avoir une nouvelle présence féminine au manoir ? Les de Mussey avaient-ils un intérêt particulier à ce mariage, une raison dont je ne pouvais connaître la nature exacte ?

Une chose était certaine, cependant : la véritable Louise Dusang, si heureuse qu'elle devait l'être à présent, ne s'en souciait pas et continuerait à ne pas s'en soucier. Quant à moi, j'hésitais entre me réjouir pour elle et lui en vouloir de m'avoir mise dans pareille situation. Quelque chose me portait à croire qu'on ne me laisserait pas quitter La Renardière sans exiger de moi les meilleures raisons.

Bon gré, mal gré, mes pas finirent par me mener jusqu'à la cour intérieure où je m'étais attardée quelques instants, un peu plus tôt. La vasque en pierre, l'eau stagnante et la façade sombre, rien n'avait bougé. J'avais hâte de retrouver ma chambre, son feu chaleureux et une solitude propice au travail. Ces trois jours que j'avais concédés à Louise étaient tout juste ce qu'il me fallait pour terminer mon corset.

Lorsque je vis s'ouvrir la porte que je m'apprêtais à emprunter, mon sang ne fit qu'un tour. Si, par malheur, je rencontrais Paul à ce moment précis, c'en était fini de ma séance de couture ! Il me faudrait feindre l'intérêt, la bonne humeur et risquer de me trahir à force de bavardages...

Heureusement, ma panique ne dura qu'un temps très court : l'homme qui avait manqué de me percuter de plein fouet et qui ne m'adressa qu'un regard détaché en passant devant moi n'était autre qu'Ernest.

L'esprit ailleurs, les mains enfoncées dans les poches d'un très long pardessus, et dont les pans ouverts battaient au rythme de sa marche vive, il s'éloigna rapidement par le chemin que je venais de suivre. Il me sembla noter un léger boitement, comme si quelque chose, dans sa chaussure, le faisait souffrir avant que cette impression s'efface aussi rapidement qu'elle m'avait heurtée.

Peu m'importait, au fond. Ce que je retenais avant tout était son manque d'élégance. Tout homme, à sa place, se serait excusé ou aurait au moins pris la peine de me saluer.

Pas lui !

Il était passé comme un courant d'air et déjà loin lorsque, enfin, mais sans cesser de marcher pour autant, il daigna tourner le visage dans ma direction.

Sous ce regard pâle, figée au bas des marches qu'il venait de dévaler, je me sentis rougir violemment. J'espérai que la distance qui nous séparait lui avait caché cette brusque manifestation d'émotion, tout en étant incapable de m'attarder sur ce sentiment inconfortable. Bien malgré moi, j'étais davantage curieuse qu'en colère.

Que contenait le carnet noir que j'avais eu le temps d'apercevoir dans sa main droite ? Pourquoi une telle hâte ? Une telle maladresse ? Et tant de curiosité dans ces yeux, qui semblaient me dévorer tout entière ?

Je ne repris ma respiration qu'au moment où, enfin, ce regard daigna me libérer de son emprise. Je n'en restai pas moins étrangement vidée de toute mon énergie, au seuil d'une demeure où je ne me décidais plus à entrer.

Je finis par m'y résoudre, poussée par les températures basses et l'humidité qui semblaient s'être alliées pour me pénétrer jusqu'aux os.

Dans trois jours, heureusement, seulement trois petits jours, je serais loin. Loin de ces longs couloirs froids, de ces têtes de renards empaillées, de ces plantes mortelles, des questions de Rebecca et surtout de cet Ernest de Mussey si désagréable.

8

Envahie d'un sentiment de plénitude tel que j'en avais rarement ressenti, je reposai l'aiguille dans son étui et admirai le travail accompli.

J'avais hésité à l'adopter mais le tissu en brocart vert pâle que j'avais choisi apportait de la fraîcheur et une grande originalité à un corset qui, sans nul doute, marquerait les esprits par sa taille réduite et sa grande légèreté. Lorsque j'aurais eu le temps de coudre ma pièce de dentelle ivoire et réalisé les quelques broderies, qui, à coup sûr, retiendraient l'attention des plus raffinées des visiteuses, je pourrais m'estimer satisfaite. Mais d'ici là, il me restait quelques modifications à faire au niveau des œillets.

J'avais aimé le calme dans lequel j'avais pu travailler, ce jour, mais n'en regrettais pas moins l'absence de Louise et l'impossibilité de procéder aux essayages réguliers dont nous avions jusque-là pris l'habitude. Si agréable Rebecca soit-elle, elle n'accepterait certainement pas de se montrer en petite tenue devant moi... À cette idée, je pouffai silencieusement et entrepris de ranger toutes mes petites affaires dans le sac que je leur avais destiné, des rêves plein la tête.

Si j'étais fière de moi et de tout le travail accompli, j'étais consciente d'une réalité impossible à ignorer. Au premier regard, mon cher corset pouvait très bien ne pas faire l'unanimité. Beaucoup douteraient de son efficacité, d'autres iraient jusqu'à le trouver indécent mais il suffirait qu'une femme l'essaye et fasse part de ses impressions pour que tous reconnaissent son excellence et surtout ses avantages indéniables.

Quitter le manoir serait le tout début de ma première aventure parisienne et j'étais particulièrement impatiente de présenter mon travail à des professionnels capables de donner un avis objectif sur ce dernier. J'avais des adresses et quelques noms mais savais que beaucoup de complications m'attendaient sur place. J'étais prête pour Paris mais il était fort peu probable que Paris soit prêt pour moi...

Quel accueil me serait-il fait ? S'attarderait-on vraiment sur mes créations ? Et après tout, mes corsets étaient-ils si révolutionnaires que cela ? À moins qu'ils ne le soient trop et ne soient rejetés sans même recevoir le moindre intérêt ? À l'idée de faire fausse route, je tremblai de peur avant de me reprendre : je n'avais pas le droit de montrer le plus petit doute.

Malgré l'envie irrépressible de rester cachée entre les quatre murs de ma chambre, je décidai de tenter une petite exploration. Il me semblait nécessaire, si ce n'est évident, de rapporter quelques descriptions du lieu à Louise. Lors de nos dernières conversations, elle ne m'avait pas caché sa curiosité quant à ce manoir qu'elle imaginait très vieux, très sombre et forcément riche en secrets.

Je n'étais pas loin de partager son avis. À n'en point douter, la demeure des de Mussey correspondait parfaitement à l'idée que nous nous faisions d'une « maison mystérieuse ». Sans vraiment savoir si ce sentiment était dû à ma solitude, au silence ambiant ou si je devais y voir le reflet d'une histoire torturée, je sentais quelque chose de pesant dans ces longs couloirs par lesquels je déambulai d'un pas hésitant. Tous me paraissaient semblables les uns aux autres, comme si La Renardière était un dédale sans fin de murs aux teintes décolorées par le temps, la poussière et le manque de chaleur humaine. Plus je m'y promenais et plus je doutais qu'on ait pu, un jour, y être sincèrement heureux.

Après avoir passé une poignée de minutes à observer une série de portraits, comme tapis dans l'ombre de l'oubli, je finis par me confronter à une porte fermée à double tour. Je la laissai derrière moi sans trop de mal mais non sans avoir une pensée pour la petite fille que j'avais été. Aidée de Louise, j'aurais certainement imaginé mille et un stratagèmes pour venir à bout de cette serrure peu collaborative. En des temps anciens, n'avions-nous d'ailleurs pas forcé la porte du bureau de son père ?

Bien des années plus tard, je me souvenais encore du craquement du bois sous nos doigts. De cette porte qui, enfin, cédait à notre demande. Alors, Louise tremblait peut-être un peu à mes côtés, mais dans son regard brûlait plus que jamais cette lueur. Celle qui anime les enfants qui cherchent, dans l'ombre et la poussière, la forme de leur propre histoire.

À l'intérieur du bureau de son père, tout était figé. Notre entrée avait soulevé une vague de poussière qui avait fait pleurer nos yeux, froncer nos narines. Me précédant de peu, Louise s'était finalement tournée dans ma direction, comme incapable de faire un pas supplémentaire. Elle m'avait semblé très seule.

Bien que mort depuis des années, son père faisait encore l'objet de nombreuses rumeurs au village. On parlait tantôt de lui comme d'un fou, perdu dans des histoires que nul ne comprenait, tantôt comme d'un artiste, un véritable visionnaire. Les soirs d'hiver, certains osaient encore raconter qu'il aurait travaillé à un projet aussi grandiose que terrible – peut-être bien à un mécanisme capable de capter les voix d'outre-tombe. On disait qu'il parlait aux arbres. Qu'il avait perdu tout son argent aux courses de chevaux et plus qu'à la maladie, il avait cédé au désespoir. Qu'il aurait eu une autre vie, un autre amour et un enfant, laissés en arrière, pour trouver une femme richement dotée, capable d'assurer la survie de sa personne, comme celle de ses projets. Ou encore, qu'il ne dormait jamais. De tout cela, Louise n'avait jamais pu démêler le vrai du faux. Sa mère restait silencieuse, lovée dans le silence comme dans un suaire, laissant à sa fille le soin de combler les vides.

Sans doute avions-nous passé de longues minutes à observer

les quelques objets épars, tentant de voir en chacun la clé. Mais de la grande horloge aux aiguilles arrêtées, de l'encrier vide ou du vieux bureau aux tiroirs éventrés, rien n'avait semblé digne de notre curiosité. Jusqu'à cette jolie poupée brune, abandonnée un peu plus loin.

Sa merveilleuse robe de velours vert, son regard clair, la délicatesse de sa bouche mais surtout ses mains, qui étaient comme figées en un mouvement gracieux au-dessus de sa tête, m'avaient laissé un souvenir indéfectible.

Osant à peine la toucher du bout des doigts, Louise était restée pensive.

— Cette poupée... Elle n'était pas pour moi, avait-elle finalement soupiré d'une voix faible. J'étais alors bien trop jeune pour avoir un tel jouet.

— Peut-être était-ce, au contraire, le projet sur lequel il travaillait ?

— Mon père faisait des petits trains de bois, rien de plus. Maman dit... Maman dit qu'ils étaient déjà bien assez compliqués pour lui, alors... Une poupée... Non. Je pense qu'il la lui destinait.

Détachant mes yeux du jouet, j'avais tourné vers elle un regard intrigué.

— De qui parles-tu ?

— De ma sœur. Tu sais... cette enfant qu'il aurait abandonnée pour épouser maman et profiter de sa fortune... C'est ce qu'ils disent, au village. Tu le sais très bien.

— Nul ne dit que cet enfant existe vraiment, avais-je rétorqué d'un ton que je voulais pragmatique. D'ailleurs, c'est sans doute un garçon, avais-je ajouté avec mauvaise humeur, agacée à l'idée de pouvoir être un jour remplacée dans son cœur.

— Non, c'est une fille. Je le sens. Je crois qu'elle connaît mon existence et qu'un jour elle viendra à moi. Tu verras ! Il suffit d'être patientes !

Mais personne n'était venu, le temps était passé et la poupée avait fini par disparaître sans que nous puissions interroger Adélaïde sur sa destination.

N'étant plus poussée en avant par la douce folie de la jeunesse, je me lassai bien vite de mon exploration présente et me contentai de marcher dans les couloirs sans plus chercher à ouvrir la moindre porte.

Lorsque je fus enfin de retour sur le palier de ma chambre je décidai, non pas de poursuivre pour rejoindre l'escalier comme j'en avais déjà plus ou moins pris l'habitude, mais de tourner plutôt sur ma gauche et de voir où mes pas finiraient par me mener.

Je me retrouvai finalement au bout d'un corridor étroit, percé par une grande fenêtre qui donnait directement sur le parc. Collant mon nez au carreau, j'eus la surprise de découvrir un magnifique bassin en contrebas. De là où je me tenais, il n'y avait guère de doute : il était vide. Malgré tout, je n'en éprouvais pas moins le besoin ardent de le découvrir de plus près, mais surtout d'aller admirer la statue qui se trouvait en son centre et dont je peinais à distinguer la forme.

Une fois arrivée à l'étage inférieur, je jetai un coup d'œil furtif par la porte de la salle à manger où je m'étais attablée seule, quelques heures plus tôt, face à un buffet froid. Les reliefs d'un repas dont, à mon sens, j'avais été la seule à profiter avaient évidemment disparu.

Où étaient-ils tous passés ?

Je n'avais guère perdu de temps à m'interroger sur les raisons d'une telle indifférence, tout en en étant malgré tout un peu chagrinée. Certes, ma solitude m'avait offert le temps dont j'avais besoin mais l'accueil qui m'avait été fait, la veille, tout comme ma conversation matinale avec Rebecca, m'avaient poussée à imaginer tout le contraire. Mieux valait en conclure que les de Mussey accordaient davantage d'importance à leurs propres occupations qu'au divertissement d'une jeune inconnue. Après tout, la venue de Louise Dusang n'était peut-être pas si espérée que cela…

Bientôt, je fus de nouveau à l'extérieur, bravant – sans beaucoup de courage – le froid ambiant.

Dépassant pour la seconde fois de la journée la large vasque en pierre, j'étais décidée à me diriger vers ledit bassin quand un mouvement attira mon regard, un peu plus loin sur ma gauche. Au bout de l'allée, une femme s'éloignait à grands pas.

Persuadée de reconnaître la silhouette élancée de Rebecca, je décidai alors de remettre à plus tard ma promenade et pressai le pas. Après plusieurs heures de solitude, j'avais un besoin profond d'échanger quelques mots avec l'un de mes semblables.

J'allais si vite et si bien que, très rapidement, je fus au niveau de la marcheuse qui, comprenant enfin qu'elle était suivie, se disposa à se retourner.

À mon grand désarroi, je réalisai alors qu'il ne s'agissait pas de Rebecca mais plutôt d'une femme entre deux âges et dont le visage, bien que d'une grande beauté, était parcouru de fines rides. Ses cheveux, d'un brun strié de gris, se devinaient à peine sous une large capuche de fourrure sombre et sa bouche, très rouge, évoquait une rose épanouie. Ce furent pourtant ses yeux qui retinrent mon attention plus que le reste. Dans la lumière grisâtre de cette journée d'automne, l'un semblait vert, l'autre bleu.

Confuse, je commençai par me perdre dans les excuses.

— Madame, je suis désolée de vous avoir suivie ainsi… Je crains de ne vous avoir prise pour une autre personne…

— C'est moi qui suis désolée de vous avoir contrainte à un tel exercice ! Plongée dans mes pensées comme je l'étais, je ne vous ai entendue arriver qu'au dernier instant ! Venez-vous du manoir ?

— Oui. Je suis arrivée hier soir.

— Par la diligence de six heures, bien entendu… Tous les visiteurs qui passent la porte de La Renardière arrivent avec la diligence de six heures, ajouta-t-elle, comme pour répondre à ma question muette.

— Sont-ils nombreux ?

— Oh non ! Plus vraiment. Jadis, c'était différent. Le manoir était un lieu de fête, un lieu de joie mais, avec les années…

Le regard de la femme se perdit un instant dans le vague puis se posa de nouveau sur moi.

— J'espère que vous vous y plaisez ? Avez-vous tout ce dont vous avez besoin ?

Polie, je me contentai de hocher la tête.

— Alors il faut rentrer et aller retrouver vos hôtes, si je puis me permettre de vous donner ce conseil. Le temps est maussade, et cette humidité n'est bonne pour personne. Il y a une bibliothèque aux rayonnages bien garnis, plusieurs pianos… À ce propos, celui du salon bleu est le moins désaccordé de tous et puis, si vous aimez peindre, peut-être trouverez-vous un peu de matériel…

— Vous semblez bien connaître les lieux.

— Oh ! j'ai travaillé ici, dans le temps ! Alors je le connais bien, oui. J'en ai rangé et récuré chaque recoin… Aujourd'hui, je vis dans une maisonnette, à l'orée du bois. Une récompense pour mes bons et loyaux services ! J'y suis bien. Je m'y tiens à l'écart du monde et j'en profite pour penser.

Je me perdis un instant dans son regard étrange. Penser ? Oui mais à quoi ? Cette femme me semblait bien trop distinguée pour avoir été une domestique mais je ne devais pas oublier que la famille de Mussey n'était pas de celles qui emploient les premières venues.

— Alors, nous nous reverrons peut-être.

— Je ne pense pas. Bientôt, la neige tombera et je ne sortirai plus de chez moi. Vous arrivez à un moment bien difficile de l'année. Nous avons un début de saison particulièrement rude. Bientôt, tout sera recouvert de blanc, ici. Avez-vous peur de la neige, mademoiselle Dusang ?

La question me parut si incongrue que j'éclatai de rire sans plus me préoccuper de l'air que je devais avoir.

— Vous êtes joyeuse… C'est bien ! Restez ainsi. L'isolement ne sied pas à certains caractères et, à la longue, peut rendre mélancolique.

— Oh ! je ne compte pas rester aussi longtemps.

— Vous envisagez déjà de nous quitter ?

— Ici, il n'y a pas de place pour moi.

Plus que ma raison, c'est mon cœur qui avait parlé. Une place, peut-être y en aurait-il eu une pour Louise, si tant est qu'elle se soit prise de passion pour Paul, mais plus les heures passaient et plus j'étais persuadée de la noirceur des lieux. Rebecca pouvait bien dire ce qu'elle voulait à ce propos, je n'étais pas certaine qu'un simple rayon de soleil printanier puisse changer grand-chose à la nature profonde du manoir et du parc qui l'entourait.

— Qui sait ? répliqua pourtant la femme, un grand sourire aux lèvres. La vie est pleine de surprises ! Quoi qu'il en soit, je vous souhaite une bonne fin de journée, Louise !

Puis, après avoir obligeamment incliné le visage pour me saluer, la femme tourna pour de bon les talons, me laissant de nouveau seule, comme abandonnée, sur le petit chemin.

Je ne réalisai qu'elle m'avait appelée par mon prénom, du moins par celui que j'étais censée porter, qu'au moment où elle eut disparu de mon champ de vision.

9

Loin de m'apporter le soulagement que j'avais espéré, cette rencontre me laissa avec une sorte de malaise au cœur. Je n'eus alors plus qu'une envie : retourner sur mes pas et retrouver de nouveau le cadre rassurant de ma chambre. Avant cela, je ne pouvais pourtant me résoudre à ne pas voir de plus près le bassin que j'avais aperçu depuis la fenêtre. Je contournai de ce fait le bâtiment en vue de le retrouver.

Une fois devant ce dernier, je dus me rendre à l'évidence : ce qui m'avait paru charmant des hauteurs l'était beaucoup moins, deux étages plus bas. Abandonné à la mousse et aux mauvaises herbes, ce large bassin de pierre était aussi triste et abandonné que l'était le reste du parc. Jadis, quelques poissons colorés avaient peut-être nagé pour le plus grand plaisir des enfants de Mussey mais ils n'étaient plus depuis bien longtemps. Quant à la petite statue qui trônait en son centre… Sans tête, ce qui était certainement la représentation d'une petite fille vêtue de ses plus beaux atours devenait une vision de cauchemar.

Un peu chagrinée, je préférai ne pas accorder davantage d'attention que nécessaire aux deux cordes qui pendaient dans un arbre centenaire, vestiges d'une balançoire elle aussi délaissée depuis des années. Pourtant, c'était le silence qui, une fois encore, m'était le plus difficile à vivre. Parfois, il semblait si profond qu'il en devenait assourdissant, me donnant l'impression désagréable d'avoir les oreilles bourdonnantes. Il n'avait rien à voir avec le chant des vagues dont je connaissais tous les refrains. Rien à voir non plus avec le hurlement du vent, l'appel des goélands, les cris des matelots qui prenaient le large les matins de pêche…

— Louise !

Je levai le nez, surprise.

J'avais espéré croiser de nouveau Rebecca mais c'était finalement Paul qui venait à moi.

Arrivant à grands pas dans ma direction, il me fit signe de la main, sincèrement ravi de me voir. Même de loin, je pouvais distinguer son grand sourire, et ses yeux, rieurs, donnaient envie de l'attendre et même de courir à sa rencontre. Comme après ces courses folles que jadis nous faisions avec Louise le long de la plage, mon cœur se mit à battre la chamade. Je m'en étonnai sincèrement tout en lui souriant en retour. La solitude jouait certainement avec mes nerfs.

Une fois près de moi, me couvant d'un regard appréciateur, il sourit plus largement encore.

— Vous êtes bien courageuse de sortir par un froid pareil ! Vos joues sont si rouges ! Vous êtes adorable !

Réchauffée par cette entrée en matière, je songeai un instant à lui confier ma rencontre avec l'ancienne domestique mais, pour une raison que je ne m'expliquai pas, préférai finalement la garder pour moi.

— J'aime tout particulièrement marcher en extérieur. Je n'ai aucun mérite.

— Bien au contraire ! Je connais beaucoup de marcheurs qui dédaignent les sentiers jusqu'à l'arrivée du printemps !

— Vous-même ne semblez pas souffrir du froid… Êtes-vous de ces hommes qui affrontent les intempéries sans ciller quand nous, femmes, frissonnons sous nos fourrures ?

Il eut un rire amusé.

— Ai-je l'air d'être de cette trempe ? Non, non, non ! Je ne dois ma résistance qu'à une marche rapide et au plaisir de vous trouver ici ! Que faisiez-vous donc ? Le parc vous a-t-il paru intéressant ? Avez-vous croisé des loups ? Des ours ? Ou pensez-vous qu'ils attendent l'arrivée de la neige ?

Était-ce le plaisir d'être à l'air libre ? Celui de me retrouver ou d'être loin de sa sœur ? Les yeux brillants, bien qu'un peu rouges, la voix forte, Paul semblait ne pas tenir en place et se montrait beaucoup plus exubérant que la veille. Après avoir gesticulé un moment sur place, m'arrachant un léger rire, il m'attrapa subitement le bras pour le glisser dans le creux du sien. Puis, il m'entraîna vers le manoir avec une hâte que j'eus le plus grand mal à suivre sans m'essouffler.

Je me laissai entraîner, le sourire aux lèvres, et m'arrêtai finalement devant la façade de La Renardière, là où avaient subitement cessé les pas du maître des lieux.

Après un court silence, il se tourna enfin vers moi, sensiblement plus calme :

— Vous ne m'avez pas répondu, Louise… Que faisiez-vous dans le parc, seule ?

— Voyons, je vous attendais !

Je compris qu'il avait apprécié ma réponse à la lueur qui traversa alors son regard. Un mélange d'intérêt et de curiosité.

— Eh bien, j'ai dû entendre votre appel muet, car me voilà ! En êtes-vous heureuse ?

— Bien sûr ! Vous étiez vous-même en promenade ?

— Oui, je suis toujours à la recherche du calme… Cela m'aide à réfléchir.

— Et vous en avez besoin ?

— De réfléchir ? Mon Dieu, oui ! J'ai tellement de choses en tête !

— Sont-elles agréables ?

Il me jeta un nouveau long regard puis avoua :

— Plutôt, oui !

Je n'eus pas le temps de me demander si, oui ou non, ces pensées pouvaient avoir un rapport avec ma personne, qu'il reprenait :

— Avez-vous passé une bonne nuit ? Il m'a été dit que vous avez rejoint ma sœur à la serre, dès la première heure ? J'espère qu'elle ne vous a pas contrariée avec ses plantes... Qu'en avez-vous pensé ?

Devant une telle avalanche de questions, je ne sus tout d'abord que dire. Quelle réponse donner et surtout à quoi répondre en premier ?

— Vous a-t-elle dit quelque chose de contrariant ? s'inquiéta-t-il alors.

— Absolument pas. Elle... elle m'a parlé du manoir, de ses plantes mais également d'autres petites choses qui...

Alors, Paul fronça légèrement les sourcils.

— Vous savez, parfois, ma sœur parle beaucoup et il ne faut pas forcément prendre au sérieux ce qu'elle pourra vous dire.

— Elle m'a pourtant paru très agréable.

— Bien sûr, qu'elle l'est. Là n'est pas la question. Mais elle n'est pas toujours... disons, très fiable. Vous comprenez... Elle a vécu des choses difficiles, au cours de ces dernières années. La mort de son mari, notamment.

— Oh ! son mari est... décédé ? Mais elle...

— Elle n'en a pas parlé, c'est cela ? Cela ne m'étonne pas.

— Nous venons de nous rencontrer.

— Je connais des veuves éplorées qui parlent de leur défunt mari à peine avez-vous passé le pas de leur porte ! Non, cela n'a rien à voir.

— Vous voulez dire que votre sœur est heureuse d'être veuve ?

— Je n'irai pas jusque-là. Je dirais plutôt que les circonstances de la mort de son mari ont tendance à lui échapper. Et qu'en conséquence, elle agit comme si rien ne s'était passé.

— Je vois.

Je songeai furtivement à Jeanne, l'une des femmes du village, qui après avoir perdu brutalement son mari avait continué à parler de lui comme s'il allait passer le pas de la porte à tout instant.

Par sa posture, Paul semblait attendre une réponse, un commentaire ou au moins une question mais je retins toutes celles qui menaçaient de passer la barrière de mes lèvres. Si Rebecca n'avait pas encore daigné m'en apprendre plus, c'est qu'elle ne le souhaitait pas. Par mon silence, je décidai de respecter son désir d'intimité. C'était, au fond, la moindre des choses.

Comprenant qu'il ne trouverait en moi nul écho, Paul reprit.

— Je ne vous ai pas emmenée jusqu'ici par hasard… Voyez-vous où je souhaite en venir ?

De la main, il désigna alors la façade du bâtiment, et plus précisément trois grandes fenêtres, situées juste sous les toits. Contrairement à la plupart, leurs volets n'étaient pas fermés.

— Jadis, c'est dans cette pièce que mon père travaillait. Il s'agissait de son atelier. C'est une pièce importante pour toute notre famille.

— Y retourner doit être aussi passionnant que difficile, du moins, je présume…

— Vous parlez d'expérience ?

— Non, je… je n'y suis pas entrée.

Paul éclata d'un rire sonore et, peut-être, trop appuyé pour la situation.

— Bien sûr que vous n'y êtes pas allée ! La pièce est fermée à double tour depuis près d'une décennie et nous avons perdu la clé. Nul n'a plus jamais eu à cœur de troubler ce silence. Les choses ne sont pas restées en état, bien entendu, mais il y a là-bas quelques pièces maîtresses qui, je le pense, ont un grand intérêt.

— Et il est bien normal de les conserver en lieu sûr.

— Cependant, vous savez, nulle porte ne reste fermée à qui souhaite réellement l'ouvrir… Pour ma part, je suis davantage tourné vers l'avenir que vers les histoires du passé. Je veux croire en la modernité. Je veux croire en des temps nouveaux et je n'ai nul besoin d'une poussière venue d'un autre temps ! Comprenez-vous, Louise ?

Comme pour m'encourager à répondre, il serra mon bras un peu plus fort contre le sien. Je ne pouvais exactement comprendre le sens de ses paroles mais je devais reconnaître que, d'une manière étrange, son discours faisait écho en moi. À mes yeux, cet atelier abandonné incarnait ce temps passé, un temps ancien qui n'avait guère d'atomes crochus avec mes rêves de modernité. C'était certainement cela que Louise appelait « mon audace », ce besoin inexpliqué mais dévorant d'aller de l'avant.

— Je comprends et partage votre point de vue.

Ma réponse sembla le satisfaire car, après un sourire, il m'invita à poursuivre notre marche.

Laissant dernière nous les fenêtres de l'atelier, nous étions à deux pas de l'entrée principale quand, d'un ton de nouveau très enthousiaste, il se mit à m'interroger sur mes goûts et mes passe-temps préférés.

— Peignez-vous, Louise ?

— Je crains de ne pouvoir vous donner une autre réponse que celle apportée hier soir. Je n'ai pas de talent particulier dans le domaine.

— Alors, vous jouez du piano !

— J'en joue un peu…

— Un peu ? Je n'ai jamais rencontré la moindre jeune femme qui joue « un peu » du piano ! Vous êtes toutes à la fois si talentueuses et si modestes !

— Alors, je risque bien de vous décevoir… Par pitié, ne me faites pas jouer ce soir !

À l'idée de devoir me produire devant son cousin, je manquai de tourner de l'œil.

— Jamais je ne vous obligerai à jouer pour moi si vous ne le souhaitez pas. Par contre, je sais de source sûre que vous avez un amour immodéré pour les chevaux ! Nous ne possédons malheureusement pas une écurie aussi prestigieuse que la vôtre mais une cavalière telle que vous ne se soucie pas de ce genre de détails, n'est-ce pas ? Seule compte l'ivresse de la course, en corps à corps avec l'animal…

Puis, il me jeta un regard entendu auquel je ne sus que répondre.

Une écurie prestigieuse ? L'ivresse de la course ? Le corps-à-corps avec… Grands dieux ! J'espérais mal comprendre !

J'étais sur le point de démentir aussitôt ce florilège de bêtises avant de réaliser que Paul faisait certainement référence à une lettre écrite de la main d'Adélaïde Dusang. Peu avant notre départ, Louise m'avait annoncé que sa mère avait tenu une brève relation épistolaire avec les de Mussey. Selon elle, ces échanges s'étaient certainement limités aux questions les plus pragmatiques. Cela n'était, a priori, pas tout à fait exact…

Confirmant mes doutes, Paul s'expliqua alors.

— Dans l'une de ses lettres, votre mère n'a pas hésité à nous vanter vos talents et j'ai à cœur de vous faire plaisir…

— Vous ne devriez pas ! Je… je veux dire… Je n'ai besoin de rien. En tout cas, de rien de particulier. Ni de cheval ni de promenade ou quoi que ce soit. Ne vous compliquez donc pas l'existence pour moi !

— Ce n'est pas la compliquer que de vouloir vous voir sourire ! C'est donc décidé : vous aurez votre promenade à cheval !

Je tournai un regard pensif en direction du ciel. Il ne me restait qu'à espérer que la neige ne tombe avant que sa sœur et lui aient l'idée saugrenue de me faire monter en selle…

Juste avant de gravir les quelques marches du parvis, j'osai demander :

— Votre cousin sera-t-il des nôtres ?

— Pour notre chevauchée, vous voulez dire ? Bien sûr ! C'est un cavalier émérite.

Il me fut difficile de cacher ma surprise.

— Vraiment ? Jamais je ne l'aurais cru ! Enfin, ce que je voulais dire, c'est que… Il est si grand. Si…

— Si massif ? En tout cas, il est vrai qu'il semble davantage prompt à laisser fuser sa mauvaise humeur qu'à montrer un quelconque talent en quoi que ce soit ! Surtout pas en équitation ! Jadis, il était un petit garçon chétif, mais agréable, ajouta Paul, le regard pensif. Comme quoi, avec le temps, tout peut changer !

— Dois-je comprendre que vous vous êtes perdus de vue ?

— En effet, et ce, pendant des années. Nos mères, vous savez…

Il y a eu des différends. Toutes les familles ont leurs histoires. Nous nous sommes retrouvés il y a peu. En quelque sorte, nous sommes devenus des inconnus, les uns pour les autres...

— Toutes ces années perdues... Cela doit être difficile à accepter, n'est-ce pas ?

— S'il n'y avait que cela...

Était-ce la mention de ce lointain passé ? Le souvenir des difficultés et peut-être de la mort de son père dont il m'avait désigné l'atelier comme une pièce importante ? L'homme qui m'avait interpellée un peu plus tôt n'était plus qu'un pâle souvenir. Paul me semblait désormais bien sombre... Malgré moi, j'en étais désolée. Faisais-je une si mauvaise compagne que cela ?

J'entrai dans le grand hall avec l'envie irrépressible de me montrer agréable avec lui.

— Je vous remercie pour ce moment agréable. Aurai-je le plaisir d'être assise à vos côtés, ce soir ?

S'il fut surpris par ma demande, il ne le montra guère.

— Je ferai en sorte que cela soit possible, si tel est votre souhait.

— J'en serai ravie.

Alors, comme il l'avait fait la veille devant la porte de la salle à manger, il attrapa ma main gantée et y déposa un léger baiser.

— Je vous laisse ici. J'ai à faire... un peu plus loin. Nous nous retrouverons ce soir, comme promis. D'ici là, je vous souhaite de trouver de quoi vous occuper, chère Louise.

Je ne pris conscience d'être frigorifiée qu'au moment où je pénétrai dans la chaleur réconfortante de ma chambre. La présence de Paul tout comme la concentration extrême dont j'avais dû faire preuve durant notre promenade avaient certainement repoussé mes sensations physiques au second plan.

Pensive, j'allai m'asseoir dans le fauteuil, du côté de la fenêtre. Tout comme ma conversation avec Rebecca, en début de journée, les mots que j'avais échangés avec Paul n'avaient rien eu de désagréable. Ces entrevues m'avaient laissée avec des questions plein la tête et surtout l'impression que l'on attendait des choses de moi...

Puis, je me repris et, avec un sourire, renvoyai toutes ces pensées au plus loin possible. Une fois encore, je ne devais pas oublier que je n'étais pas Louise Dusang et qu'en conséquence, tout ceci ne me regardait en rien.

Dans deux jours à peine, ma malle serait de nouveau pleine de mes effets personnels et mon cœur, bondissant à cette pensée, m'assura une fois encore du bien-fondé de mon projet. Une telle joie ne pouvait mener qu'à une belle réussite ! Et ce, maman elle-même finirait bien par le reconnaître, une fois que je lui reviendrai, auréolée de mon tout nouveau succès.

10

Au dîner qui suivit, ce soir-là, je n'étais déjà plus tout à fait la même ou plutôt, j'envisageais chacun des convives d'un nouvel œil.

Dans chaque soupir de Rebecca, je voyais le regret d'une veuve qui préférait ne pas parler du défunt, agissant comme s'il était toujours là, dans cette vie et non à l'attendre, dans la prochaine.

Dans chacune des réparties de Paul, toujours aussi vives, je ne voyais plus le reflet d'un homme cherchant coûte que coûte à se faire remarquer, mais plutôt l'expression de son espoir en un avenir plus rieur et peut-être plus favorable à ses projets. Peut-être, enfin libéré de ces « facteurs extérieurs » dont avait parlé sa sœur ?

Et dans la façon dont l'un ou l'autre s'adressait à Ernest, je croyais désormais voir le poids des querelles passées, des questions qui, peut-être, restaient en suspens, sans parler des rivalités qui perduraient certainement au-delà des apparences. Ils n'étaient plus, pour moi, des camarades aux mille et un souvenirs mais des inconnus unis par un passé commun, qui tentaient de s'apprivoiser de nouveau.

Si Paul et Rebecca s'adressaient toujours à leur cousin avec la plus grande politesse, j'étais désormais presque certaine qu'une jalousie latente persistait entre eux trois. Comme si chacun d'entre eux reprochait à l'autre d'avoir été davantage favorisé par le destin. Sans oublier les tensions du présent qui se superposaient à celles du passé...

Car, pour la seconde fois depuis le repas, Ernest s'étonnait ouvertement qu'ils ne puissent travailler dans l'atelier de son oncle, proposition déguisée que Paul ne semblait pas vouloir comprendre. Penché en avant sur la table, comme pour mieux capter l'attention de Paul, son cousin n'était pourtant pas homme à s'avouer vaincu.

— Je persiste à dire que nous y serions plus à notre aise. Il y a, là-bas, une énergie particulière qui nous aiderait à trouver l'inspiration nécessaire à notre grand projet.

Paul mastiqua longuement sa bouchée puis, finalement, la fit passer avec une grande gorgée de vin avant de répondre d'un ton tranquille.

— Mon vieux, ce que vous ne comprenez visiblement pas, c'est qu'il n'y a nulle inspiration à avoir. Nous ne sommes pas des artistes à la recherche de nos muses. Tout ce dont nous avons besoin, ce sont de fonds mais également des contacts allemands et britanniques que vous nous avez promis. Avez-vous reçu les réponses que nous attendions ?

— Il n'y avait rien au courrier, précisa alors Rebecca, d'un ton morne.

— En effet, les réponses tardent à arriver mais je vous rappelle que je ne suis ici que depuis quatre jours.

— Il faudrait néanmoins avoir quelques nouvelles pour savoir ce que nous pouvons envisager ou non.

— N'aviez-vous pas vos propres investisseurs ? À moins que vous n'ayez omis de me dire quelque chose d'important à leur sujet ?

Assise à côté de Paul, je n'osais me tourner trop franchement vers lui et peinai à saisir totalement son expression. Face à nous, Ernest n'était guère plus transparent, à mes yeux, semblant sciemment éviter mon regard. Depuis que l'entrée avait été servie, j'étais restée tendue, comme à l'affût d'une remarque désagréable mais le cousin de la famille avait apparemment décidé de tout bonnement m'ignorer.

— Ne vous inquiétez pas, mon cher cousin ! répliqua finalement

Paul, avec une tranquillité peut-être feinte. En effet, j'ai mes propres noms, bien au chaud dans mon carnet d'adresses. Vous comprendrez néanmoins qu'au vu de notre passé, je me montre un peu méfiant.

— Dans ce cas-là, que devrais-je dire ? Nulle relation ne peut se construire sur de la méfiance. J'aurais moi-même eu bien des raisons de me montrer prudent... Or je suis venu ! Je ne comprends pas votre attitude. À mes yeux, elle est tout simplement injuste.

— Toute vision est subjective, commenta Rebecca, avec la plus grande douceur.

— Subjectivité et culpabilité sont des choses bien différentes, rétorqua Paul, sans se départir de son sourire.

— Insinuez-vous...

— Je n'insinue rien, mon vieux... Détendez-vous. N'êtes-vous pas également venu pour la beauté des retrouvailles ?

— Certes.

— Je vous assure que la réussite de ces dernières n'a absolument rien à voir avec le lieu de notre rassemblement. Laissons le passé où il se trouve. Nous pouvons travailler où bon nous semble. Seules comptent nos idées.

— Et si je pensais le contraire ? Si je pensais que le passé, au contraire, a tout à voir avec notre présent ?

— Si tel est le cas, alors vous faites fausse route !

Se redressant, comme pour s'imposer davantage, Ernest souffla :

— Moi ? Faire fausse route ? Venant d'un homme qui...

S'il fit en sorte de retenir ses mots, ses poings serrés, posés de part et d'autre de son assiette, ne laissaient aucun doute sur ses sentiments profonds.

— Ernest ! Paul ! Je vous en prie ! Vous allez finir par effrayer notre invitée ! Louise, vous devez une fois encore trouver nos conversations bien étranges !

Me regardant avec une toute nouvelle intensité, Rebecca semblait sincèrement désolée. Campé à côté d'elle, Ernest ravala une réplique qui, à n'en point douter, n'aurait pas été du goût de son cousin.

Je tentai de faire croire que j'étais parfaitement à l'aise et que la tension, pourtant palpable, ne m'atteignait en rien.

— Pas du tout ! Chacun devrait faire ce qu'il veut faire et penser ce qu'il veut penser. Qu'importe son sexe, d'ailleurs.

Puis, j'adressai un large sourire à Ernest, certaine que ce dernier commentaire, plus que la conversation qui avait précédé, lui donnerait envie de faire ses valises dans la soirée. À l'idée qu'il puisse partir et que cela me permette de finir mon propre séjour dans une relative sérénité, je me sentais étrangement enthousiaste.

Sa réponse, bien entendu, ne se fit pas attendre.

— Et qu'est-ce qu'une jeune femme comme vous peut-elle penser ou souhaiter faire ?

— Vous voulez dire, à part rêver à de nouvelles robes et à de nouveaux ras-de-cou ?

Dans son regard, je crus voir passer une lueur furtive qui ressemblait à s'y méprendre à de l'amusement. À moins qu'il ne s'agisse que de mépris ? Dans le doute, je n'y accordai nulle attention, trop concentrée sur ce qui allait suivre.

— Par exemple ! À quoi occupez-vous vos journées, d'ordinaire ? Et vos soirées ?

— Je vis avec ma mère dans un très grand calme. Nous ne voyons pas grand monde. Je passe la plupart de mes journées avec une bonne amie. Elle vit dans la maison d'à côté et elle m'est très chère. Le reste du temps, je couds un peu et je lis. Rien qui ne sorte véritablement de l'ordinaire, j'en ai peur.

Je pensais ainsi couper court à tout interrogatoire mais, c'était compter sans Rebecca qui, à ma grande surprise, éclata de rire.

— Grands dieux ! Louise ! Vous avez l'art de l'euphémisme ! Pour une jeune femme ayant été présentée à la reine Victoria elle-même, je n'arrive pas à croire que vous soyez si humble ! À votre place, beaucoup s'en seraient vantées ! Ce fut tout de même autre chose qu'un bête voyage à Londres !

J'accusai le coup sous le regard profond d'Ernest. Dans la lumière tamisée, troublée par le balancement des flammes oscillantes, il me semblait parfois le voir sourire. L'instant d'après, son visage retrouvait son expression fermée, dure. Lorsqu'il commença à pincer l'arête de son nez, sans pour autant me quitter des yeux, je sus que j'avais toute son attention. En conséquence, ma réponse devait être à la hauteur.

— La reine Victoria, si précieuse soit-elle, n'est finalement que peu de chose en comparaison de la compagnie extraordinaire que j'ai trouvée ici. Une douce sorcière, un joyeux gentilhomme et… un ours. Qui peut se targuer de faire pareilles rencontres ?

Tour à tour, j'avais regardé chacun des convives en terminant, bien entendu, par celui à qui ma réponse était véritablement destinée.

Sans que rien, dans sa physionomie, ne se trouble véritablement, il sembla se mordre l'intérieur des joues et recula dans l'obscurité, refusant son visage à la lumière des flammes.

— Ma foi, s'amusa Paul, je suis celui qui s'en sort sans trop de mal ! Une sorcière, vraiment ? Et un ours ? Il y a là de quoi s'inquiéter pour un gentilhomme comme moi !

— Alors fermez bien votre porte à clé, la nuit ! s'amusa Ernest, non sans avoir avalé d'un trait un grand verre de vin.

— Mon vieux, je n'oserais vous dire ce qui est le plus dangereux dans ce manoir… Laisser sa porte ouverte une nuit entière ou alors boire un grand cru comme s'il s'agissait d'un vulgaire vin de messe ? Il risquerait d'y avoir quelques représailles…

Loin de s'offusquer, Ernest le gratifia d'un large sourire.

— Je n'ai que peu de connaissances dans le domaine.

— Pour un Parisien, c'est un comble !

— Vivre à Paris et être un fin gourmet sont deux choses bien différentes.

— Tout de même ! C'est un art de vivre !

— Certes ! Mais tout dépend de là où on vit !

— Paris ? Oh ! Alors, vous êtes allé visiter l'Exposition ?

Malgré mon envie de me faire oublier, je n'avais pas pu m'empêcher d'intervenir. Ces quelques mots ne laissaient aucun doute sur l'enthousiasme qui m'habitait à ce sujet. Tout ce que j'en savais, je l'avais lu dans les journaux mais, si passionnantes soient-elles, mes lectures ne m'avaient permis de ne me faire qu'une vague idée de l'effervescence qui devait y régner. Des quarante-quatre maisons de Charles Garnier ou du triomphe de la championne de tir Annie Oakley, je n'avais que des images floues et sans doute faussées par ma méconnaissance des lieux et des ambiances. Une personne les ayant vues de ses propres yeux, ours ou non, pouvait m'apporter davantage.

— Vous semblez bien intéressée, mademoiselle Dusang. Seriez-vous avide de sensations fortes ?

Démentant la curiosité évidente que mes paroles avaient trahie, je haussai les épaules avec un sourire que j'espérais détaché. Une fois encore, j'avais commis une erreur et devais me reprendre sans attendre. Poser plus de questions sur Paris, cette ville dont je rêvais depuis si longtemps, c'était, à mon sens, bien trop me dévoiler.

— J'en ai entendu parler, voilà tout...

— Qui peut encore ignorer son existence ? Cinq mois qu'elle bat au rythme de nos cœurs... Elle occupe nos jours et nos nuits !

— Dans ce cas, vous devez bien avoir un avis sur ce monstre de fer ? demanda Rebecca. Est-il aussi inutile que certains l'ont dit ? Pensez-vous que cette tour est une insulte au bon goût ? L'avez-vous au moins vue ?

Ernest reposa ses couverts de part et d'autre de son assiette.

— La tour Eiffel ? Eh bien, il me semble qu'il serait bien difficile de l'ignorer, même en le souhaitant ! Pour ma part, j'ai eu la chance de la visiter par deux fois et j'ai trouvé l'expérience particulièrement enrichissante. Bien sûr, je n'ai pas assisté à son inauguration, à la fin du mois de mars. En mai, je n'en étais pas moins parmi les premiers à la visiter.

— N'avez-vous pas eu peur ? Cela semble si haut ! soufflai-je, presque malgré moi.

Il me jeta un regard amusé.

— J'étais trop émerveillé pour cela !

— On dit que le Palais de la guerre est particulièrement impressionnant ? demanda à son tour Paul, de nouveau plus léger.

— Pour ceux qui aiment les armes, certainement ! Pour ma part, j'ai davantage aimé la Galerie des machines ! Cette nef de verre est absolument immense ! Une telle architecture métallique... Je ne pensais pas cela possible, et pourtant ils l'ont fait ! Et elle tient sans aucun appui intérieur ! Vous rendez-vous compte ?

Il me regarda alors droit dans les yeux avec l'air d'attendre mon assentiment comme si je pouvais avoir la moindre connaissance en architecture.

— Et qu'avez-vous pensé de ce village nègre ? Il est situé sur le Champ-de-Mars, n'est-ce pas ?

Rebecca tourna de nouveau son beau visage pâle vers Ernest. Sur ses traits, nulle trace d'amusement, ou même de curiosité, comme si elle ne participait à la conversation que pour faire preuve de politesse.

— En effet. Pour ma part, je n'y suis pas allé.

— Vraiment ? Et pourquoi ? Cela semble assez divertissant. Mais effrayant, aussi !

— Parce que, à mon sens, on ne peut exposer des hommes et des femmes comme on le ferait avec des meubles ou des horloges ! Si quelque chose, là-bas, déroge au bout goût, ce sont ces pavillons et cette ridicule cité exotique. Non, la tour Eiffel !

Son ton était si ferme et sa mine subitement si sombre que Rebecca sembla s'en inquiéter.

— Vous n'approuvez donc pas la mission civilisatrice de notre beau pays ? Tous ces gens ne devraient-ils pas être fiers de participer à un tel événement ? Nous avons tant fait pour eux !

— Je présume que le besoin qu'ils avaient de nos lumières est bien inférieur à ce que nous feignons de croire. Ces peuples prétendus inférieurs devraient être laissés libres d'être ce qu'ils sont et, en tout cas, ne pas être exposés comme des animaux curieux ! Comme un spectacle humain ! Qu'avons-nous à leur apporter d'intéressant, si ce n'est nos maladies, nos problèmes et notre mépris...

— Dieu ! Les saints évangiles !

— Et de belles architectures métalliques, peut-être ? railla alors Paul, après avoir goulûment mordu dans un épais morceau de pain. Mon vieux, vous ne devriez pas prendre ces choses à ce point à cœur. Après tout, on n'y peut rien, n'est-ce pas ? Quoi que vous en pensiez, ces expositions ont bel et bien lieu, chaque jour, et d'après ce que j'en ai entendu, elles plaisent tout particulièrement.

— L'engouement des foules ne leur apporte, du moins à mes yeux, aucune légitimité.

— Qu'en est-il de la Galerie des jouets ?

Le sourire aux lèvres, comme pour redonner un peu de douceur à la conversation, Rebecca avait posé la question tout en tendant la carafe d'eau à Ernest. Il l'attrapa et la reposa sans se servir.

— Elle vaut le détour. On y trouve des fusils, des tambours mais également des pistolets pour les garçons. J'y ai vu une locomotive à triple expansion avec ses trois pistons, pour cinquante-neuf sous, exactement. Mais la grande nouveauté, et celle qui devrait vous intéresser, c'est le petit soldat de plomb. Zouaves, hussards et cuirassiers sortent à présent des ateliers parisiens !

— Père les faisait importer d'Allemagne à l'époque où cela ne se faisait pas encore !

— Oui, papa était un véritable visionnaire ! ajouta Rebecca, avec un sourire attendri qui me toucha tout particulièrement.

Le temps d'un instant, elle semblait être redevenue une petite fille admirative et j'enviai ce lien particulier que je n'avais, pour ma part, jamais eu la chance de connaître. Avoir un père et être fière de ses qualités et réussites devait être bien doux.

Il y eut un long silence, comme si chacun d'entre nous digérait les propos échangés. Je relevai pourtant rapidement les yeux sur Paul qui, un verre à la main, s'amusa.

— Ici, nous sommes bien loin de tout ce remue-ménage, n'est-ce pas ?

— Il y a des avantages à être à l'écart du monde, répliqua Rebecca. Nous avons une vie agréable et calme. Louise, Paul m'a fait part de l'immense plaisir qu'il a eu à se promener à votre côté, tout à l'heure. Ainsi, vous avez profité de notre parc comme je vous l'avais conseillé ? Qu'en avez-vous pensé ? Je suis persuadée que peu, à Paris, peuvent se targuer de posséder un tel domaine...

Je fis de mon mieux pour oublier ces arbres aux branches monstrueuses, cette statue sans tête, au centre du bassin, mais également l'impression mortifère que l'ensemble m'avait inspirée.

— Je me suis plu à l'imaginer sous le soleil de mai.

— Oh ! ici, il pleut énormément au printemps. Au fond et à condition de ne pas craindre le froid de l'hiver, il s'agit de la saison la plus difficile à passer au manoir.

L'amertume, clairement perceptible dans sa voix, n'échappa à personne. Tout en se resservant du plat que nous tous avions finalement abandonné au centre de la table, Paul ne put s'empêcher de donner une explication de son cru.

— Ma sœur a passé tout un printemps seule, au manoir. On dirait qu'elle en garde un souvenir cuisant. Ou du moins... humide.

— Seule ? Vous étiez vraiment seule ? Vous n'aviez pas peur, la nuit ?

Ma question, naïve au possible, avait été posée avec la plus grande spontanéité. Elle reçut en retour deux sourires polis et une question de la part d'Ernest.

— Et que croyez-vous qu'il y ait de plus la nuit que le jour ?

— Mais des fantômes, évidemment ! Des âmes errantes venues des siècles passés et qui sortent à la nuit pour tourmenter les vivants ! N'est-ce pas communément admis ? Ce manoir est si vieux ! Il doit regorger d'histoires passées absolument terribles, n'est-ce pas ?

En moi, nulle honte et aucun regret d'avoir exprimé mes doutes. J'avais entendu trop d'histoires, dans ma jeunesse, pour pouvoir renier mes craintes. Dans ces récits, légendes locales et faits divers s'enchevêtraient si intimement qu'il était parfois difficile de discerner le vrai de la fiction la plus pure. Que la dame blanche du château de Trécesson vienne donc me dire le contraire, du fond de sa fosse !

— En effet, le manoir est très ancien, répondit Rebecca, comme si ceci expliquait cela.

Le sujet fut laissé de côté.

Au moment de notre séparation pour la nuit, à la fin du repas, je constatai avec dépit qu'Ernest souhaitait me parler en particulier. Sans introduction ni explication aucune, il me souffla une vague histoire au cours de laquelle leur grand-père, Charles de Mussey, était mort dans la cour intérieure du manoir à la suite d'un duel sanglant.

— Celle-là même où nous nous sommes croisés, ce matin, ajouta-t-il ensuite avec un sourire moqueur. Selon les rumeurs familiales, l'agonie de notre aïeul a été terriblement longue mais peut-être viendra-t-il vous en dire un peu plus, au cours de la nuit…

Manquant de tomber à la renverse, je me contentai de pincer les lèvres et répondis à son insolence par un regard plein de colère qu'il reçut pourtant avec le plus large des sourires. J'allais avoir le plus grand mal à cacher mon agacement. Après m'avoir clairement fait part de son hostilité, voilà que le cousin de Mussey s'amusait à mes dépens !

— Je ne suis pas une enfant, monsieur !

— Nul besoin d'être une enfant pour avoir peur. Vous m'en direz des nouvelles, demain !

— N'y comptez pas ! Je ne vous ferai pas ce plaisir !

— Me pensez-vous à ce point cruel ?

— Bien entendu !

— Et pourquoi donc ?

— Parce que vous souriez ! Oui, vous souriez en me parlant de choses affreuses !

— Plus affreuses que l'exposition de ces pauvres gens, dont nous parlions tout à l'heure ?

La question eut le mérite de me surprendre et, d'une certaine manière, de m'adoucir un peu.

— Nul ne devrait être obligé de vivre là où il ne le souhaite pas. Si ces gens se trouvent parqués là-bas contre leur volonté, alors en effet, ces horreurs se valent peut-être…

— Vous ne pensez pas qu'on les a fait venir à Paris pour leur bien ?

— L'enfer est pavé de bonnes intentions. N'est-ce pas ce que l'on dit ?

Ernest hocha la tête avant de se détourner de moi, me donnant l'impression que notre conversation était terminée avant de me lancer, sur un ton beaucoup plus doux cette fois :

— Il existe heureusement des hommes bons et respectueux, comme des fantômes bienveillants. Ne l'oubliez pas. Bonne nuit, mademoiselle Dusang !

11

Le lendemain, campée dans le grand hall en tenue d'équitation, les yeux dans les yeux des renards empaillés qui, évidemment, n'avaient pas bougé, je n'en menais pas large. Toute la nuit, et malgré une volonté farouche de ne pas accorder plus d'importance que nécessaire à l'anecdote d'Ernest, j'avais guetté le moindre soupir du manoir. Dans l'obscurité, chaque craquement était devenu inquiétant. Il m'avait semblé voir des ombres raser les murs et danser au plafond. Quant au souffle glacé qui m'avait finalement poussée à me cacher le plus profondément possible sous mes couvertures, j'avais tenté de le mettre sur le compte d'un banal courant d'air sans parvenir à m'en convaincre…

Je m'étais malgré tout endormie à plusieurs reprises avec l'espoir de ne me réveiller qu'au matin mais mon esprit inquiet ne m'avait évidemment pas offert le repos dont j'avais besoin. Et quand, au cœur d'une nuit d'encre où il m'avait été impossible de distinguer le moindre relief, j'avais cru entendre des cliquetis ressemblant à s'y méprendre à ceux d'un fantôme traînant ses chaînes, j'avais compris que la fatigue serait de mise, le lendemain.

Lorsque mon plateau matinal me fut finalement apporté, j'étais fatiguée, de mauvaise humeur et écœurée par une nourriture dont je n'avais nul besoin. J'aurais mille fois préféré que Juliette m'oublie plutôt que de venir me trouver avec toutes ces victuailles.

Comme pour me donner le coup de grâce, un billet de Rebecca, présenté comme la veille entre ma tasse de café et un petit pot de confiture, m'invitait séance tenante à une promenade à cheval. Ainsi, Paul n'avait pas menti quant à son envie irrépressible de me « voir sourire ».

Je cherchais déjà une bonne excuse pour éviter cette épreuve quand mon regard se laissa finalement happer par la fin du message.

> *[...] Nous aurons le plaisir d'être à quatre, Ernest étant ravi de se joindre à nous.*
>
> *Malgré l'amour que vous avez des chevaux, vous n'aurez certainement pas pensé à apporter une tenue adéquate. De ce fait, je me permets de vous faire parvenir le nécessaire.*
>
> *Rebecca*

Tout en m'interrogeant sur l'étrangeté de voir les mots « Ernest » et « ravi » se succéder au sein d'une même phrase, je dépliai lesdits vêtements d'équitation avec, dans le cœur, une certaine inquiétude.

Malgré son évidente générosité, Rebecca semblait avoir oublié qu'elle et moi n'avions pas du tout la même silhouette. J'avais beau être au manoir par pure amitié et non avec le projet de me trouver un mari, avoir l'air d'une petite fille ayant volé les vêtements de sa mère était tout simplement hors de question. Et surtout pas en pareille compagnie !

Petite, je l'avais évidemment toujours été mais ma taille ne me posait de souci que lorsque je me comparais avec d'autres femmes. Il n'y avait bien qu'aux côtés de Louise, pourtant bien plus grande que moi, et face à ma mère, encore plus petite, qu'il m'était possible d'oublier ma particularité physique.

De cette vie à lever le nez en direction des autres, j'avais acquis de solides capacités d'observation que beaucoup m'auraient enviées mais qui ne compensaient absolument pas les quelques centimètres qui semblaient me manquer. Dans le cas présent, au moins pouvais-je compter sur mon ingéniosité et mes doigts de fée...

Lorsque, une heure plus tard, conformément aux instructions

de Rebecca, je descendis dans le grand hall, ma veste et ma jupe d'équitation, conçues dans un tissu très chaud et d'un beau bleu sombre, ne semblaient pas taillées pour moi mais suffisamment élégantes et adaptées à mon corps pour faire illusion. Quelques points, placés aux endroits adéquats, avaient suffi pour en resserrer la taille et en réduire la longueur.

Je patientai un long moment dans un silence religieux avant de réaliser que, peut-être, on m'attendait dans la cour intérieure. Au souvenir du duel et de l'agonie évoqués par Ernest, j'hésitai puis me décidai enfin à pousser la porte. Figée dans l'encadrement, j'attendis sagement que Paul et Rebecca, qui discutaient un peu plus loin, remarquent ma présence et viennent à ma rencontre. En vain. Comme immergés dans leur monde, ils semblaient ne rien voir ni ne rien entendre du monde extérieur.

De là où je me tenais, je ne pouvais évidemment pas entendre la teneur de leur conversation mais, à leur posture et à leurs mines, je croyais deviner que le sujet n'avait rien d'agréable et n'osai de ce fait les interrompre.

Ne sachant si, oui ou non, je devais aller les rejoindre malgré tout, j'hésitais quand un bruit de pas dans mon dos mit brutalement fin à mes questionnements. Profitant de ce que la porte était à demi ouverte, Ernest se faufila à mes côtés et sortit en me bousculant légèrement. Il dévala les marches sans s'interrompre pour autant, se contentant de se tourner légèrement vers moi et de marmonner un « Veuillez me pardonner » qui ne me toucha guère.

L'incident aurait peut-être été clos si, poussée par la mauvaise humeur que cet homme faisait invariablement naître chez moi, je ne lui avais emboîté le pas tout en lui demandant :

— En êtes-vous vraiment certain ?

Comme freiné dans sa course, Ernest s'arrêta finalement, me laissant venir à son niveau.

— J'avoue ne pas comprendre…

— C'est pourtant simple ! Êtes-vous vraiment certain de vouloir être pardonné ? Deux fois ! Deux fois que vous me bousculez !

J'y vois le reflet davantage d'une mauvaise éducation que d'une maladresse ! Et en cela, soyez-en certain, vous êtes impardonnable !

Il fit un pas supplémentaire, réduisant à rien la distance qui nous séparait.

— Insinuez-vous que j'ai été mal éduqué par mes parents ?

— Je n'insinue pas, monsieur. J'affirme !

Les narines frémissantes, le regard assuré et le menton haut, j'attendis la réplique d'Ernest comme on attend le premier coup d'épée de son ennemi juré. J'étais prête à le parer et même à lui rendre la pareille. Cependant, et à mon grand étonnement, mon adversaire n'avait visiblement aucune envie de croiser le fer et s'inclina de toute sa haute taille devant moi.

— Je crains d'être la plupart du temps perdu dans mes pensées. Cela n'excuse en rien mon impolitesse et je suis navré de vous avoir été désagréable.

Nulle répartie n'aurait davantage pu m'étonner. Soudainement incapable de trouver que lui répondre, je fus soulagée quand Paul nous apostropha. Tout comme sa sœur, il semblait enfin avoir pris conscience de notre présence.

— Ernest ! Louise ! Nous n'attendions plus que vous ! Vous êtes charmante dans cette tenue, ajouta-t-il lorsque je fus devant lui, me faisant rougir de plaisir.

Il n'y avait rien de plus agréable pour moi que d'entendre louer mes ouvrages et je considérais, à juste titre, que ma reprise de la tenue d'équitation valait bien quelques compliments.

Rebecca s'extasia à son tour.

— Elle vous va si bien ! Comment est-ce possible ?

— Je l'ai reprise. Rassurez-vous, rien qui ne soit définitif.

— Vraiment ? En si peu de temps ?

— Il ne m'en faut pas plus pour obtenir ce que je veux.

— Alors, vous êtes une petite fée de la couture ! Qui l'eut cru ? Auriez-vous encore d'autres petits secrets ? Des talents que vous nous cachez ?

Consciente que mon petit rire nerveux ne faisait guère illusion, je sus gré aux deux garçons d'écurie de nous interrompre avec l'arrivée de nos montures respectives. Deux petites juments baies pour Rebecca et moi, un cheval pommelé pour Ernest et, pour Paul, un pur race au profil élancé occupèrent bientôt tout l'espace.

Avais-je été sur le point d'être découverte ? Rebecca se doutait-elle de quelque chose à mon sujet ? En dévoilant mes talents de couturière, étais-je sortie un instant du rôle que mon amie m'avait attribué ?

Perdue et soucieuse, serrant la bride de mon animal à m'en faire pâlir les phalanges, je restai à l'écart du petit groupe. Nul ne vint me voir ni ne s'inquiéta de moi pendant un temps indéterminé, et qui ne s'éternisa certainement que dans mon esprit.

N'en jetant pas moins de multiples petits coups d'œil catastrophés autour de moi, je dus bien vite me rendre à l'évidence : j'allais devoir monter sur ce cheval et il me faudrait y parvenir seule, ce qui me semblait aussi impensable et fou que danser sur un toit enneigé. N'étais-je pas censée avoir un peu d'aide ?

Rebecca, qui était montée en selle je ne savais quand ou comment, attendait, comme figée, le regard braqué à l'horizon, dans une posture qui ne laissait aucun doute sur ses dispositions de cavalière. Paul, apparemment en admiration devant sa monture, était en conversation animée avec les palefreniers. Quant à Ernest...

Le temps pour moi de chercher où cet homme infréquentable se trouvait, il était à côté de moi, le visage incliné dans ma direction, apparemment très attentif à ce qui allait suivre. J'attendis un rire, une remarque acerbe ou un commentaire faussement obligeant mais rien ne vint. Loin de me démonter pour autant, je maintins autant que faire se peut mes yeux dans les siens, plus que jamais d'un bleu polaire. Jamais encore je n'avais eu l'occasion de l'observer aussi longtemps à la lumière du jour.

Sa mâchoire, carrée, apportait sans nul doute du caractère et de la détermination à ses traits. Elle était associée à un nez fin et bien proportionné et à un teint pâle qui, à n'en point douter, appartenait à un homme plus jeune que je ne l'avais tout d'abord estimé. Quel âge avait-il, exactement ? Et pourquoi s'était-il tenu à l'écart du manoir – et de ses cousins – aussi longtemps ?

Sans détour, il me demanda :

— Vous savez monter, n'est-ce pas ?

J'aurais aimé avoir le cran de l'ignorer, tout bonnement, mais j'avais besoin d'aide, et notre tout dernier échange n'avait-il pas prouvé qu'il possédait encore malgré tout une once de civilité ? J'espérais un conseil, quel qu'il soit, mais je lui répondis d'une voix sèche :

— Bien entendu ! Quelle question !

— En êtes-vous certaine ? Vous semblez avoir peur.

— Vous vous trompez sur mon compte.

— Très bien ! Dans ce cas… Permettez-moi au moins de vous aider à vous mettre en selle. À moins que ma mauvaise éducation ne vous rebute ?

Ayant l'élégance de ne pas attendre de réponse, il s'avança légèrement vers moi, se courba et réunit ses deux mains, paumes ouvertes face au ciel. Je finis par comprendre qu'il attendait que j'y pose le pied, ce que, pour une raison étrange, je ne pouvais me résoudre à faire. La veille, pourtant, je l'aurais volontiers piétiné si j'en avais eu la possibilité, mais ce matin… J'étais bien trop fatiguée pour seulement envisager de tels projets.

— Mes chaussures sont sales et… je crains de vous faire mal et d'être trop lourde. Je ne veux…

Loin d'être touché par une telle marque de sollicitude, il leva les yeux au ciel.

— Vous faites vraiment toute une comédie pour pas grand-chose !

Nos regards se trouvaient à présent au même niveau. J'éprouvais l'envie de fuir cette proximité sans parvenir à esquisser le moindre geste pour cela. Je me contentai de le regarder en silence, comme fascinée par une présence que je n'avais pourtant pas recherchée. Il y avait quelque chose en lui qui m'étonnait et retenait mon attention malgré moi.

Peut-être était-ce sa voix, sombre et profonde, qui m'avait en partie induite en erreur sur son âge ? Sa haute taille, qui me donnait l'impression d'être plus petite encore ? Ses cils qui, bordant ses paupières, apportaient un petit rien de féminin à ses yeux ? Je n'en avais strictement aucune idée.

Ensuite ? Tout devint hors de mon contrôle.

Ses mains empoignèrent fermement ma taille, me soulevèrent de terre pour mieux me poser sur la selle. Ce contact, aussi inattendu que nouveau, me coupa le souffle et mit fin à ces débats intérieurs.

Désormais à mes pieds, il me regarda un instant encore, comme soucieux de ma réaction et enfin, haussa les épaules.

— Et vous êtes ridiculement petite !

Puis, il se détourna de moi afin de se hisser sur sa propre monture. Sonnée, je ne trouvai rien à lui répondre et encore moins à penser.

12

Une légère brise se leva alors et vint obligeamment chasser les nuages qui s'étaient amoncelés au-dessus de La Renardière et de ses alentours. Les rayons du soleil, bien que timides, vinrent peu à peu réchauffer l'air ambiant et redonnèrent quelques couleurs au ciel.

Tout en chevauchant laborieusement aux côtés d'Ernest qui, pour une raison connue de lui seul, semblait se soucier de moi plus que nul autre ici, je me surpris à prendre un plaisir inédit à l'exploration du domaine des de Mussey.

Après avoir quitté à grande allure la cour intérieure et suivi le sentier sur lequel j'avais croisé l'ancienne domestique, nous débouchâmes sur un charmant petit sous-bois. Alors, nous adoptâmes un rythme plus lent, comme pour profiter davantage des beautés de la forêt.

À mon grand regret, cette agréable sensation de liberté et de douceur y trouva son point final. Sous l'arche des arbres, tout semblait plus sombre, et l'impression d'oppression, dont j'étais désormais coutumière, vint de nouveau enserrer mon cœur de ses griffes acérées. Qu'elles me manquèrent alors, ces bourrasques qui arrachaient les épingles de mon chignon, libérant mes cheveux comme un oiseau sort d'une cage ! Et comme le goût du sel sur ma peau me manquerait encore, lorsque je serais sous les cieux parisiens, à plaider pour ma cause, ma vie, ma passion !

— Vous vous en sortez mieux que je ne l'aurais cru.

Profitant de ce que nos compagnons de route, apparemment unis par le plaisir de la promenade, chevauchaient côte à côte, Ernest s'était rapproché de moi. Je ne savais si je devais m'en inquiéter ou non.

Par deux fois, j'avais tenté d'attirer l'attention de Paul sans qu'il daigne tourner les yeux vers moi. Son cheval, dont il avait fait grand cas puis la conversation de sa sœur semblaient davantage retenir son intérêt que mon bien-être ou mon divertissement. Bien que je n'aie au fond de moi aucune raison valable de rechercher la compagnie de son cousin, je n'osais me montrer aussi impolie qu'il avait pu l'être à mon égard.

Aussi, je tournai un visage faussement enjoué vers le cavalier et lui demandai :

— J'imagine que cela ressemble au plus près à l'idée que vous vous faites d'un compliment ?

Il fronça exagérément les sourcils.

— Mademoiselle Dusang, voyons ! Vous allez vite en besogne ! C'était une simple constatation, rien de plus !

Je souris un peu plus largement et peut-être, au fond, un peu plus sincèrement.

— Ah ! Vous m'avez fait peur ! Un instant, j'ai pensé que vous tentiez d'être agréable ! J'aurais été moins surprise si votre cheval m'avait demandé l'heure de son prochain repas !

— Ceci, il le sait déjà : il mangera quand ces fichus humains se seront décidés à rentrer chez eux !

Il y avait tant amertume dans sa remarque que je remis l'affirmation de Paul en doute.

— Vous n'aimez pas monter ?

Il planta son regard dans le mien et ménagea un court silence avant de répliquer :

— Ai-je l'air d'être un amateur de balades équestres ?

— Vous semblez être dans votre élément.

— J'étais prédestiné à pareille occupation. Néanmoins, pour

être franc, j'aspire généralement à davantage de sensations. Les promenades de fillette ne me conviennent guère.

— Dans ce cas-là, pourquoi avoir choisi de nous accompagner ?

La réponse, sans ambages, fusa immédiatement.

— Mais pour empêcher ces deux-là de vous perdre au fin fond de la forêt, bien évidemment !

Sans doute était-ce une taquinerie de plus.

Après le fantôme du grand-père, la menace de me retrouver seule au fin fond de la forêt sans même quelques petits cailloux semés derrière moi pour retrouver mon chemin devait certainement l'amuser au plus haut point. En d'autres circonstances, j'aurais peut-être pu en sourire, au moins par politesse, mais mon cheval tourna la tête sur le côté, me donnant l'impression qu'il songeait à couper à travers bois. Je ne m'en crispai qu'un peu plus sur son dos.

— Une simple plaisanterie, précisa alors Ernest, se méprenant certainement sur la soudaine lividité de mon teint.

Il n'en fallait pas plus pour me faire réagir.

— Alors, il n'y a bien que vous pour en rire ! Ne vous a-t-on jamais dit que le propre de l'humour, c'est de faire rire ceux auxquels on s'adresse ?

— Mais je n'ai jamais dit que j'étais drôle ! Ce n'est pas pour cela que l'on m'invite aux dîners !

— Pour quoi s'impose-t-on votre présence, dans ce cas ?

Loin d'être vexé, il rit franchement.

— Pour agacer les poupées de porcelaine, sans nul doute...

— Les pou... Les poupées ? Est-ce ainsi que vous me voyez ?

— Vous m'avez tout de même qualifié d'ours... En retour, je peux tout me permettre. N'est-ce pas ? Vous êtes petite, pâle et vous semblez accorder un intérêt particulier à vos robes ? Je me trompe ?

Je me renfrognai. Si j'accordais de l'importance à mes vêtements, c'était davantage pour des questions techniques que par frivolité ! J'aimais les beaux tissus mais avant toute chose pour le plaisir de les travailler...

— Vous avez plus de points communs avec cette bête tout droit sortie de sa grotte que moi avec une poupée que l'on range dans une vitrine ! tentai-je de contester.

— Question de point de vue !

J'aurais tout donné pour être à terre et non sur le dos mouvant d'un animal ! Mais plus encore, pour ne pas avoir cette impression diffuse d'avoir encore besoin de celui qui, de nouveau, m'agaçait tant. En chevauchant si près de moi, Ernest me donnait l'illusion de pouvoir me venir en aide en cas de problème et, à cheval, j'étais à peu près certaine d'en avoir un, à un moment ou à un autre... Et pourtant, je ne parvenais pas à me contenir et à garder pour moi mes émotions et sentiments.

— Vous êtes si... si déplaisant !

— De la part d'un ours, peut-on s'attendre à autre chose ?

— En effet.

Son sourire décrut à mesure que l'idée se faisait un chemin dans son esprit. Il comprit enfin que je ne plaisantais plus du tout, si tant est que j'aie plaisanté à un moment donné.

— Vous n'êtes tout de même pas sérieuse ? Si ? Vous me voyez réellement ainsi ?

— À votre avis ? M'avez-vous donné l'occasion de vous considérer autrement ?

— Je mettais votre mine défaite sur le compte du cheval ! Non sur ma compagnie.

— Ma mine défaite, vous dites ? Et vous pensez ainsi me faire changer d'avis sur votre compte ?

Ernest jeta un regard attentif à nos deux compagnons de promenade, toujours très absorbés par leur conversation et, comme soulagé par leur indifférence, se retourna une nouvelle fois vers moi. De mon côté, je n'accordai plus aucune attention aux mousses, feuilles mortes, branches dénudées et terre mouillée qui nous entouraient, n'ayant d'yeux que pour lui tout en m'en défendant intérieurement.

— Écoutez... Si je vous ai fâchée, d'une quelconque manière, j'en suis sincèrement désolé. Cela étant dit, je ne vois pas vraiment ce que vous pouvez me reprocher. Je...

Je répliquai vivement mais assez bas pour ne pas être entendue de ses cousins.

— Vous ne voyez pas ! Votre invitation à quitter le manoir, dès le premier soir. Le fait que vous m'ayez bousculée à deux reprises, comme si je n'étais rien de plus qu'un ballot de vêtements, oublié sur votre chemin. Et votre réflexion si condescendante quant aux goûts et aux priorités des « jeunes femmes » que vous semblez si bien connaître.

— Je vois. On dirait que c'est ceci qui, plus que le reste encore, vous a blessée, n'est-ce pas ?

— Pas du tout ! C'est seulement...

— Oui ?

— En réalité, vous n'êtes pas agaçant, vous êtes tout bonnement impossible !

Ernest ferma les yeux de manière fort comique, comme le ferait un homme venant de se prendre un soufflet imaginaire puis lança :

— Qui de nous deux est le plus ouvertement déplaisant envers l'autre, à présent ?

Incapable de le supporter plus longtemps encore, je détournai finalement le visage et tentai, d'un mouvement pathétiquement inutile, de faire avancer mon cheval un peu plus vite.

— Ce n'est pas comme cela que vous me fausserez compagnie ! Vous vous y prenez mal. Pour le faire trotter, il faut...

— Ne pouvez-vous donc pas vous contenter de vous taire, ou avoir une réponse à tout est-elle votre raison d'être ?

— Dans ce cas, peut-être sommes-nous deux !

— J'ai eu tort de craindre ma seconde nuit au manoir ! En réalité, mon pire cauchemar, c'est vous ! Et il arrive en plein jour !

Hors de moi, j'aurais voulu me permettre de fermer les yeux

mais, juchée sur ma monture, renvoyer Ernest, les autres cavaliers et la forêt tout entière derrière mes paupières closes me semblait être la dernière décision à prendre. Craignant de tomber, je n'en fis donc rien mais n'en affirmai pas moins très fermement ma prise sur les rênes.

— Attention à sa bouche, nota Ernest, tout en me désignant la tête du cheval. Quels que soient vos ressentiments, lui n'y est pour rien... Alors, vous m'en voulez vraiment pour le premier soir, n'est-ce pas ?

Blesser un animal par manque de sang-froid n'étant pas dans mes projets, je pris une grande respiration. L'air froid fut comme un coup de poignard dans mes narines, et à mes yeux perlèrent quelques larmes. J'avais hâte de retrouver la chaleur de ma chambre.

— Vous êtes perspicace... pour un ours.

— Merci bien. Cela étant dit, je voudrais vous rappeler que j'étais souffrant et...

— Cela n'excuse en rien vos paroles.

— J'aimerais vous expliquer quelque chose, je...

Je lâchai très rapidement les rênes, le temps pour moi de lui faire signe de ne pas poursuivre. J'en avais déjà bien trop entendu.

— J'insiste. J'étais souffrant. Une malheureuse intoxication qui aurait pu être évitée. J'étais fatigué, malade et de mauvaise humeur.

— Au moins avez-vous le bon goût de reconnaître vos torts...

— Je reconnais surtout m'être trompé sur votre compte. À présent, je peux vous le dire mais je m'étais fait une mauvaise idée de votre personne. En réalité, vous n'êtes pas celle que j'ai cru rencontrer, ce soir-là.

Mon cœur rata un battement. À me laisser aller à ma contrariété, je m'étais montrée bien confiante. Le danger que je craignais depuis ma sortie de voiture ne viendrait pas de la mère, Angélique, toujours absente, mais bel et bien du cousin. Et Ernest ne devait absolument pas voir à quel point sa réflexion me touchait ! Il était encore bien trop tôt pour être découverte.

— Vous m'imaginiez plus grande, je suppose ? lançai-je alors avec désinvolture, non sans lui avoir jeté le regard le plus froid dont je me sente capable, ce qui, en cette période de l'année, n'était pas peu dire.

— Absolument pas. Je vous imaginais seulement un peu plus sotte.

La réplique me surprit tant que j'en hoquetai bruyamment, attirant l'attention de Rebecca. Se retournant brusquement, elle demanda :

— Tout va pour le mieux, là derrière ?

— Tout va bien ! répliqua Ernest, un sourire en coin. Notre chère Louise vient d'apercevoir un renard et elle en a conçu quelque inquiétude ! À moins qu'il ne s'agisse d'un sanglier, elle ne saurait le dire ! Il faut avouer qu'elle est davantage familière des bars et des dorades !

Qu'elle trouve l'excuse valable ou non, Rebecca fit le choix de ne pas pousser plus loin l'interrogation et se retourna presque immédiatement vers son frère.

— Je sais faire la différence entre un sanglier et un renard ! soufflai-je immédiatement, m'étonnant presque de la colère qu'une telle insinuation faisait naître en moi.

— Je le sais pertinemment ! Voilà pourquoi je le dis et je persiste : vous n'êtes pas si sotte !

— Et vous, vous...

— Oui ? Je suis votre pire cauchemar, c'est bien cela ?

— Vous êtes un malotru !

Il éclata d'un rire bref.

— Dans votre bouche, toute insulte semblerait être un doux murmure... Si vous me considérez ainsi, j'en suis désolé mais avouez que mes préjugés n'étaient pas sans fondement...

— Et en quoi, je vous prie ?

Jetant un coup d'œil à ses cousins, il reprit, un ton plus bas :

— Je vous l'ai dit, ce fameux premier soir, il aurait fallu être très bête pour croire qu'il y avait quoi que ce soit pour vous, ici. Ni mari tendre et aimant ni joli domaine bien entretenu. N'avez-vous donc pas remarqué que tout, ici, tombe en désuétude ?

— Nous sommes en plein hiver.

— L'hiver, toujours l'hiver ! Inutile de tout mettre sur le dos d'une saison qui ne fait que ce qu'elle sait faire.

— Alors, laissons l'hiver où il est. Écoutez-moi bien : peu importe l'état du parc ou la poussière. Je ne suis là que pour faire connaissance avec votre cousin et sa sœur. Rien de plus.

— Oh ! ne soyez pas si naïve. Votre séjour n'a rien d'une visite de courtoisie.

— Pourquoi en être si certain ?

— Nul n'est ici par bonté d'âme ni même par plaisir. Ceci, je l'ai compris le jour même où j'ai reçu leur invitation.

Je me crispai de nouveau, mal à l'aise. Je me souvenais parfaitement des différends que Paul avait évoqués entre sa famille et celle d'Ernest. J'avais peut-être des airs de poupée, certes mais quoi qu'on puisse en penser, mes capacités intellectuelles étaient beaucoup plus développées. Je ne savais rien de toutes ces histoires mais devinais qu'il était question d'argent. Car qui, si ce n'est lui, était capable de diviser ainsi des familles auparavant unies ?

— Nul ne m'a forcée à venir ici, soupirai-je alors, soudain très lasse. Je sais pertinemment ce que je fais.

— Mais vous n'avez nulle idée de ce que eux font !

Puis, il pressa légèrement le flanc de sa monture, passa devant moi et ne me présenta dès lors plus que la vue de son large dos.

Sur l'instant, j'y aurais volontiers tambouriné de mes poings serrés. Et aussi fort que possible ! Au lieu de cela, je dus me résoudre au silence et rongeai mon frein. Il me semblait avoir pris un grand risque, à discuter ainsi avec lui, avant de réaliser qu'en vérité je n'avais rien dit d'inquiétant.

Peut-être voyait-il en moi une femme vénale, venue à La Renardière pour épouser un homme pour qui elle n'éprouvait rien, si ce n'est de l'intérêt pour son immense domaine ? Qu'il puisse m'imaginer aussi vide d'ambitions et de caractère me faisait mal au cœur et, à la fois, n'était-ce finalement pas exactement ce que j'étais censée être ? Une jeune femme en visite chez un potentiel mari. Certainement pas une femme en fuite vers un avenir rêvé...

Quant à sa dernière réplique, qui ressemblait à une mise en garde déguisée, je ne savais si je devais la mettre sur le compte d'un homme rendu amer par un passé familial houleux ou sur celui d'une réelle envie de me protéger. Quoi qu'il en soit, tout cela ne me concernait pas car, aux dernières nouvelles, je n'étais toujours pas Louise Dusang. Alors, qu'elles soient sincères ou calculées, peu m'importait le fond de ses pensées...

À partir de ce moment précis jusqu'à notre retour dans la cour du manoir, je n'accordai plus aucune attention au paysage. Le petit cours d'eau que nous traversâmes, la vue magnifique sur les collines environnantes que nous pûmes admirer au sortir de la forêt, tout comme les éclaircies furtives qui vinrent illuminer le ciel d'octobre ne me firent à aucun instant sortir de mes réflexions. Je n'avais qu'une envie : me retrouver de nouveau seule dans ma chambre, oublier le regard d'Ernest, les questions qu'il avait soulevées et me consacrer à la fin de mon ouvrage.

En conséquence, le chemin du retour me parut encore plus long qu'à l'aller. Le soleil, revenant sur sa décision, avait de nouveau retiré ses rayons et le froid, devenu plus dur, piquait ma peau et faisait plus que jamais pleurer mes yeux.

— Il semblerait qu'il soit grand temps de rentrer, nota à raison Paul, lorsque, à l'arrivée, il se pressa à mes pieds pour m'aider à descendre de ma monture.

Raide et frigorifiée, je me laissai faire sans mot dire. Je n'avais plus vraiment le cœur à répondre à un homme qui ne m'avait accordé aucun regard depuis notre départ. Car, pas un instant, celui que j'étais censée avoir subjugué de mes charmes et de mes qualités ne s'était tourné vers moi. Rebecca se trompait certainement sur sa capacité à comprendre son frère et à déceler la moindre variation de son humeur. Il n'avait que faire de moi. Il préférait flatter son cheval et discuter avec sa sœur. Au fond, il n'était peut-être pas tout à fait le plus aimable gentilhomme du manoir...

— Avez-vous aimé la promenade ?

Je songeai à lui dire ses quatre vérités avant de me reprendre. À quoi bon lui faire part de ma contrariété et partager ma mauvaise humeur ? Une fois encore, je devais me souvenir que mes attentes et mes petits sentiments, quels qu'ils soient, ne comptaient pas. Ernest avait tort. Je n'étais rien venue chercher au manoir. J'aidais seulement une amie à se sortir d'un mauvais pas. Ainsi, je n'avais nulle raison d'être triste, agacée ou quoi que ce soit d'autre.

— J'ai aimé découvrir votre domaine. Je crains pourtant d'avoir trouvé le temps un peu long.

— Je suis conscient de vous avoir laissée de côté. Mais vous comprendrez beaucoup de choses en apprenant que ma sœur et moi avons profité de ces quelques instants pour vous organiser une petite surprise.

Sans doute aurait-il été de meilleur ton de rester calme et posée mais le mot « surprise » avait toujours réveillé la part la plus légère de ma personnalité. Sans y prendre vraiment garde, je m'agrippai au bras de Paul comme une courtisane et levai un visage réjoui vers lui.

— Une surprise, vous dites ? Mais pourquoi cela ?

— Parce que vous êtes notre invitée de marque, voyons ! Nous nous devons de célébrer votre présence au manoir ! Que diriez-vous d'une petite réception ? C'est une excellente idée, n'êtes-vous pas d'accord avec moi ? Vous qui avez déjà assisté à tant de bals, et chez les plus grandes familles, vous ne pourrez certainement pas résister à une telle soirée, n'est-ce pas ?

Certain de m'être agréable, il inclina encore davantage le visage vers moi et me sourit avec confiance. De mon côté, j'eus malheureusement bien du mal à maintenir le sourire épanoui qui m'avait pourtant été si naturel, un peu plus tôt.

Une réception ? Vraiment ?

Mes pensées s'envolèrent une fois encore vers Louise. Le séjour insignifiant que j'avais accepté de faire pour elle au manoir se transformait en un événement dont j'étais le point de mire malgré moi, et cela n'était absolument pas à mon goût !

Je ne pouvais supplier Paul de n'en rien faire. Je ne pouvais expliquer mon point de vue. À ma place, bon nombre de jeunes femmes auraient sauté de joie et ne seraient pas restées de marbre, agacées à l'avance…

Je me consolai en silence, persuadée qu'au fond, cet événement, si merveilleux soit-il à leurs yeux, ne pouvait avoir lieu avant mon départ. Paul, tout comme sa sœur, semblait penser que ma présence était acquise pour les prochaines semaines, mais je n'avais pas menti en affirmant à l'ancienne domestique que je n'avais pas ma place à La Renardière.

La lettre de Louise arriverait bien avant que j'aie à me glisser dans une robe de bal et je prétexterais un impératif familial pour refaire ma malle au plus vite. Je n'avais de ce fait aucun souci à me faire sur la question.

13

En définitive, peut-être bien que si…

Dos à la coiffeuse d'où je venais de me lever, je regardais Rebecca faire quelques pas en arrière, tel un peintre prenant du recul pour admirer son œuvre.

— Et voilà la touche finale ! se réjouit-elle ensuite, tout en ajoutant une broche sur mon corsage. Vous êtes prête ! Et vous êtes merveilleuse !

J'osais à peine bouger, de peur de faire trembler la somptueuse coiffure qu'elle venait tout juste de terminer, mais n'en fis pas moins quelques pas dans la pièce, un peu intimidée. Je n'avais pas l'habitude que l'on s'occupe ainsi de moi et encore moins d'être admirée. J'hésitais entre trouver cela agréable et en être un peu perturbée. Méritais-je vraiment cette mine à ce point réjouie ? Et ce décolleté, dont j'avais si peu l'habitude, n'était-il pas trop… décolleté, justement ? Si maman le voyait, elle en avalerait de travers son thé au miel !

Bien loin d'imaginer la nature de mes questionnements, les mains jointes devant le visage, comme en prière face à sa propre création, Rebecca s'exclama :

— Oui, vous êtes vraiment magnifique, Louise ! J'espère que vous le savez ! Vos cheveux, ainsi coiffés… Et ce léger rouge aux joues que vous m'avez laissé vous appliquer ! Ils mettent en valeur vos traits si fins et la splendeur de vos yeux ! Je n'en ai jamais vu de si beaux et surtout de si sombres ! Comme il est étonnant que vous n'ayez pas les yeux bleus qui caractérisent si bien les Dusang !

Je détournai mon regard, feignant d'ôter une poussière imaginaire sur le haut de mon bras droit. Cette histoire d'iris était si embarrassante ! Et tellement bête qu'avant le grand départ, Louise n'avait fait qu'en rire.

— Peu importe la couleur de mes yeux ! Ces gens n'ont pas un portrait de moi, dissimulé dans un tiroir secret de leur table de nuit, que je sache !

Je l'avais crue, bien entendu, et la remarque de Rebecca ne me faucha qu'un peu plus rudement dans mes certitudes. Je dus faire preuve du plus grand sang-froid pour répondre :

— Votre frère et vous-même ne vous ressemblez guère...

Loin de s'en offusquer, elle posa sur moi un regard on ne peut plus attentif.

— Vous mettez au jour une vérité que nul ne pourrait remettre en question et qui, ma foi, ne me pose aucun problème, bien au contraire. Paul et moi-même sommes aussi différents de corps et d'esprit que deux frères et sœurs peuvent l'être. Je ne l'en connais pas moins très bien et je sais que depuis votre arrivée, il est très heureux !

Dans le long regard entendu qu'elle me jeta alors, je compris qu'elle me désignait comme celle par qui ce fameux bonheur était arrivé. Une jeune femme cherchant mari n'aurait été indifférente à cette réflexion. Pour ma part, je me demandais sur quoi, exactement, cette dernière était fondée.

Sans parler de notre promenade de la veille, depuis mon arrivée, je n'avais pas vu le moindre changement significatif dans l'attitude de Paul. Il semblait avoir, par nature, une humeur fluctuante. Tantôt joyeux et avenant, tantôt plus en retrait, comme en attente. En tout cas, loin d'être sensible à mes prétendus charmes.

Après avoir annoncé l'organisation d'une réception, il s'était retiré dans son bureau. Presque aussitôt rejoint par Ernest, il y était resté de longues heures. J'avais bien évidemment feint de ne pas m'y intéresser mais, la curiosité et le désœuvrement aidant, j'étais passée à plusieurs reprises à proximité et avais bien cru entendre des éclats de voix. Il fallait croire que les échanges professionnels entre les deux cousins n'étaient pas aussi agréables que ce que l'on avait voulu me faire croire le premier soir. À moins que les promesses évoquées n'aient tout simplement pas été tenues ?

Je n'eus pas l'occasion d'y songer davantage. Très vite, la voix de Rebecca me ramena au présent.

— Vous êtes bien silencieuse... Doutez-vous de mes paroles ? Avez-vous changé d'avis sur Paul ?

— Pas du tout mais... Lui et moi, nous nous connaissons à peine et il faudra bien plus qu'un séjour au manoir pour...

— Oh ! Louise ! Vous êtes si sérieuse !

Dans les joues de Rebecca se creusèrent des fossettes que je n'avais encore jamais remarquées.

— Lorsqu'il est question d'amour, il faut s'abandonner ! Il faut se laisser emporter, même ! Peu importent les circonstances de la rencontre, peu importe le nombre de moments partagés et leur durée ! Quand il se passe quelque chose de fort entre un homme et une femme, tout cela ne compte pas ! N'êtes-vous pas d'accord ?

Je lui tournai le dos pour m'asseoir de nouveau devant la coiffeuse. Ainsi, j'avais souhaité lui soustraire mon visage et la moindre nuance de mes émotions mais avais oublié, au passage, le grand miroir dans lequel j'apparaissais dans toute ma vulnérabilité.

Debout derrière moi, les mains délicatement posées sur mes épaules, Rebecca parlait désormais à mon reflet.

— Louise, croyez-moi : dans une vie, les occasions d'être heureuse ne sont pas si nombreuses. Paul est un gentilhomme, vous l'avez dit vous-même ! Il saura vous apporter ce bonheur dont vous avez tant besoin ! Quant à ce manoir... vous n'aurez qu'à le décorer à votre goût ! Lorsque l'on a une fortune telle que la vôtre, rien n'est impossible !

Sous son regard ardent, j'avalai difficilement ma salive. La prétendue fortune des Dusang arrivait en toute logique après l'évocation des bals, de la reine Victoria et, bien entendu, de l'écurie prestigieuse.

— J'ai quelques années de plus que vous mais nos âges n'en sont pas moins proches. Je vous assure que je vous comprends et que je peux parfaitement saisir vos réticences.

— Je n'en suis pas tout à fait certaine.

— Oh si, Louise, croyez-moi ! Je sais ce que c'est que d'être aux prises avec des décisions complexes, de vouloir être aimée. De passer par des jours et des nuits très difficiles. Je sais ce que c'est, de souffrir et de se sentir seule, face à une foule d'individus incapables de comprendre.

Sur mes épaules, son étreinte se fit un peu plus ferme, et le froid qui avait caractérisé notre tout premier contact, le soir de mon arrivée, s'infiltra de nouveau à travers mes vêtements.

Alors se passa l'impensable : dans le miroir, deux énormes larmes se mirent à couler lentement sur les joues rosies de Rebecca.

Émue et décontenancée par ce brusque débordement d'émotions, je ne sus bientôt plus où regarder. Lorsqu'elle était arrivée dans ma chambre, je l'avais trouvée moins pâle qu'à l'accoutumée mais également très fébrile. J'avais mis cette agitation sur le compte de cette réception dont, je n'en doutais pas, elle était la principale organisatrice. Néanmoins, à la voir ainsi bouleversée, je compris qu'il s'agissait peut-être d'autre chose…

— Que se passe-t-il, Rebecca ? La soirée à venir fait-elle remonter des souvenirs tristes ?

Rebecca n'ayant pas caché l'isolement dans lequel elle vivait ces derniers temps, j'en venais à penser qu'elle ne s'était peut-être pas trouvée en société depuis la mort de son mari. Si tel était le cas, le retour à la vie mondaine devait lui paraître bien difficile. Cependant, je ne pouvais ni ne voulais me permettre d'y faire clairement référence et gardai le silence et mes pensées sur cet événement si douloureux.

Lorsque j'osai de nouveau la regarder en face, Rebecca avait déjà essuyé les traces les plus évidentes de son affliction.

— Ce n'est rien. Je vous prie de m'excuser.

— Vous êtes tout excusée, Rebecca. Si un jour... Oui, si un jour vous éprouvez l'envie de vous confier à moi, j'en serai heureuse. Du moins, heureuse n'est peut-être pas le terme adéquat mais vous comprenez où je veux en venir.

— Vous pourriez alors me venir en aide ?

— Pourquoi pas ? Je suis peut-être encore peu expérimentée mais je n'en ai pas moins beaucoup réfléchi. Je pense pouvoir vous apporter quelque chose.

— Quelque chose qui apaiserait ma peine ?

— Peut-être bien !

Rebecca me lança un regard profond, un regard intense qui, au fond, se passait très bien de mots. Je n'en prononçai pas un seul non plus, considérant que mon offre de soutien suffisait à elle seule à lui prouver qu'elle pouvait me compter parmi ses amies. L'instant que nous venions de partager avait été d'une grande beauté, triste et délicat à la fois... J'en regrettai de devoir lui mentir et lui cacher qui j'étais vraiment. Coincée dans mon mensonge, j'avais l'impression de manquer de respect à une femme qui méritait bien davantage.

Désormais près de la porte, Rebecca s'apprêtait à quitter la pièce et à ainsi mettre fin à notre moment d'intimité féminine. Sa voix était d'une grande douceur lorsqu'elle m'en expliqua les raisons.

— J'ai encore beaucoup à faire, en bas. On m'attend pour donner les dernières directives à suivre durant la soirée. Nous nous reverrons tout à l'heure, si vous voulez bien.

J'attendis qu'elle ferme la porte et me dirigeai à pas lents vers mon lit où je m'assis avec une certaine maladresse. Toutes les épingles qui maintenaient mes cheveux en place me donnaient l'impression d'être toutes plantées droit dans mon cuir chevelu, et les baleines du corset que Rebecca avait insisté pour me prêter, celle de suffoquer sans faire le moindre mouvement. À l'idée de devoir parler, marcher et peut-être même danser dans un tel accoutrement, je fus prise d'une lassitude terrible ! Et dire que la veille encore, j'étais certaine d'y échapper !

Comment les festivités avaient-elles pu être organisées si rapidement ?

Pourquoi, au manoir, les choses semblaient-elles s'accélérer quand, au-dehors, tout ralentissait ?

Pourquoi Louise n'avait-elle pas écrit ? Pensait-elle seulement encore à moi ?

Lorsque j'avais appris, au réveil – par l'un de ces billets dont Rebecca avait l'air d'être coutumière – que la réception promise par Paul le matin précédent allait avoir lieu le soir même, j'avais évidemment cru à une plaisanterie. Seule l'effervescence régnant au rez-de-chaussée m'avait permis de réaliser qu'il s'agissait bien d'une réalité et non pas d'une folie, lancée en travers de mon plateau sur une impulsion.

Je n'avais que peu d'expérience en la matière ; les récits de la mère de Louise – qui dataient d'un temps que je n'avais évidemment pas connu – m'avaient pourtant donné quelques repères. Je savais que la préparation des menus et de la salle, sans parler de l'envoi des cartons d'invitation, prenait bien souvent des jours et, dans certains cas, plusieurs semaines ! Ce genre d'événement ne s'improvisait pas ! Et encore moins en un jour !

Quand j'avais enfin osé poser la question à Rebecca, la réponse m'avait à moitié convaincue.

— Il n'y a nulle magie dans l'affaire, croyez-moi ! La plupart de nos invités sont des voisins ou de vieilles connaissances avec lesquels nous sommes souvent en contact. Ils seront très heureux de vous rencontrer. Tout ceci, n'est-ce pas une bonne nouvelle ?

Elle en avait semblé si heureuse, si satisfaite qu'une fois encore, je n'avais osé évoquer mes réticences. Voilà pourquoi, je me retrouvais ainsi glissée dans une robe d'un bordeaux intense et au décolleté absolument scandaleux.

Résolue à affronter ce que je ne pouvais de toute façon esquiver, je me remis finalement sur pied et décidai de descendre au rez-de-chaussée. Assister aux derniers préparatifs me permettrait peut-être de chasser cette impression d'oppression qui, désormais, semblait m'avoir suivie jusqu'à l'intérieur du manoir. Joueur, il donnait parfois l'impression de s'amuser à rétrécir ses pièces, faisant tomber ses plafonds juste au-dessus de moi, comme on pose un couvercle sur une casserole d'eau bouillante.

À moins que ce ne soit encore cette histoire de corset ? Cet engin de torture tout droit venu d'un autre siècle ?

En pénétrant dans cette grande pièce toute en longueur, sans charme et qui sentait encore le renfermé malgré les efforts qui avaient été faits pour l'aérer et lui donner un air gai, j'éprouvai paradoxalement une certaine impatience. Une part de moi, celle qui se cachait derrière ma mauvaise humeur et ma lassitude, se réjouissait peut-être bien à l'idée de danser. Je n'avais eu, jusque-là, que bien peu d'occasions de me laisser aller à ce genre de penchant, et cette soirée surprise aurait au moins cet avantage : me permettre de renouer avec le plaisir de la valse.

Le grand lustre n'ayant pas encore été allumé, je dus avancer à la lueur des quelques bougies qui avaient été disposées sur les tables et les cheminées, en soutien à la faible luminosité du jour qui tombait. Bientôt, et pour la troisième nuit consécutive, je verrais le manoir fermer ses yeux sur la nuit, coupant ses occupants de tout contact avec le monde extérieur.

J'étais si concentrée sur cette image quelque peu effrayante que je ne vis Ernest qu'au moment où l'éviter n'était plus une possibilité. À moins d'être aussi impolie que lui, bien entendu, comportement auquel je refusai de m'abaisser.

D'une grande élégance dans un complet veston de couleur sombre, il regardait par la grande fenêtre devant laquelle il s'était arrêté. Je ne le voyais que de profil mais ce que j'aperçus de son expression traduisait une certaine tristesse. À le voir ainsi, je n'étais peut-être pas la seule à avoir le cœur lourd. Les raisons de nos préoccupations respectives devaient pourtant être aussi différentes que la nuit l'est du jour. En bon ours qu'il était, Ernest se lamentait certainement de n'avoir trouvé aucun innocent sur lequel exercer son sarcasme. Dans ce cas, il était certainement imprudent de se livrer ainsi en pâture...

À mon grand désarroi, il remarqua ma présence avant que j'aie le temps de tourner les talons.

— Est-on à ce point impatiente de danser qu'on ne peut rester calme, dans sa chambre, à attendre l'arrivée des invités ?

Pas un instant, je ne m'étonnai qu'il ne me complimente sur ma mise et me gardai bien de lui dire que ce soir, il était lui-même encore plus élégant qu'à l'accoutumée.

— A priori, nous sommes deux, ici.

Étrangement, la réplique fit naître un sourire sur ses lèvres. Un vrai sourire. Non pas cette grimace ironique dont il semblait être coutumier. Et ce sourire, aussi étonnant que rare, fut comme un coup en plein cœur, me faisant vaciller sur mes convictions. Ainsi, Ernest de Mussey était peut-être capable d'éprouver autre chose que de la lassitude et de l'impatience... Je devais reconnaître que cela lui allait bien...

Osant faire quelques pas supplémentaires, je me plaçai à son côté, face aux carreaux de verre. De là où il se trouvait, Ernest pouvait voir arriver les voitures devant le porche. Bientôt, elles seraient nombreuses à s'y arrêter, à se délester de leurs occupants et à repartir pour mieux laisser place aux invités suivants. Des heures plus tard, le spectacle se ferait en sens inverse.

— J'aime danser, me surpris-je alors à lui confier. Mais je n'ai nulle envie de rencontrer tous ces invités.

La remarque acerbe à laquelle je m'attendais ne vint pas. Au lieu de cela, il me répondit d'une voix douce, presque rassurante.

— Ne vous faites pas de souci à propos de ces derniers. Chacun, ici, ne sera avant tout intéressé que par lui-même. Si la peur d'être au centre des regards anime vos propos, vous pouvez vous rassurer.

— Je vous remercie mais je crains que vous n'ayez pas compris... Je suis l'invitée d'honneur de cette réception. Les gens viennent pour moi… En conséquence, je serai forcément au cœur de toutes les attentions.

Détachant une nouvelle fois le regard du perron, il se tourna vers moi puis fronça les sourcils.

— C'est ce qu'on vous a dit ?

Quelque chose dans son intonation me paniqua plus que de raison.

— N'est-ce pas la vérité ?

Le silence qui ponctua ma question me paru démesurément long.

— Parlez donc ! Ne me laissez pas ainsi !

Mon ton suppliant et autoritaire sembla le sortir de son hésitation.

— Mademoiselle Dusang… Voyons ! Cette réception n'a pas été organisée en votre honneur mais en remerciement aux généreux investisseurs avec qui la famille de Mussey est en affaires depuis quelques années ! Vous n'êtes, en quelque sorte, que la justification tombant à pic. La récompense là pour apaiser les éventuels protestataires.

— Je vous demande pardon ? Vous avez dit, la récompense ?

Sans y prendre garde, je reculai d'un ou deux pas.

L'espace d'un très court instant, alors que nous regardions tous deux par cette fenêtre sombre, je m'étais sentie liée à lui ou, du moins, plus proche que je ne l'avais jamais été. Mais cette impression, aussi nouvelle qu'agréable, au fond, n'avait duré que le temps d'un battement de cœur. De nouveau, Ernest de Mussey m'agaçait plus que de raison. Une phrase ou deux avaient suffi. Que ces déclarations soient vraies ou fausses, sincères ou provocatrices, peu m'importait au fond. Quoi qu'il en soit, je n'aimais pas vraiment passer pour une jeune femme naïve et surtout pas à ses yeux !

La colère qui grondait en moi ne parvint pourtant pas à endormir mon insatiable curiosité. La manière dont il avait parlé de « la famille de Mussey », comme s'il n'en faisait pas lui-même partie, me donnait envie d'en apprendre davantage.

— Des investisseurs, à quel titre ? l'interrogeai-je alors, d'une voix froide. Je croyais que votre collaboration n'en était qu'à ses balbutiements ? Que vous étiez encore en recherche de fonds ? Or, vous dites qu'elle est organisée depuis bien plus longtemps que cela ?

— L'ignorez-vous sincèrement ?

En moi, mille pensées s'affrontèrent alors. Face à Paul ou à Rebecca, j'avais dû modérer ma curiosité et cacher, du moins l'espérais-je, mon ignorance au sujet du passé commun aux deux familles. Devant Ernest, cela m'était plus difficile. Ce n'était ni de la confiance envers lui ni même la manifestation d'une quelconque affection, mais quelque chose en lui – au-delà de l'agacement, en tout cas – me donnait le sentiment de pouvoir l'interroger.

Sans doute ma longue hésitation eut-elle raison des derniers doutes d'Ernest.

— Non, vous ne savez rien. Et au fond, cela ne m'étonne pas.

— N'allez pas croire que...

— Je ne crois rien. Je sais à quel point les femmes de votre âge peuvent être laissées dans l'ignorance. Une ignorance bien confortable pour ceux qui vous entourent, j'imagine...

— Que voulez-vous dire ?

— Qu'en vous envoyant ici, votre mère a certainement omis de vous raconter certaines choses, n'est-ce pas ?

— Peut-être bien. Mais dans ce cas, comment le savoir ?

— En effet. C'est chose impossible.

En pensée, je songeai à toutes les maigres précisions que m'avait données Louise, avant mon départ pour le manoir. Ce n'étaient rien d'autre que des bribes d'informations, des indications vagues qui avaient davantage été devinées que réellement divulguées par sa mère.

D'une humeur apparemment bavarde, Ernest reprenait déjà, d'un ton très bas.

— Mon oncle est mort depuis près de vingt ans mais tous les gens que vous verrez ce soir sont persuadés que Paul est son héritier.

Je le regardai soudain comme on regarde un chien stupide.

— Cela n'est-il pas une évidence ? C'est son fils, après tout...

— Non ! Je veux dire, l'héritier de son œuvre !

— En tant que... vendeur de jouets en gros ?

— Mais non ! En tant qu'inventeur, bien entendu !

— Et si je comprends ce que vous sous-entendez, ce n'est pas tout à fait le cas...

— Non, en effet. Paul a tenté de marcher dans ses traces, un temps, mais désormais il ne travaille plus. Je ne suis pas naïf : s'il souhaite travailler avec moi, aujourd'hui, c'est en partie parce qu'il ne peut rien envisager d'autre et parce qu'il cherche à faire diversion. Les personnes que vous allez rencontrer ce soir lui ont donné de l'argent et commencent à s'impatienter. Cette réception et votre présence permettront, en quelque sorte, d'apaiser leurs attentes.

— Je vois, murmurai-je, sans vraiment comprendre, en réalité, comment la présence de la fille d'un ancien associé pouvait les rassurer.

— Mais je vous en ai sans doute bien trop dit, ajouta Ernest, tout en regardant deux hommes hisser un immense lustre recouvert de dizaines de bougies. Parler des dettes d'un fiancé ne fait pas partie des choses à révéler à une future mariée... N'est-ce pas ? N'y accordez pas plus d'importance que nécessaire... Comme disait Rebecca, tout n'est que subjectivité, dans l'existence... Qu'en pensez-vous ?

Il me regarda un instant avec une intensité étrange, comme s'il cherchait une réponse sur mes traits puis, sans rien ajouter, me dépassa, s'éloignant déjà dans la pièce désormais illuminée.

Alors que je cherchais que lui dire pour le rappeler et en savoir plus, il se retourna brusquement.

— Vous devriez davantage dormir, mademoiselle Dusang. Vous paraissez épuisée ! Cela étant dit, vous portez très bien votre robe !

Je fis mine de ne pas avoir remarqué la manière dont son regard s'était attardé sur mon buste et le laissai partir sans rien ajouter. Je devais le reconnaître : pour bien des raisons, je n'étais pas fâchée d'avoir eu cette conversation avec Ernest. Tout d'abord, parce que j'en avais plus appris sur Paul mais aussi car nulle femme n'est insensible aux compliments, qu'importe leur provenance, n'est-ce pas ?

14

Tout en saluant un à un les invités défilant devant moi, je m'interrogeai sur les mots d'Ernest. J'avais beau tous les observer, chercher un indice dans leurs regards ou scruter chaque variation de leurs sourires, je ne voyais rien de particulier dans ces visages pour la plupart ridés. Tous, autant qu'ils étaient, avaient le compliment facile mais à aucun moment il ne fut question de mon prétendu père. Se contentant de hocher la tête à l'annonce de mon nom, ils me gratifiaient d'un sourire poli et s'en allaient sans chercher à davantage me connaître. L'ours se serait-il une fois de plus moqué de moi ?

À présent, tous semblaient être arrivés au manoir et la foule d'invités, sensiblement plus dense, rendait l'atmosphère de plus en plus irrespirable. Instinctivement, je me détachai de Rebecca et fis quelques pas vers le fond de la salle où, j'en avais l'intime conviction, il était encore possible de se tenir sans se faire écraser les pieds par l'un ou l'autre des convives.

Très vite, l'ennui me gagna.

De loin, je vis Rebecca saluer une vieille dame à la robe tout droit venue d'un autre temps. Tout comme la quasi-totalité des convives, elle était beaucoup plus âgée que ses hôtes et cela me donnait l'impression étrange d'être une enfant perdue au milieu d'une fête d'adultes.

Mes yeux, qui suivaient le rythme soutenu de mes battements

de cœur, ne semblaient pas capables de se poser. Ils partirent à la recherche de la silhouette de Paul, qui comme souvent s'était montré à la foule avant de disparaître. Dès qu'il reviendrait dans mon champ de vision, c'était certain, j'oserais lui demander une danse. Si la présence de Louise Dusang avait une telle importance à ses yeux, d'autant plus avec une telle assemblée, il ne saurait me la refuser.

Depuis que l'orchestre, modeste mais tout à fait capable de lancer quelques valses de bon goût, s'était mis à jouer, je rêvais plus que jamais de tournoyer sur la piste, de ressentir de nouveau l'allégresse et la joie de la danse, qui plus est dans les bras d'un danseur que j'imaginais hors pair. Paul était assurément un très bon cavalier. Pourquoi persistait-il ainsi à rester à l'écart ?

Alors que j'observais la salle, déçue et esseulée, quelqu'un toussota sur ma droite. La femme qui se tenait là, elle aussi d'un âge avancé et à laquelle je n'avais étrangement pas encore été présentée, semblait n'avoir attendu qu'un regard de ma part pour se lancer. Petite, vêtue d'une robe grise à la simplicité extrême, elle se démarquait par une parure d'émeraudes qui aurait fait pâlir d'envie plus d'une femme de l'assemblée.

Lorsqu'elle se décida à prendre la parole, sa voix me parut étonnamment claire.

— Quel bonheur de voir un peu de jeunesse ! Au milieu de toutes ces vieilles personnes, vous êtes un véritable rayon de soleil !

Surprise par cette entrée en matière, je ne pus que sourire.

— Je ne vois ici que des personnes aux manières exquises, peu importe leur âge ! Je suis de ce fait très heureuse de me retrouver parmi elles.

C'était à moitié faux, bien entendu, mais que dire d'autre ? Quoi qu'il en soit, l'inconnue sembla apprécier ma réponse.

— Certes, les de Mussey ont toujours su choisir à la perfection leurs invités. Pourrais-je avoir le plaisir de connaître votre nom ?

Pour la première fois depuis le début de ma comédie, peut-être, je n'hésitai pas et déclinai mon identité d'une voix assurée. Se passa alors ce que je n'attendais plus.

Tandis que les autres invités n'avaient pas plus réagi à ce nom qu'à l'annonce des plats qui leur seraient servis au buffet, la femme ne put cacher sa stupéfaction. Ses petites mains se rejoignirent devant sa poitrine comme si elle s'apprêtait à prier, et les boucles qui décoraient son front se mirent à tressauter.

— Louise Dusang ? Vraiment ? Alors... on disait bien vrai ? Vous êtes ici ? À La Renardière ? Jamais je n'aurais cru cela possible !

À l'entendre, ma présence en ces lieux était aussi étonnante que l'aurait été celle d'un renard encore en vie parmi les convives du soir.

— Vous n'y croyiez pas ?

— Au moment de la réception des invitations, il y a environ un mois, j'avais plus ou moins entendu la rumeur mais de là à me figurer que vous seriez vraiment là, parmi nous... Je suis Mme Regard. Catherine Regard, précisa-t-elle avec un air entendu.

Par sa posture, tout comme par son ton, je devinai qu'elle attendait une réaction. Son identité était censée éveiller autre chose en moi que de l'indifférence, j'en étais pleinement consciente sans savoir pour autant qu'en faire. Seuls trois mots me paraissaient assez clairs pour retenir mon attention.

« Environ un mois. »

Si Catherine disait vrai, et il n'y avait aucune raison pour qu'elle me mente sur ce point, Ernest ne s'était tout compte fait pas moqué de moi. La réception avait été organisée bien avant mon arrivée même si, pour une raison ou pour une autre – à moins que l'on ne souhaite en réalité seulement me faire plaisir et rien de plus ? –, on avait essayé de me faire croire le contraire.

Je ne trouvai rien à lui répondre sur l'instant mais, heureusement, Mme Regard semblait avoir de la conversation pour deux ou, du moins, elle avait beaucoup à dire à la fille de M. Dusang.

— C'est un honneur pour moi de vous rencontrer ici. Vraiment ! Il y a pourtant un peu moins de deux ans, vous ne m'auriez pas trouvée au manoir ! Oh non ! Pas après ce qu'il s'était passé… Enfin, vous devinez de quoi je veux parler ! C'était trop difficile pour moi, à l'époque. Toute cette histoire ! Toute cette tristesse ! Et puis ce choc ! Les questions qui sont restées sans réponses ! Depuis, j'ai mis de l'eau dans mon vin. J'ai accepté les explications que l'on a bien voulu me donner et j'ai laissé mon mari, le temps d'une soirée, pour me joindre à la compagnie. Et j'en suis ravie puisque cette décision m'a permis de faire votre rencontre ! Votre présence compense celle d'autres figures féminines qui, j'en ai peur, ne trouveront jamais grâce à mes yeux, ajouta-t-elle en tournant les yeux vers la silhouette de Rebecca, toujours au centre de la pièce.

Surprise qu'elle ait des paroles aussi ouvertement critiques envers l'hôtesse, je me contentai de commenter platement la soirée, autant de poncifs qu'elle envoya valser d'un mouvement brusque de la main.

— Inutile de vous censurer avec moi, Louise, murmura-t-elle, non sans avoir jeté de petits coups d'œil autour de nous. Je sais très bien ce que vous devez ressentir, ce soir. Sachez que vous n'êtes pas seule. Certains ici n'ont pas les yeux scellés par leurs intérêts. Mon mari et moi-même, nous…

Elle n'eut pas le temps de poursuivre. Sorti d'on ne savait où, Paul était désormais près de nous et apparemment très heureux de nous retrouver, si je devais en croire son sourire épanoui.

— Louise ! Catherine ! Mes deux invitées préférées, réunies, sous mes yeux ? Mais quelle chance ! Vous êtes vraiment en beauté, ce soir ! Comment allez-vous ? Le buffet est-il à votre goût ?

Mme Regard papillonna des cils tout en levant un regard énamouré vers celui qui aurait pu être son petit-fils.

— Comment ne le serait-il pas, Paul ? Vous avez mis les petits plats dans les grands, cette fois ! Dois-je comprendre que le vent tourne pour de bon ?

Paul me couva un instant du regard avant de se glisser plus ouvertement aux côtés de Mme Regard, l'encourageant à lui prendre le bras. Gloussante, elle s'exécuta.

— Vous êtes l'une de mes plus fidèles amies, le savez-vous ? Et vous le resterez, qu'importe le temps, les épreuves et le qu'en-dira-t-on.

— Oh ! je ne sais pas...

— Bien sûr que si. Et vous savez aussi à quel point vous comptez pour moi...

— Vous êtes un flatteur !

— Seulement avec les femmes de qualité ! Avec vous, j'ai toujours su que je pouvais parler à cœur ouvert. Je vais même aller encore plus loin... Vous êtes une visionnaire, Catherine ! Vous avez toujours vu au-delà de ce que voyaient les autres, bien plus loin que jusqu'où le commun des mortels s'autorise d'ordinaire. Si loin que, parfois, vous vous êtes perdue mais comment vous le reprocher ?

Comme réduite au silence, elle hocha la tête, le laissant poursuivre.

— Vous voir aux côtés de Louise, avec qui ma famille a également une histoire particulière, me remplit d'une émotion très forte. Votre présence, individuelle et commune, me conforte cependant dans ma volonté de regarder vers un avenir plus riant. J'ai énormément travaillé et je peux de ce fait vous l'avouer : en effet, le vent est sur le point de tourner, ma chère Catherine ! Et il va le faire en notre faveur !

— Mais, Paul... Puis-je néanmoins vous demander si...

— Catherine...

Posant son index sur sa propre bouche, comme pour lui intimer par ce geste le silence, Paul coula un regard attendri dans sa direction.

— Remettons les questions à plus tard, voulez-vous ? Pourquoi ne pas profiter des festivités pour vous amuser un peu ? Vous l'avez remarqué à juste titre : tout a été fait pour vous permettre de passer une soirée d'exception !

Je regardai Catherine ouvrir la bouche et la refermer aussi sec, comme ensorcelée par les grands yeux brillants de Paul. En se montrant aussi agréable que ferme, il lui avait coupé toute velléité de contestation et elle se retira donc, non sans avoir précisé qu'elle allait goûter sans attendre à ce champagne qui avait l'air incroyable.

Elle avait à peine tourné le dos que, déjà, Paul me glissait à l'oreille.

— Vous avez été charmante avec elle, Louise ! Je l'ai bien vu et c'est tout à votre honneur ! Pourtant, il ne vous aura certainement pas échappé à quel point cette femme est âgée… Le temps fait parfois des ravages. On ne sait plus trop qui l'on est, ce que l'on fait et encore moins ce que l'on dit.

— Je ne l'ai pas trouvée particulièrement confuse…

— Vraiment ? Mais de quoi pouvez-vous avoir parlé, toutes les deux ? Vous aviez l'air si captivée par cette femme lorsque j'ai fait irruption.

— Du champagne ! affirmai-je alors avec enthousiasme. Je suis certaine qu'il est encore meilleur que celui servi par la reine Victoria !

— Dans ce cas, permettez-moi de vous en proposer une coupe sans attendre une minute supplémentaire !

J'acceptai comme si j'étais Louise Dusang et comme si je voyais en Paul l'homme auquel j'allais lier mon existence tout entière.

Je passai l'heure suivante à son bras, rayonnante comme le serait une jeune fiancée. Peut-être était-ce à cause du lieu, de la musique ou de cette soudaine envie de légèreté mais je me pris au jeu sans l'avoir vraiment voulu. Le breuvage doré, incroyable comme l'avait annoncé Catherine, avait certainement sa part de responsabilité, lui aussi.

Je ne manquai pas de lucidité pour autant. Si Paul restait courtois et agréable, il ne m'adressait que peu la parole, préférant interpeller les autres invités et leur poser mille et une questions dont il ne semblait jamais vraiment écouter les réponses. Ayant néanmoins un mot agréable pour chacun de ses interlocuteurs, il n'avait aucun mal à s'attirer leurs sourires et leur bienveillance.

À le voir ainsi, évoluant avec tant de facilité au milieu de ces gens, il m'était assez difficile de l'imaginer sous les traits du menteur et du dissimulateur que m'avait décrit un peu plus tôt Ernest. Pouvait-il vraiment se moquer de tous ceux qui se trouvaient ici ? Leur promettre des choses qu'il savait ne pas pouvoir leur présenter ? Si son cousin ne m'avait pas menti sur la réception, qu'en était-il du reste ?

Malheureusement, ces instants de contentement prirent rapidement fin. Lorsque Paul disparut de nouveau parmi les invités, m'abandonnant devant le buffet où j'étais allée nous chercher deux autres verres de ce délicieux champagne, je n'eus plus aucune idée de l'attitude à adopter. Pourquoi m'avoir quittée si brusquement ?

Comme si elle avait senti ma détresse à distance, à moins qu'elle n'ait gardé un œil sur ma personne depuis le début, Mme Regard se tint de nouveau devant moi. Du sourire affable qui la caractérisait en début de soirée, il n'y avait plus trace. Désormais, Catherine semblait très grave.

— J'ai bien cru qu'il ne vous laisserait jamais tranquille ! souffla-t-elle tout en m'attrapant le bras. Louise, vous avez une patience d'ange et une maîtrise de vous-même absolument admirable...

Plus petite que moi encore, Mme Regard n'en était pas moins très persuasive. D'une poigne étonnamment vigoureuse, elle m'entraîna un peu plus à l'écart. Je me laissai faire, passive mais également très curieuse d'entendre ce qui allait suivre. Les personnes qui semblent en avoir gros sur le cœur sont toujours les plus bavardes et Catherine était sensiblement d'une nature bavarde, alors...

— Je suis peut-être vieille mais j'ai toute ma tête et plus encore ! Je sais quand on se moque de moi, et Paul se moque de moi ! Une visionnaire... Oh ! j'ai bien vu son air ! Je sais ce qu'il en pense et je sais ce qu'il fait ! Et vous aussi, vous le savez, sinon vous ne seriez pas là, n'est-ce pas ? Les années ont beau être passées, vous êtes toujours la fille de votre père. Un peu de son sang coule dans vos veines. Et je ne peux croire que rien en vous ne se révulse à l'idée d'être au manoir avec lui et surtout avec elle.

— Vous parlez…

— De Rebecca, bien entendu. Lui a au moins la décence de feindre de s'intéresser à ceux qu'il croise. Elle… C'est le diable !

Plantant son regard dans le mien, elle m'agrippa un peu plus fort.

— Je vous l'ai dit et je vous le dirai encore, si nous avons l'occasion de nous parler de nouveau ! Il y a ceux qui savent et ceux qui font mine de ne pas avoir su. Personne n'a oublié, Louise. Moi, pas plus que vous. Je ne veux pas vous importuner ni vous mettre mal à l'aise mais sachez une chose : si jamais vous obtenez ce que vous êtes venue chercher, mon mari et moi serions ravis d'en discuter avec vous. D'ici là, je vous en prie, faites attention à vous…

Elle sortit une carte de visite de sa manche et me la tendit, d'un geste volontaire bien que discret. Je l'attrapai, hésitante, avant de suivre son conseil muet et de la glisser dans mon corsage.

Puis, avec un hochement de tête entendu, elle me faussa compagnie et je me retrouvai de nouveau seule.

15

Je restai un instant figée avant de revenir du côté du buffet, ne sachant comment interpréter les mots de Mme Regard. Disparue dans la foule, elle semblait à présent n'avoir été qu'une rêverie passagère, qu'une voix entendue dans une pièce adjacente. Seule sa carte de visite, plaquée contre ma peau, me permettait de savoir que cette rencontre avait été bel et bien réelle. Accompagnant mes mouvements, le fin carton semblait me brûler l'épiderme, renforçant mon impression de ne pas avoir le droit de l'avoir en ma possession. Sentiment d'autant plus étrange que je n'étais pas Louise Dusang…

Ma chère amie pouvait-elle seulement se douter de tout ce qui entourait le souvenir de son père ? La ferveur que j'avais cru apercevoir dans les yeux de cette femme en disait long. À moins qu'elle ne soit, ainsi que l'avait suggéré Paul, en proie à une sénilité précoce ?

Mes yeux dérivèrent sur les mets et les boissons qui me faisaient face. Je mourais littéralement de soif. Ma gorge me paraissait aussi sèche que mon esprit. Il me semblait n'avoir plus aucune idée valable et encore moins la possibilité de les exprimer à autrui. Tout en attrapant l'une des coupes que j'avais déposées sur le bord de la table au moment où Mme Regard m'avait abordée, je notai, outre le champagne qui coulait à profusion, que les de Mussey avaient littéralement mis les petits plats dans les grands pour l'occasion.

D'ordinaire, leur table était plutôt simple, bien que variée, mais ce qui s'offrait aujourd'hui à mon regard était raffiné, délicat. Des petits fours aux délicieuses douceurs sucrées qu'il était possible d'y trouver, tout était de bon goût et très chic. Devait-on y voir le souci de plaire à des invités hautement appréciés ou plutôt le désir d'endormir leur vigilance et leurs possibles questionnements ?

J'avais beau essayer de m'en détacher, les mots de Mme Regard tournaient et tournaient encore dans mon esprit, achevant de brouiller le peu que je pensais avoir compris de cette famille et du manoir qu'ils occupaient depuis des générations. De quoi exactement Louise aurait-elle dû se méfier et qu'était-elle censée venir chercher ici, auprès de gens qu'elle ne connaissait pourtant pas ? Pas un instant, cette femme n'avait fait mention de ce mariage pour lequel Louise pensait avoir été invitée. Pourquoi ? Tout simplement parce qu'il était inconcevable à ses yeux ? J'avais beau creuser les maigres souvenirs de mes conversations avec Adélaïde, il ne me semblait pas qu'elle ait fait mention de cette femme, ne serait-ce qu'une fois, mais y aurais-je de toute manière accordé mon attention ?

Je bus une longue gorgée. Les bulles, fines et légères, me piquèrent de nouveau le nez et amenèrent quelques larmes au coin de mes yeux. C'était délicieux. En tout cas, exactement ce dont j'avais besoin pour me sentir un peu moins mal à l'aise et continuer à évoluer au milieu des invités.

Reposant résolument mon verre sur la table du buffet, je me tournai face à la salle et les observai tous autant qu'ils étaient, déambulant, s'interpellant. Si j'étais perdue au milieu de visages étrangers, eux semblaient tous se connaître. Ici, on se congratulait. Là-bas, on évoquait sa famille, ses enfants et petits-enfants qui, Dieu merci, se portaient pour le mieux.

Comme un marin cherche des yeux son phare, mon regard fut très vite attiré par un visage qui m'était familier. Celui de Rebecca.

Force était de constater qu'en société, au contraire de son frère, la jeune maîtresse de maison avait un petit quelque chose de délibérément hautain. Non pas qu'elle soit froide ou particulièrement désagréable mais, même de loin et sans deviner ses propos, son attitude lointaine semblait forcer les autres à une certaine déférence. Toutes autant qu'elles étaient – vieilles, moins vieilles, enrubannées ou plus simplement vêtues –, ces femmes ne semblaient pas savoir comment l'aborder et celles qui le faisaient manquaient cruellement de naturel.

La scène me fit une impression si négative que je préférai détourner le regard. Avec ses mises en garde, Mme Regard m'avait mise dans un état d'esprit inconfortable qui renforçait mon impression d'étouffement et de solitude. Bientôt, je n'eus plus qu'un besoin, une envie : retrouver Paul et lui demander des éclaircissements. Après tout, pourquoi pas ? Il me semblait le connaître assez, désormais, pour prendre le risque d'écorner un peu l'image parfaite que j'avais voulu présenter depuis mon arrivée au manoir. Dans le meilleur des cas, il me prendrait pour une douce naïve. Dans le pire, il en concevrait quelques doutes à mon égard mais cela était sans importance car, j'en étais désormais persuadée, la lettre de Louise me parviendrait dès le lendemain matin.

La chance semblait d'ailleurs être avec moi, car à peine je le cherchai dans l'assemblée que je le repérai, se dirigeant vers le fond de la salle, là où la lumière se faisait moins vive...

La pièce dans laquelle nous étions tous réunis était en effet si vaste que la lumière du lustre et des chandeliers, si éclatante soit-elle au centre de celle-ci, ne parvenait pas à y repousser l'ombre. Je n'en étais pas moins certaine d'avoir vu notre hôte se faufiler dans ce qui tenait lieu d'alcôve. Un lieu discret, dissimulé aux regards par de lourdes tentures de velours rouge et auquel je n'avais jusque-là accordé que peu d'attention. Sans doute cette pièce avait-elle été jadis installée pour les couples à la recherche d'une certaine intimité ou pour les jeunes femmes avides d'échanger les derniers commérages en toute discrétion.

Sans l'ombre d'une hésitation, je m'élançai d'un pas qui se

voulait volontaire mais qui, peut-être, était un peu moins sûr qu'en début de soirée. Je me sentais à la fois plus lourde et plus légère, plus décidée et un peu moins consciente de mes actes et de l'ordre de mes pensées. La fatigue, peut-être. À moins que je ne sois tout simplement la victime de mes émotions ?

Très vite, alors que je fendais la foule de convives sans plus faire attention au moindre regard, je fus traversée par une évidence : j'allais réserver mes questions à plus tard. Interroger Paul sur Mme Regard alors qu'elle se trouvait dans la même pièce n'était assurément pas la meilleure manière d'obtenir les réponses que j'attendais. Mieux valait attendre le lendemain et profiter du calme d'une promenade que, j'en étais certaine, il finirait par me proposer.

Au lieu de cela, j'allais revenir à mon idée première et lui demander une danse. Oui, une danse ! Une valse. Car cet orchestre ne pouvait éternellement jouer sans qu'aucun danseur profite de la musique ! Nous serons les premiers ! Si Rebecca disait vrai sur l'intérêt que son frère avait pour moi, alors il ne pourrait pas me la refuser !

Je ne réalisai la douce folie de mon acte qu'au moment où le lourd rideau retomba derrière moi. Une puissante odeur de poussière me prit alors au nez, mais ce fut le mouvement brusque, tout au fond, vers un divan que je distinguais à peine, qui retint pourtant davantage mon attention.

Une voix, familière bien qu'un peu étranglée, m'interpella alors :

— Louise ? Est-ce bien vous ?

L'intonation du jeune homme tout comme le lieu me semblèrent alors si cocasses que je ne pus retenir un rire nerveux.

— Oui, Paul ! C'est moi ! Je vous ai vu entrer et j'ai eu envie de vous suivre ! Ai-je bien fait ? Il y a tant de monde, dans cette salle ! Un peu de calme me fera le plus grand bien ! Vous êtes venu ici pour réfléchir ?

Faisant quelques pas vers lui, je m'assis lourdement à son côté.

— Dommage qu'il y fasse si chaud ! L'air est quasiment irrespirable là-dessous !

— Ce n'est pas mon impression. Mais si vous vous sentez mal, vous devriez vous hâter de sortir, il y a plein de gens au-dehors qui ont envie de vous parler !

— Alors ce sera la robe que m'a prêtée votre sœur... Elle doit être trop épaisse...

— Pourquoi ne pas aller la retrouver ? Rebecca vous cherche certainement en ce moment et doit s'inquiéter de votre absence !

— Rebecca ne me cherche absolument pas. Il me semble qu'elle est bien trop occupée par son rôle de maîtresse de maison... Votre mère n'aurait-elle d'ailleurs pas dû être présente, ce soir ?

Je me tournai plus franchement vers lui, avide de voir l'exacte expression de ses traits. Les mains posées sur ses genoux qui tressautaient, il mit un certain temps avant de répondre.

— Je crains de n'avoir aucune nouvelle. Mère en donne rarement.

— Comme c'est triste !

— C'est ainsi. Souhaitez-vous à ce point la rencontrer ?

— Oh non !

La réponse, certainement la plus honnête que je puisse avoir sur la question, n'était pas la meilleure à donner pour autant. Ceci, j'en étais pleinement convaincue même si la tête, à vrai dire, commençait à me tourner un peu. La chaleur, sans nul doute ! Heureusement, j'avais eu la présence d'esprit de m'asseoir... Il fallait que je me reprenne et surtout que j'essaye de rattraper ce que je considérais déjà comme la pire bévue de mon séjour.

— Je veux dire... Je suis avant tout venue pour vous. Pour vous rencontrer, Paul. Vous êtes la seule raison de ma présence au manoir et vous le savez très bien...

Ma déclaration, qui se voulait légère, ne reçut ni enthousiasme ni réprobation et pas même un simple badinage en retour. Sans doute étais-je allée un peu trop loin. Si loin que Paul ne savait que répondre...

Il y eut un court silence durant lequel je n'entendis plus rien

– ni les musiciens qui continuaient à jouer ni le brouhaha des voix – à l'exception du battement de mon propre cœur. Lorsque, enfin, Paul eut la décence de répondre, sa voix était plus posée qu'au début de notre conversation et ses genoux semblaient avoir retrouvé leur calme.

— Et sachez que j'en suis ravi. C'est aussi la raison pour laquelle, Louise, si vous le voulez bien, j'aimerais que vous quittiez cet endroit. Je ne voudrais pas qu'en nous ayant vus entrer ici tous deux, certains tirent des conclusions déplacées. Les meilleures réputations sont malheureusement fragiles.

— Faites-vous référence à la vôtre ou bien à la mienne ?

Là encore, Paul n'avait pas compris la plaisanterie et j'eus une pensée furtive pour l'ours, son cousin, qui l'aurait certainement saisie au vol pour me la renvoyer un peu plus vigoureusement au visage. Une attitude hautement déplacée, je n'en démordais pas mais qui avait l'avantage d'être un peu plus divertissante et stimulante à mes yeux. Il n'y avait rien de pire, dans l'existence, que de parler sans trouver le moindre écho en l'autre...

Pour la première fois depuis le début de notre conversation, peut-être, je fus reconnaissante à l'alcôve d'être aussi sombre. L'obscurité n'empêchait pas la gêne mais au moins elle permettait qu'elle ne soit pas trop voyante...

Malgré tout, je ne m'avouais pas vaincue et insistai.

— Alors, allons danser, voulez-vous ? Ainsi, nous serons ensemble mais au grand jour et aux yeux de tous.

— Oh ! Louise...

Il y avait du regret dans la réponse de Paul et, sans avoir encore rien entendu, je me doutais qu'elle serait négative. Ceci, étrangement, je ne pouvais le comprendre ni l'accepter. Ne m'avait-il pas dit, plus tôt, que j'étais son invitée préférée ? Sa sœur n'avait-elle pas clairement émis l'idée que j'étais, pour lui, davantage qu'une simple convive assise à sa table ? Dans ce cas, pourquoi se montrer aussi réservé et me priver d'un moment auquel toute potentielle fiancée pourrait rêver ?

— Il y a un orchestre, précisai-je alors de manière lamentable, comme s'il pouvait l'ignorer.

— Et moi, je suis un piètre danseur.

— Je ne veux pas le croire !

— C'est pourtant vrai. Et...

— Je vous en prie ! Je ne vous ai rien demandé depuis mon arrivée !

— J'ai tout fait pour répondre à vos besoins.

— Alors sachez que je préfère une danse à une promenade à cheval dans un froid glacial !

— Ceci, je l'avais déjà compris, rassurez-vous. Et mon cousin également.

Dans un autre contexte, la mention d'Ernest m'aurait laissée indifférente mais la situation présente, mon incompréhension et la honte que je ressentais dans tout mon être étaient autant de braises qui venaient réchauffer mes sens et mon sang.

— Je ne vois pas ce qu'Ernest a à voir avec tout cela !

— Ceci, c'est à vous de me le dire... De quoi avez-vous parlé, durant cette promenade ? Et tout à l'heure ? Juste avant que les invités arrivent ?

— Vous étiez là ?

— Je vous ai vus.

Était-il jaloux ? Ou cherchait-il seulement à me contrarier par tous les moyens pour que je le laisse enfin seul ?

— Alors, il fallait venir nous parler et participer à cette conversation qui semble tant vous intéresser !

Ma voix, hautement perchée, trahissait mon émotion. Un instant, je crus qu'il allait me répondre sur le même ton et peut-être même réitérer ses questions. Cela ne fut heureusement pas le cas.

— Vous devriez sortir d'ici, Louise, et aller boire un peu d'eau. Vous n'êtes pas dans votre état normal.

Cette réplique eut le mérite de me remettre les idées en place. Soudainement, je n'avais plus envie de lui poser toutes les questions qui m'étaient passées par la tête. Nous ne nous comprenions pas mais au moins nous étions d'accord sur une chose. Il fallait que je sorte de cette alcôve sous peine de tourner de l'œil ! Je ne savais même plus vraiment pourquoi je l'y avais suivi, au fond...

En un instant, je fus debout.

— Très bien ! Je vous laisse en paix !

— Louise... Ne le prenez pas ainsi ! Je...

Le lourd rideau de velours retomba derrière moi, assourdissant la fin d'une réplique qui, je le savais pertinemment, ne m'aurait absolument pas redonné le sourire.

Figée à l'entrée, je papillonnai un instant des cils, interdite. Après que j'ai passé ces quelques minutes dans l'intimité et l'obscurité de l'alcôve, les invités me parurent plus nombreux encore. Le brouhaha des conversations était presque assourdissant et la lumière, bien trop vive. Plus que tout, je mourais de nouveau de soif et ma gorge, plus sèche que jamais, me faisait presque souffrir.

Alors que je me décidais à retourner du côté du buffet, je sentis un regard appuyé sur moi et, après seulement quelques secondes, croisai celui d'Ernest.

Campé contre la grande cheminée, une coupe vide pendant entre ses longs doigts, il me regardait fixement, sans même s'en cacher, avec au fond des yeux ce qui ressemblait à un mélange de déception et de surprise.

Me sentant alors très rouge, très contrariée et peu à mon avantage, je subis ce regard perçant comme un enfant fautif supporte une réprimande. Avec douleur et une certaine honte. Puis, je m'en détachai pour poursuivre ma route.

Une autre coupe, ses bulles virevoltantes et délicatement pétillantes, voilà tout ce dont j'avais besoin pour me tirer de ce mauvais pas et recouvrer mes esprits.

16

Le soulagement espéré ne dura pas, et bientôt le brouhaha de la foule me fut de nouveau insupportable. Quelque chose, comme un étau invisible placé sur chacune de mes tempes, exerçait une pression désagréable sur mon crâne, me donnant envie de quitter les lieux et de me retrouver seule dans une chambre fraîche et silencieuse.

Cuisante, ma dernière conversation avec Paul me restait en tête et cette réminiscence, tout comme le souvenir du regard d'Ernest dont j'avais du mal à oublier la brûlure, m'avait mise d'une bien méchante humeur. Et comme Paul ne se décidait visiblement pas à me suivre – sans doute préférait-il encore suffoquer de chaleur et de poussière sous ses rideaux antiques plutôt que de me parler –, je préférai me retourner contre le second. Ernest venait en effet de traverser la pièce en direction de la double porte par laquelle nous étions tous entrés.

Ce soir, le cousin de Mussey, bien que faisant partie de la famille à part entière, ne semblait guère dans son élément. Savoir à quoi il occupait son temps était la dernière de mes préoccupations mais, chaque fois que mes yeux s'étaient posés sur lui, il était toujours seul, totalement immobile ou en mouvement, se déplaçant comme un chat. Impossible à ignorer mais tout aussi difficile à aborder pour ceux qui l'entouraient.

Je n'avais pas peur de lui pour autant. Et si je souhaitais lui parler à présent, c'était simplement pour lui expliquer qu'il ne devait pas se tromper sur mon compte, que je ne m'étais retrouvée dans ce lieu intime avec Paul que pour lui proposer une danse qu'il avait, de plus, refusée. À moins que je ne décide de lui cacher ce détail ? Après tout, je n'avais pas besoin de lui raconter toute la vérité, il me suffirait de lui dire que, quoi qu'il pense, il se trompait et puis voilà tout ! Mais pour cela, il fallait qu'il cesse de marcher si vite et qu'il m'attende un peu !

Malheureusement, comme poussé en avant par une force invisible, Ernest ne s'arrêta pas au niveau du buffet comme je me l'étais figuré. Au fond, était-ce si étonnant ? Contrairement à Paul, qui semblait constamment affamé, jamais je ne l'avais vu accorder beaucoup d'importance au contenu de son assiette. Il paraissait toujours ailleurs et, cette fois encore, c'est à ailleurs qu'il pensait. Il poursuivit ainsi sa marche et disparut dans le couloir.

Pas un instant, je n'avais songé à en faire de même et, pourtant, je la passai à mon tour, les sens en alerte. Je ne pris la peine ni de savourer le silence ni de m'acclimater à l'obscurité des lieux, me contentant de tourner les yeux à gauche, à droite, à la recherche du fuyard. Mais... personne !

Tel le fantôme de son défunt grand-père Charles, Ernest semblait s'être volatilisé jusqu'à ce que je le voie in extremis tourner au coin du couloir.

Poussée en avant par ma colère, ma frustration et peut-être bien par ce champagne me rendant à moitié folle, je me dépêchai de le suivre sans trop en comprendre les raisons. Au milieu de toutes mes incertitudes n'en restait pas moins une vérité à laquelle je pensais pouvoir me fier : nul ne quittait une réception sans une bonne raison.

Je pouvais tenter de me convaincre aussi longtemps que nécessaire de mon indifférence, le mystère qui entourait cet homme m'attirait comme la flamme d'une lanterne attire le papillon de nuit. Je ne m'y brûlerai pourtant pas les ailes, tant s'en faut ! Je souhaitais simplement en savoir davantage sur lui et surtout sur où il allait avec tant de précipitation !

Très vite, et sans même m'en rendre compte, je me retrouvai dans une partie du manoir que je ne connaissais pas et où je n'avais aucun repère.

Désormais, le silence était total et le brouhaha de la foule, plus qu'un vague souvenir. Je ne me sentais pas mieux pour autant car le dédale des couloirs, inquiétant à cette heure de la nuit, avait quelque chose d'hostile. Surtout, je suffoquais de nouveau, la faute de ce carcan que, décidément, j'aurais volontiers arraché si la décence ne m'avait convaincue du contraire. Cette nouvelle expérience avait au moins l'avantage de me conforter dans mes certitudes : nulle femme ne pouvait accepter plus longtemps pareille torture ! Et si cela avait été ainsi jusque-là, c'est parce que aucune autre solution n'avait été proposée. Bientôt, et peut-être grâce à moi, cela serait le cas !

Déjà fragile, ma volonté faillit un peu plus lorsque je me retrouvai au pied d'un escalier en colimaçon. Immense, il semblait tourner sur lui-même à l'infini, comme dans ces contes où les échelles montent jusqu'au ciel.

Vus du bas, les étages avaient l'air si sombres, si effrayants ! Si hauts ! Fallait-il vraiment que je m'y engage à l'aveugle, sans même savoir où cette ascension secrète me mènerait ? Et si derrière une apparence froide, Ernest s'avérait dangereux ? Me retrouver seule avec lui, si loin de la foule d'invités, était-ce si prudent ? Quant à toutes ces âmes perdues qui pouvaient voleter là-haut, je ne voulais même pas y penser !

Plus que jamais effrayée à cette idée, je fus tentée de trahir ma présence sans tarder et d'appeler Ernest mais, de peur qu'il ne me renvoie au buffet et aux invités de ses cousins, je préférai me taire et commençai à monter la première volée de marches avec l'impression que mon cœur allait exploser dans ma poitrine. Je n'en poursuivis pas moins, malgré ma peur de tourner de l'œil à chaque palier.

La montée m'était si difficile que j'en arrivais presque à croire que le manoir, agacé de me voir me promener là où je ne devais pas être, me repoussait de toutes ses forces. À cette heure de la nuit, ces efforts me semblaient ridiculement difficiles. Alors que tout pourrait être si simple ! Tous ces hommes, qui n'avaient de cesse de créer des choses sans beaucoup d'intérêt à mes yeux, tels le parapluie pliant ou le réveille-matin réglable, ne pourraient-ils pas s'atteler à des projets ô combien plus indispensables au quotidien ? À l'idée d'un escalier mécanique capable de me porter sans fatigue jusqu'en haut, je me sentis pleine d'enthousiasme. Quelqu'un y avait déjà forcément pensé ! Alors qu'il le crée, et vite, sinon...

Sinon, je pourrais bien m'y atteler moi-même ! Et pourquoi pas, après tout ?

Amusée par ma propre audace, j'eus un petit rire qui, bien qu'étouffé, semblait avoir alerté Ernest. Alors qu'il avait poursuivi son ascension de manière constante, il s'était arrêté brusquement et se tenait désormais immobile et silencieux.

Le dos plaqué au mur, un palier en dessous du sien, je fis de mon mieux pour me faire aussi discrète que ces araignées qui, j'en étais certaine, couraient le long des murs par dizaines. Je les avais en horreur. J'étais prête à tout pour avoir une vie à la hauteur de mes espérances. Quitter ma maison, ma mère et toutes mes habitudes me semblait possible mais pas si une araignée ou une souris se mettait en travers de mon passage...

Je retins ma respiration un temps infini jusqu'à ce que, enfin, il se décide à monter de nouveau. Le souffle court, je repris moi aussi mon ascension et, une fois qu'il fut arrivé en haut, m'arrêtai sagement dans la volée de marches précédant le dernier palier.

Le cœur battant la chamade, convaincue que chacune de mes respirations risquait de me trahir, j'attendis qu'il se manifeste, qu'il fasse ce pour quoi il était monté jusqu'ici ou alors qu'il descende à mon niveau et m'annonce que j'étais découverte. Car quelques secondes plus tard à peine, c'était certain : il allait sentir ma présence, descendre les quelques marches qui nous séparaient encore et me demander de le laisser. Pour la seconde fois de la soirée, je serais repoussée.

À cette idée, je serrai les poings tandis qu'au-dessus de moi Ernest luttait avec la serrure d'une porte dont il ne possédait apparemment pas la bonne clé.

Après l'avoir écouté vociférer et vociférer encore, je n'y tins plus et montai les dernières marches avec une hâte qui ne put que le stupéfier. J'eus le temps de voir la peur s'afficher sur ses traits avant qu'elle fasse place à un étonnement sincère.

— Mademoiselle Dusang ! Tiens donc ! Un instant, j'ai pensé que l'un de ces fantômes qui vous effraient tant me rendait visite ! Heureusement, ce n'est que vous ! Mais pourquoi avez-vous donc quitté la réception ?

Que moi ? Vraiment ? Voilà la manière dont il m'accueillait ?

Je me dressai de toute ma modeste taille comme si cette dernière pouvait en rien impressionner le géant qu'il était.

— Je vous retourne la question ! Que faites-vous ici ? N'avez-vous pas compris qu'une clé refusant de tourner une fois dans la serrure ne le fera pas une seconde ? Pour quelle raison vous acharnez-vous sur cette pauvre porte ? Donnez-la-moi et cessez de la faire souffrir !

Il se tourna vers ladite porte comme s'il venait justement de s'apercevoir de sa présence et répondit, clairement agacé :

— Je préfère ne pas relever.

— Et pourquoi cela ?

— Parce que, à défaut de vous donner cette clé, je préférerais vous…

La fin de sa phrase, qu'il laissa planer à dessein, aurait pu constituer un doute sur ce qu'il insinuait mais son attitude condescendante, elle, ne mentait pas.

— Vous préféreriez ? Me faire taire, peut-être ?

— En réalité, je préférerais que vous parliez et notamment que vous expliquiez les raisons de votre présence ici. Est-ce Paul qui vous a demandé de me suivre ?

— Pourquoi l'aurait-il fait ?

— Rebecca, alors ?

— Je vous arrête tout de suite, je n'ai pas besoin que l'on me dicte mes actes ! Je suis venue ici de mon plein gré et j'aimerais voir cette clé, s'il vous plaît !

Étrangement docile, il fit quelques pas dans ma direction et déposa ladite clé sur ma paume, que j'avais maintenue grande ouverte. J'y jetai un regard curieux. Délicatement ouvragée, elle avait des dimensions impressionnantes et semblait ancienne. D'après ce que j'en voyais, elle était en tout point compatible avec la serrure dans laquelle Ernest avait tenté de l'insérer.

— Êtes-vous satisfaite ?

— Très !

Puis, je la lui rendis, et un long silence s'étira entre nous.

Ernest n'avait pas reculé d'un pas. Nous étions désormais très près l'un de l'autre, ce qui rendait cette absence d'échange d'autant plus étrange. J'aurais voulu pouvoir parler, que mes mots lui soient agréables ou non, mais mon esprit semblait vide. Des idées, des images le parcouraient en tous sens sans que je parvienne à en saisir la moindre au passage. J'avais tant à dire et, à la fois, ne m'étais jamais sentie aussi peu apte à la conversation. Le nez levé vers lui, j'attendais plutôt qu'il s'exprime. Qu'il répète son besoin de me voir partir ou qu'il m'interroge sur les raisons de ma présence, peu importe mais qu'il parle !

Lorsqu'il le fit enfin, sa réflexion n'eut bien entendu que peu de rapport avec ce que j'attendais.

— Vous êtes ravissante en un tel décor, lança-t-il, un sourire en coin.

— Sous-entendez-vous que la poussière et l'obscurité me vont bien au teint ?

— En tout cas, ils s'accordent parfaitement au mystère qui vous entoure.

À ces mots, le doux flottement dans lequel j'avais évolué depuis ma première coupe de champagne n'était plus. Il me semblait être durement retombée à terre.

— Je ne comprends absolument pas ce que vous tentez de me dire, me contentai-je de répondre après un temps infiniment long.

— Je ne voulais pas paraître désobligeant.

— Vous l'êtes, pourtant !

— Je ne vois pas en quoi.

— Vous... vous parlez de ce prétendu mystère autour de moi comme si... comme si je n'étais pas celle que je suis censée être ! lançai-je, d'un ton volontairement provocateur.

— Cette fois, c'est à moi de ne pas comprendre... J'évoquais simplement ce flou qui entoure votre personne. Je vous observe depuis votre arrivée et je vous trouve différente.

— Vous voulez dire, différente de toutes ces jeunes femmes que vous connaissez ?

Le sourire, qui avait disparu le temps de notre échange, réapparut sur ses lèvres.

— Décidément, c'est une obsession. Pourquoi êtes-vous à ce point intéressée par les femmes dont j'ai pu croiser la route ?

— Je n'en ai que faire.

— Vraiment ?

— Vraiment.

— Pour ma part, sachez que je m'interroge seulement sur la personne que vous êtes, rien de plus ! Bien qu'en toute honnêteté, la situation présente m'apporte déjà quelques précisions intéressantes...

Mon cœur rata un battement. En insinuant que mon identité n'était pas forcément celle qu'il croyait, je m'étais peut-être fourvoyée moi-même. Après la promenade à cheval et la conversation que nous avions eue, j'aurais dû me montrer plus prudente.

— Et quelles sont-elles, je vous prie ?

— Je sais désormais que vous êtes le genre de femme à suivre un inconnu dans le noir, parce que vous êtes incapable de résister à la curiosité !

— Non ! protestai-je avec vigueur, piquée. Je ne suis pas curieuse !

— Oh si ! Car vous m'avez bien dit être venue de votre plein gré, n'est-ce pas ? Nul ne vous a demandé de me suivre ?

— En effet. Je n'ai pas menti.

— Je fais le choix de vous croire. Cependant…

Je sentis la chaleur de ses doigts sur ma peau avant de comprendre la portée de son geste. Cela fut si rapide, si léger et à la fois si nouveau que je n'eus même pas le temps de m'offusquer.

Extirpée de mon décolleté, la carte de visite de Mme Regard était désormais brandie sous mon nez et le regard d'Ernest, plus intense que jamais, me donnait l'impression d'être une proie sur le point de me faire dévorer.

— Qu'est-ce que c'est que cela ?

— Une carte.

— Vous m'en direz tant… Cachez-vous autre chose, là-dedans ?

Comprenant qu'il se penchait de nouveau en direction de ce décolleté que je regrettais plus que jamais, j'opposai une main que je voulais autoritaire mais qui, s'il l'avait voulu, n'aurait pas compté davantage que le coup de patte d'un chaton.

— Rien qui vous intéresse, en tout cas !

— Qu'en savez-vous ?

— Je préfère ne pas relever ! Et je voudrais ma carte !

Il me la rendit au bout d'un temps qui me parut infini. Lorsque cela fut fait, je n'osai la glisser de nouveau dans ma robe.

— Je ne compte pas lui écrire, si telle est votre question.

— Oh mais je ne vous demande rien.

— Oh si ! Vous aimeriez savoir ! Sinon, pourquoi avoir eu l'indécence de me la prendre ?

— Vous êtes libre de vos actes et libre de ne pas me les révéler. Je ne pense avoir prononcé aucune parole allant dans ce sens.

— Mais vous le demandez avec les yeux.

— Vraiment ? Et que voyez-vous d'autre, dans ces yeux-là ? demanda-t-il encore tout en se penchant exagérément vers moi.

L'instant aurait dû être inconfortable mais, étrangement, il ne le fut pas. Face à un autre, en un tel contexte, la gêne aurait été de mise mais, hormis ces moments où il m'agaçait tant, je ressentais une sorte de connivence avec Ernest. Cette entente, qui passait aussi vite qu'un rayon de soleil dans le ciel de mon enfance, n'en était pas moins réelle et me réchauffait toujours le cœur.

— Eh bien… Je vois que vous vous trouvez dans un endroit dans lequel vous ne devriez pas être.

Il se redressa, sensiblement déçu.

— Et sur quoi fondez-vous un tel jugement ?

— Votre sursaut, quand je suis arrivée à votre niveau…

— Je vous l'ai dit ! J'ai cru voir surgir une âme venue du fin fond des temps.

— Pourtant, vous ne croyez pas aux fantômes… N'est-ce pas ?

Ma remarque se voulait légère mais son expression se durcit.

— Allez-vous me trahir ? Allez-vous raconter notre petite conversation à Paul ?

Malgré l'obscurité qui régnait autour de nous, la petite fenêtre du palier n'éclairant que très faiblement l'espace réduit dans lequel nous nous trouvions, je voyais parfaitement les traits d'Ernest et ressentais toute sa tension. Là, posté si près de moi, il me semblait d'autant plus immense et insubmersible. Pas un instant, je ne songeai à me moquer de lui ou à lui faire croire qu'il avait quoi que ce soit à craindre de moi. Pourtant, il lut tout autre chose dans mon regard.

— Bien sûr que si, vous allez le lui dire… Il vous attend, n'est-ce pas ? Au fond de cette alcôve où vous êtes allée le retrouver…

— Je ne suis pas allée l'y retrouver…

— Vraiment ?

— Enfin, si ! Mais ce n'était pas pour…

Face à lui, je suffoquai subitement comme un poisson hors de l'eau. Je ne comprenais pas pourquoi il m'interrogeait avec tant de dédain. En quoi le fait que j'aie retrouvé Paul dans un recoin tranquille pouvait bien l'intéresser ? Et surtout, pourquoi étais-je envahie du besoin dévorant de lui expliquer les raisons de mon comportement ? De me justifier ?

— Je voulais danser, voilà tout ! avouai-je à contrecœur. Je suis allée l'y retrouver pour lui en faire la demande !

Un sourire fugace illumina son visage.

— Et pour danser, vous êtes prête à suivre les hommes dans les recoins les plus sombres ? Dois-je en conclure que vous souhaitez être ma cavalière ?

— Absolument pas !

— Et pourquoi non ?

— Vous... vous, je vous ai suivi par curiosité, c'est tout !

— De la curiosité... C'est donc tout ce que je vous inspire ?

— Oui. Tout à fait !

— Soit ! Eh bien, votre curiosité ne sera pas comblée, j'en ai peur car, comme vous l'avez remarqué, je n'ai pas pu ouvrir cette porte.

— Sur quelle pièce donne-t-elle ?

Il y eut un nouveau silence.

— L'ignorez-vous vraiment ?

— Si je vous le dis...

— Mais c'est l'atelier, voyons !

— L'atelier de votre oncle ? Mais quel est votre intérêt d'y aller ? Et pourquoi en secret ? Pendant une réception ? Et avec la mauvaise clé ?

— N'allez surtout pas croire que mes intentions sont mauvaises. Je ne veux aucun mal à mes cousins mais...

— Mais vous ne souhaitez pas être surveillé durant votre visite.

— Je l'avoue.

— Selon Paul, il n'y a rien d'intéressant là-dedans.

— Paul n'est jamais entré ; j'en mettrais sans problème ma main à couper.

— Vous croyez ? C'est pourtant sa maison ! Et l'atelier de son père !

— Peut-être mais cela ne lui donne pas forcément le droit de le considérer comme le sien.

— Contrairement à vous, vous voulez dire ?

— Parfaitement.

— Êtes-vous... comme votre oncle ?

Ernest eut un faible rire.

— Non, pas du tout ! Enfin, je l'espère. Je n'en ai pas moins les mêmes occupations et préoccupations.

— Et en visitant l'atelier, vous...

Son regard sonda le mien, semblant y chercher la réponse qu'il hésitait à me donner. Je n'osai insister, de peur de me montrer inconvenante. Si Ernest se targuait d'inventer quoi que ce soit, il n'avait apparemment aucune envie de m'en parler davantage. La réplique qui suivit me conforta dans cette idée.

— Ne devriez-vous pas être en train de danser au bras de votre futur mari, au lieu de discuter avec des inconnus, dans le noir ? Je ne suis pas certain que votre mère approuverait un tel comportement.

Il eut soudain l'air si sûr de lui et si condescendant que toute la curiosité, et même la complicité, que j'avais ressentie entre nous s'évanouit comme neige au soleil. Dans sa posture et la façon dont il me regardait, je retrouvais l'homme que j'avais rencontré le tout premier soir, et force était de constater que je n'aimais pas cet Ernest-là.

— Oh ! ne vous préoccupez pas de ma mère ! Ni de ma personne. Je ne vous permets pas. Et Paul n'est pas mon futur mari. Veuillez cesser avec cela.

— Vous a-t-il demandé de me suivre dans cette alcôve ? Lui dois-je votre présence, ici ?

— Je ne suis ni une domestique ni une enfant que l'on envoie de-ci de-là, au gré des envies. Si je suis ici, c'est que je l'ai voulu ! J'ai décidé de vous suivre de mon propre chef !

Un silence ponctua ma réplique puis Ernest s'approcha de nouveau de moi et, m'attrapant le menton entre le pouce et l'index, comme il l'aurait justement fait avec une enfant récalcitrante, répliqua :

— Je ne sais si c'est par envie ou par faiblesse, mais je veux vous croire… Après tout, il n'y a sans doute nulle malice dans votre comportement. Ainsi sont les femmes.

— Insinuez-vous que je serais finalement aussi sotte que vous l'aviez pensé, ce fameux premier soir ?

— Peut-être bien, après tout…

D'un mouvement brusque, je me défis de son emprise, perdant le peu qu'il me restait de sang-froid. La main que j'avais levée pour l'abattre sur le visage d'Ernest n'atteignit malheureusement pas son but, ses doigts s'étant refermés sur les miens avant que je puisse arriver à mes fins. Ainsi capturée, elle n'en paraissait que plus minuscule.

Étrangement, ce contact sembla de nouveau adoucir l'agacement d'Ernest, et c'est d'une voix plus posée mais sans me lâcher pour autant qu'il demanda :

— Que comptiez-vous donc faire ? Cette main est tout juste bonne pour flatter les chats ou peindre des aquarelles ! Abattue sur ma joue, elle ne m'aurait pas fait plus de mal que la caresse du vent !

— Dans ce cas-là, pourquoi l'avoir retenue ?

— Pour éviter que vous ne vous fassiez mal, bien entendu !

Je hoquetai avant de me reprendre. Aurait-il toujours la réponse à tout ? Et surtout, pourquoi s'être montré de nouveau si désagréable ? De là à penser que je l'avais dérangé plus sûrement qu'il ne l'avouait, il n'y avait qu'un pas que je n'hésitai pas à faire…

Me souvenant une fois encore que je n'étais pas Louise Dusang, je dus me résoudre à faire marche arrière. Peut-être était-il encore temps de rejoindre Paul, en bas, et de réitérer ma demande. Il était temps de mettre fin à ce moment inconfortable.

Tournant les talons, j'allai le laisser sans plus de cérémonie quand sa main se referma sur mon poignet. Lorsque je fis volte-face, son étonnement me laissa tout d'abord sans voix.

— Où allez-vous ainsi ?

— Vous ne voulez pas de moi ici. Donc, je vous laisse. J'ai eu tort de vous suivre.

Il ouvrit la bouche, soudain hésitant, la referma, avant de l'ouvrir de nouveau pour demander :

— Puis-je vous suivre ? Plus rien ne me retient ici.

Je songeai tout d'abord à refuser. Nulle femme un tant soit peu fière n'accepterait d'être accompagnée d'un homme qui doutait ouvertement de son intelligence. J'acquiesçai malgré tout, davantage à cause des araignées, de l'ombre et de l'inconfort que j'éprouvais à présent que par envie de prolonger notre conversation.

Semblant avoir déjà oublié l'affront dont il venait de se rendre coupable, Ernest ne laissa pas le silence s'imposer plus que de raison entre nous.

— Ces couloirs sont bien sombres et bien calmes en comparaison de ce qui nous attend en bas, n'est-ce pas ?

— Certes, répondis-je du bout des lèvres. Ces murs, pas plus que leurs occupants, ne sont habitués à pareille compagnie, je crois...

— Vous non plus ?

— Je vous l'ai dit, le premier soir... J'ai une vie des plus simples. Et guère de goût pour les mondanités. Elles me fatiguent...

Comme pour mieux appuyer mes propos, j'eus un léger vertige qui me poussa à m'appuyer plus fortement sur le bras qu'Ernest m'avait tendu, au sommet de l'escalier.

— Avez-vous mangé, mademoiselle Dusang ? s'inquiéta-t-il, à juste titre.

— J'ai davantage bu.

— C'est bien ce que je pensais.

Il eut le tact de ne pas en dire plus.

Nous passâmes d'un pas rapide dans le grand hall aux renards et, pour la première fois depuis mon arrivée peut-être, leur vue ne déclencha en moi aucun frisson de crainte ou de dégoût. Ernest parut ne même pas les voir et garda les yeux fixés loin devant lui, ses pensées semblant le couper de tout type de distraction extérieure. Il garda le silence encore un long moment puis, une fois arrivé devant la grande porte qui donnait sur la salle de réception, se pencha de nouveau vers moi.

— J'imagine que notre absence n'a pas été remarquée mais, dans le doute, faisons en sorte de nous rappeler au bon souvenir de tous ces braves gens. Vous disiez ne pas vouloir danser avec moi mais j'ai le culot de vous en faire malgré tout la demande. Puis-je être votre cavalier ?

Plissant les paupières dans une lumière à laquelle mes yeux n'étaient plus habitués, je hochai la tête sans même y penser.

Alors, il m'enlaça par la taille et d'un mouvement fluide, m'emmena au centre de la piste.

Comme hypnotisés par ce mouvement, tous les invités s'écartèrent sur notre passage. Je sentis leurs regards curieux, étonnés et même, pour certains, accusateurs. Qui osait ainsi braver la tendance générale à ne pas bouger un orteil ni même une oreille ?

Les premières secondes, déstabilisantes, laissèrent pourtant vite place à un plaisir bien peu coupable. Sûr et souple à la fois, Ernest était sans conteste un danseur admirable, capable de transporter quiconque s'abandonnant à son exquise expérience de la piste. Ce léger boitement, que j'avais de nouveau remarqué lorsque nous cheminions ensemble par les couloirs, n'était plus. Dans ses bras, je me sentais aussi légère et gracieuse qu'une plume et, tout en le laissant mener le pas, adoptai son rythme avec naturel.

Sans doute me serrait-il un peu trop fort et nos corps se trouvaient-ils un peu trop près l'un de l'autre mais l'instant était si inattendu, si intense et si merveilleux que pas une seconde je ne m'interrogeai sur le bien-fondé de me donner ou non en spectacle devant les invités de Paul et de Rebecca.

Lorsque j'osai enfin lever les yeux vers mon cavalier, je compris que lui ne m'avait pas lâchée du regard depuis le début de notre danse.

— Qu'y a-t-il ? demanda-t-il alors, de nouveau inquiet. Souhaitez-vous vous asseoir ? Vous sentez-vous mal de nouveau ?

D'un léger mouvement de tête, je lui fis comprendre qu'il n'en était rien.

— Qu'y a-t-il, alors ? Vous semblez… ébranlée.

Tout en tournoyant, je jetai un regard circulaire à l'assemblée qui nous entourait toujours. Si la plupart étaient retournés à leurs conversations, certains invités nous fixaient toujours.

— Ne vous préoccupez pas d'eux, souffla de nouveau Ernest. Ils ne peuvent nous entendre. Posez votre question. Car vous avez quelque chose à me demander, n'est-ce pas ?

Les mots s'envolèrent avant même que j'aie pris conscience de les avoir prononcés. Cette fois, je ne pouvais mettre ma curiosité sur le champagne, toute euphorie m'ayant quittée depuis bien longtemps.

— Qui êtes-vous vraiment, Ernest ?

Il eut un sourire vague dans lequel je crus lire tout et son contraire.

— Eh bien, je suis le cousin de Paul et de Rebecca, répondit-il finalement, comme s'il se définissait uniquement à travers leur lien familial. Il n'y a rien à ajouter, j'imagine. Je vous remercie pour ces moments passés en votre compagnie. Terminez bien la soirée, mademoiselle.

Puis, sans un mot superflu, il m'abandonna subitement sur le bord de la piste, pantelante, alors que sur les instruments mouraient les dernières notes.

17

Le nez en l'air, j'observai le ciel plombé tout en prenant garde où je mettais les pieds. Ce matin, tout en moi refusait d'accepter l'évidence : la neige n'avait jamais été aussi proche et la perspective d'être confinée au manoir, aussi certaine. L'idée, auparavant effrayante, était désormais une possibilité avec laquelle je n'avais d'autre choix que de composer.

En l'absence d'un courrier de la part de Louise qui, je le craignais à présent, devait être bien trop occupée par ses pérégrinations de jeune mariée pour seulement songer à m'écrire, je ne pouvais envisager de quitter le manoir et de poursuivre mes propres projets. J'avais bien trop peur de porter préjudice à ses rêves. Avant cela, il me fallait être certaine qu'elle était en sécurité et heureuse.

J'avais songé à écrire à ma mère dès mon installation dans cette pension parisienne à bas prix, mais dont j'avais néanmoins lu les louanges dans le journal. L'établissement se voulait bien fréquenté bien qu'abordable et avait l'avantage d'être à deux pas des festivités qui m'intéressaient. Néanmoins, à présent que j'étais loin d'elle, de son regard et de la culpabilité que ce dernier faisait invariablement naître en moi, j'avais des doutes sur ce désir absolu de vérité. Ma mère, une fois informée de mon projet et de mon nouveau lieu de vie, ne resterait pas passive. Sans doute viendrait-elle en personne, à moins qu'elle ne m'envoie tous les hommes en âge de voyager pour me ramener jusqu'à notre baie, nos mouettes rieuses et nos saints ?

Je ne savais que penser ni qu'imaginer mais une chose était en tout cas certaine : au manoir, puisque j'évoluais en tant que Louise, ma vie à moi était comme mise sous cloche. J'étais en attente et tout en moi trépignait.

Frissonnante, je me retournai en direction du manoir que je venais de quitter pour, une fois encore, aller retrouver Rebecca à la serre.

À présent distant de quelques dizaines de mètres, il semblait froncer les sourcils, comme contrarié de me voir m'éloigner. Cette nuit, pourtant, il s'était montré plus calme qu'à l'ordinaire et, pour une fois, mon sommeil n'avait pas été perturbé par ses soupirs et ses nombreux grincements. À moins que je ne doive cette toute nouvelle tranquillité qu'à la fatigue écrasante qui s'était abattue sur moi, à peine j'avais rejoint ma chambre ?

Depuis que j'avais ouvert les yeux sur cette nouvelle journée, je ne repensais pas sans trouble à celle que j'avais été la veille. Suivre Paul dans l'alcôve et poursuivre Ernest dans les couloirs du manoir étaient autant d'actions que je n'étais pas certaine d'avoir réalisées en toute conscience. Il me semblait avoir été poussée en avant par une force qui n'était pas tout à fait de mon ressort et je n'étais pas encore prête à accepter les faits.

Pour ce qui était de la fameuse danse, les choses étaient encore différentes. Je ne pouvais me mentir à moi-même au point de ne pas reconnaître que je l'avais appréciée, et plus encore. Je ne ressentais de ce fait nulle honte ou nul regret à son propos. Si je voulais être parfaitement honnête, je n'avais en réalité qu'une envie : recommencer et recommencer. Sentir le corps d'Ernest proche du mien et sa main enserrant ma taille comme si nous nous connaissions depuis toujours.

Au petit matin, lorsque je m'étais retrouvée seule dans mon lit, j'avais eu le plus grand mal à m'endormir tant j'avais été obsédée par la chaleur de sa main dans la mienne, la puissance de sa poigne et la grâce étonnante avec laquelle il avait mené notre danse. Alors, il n'était plus ours mais prince, tout droit sorti d'un conte de fées.

Durant la nuit, mes rêves avaient été les plus doux et agréables qu'il me soit possible d'avoir sans que cela préoccupe en rien ma conscience de jeune fille de bonne famille. Nul n'avait à lire ce qu'il se passait ou non dans mes pensées. Nul n'aurait jamais à savoir ce que cette danse m'avait inspiré ni les images nouvelles qu'elle avait fait naître dans mon esprit. Je n'avais qu'une peur : qu'elles me reviennent lorsque Ernest se trouverait devant moi. Il me serait alors impossible de ne pas rougir, et je le connaissais désormais assez pour savoir qu'il en concevrait un certain amusement.

Lorsque j'arrivai une nouvelle fois à la porte de la serre, j'étais si loin dans mes pensées que je ne m'inquiétai de ce qui allait suivre qu'au moment où je pénétrai pour de bon dans l'antre de Rebecca.

L'étrangeté de son invitation – il était si tôt et surtout il faisait si froid ! – me frappa alors de plein fouet. Elle ne pouvait avoir qu'une raison d'être : la sœur de Paul voulait m'interroger sur mon comportement de la veille. Peut-être même avait-elle quelques remontrances à me faire au sujet de la fameuse danse. Je ne l'avais pas remarquée, la veille, mais peut-être qu'elle faisait partie des mines désapprobatrices qui ne nous avaient pas quittés.

Pourtant, et à ma grande surprise, l'accueil qui me fut fait fut une nouvelle fois très chaleureux.

— Louise ! Venez donc ! Vous êtes si matinale !

— Eh bien… j'ai cru déceler une certaine urgence dans votre billet…

— Vraiment ? Alors vous vous êtes trompée. Je vous demandais seulement de passer dès que possible mais puisque vous êtes ici, tant mieux ! Tenez, j'ai pensé à vous concocter une infusion de mon cru et qui fait des merveilles sur certains petits désagréments, ajouta-t-elle tout en se tournant à demi vers ce qui s'avérait être un petit réchaud.

— Qu'est-ce donc ?

— De la menthe poivrée, rien de plus. J'ai fait sécher quelques feuilles et à votre arrivée, je terminais tout juste de boire la mienne.

Son regard s'attarda un instant sur une tasse, abandonnée un peu plus loin puis se posa de nouveau sur moi.

— Par ce grand froid, c'est un vrai délice ! C'est si réconfortant ! La neige ne tardera pas. L'avez-vous senti ?

Tout en posant un regard distrait sur les plantes qui m'entouraient, je plongeai docilement mes lèvres dans un breuvage qui, je devais l'avouer, ne ressemblait en rien aux infusions de menthe que me préparait ma mère. Il n'en était pas moins bien chaud et surtout très sucré. Doutant pourtant qu'il fasse le moindre effet probant sur les maux de tête qui ne me quittaient pas depuis mon réveil, j'osai espérer tout haut.

— Qui sait, peut-être y échapperons-nous ? De là où je viens, le temps est capricieux et peut changer de visage en un coup de vent.

— Vous êtes bien loin de chez vous, Louise ! Ici, il y a des choses auxquelles on n'échappe jamais. La neige en fait partie.

Puis, voyant que je délaissais déjà ma tasse, elle ajouta :

— Vous devriez la terminer. Cela n'aura aucune vertu si vous ne prenez pas la peine de tout boire. Rassurez-vous, j'ai moi aussi pleinement profité du champagne que nous avons fait servir durant la soirée.

Terminant ma tasse d'un trait, je me sentis rougir. Ainsi, c'était bien pour parler de mon comportement que Rebecca m'avait demandé de la rejoindre. Pour couper court à tous reproches, je décidai de faire amende honorable.

— Je ne suis guère habituée à ce genre d'événements…

Elle eut un sourire las.

— Oh ! Louise ! Inutile de chercher à ménager ma susceptibilité. Je sais pertinemment que vous mentez mais je vous sais justement gré pour votre mensonge. Notre petite assemblée d'hier vous a certainement paru bien morose et bien calme. Votre danse avec Ernest était un message dont j'ai pleinement pris connaissance.

— Que voulez-vous dire ?

— Vous avez ainsi manifesté votre profond ennui et votre fatigue, n'est-ce pas ? Sinon, pourquoi danser avec notre cousin ?

Par plaisir, aurais-je voulu répliquer. Quoi d'autre, sinon le plaisir d'être dans les bras d'un homme qui savait faire ce qu'il fallait, au moment où il le fallait ? Rebecca, si veuve et sage qu'elle l'était désormais, pouvait bien le comprendre...

— J'en suis désolée pour votre frère. Je n'ai réalisé que trop tard que cela lui avait certainement été désagréable.

Les lèvres pincées, comme si elle tentait ainsi de retenir des paroles trop acerbes, Rebecca répliqua :

— Heureusement, mon frère n'en a rien vu. Il était bien trop occupé ailleurs...

— Je...

J'hésitai, le regard braqué dans les yeux de Rebecca qui, pour une fois, me fuyaient.

— Je ne savais pas que Paul avait quitté la réception.

À l'idée que, peut-être, il m'avait vue dans les couloirs en compagnie d'Ernest, mon sang ne fit qu'un tour. S'il nous avait espionnés avant l'arrivée des invités sans que je note sa présence, pourquoi ne l'avait-il pas fait durant cette dernière ? J'étais si préoccupée et si peu moi-même que je n'aurais pu le remarquer, même en y pensant...

— Oh... J'imagine qu'il ne vous a pas parlé de ses petites... distractions ? N'est-ce pas ? Il s'en est bien gardé. Avant votre arrivée, il m'avait pourtant promis d'être sage et de laisser de côté ses mauvaises habitudes. J'aurais dû prévoir ses mensonges mais je n'en suis pas moins réellement déçue...

Je songeai avec trouble à l'étrange attitude qui avait été celle de Paul au moment où je l'avais retrouvé dans l'alcôve. J'avais mis son comportement sur le compte de la surprise qu'avait générée mon arrivée mais, à en croire sa sœur, il se pouvait que je l'aie tout simplement dérangé dans l'une de ses fameuses « distractions ».

Face à moi, Rebecca avait repris, désormais intarissable.

— Lors de notre promenade à cheval, vous souvenez-vous ?

Mon frère et moi avons longuement parlé. À cette occasion, j'ai essayé de lui arracher une promesse. Je voulais qu'il reste sérieux, lors de notre réception. Qu'il fasse honneur à notre famille mais également à notre invitée de marque. Vous, Louise ! Il m'a assuré que je pouvais compter sur lui ! Alors qu'en réalité, il n'en pensait pas un mot ! Pas un ! Ce cheval, qu'il a justement monté lors de cette promenade... Il s'agissait d'une bête que je tenais de mon mari... La dernière de son écurie ! La plus fameuse ! Eh bien, figurez-vous qu'il l'a vendue sans m'en demander l'autorisation.

— Vendue ?

— Vendue au plus offrant. Il y avait, dans notre petite assemblée, des personnes malintentionnées qui connaissent parfaitement le penchant de mon frère pour les courses et l'argent facile. Et l'affaire fut conclue. Ledit cheval est déjà parti.

— Ne pouviez-vous pas vous y opposer ? Est-ce trop tard ?

Rebecca secoua tristement la tête.

— Non, c'est terminé. Vous savez, Paul est mon frère. J'étais une femme mariée mais aujourd'hui, je suis seule et vulnérable. Il a de nouveau toute autorité sur moi.

L'inquiétude qui avait été la mienne quant aux remarques de Rebecca se transforma alors en compassion. Dans ses yeux, il me sembla lire toute la détresse du monde. Elle était jeune, belle et pleine de qualités et, pourtant, rien ne lui appartenait vraiment. En tant que femme, je ne pouvais qu'être moi aussi touchée et trouver cela plus qu'injuste.

— J'en suis sincèrement désolée. Que puis-je faire pour vous aider ?

— Rien. Il n'y a rien à faire.

— En êtes-vous certaine ?

Rebecca pinça les lèvres et enfin, me regarda droit dans les yeux.

— Me soutenir. Oui, me soutenir serait déjà beaucoup.

— Alors, je le ferai. Oui, je serai là pour vous soutenir dès que vous aurez besoin de moi.

— Je vous en remercie.

Il me sembla bien voir des larmes de gratitude monter dans les grands yeux de Rebecca et ceci, plus que le reste, toucha profondément mon cœur. Droite dans sa robe de deuil, elle me paraissait plus digne que jamais et surtout méritant toute l'attention que je souhaitais lui apporter. Paul, si agréable soit-il, se trompait sur le compte de sa sœur. Ses paroles étaient sensées, elle était juste trop seule, et certainement bien peu soutenue dans une existence qui ne l'avait pas favorisée…

— À présent que je vous ai avoué cela, ma chère Louise, et que vous avez appris l'absence de mon frère durant cette dernière, vous devez vous demander pourquoi cette fameuse danse avec mon cousin m'a semblée si problématique.

— En effet.

— Je vais essayer de vous expliquer le plus calmement possible bien que cela me soit assez difficile, je l'avoue… Lorsque je vous ai vue danser avec Ernest, j'ai tout simplement redouté le jugement de nos invités qui, je peux bien vous l'avouer, n'avaient pas caché leur surprise de le voir ainsi parmi nous. Alors vous voir, ensemble ! Quelle folie ! Le tableau était stupéfiant !

Le rouge lui était un peu monté aux joues.

— Je ne pensais pas à mal, tentai-je de me justifier. J'aime danser et votre cousin est un cavalier hors pair. J'ai apprécié ce moment.

— Je commence à vous connaître. Je sais bien que vous ne vouliez pas faire de mal ni même vous montrer en spectacle. Mais je doute qu'il en soit de même de son côté.

— Malgré tout le respect que je vous dois, Rebecca, je pense que vous vous trompez. Votre cousin n'est pas ainsi. Il…

— Malgré toute la tendresse que j'ai pour vous, Louise, je vous conjure de cesser d'être dans l'erreur. Vous êtes bien trop douce. Vous oubliez que ceux qui gravitent autour de vous n'ont pas toujours des pensées aussi charitables que les vôtres. Mon cousin fait partie de ces derniers.

— Me demandez-vous de me méfier de lui ? Le considérez-vous comme dangereux ?

Peut-être agacée par mon ton, désormais très solennel, Rebecca haussa les épaules.

— Bien sûr que non ! Sinon je n'aurais pas accepté qu'il vienne à La Renardière ! Néanmoins, je vous conseille de vous tenir à distance, voilà tout.

— Et de ne pas lui parler plus que nécessaire ?

— Et de ne pas lui parler plus que nécessaire.

Je songeai alors à Ernest, à sa voix parfois si douce mais également à son attitude, qui pouvait passer d'agréable à piquante en l'espace de quelques secondes… Lorsque je lui avais demandé qui il était, vraiment, il n'avait rien su me répondre ou, au contraire, n'avait rien voulu me dévoiler. Il parlait de mon mystère mais, à sa manière, n'était pas plus transparent, bien au contraire !

Me fallait-il pour autant me méfier de lui ?

Il me disait sotte, mais j'étais assez clairvoyante pour comprendre qu'il n'en pensait pas un mot. D'une certaine façon, peut-être qu'il n'appréciait pas ma compagnie. N'était-ce pas justement ce qu'il m'avait affirmé, à la fin de notre valse ?

Comme si elle avait lu mon hésitation sur mon expression, Rebecca me demanda d'une voix très basse, telle une conspiratrice craignant les oreilles indiscrètes :

— Est-ce Ernest qui vous a proposé de danser ? Oui, c'est bien lui, n'est-ce pas ?

— En effet.

Elle hocha la tête avec, sur les lèvres, un sourire vainqueur.

— Alors, Louise, sachez que je ne souhaite ni vous faire peur ni vous contrarier mais gardez à l'esprit qu'il ne pensait pas à vous mais bel et bien à ses propres intérêts. Non, il n'a pas dansé avec vous pour le plaisir de virevolter au son de la musique, ou même de vous être agréable. Son but était de contrarier Paul, rien de plus ! Il a ses raisons pour cela, croyez-moi ! Et tous hier pouvaient le comprendre.

Était-ce de l'orgueil ou un autre sentiment, davantage enfoui et dont je n'avais pas encore identifié l'origine ? À ces mots, quelque chose se réveilla en moi et ce sentiment, terriblement désagréable au demeurant, glaça instantanément une partie de mon cœur. Le froid se répandit dans mes veines à mesure que leur signification faisait son chemin dans mon esprit.

Malgré la chaleur du lieu, je remontai le col de mon manteau et tentai de trouver la force de cacher mon malaise.

— Aurais-je dû refuser, à votre avis ?

— Vous êtes libre de faire ce que vous voulez.

— Je ne comprends pas vraiment… Vous semblez avoir une bien piètre opinion de votre cousin. Pourquoi l'avoir invité à venir vous rejoindre au manoir ? Et pourquoi souhaiter travailler avec lui ? Vous avez fait la démarche de lui écrire !

— En réalité, c'est Ernest qui nous a écrit.

— Et à quel titre ?

— Il voulait réparer les erreurs du passé et nous proposer de travailler ensemble pour mieux les oublier. Mon frère et moi ne voulions pas lui ouvrir notre porte mais notre mère, qui est toujours si bonne et si conciliante, nous a encouragés à faire table rase du passé. Nous avions beaucoup à reprocher à sa famille. Mon frère vous en a-t-il parlé ?

— Paul a évoqué des différends.

— C'est un bien petit mot pour de grandes blessures.

Je regardai Rebecca sans vraiment la discerner, comme si mes yeux voyaient au-delà de son corps. Une part de moi refusait catégoriquement d'en apprendre davantage sur Ernest et sa famille mais l'autre le voulait plus que tout. Aussi, je gardai le silence, la laissant poursuivre sans lui avoir véritablement demandé de le faire.

— L'histoire qui nous préoccupe toujours est très ancienne. Pour vous expliquer le plus simplement possible, il y a très longtemps, la mère d'Ernest a voulu trahir mon père. C'était peu avant la mort de ce dernier. À cause de certaines mauvaises appréciations et de certaines rumeurs, totalement infondées, il a été dit qu'il n'était plus apte à gérer l'affaire familiale. Elle a tout fait pour que la gestion passe aux mains de son mari, qui n'y entendait pourtant rien. Elle voulait tout lui prendre. Elle voulait que mon père perde tout.

— Le détestait-elle à ce point ?

— Non. Mais elle s'aimait plus que nul autre au monde. Elle n'avait pas accepté de se voir spolier de tout héritage. En tant que femme, elle n'avait aucun droit sur l'entreprise familiale. Même après son mariage, elle a continué à se faire appeler de Mussey et a fait de même pour son fils. Durant des années, elle a attendu l'instant où mon père, vulnérable, pourrait baisser sa garde. Et quand ce moment est finalement arrivé, elle n'a pas hésité.

— Si votre père était malade, peut-être que c'était fondé et...

Loin d'accepter mon interruption, Rebecca secoua la tête avec vivacité.

— Non ! Mille fois non ! Mon père se portait comme un charme, il était simplement préoccupé. Oui, voilà : préoccupé par des affaires auxquelles elle n'entendait guère. Ma tante ne pensait pas au bien-être familial, elle voulait juste obtenir le maximum d'argent car, à l'époque de son succès, mon père n'avait pas voulu lui en donner un centime. Or, elle considérait qu'elle y avait droit car, lors de leur association, votre père et le nôtre ont travaillé grâce à des fonds issus de la société familiale.

— Je...

— Elle a donc tenté de le faire déclarer fou, voulait le faire enfermer et ainsi, elle l'a poussé à la tombe !

C'était plus que ce que je pouvais entendre.

— Et en quoi cela a-t-il à voir avec Ernest ? Il n'est pas responsable des agissements de sa mère.

— Certes. Mais sa présence à La Renardière n'est pas innocente. N'est-ce pas un drôle de hasard, après tout, que vous soyez au manoir en même temps que lui ?

— Il est arrivé avant moi...

— Il devait venir bien plus tôt. Son séjour n'aurait jamais coïncidé avec le vôtre. Vous aurait-il dit quelque chose ? Tenté de vous soutirer quelques renseignements ? Ne s'est-il pas montré insistant ?

— Mais je… je ne comprends pas. Je ne comprends pas ce que vous cherchez à me faire dire. Qu'attendez-vous de moi ?

Contournant le comptoir derrière lequel elle se tenait depuis le début de notre conversation, Rebecca vint à mon niveau et me prit les mains avec ferveur.

— Ne m'en voulez pas, Louise ! Oubliez cela ! Faites simplement attention à vous. Vous êtes si pure ! Certaines personnes, ici, pourraient essayer d'obtenir des choses de vous… Il faut vous montrer raisonnable et faire confiance aux bonnes personnes.

Je ne compris un traître mot de ce qu'elle essayait de me faire dire. Ce qu'elle insinuait à propos d'Ernest, les raisons pour lesquelles nous étions tous présents au manoir, comme les questions qu'il avait pu me poser étaient autant de sujets qui m'échappaient totalement.

Mal à l'aise, je reportai mon regard sur toutes les plantes qui nous entouraient. Cette fois, l'odeur forte du lieu ne m'était pas seulement désagréable, elle m'incommodait totalement, comme m'incommodait la chaleur étouffante. Il y avait, ici comme ailleurs, quelque chose qui ne fonctionnait pas. Une dissonance qui était pour moi synonyme d'un cruel inconfort.

J'allais annoncer mon départ prochain à Rebecca – lettre de Louise ou non, il me semblait à présent nécessaire de partir – quand cette dernière, sans explication, partit à l'autre bout de la serre pour en revenir, les bras chargés d'une caisse en bois d'un poids important. Elle la déposa sur la première table venue et la tapota de la paume tout en m'expliquant :

— Vous qui aimez la couture, cela vous intéressera peut-être. J'ai fait un peu de rangement, ces derniers temps, et j'ai trouvé ceci. Il s'agit d'une couseuse que mon père avait mise au point, il y a de cela bien longtemps. De nombreux brevets ont été déposés un peu partout depuis mais vous aimeriez peut-être y jeter un œil. Si cela vous intéresse, je la ferai monter dans votre chambre…

Plus enthousiasmée à cette idée que je ne l'avais été depuis le tout début de notre conversation, j'oubliai un instant tout ce qui venait de m'être raconté, tout comme l'ensemble de mes doutes, et répondis par l'affirmative. J'allais l'interroger sur son fonctionnement quand une vague désagréable me submergea, me confirmant que le malaise qui m'avait déjà traversée était tout sauf passager.

Il me semblait soudainement impossible de me tenir encore debout. Honteuse, je dus me résoudre à me retirer sans oser expliquer plus en détail les raisons de mon mal. Perspicace, Rebecca n'en avait de toute manière pas besoin.

— Je vais retourner à ma chambre, si cela ne vous dérange pas, arrivai-je à articuler faiblement. Je me sens particulièrement fatiguée.

Bien qu'étonnée, Rebecca m'encouragea à me montrer prudente.

— Il faut écouter notre corps quand il nous parle. Ainsi, reposez-vous autant que nécessaire ! Mais, j'oubliais !

Elle partit de nouveau vers le fond de la pièce et en revint, cette fois, avec une enveloppe qu'elle me tendit d'un geste ample.

— Elle est arrivée ce matin !

Je n'eus pas un instant d'hésitation et l'attrapai avec soulagement. Une lettre ! Pour moi ! Enfin ! Louise avait tenu parole et s'était écrit à elle-même !

— Qui est-ce ? Une amie, au courant de votre séjour au manoir ?

— Une très bonne amie, confirmai-je en serrant la lettre contre mon cœur. Elle avait promis de m'écrire. Elle tient toujours parole.

Faisant fi de la curiosité dévorante qui s'était clairement affichée dans le regard de Rebecca, je lui souhaitai une bonne matinée et sortis de la serre aussi rapidement que je m'en sentais capable.

18

Était-ce l'air soudainement très froid ? Le contraste avec la chaleur de la serre ? Ou bien la fatigue et les effets du champagne dont, décidément, je n'arrivais pas à me défaire ? J'eus à peine le temps de faire quelques pas avant de me plier en deux, de nouveau parcourue d'une nausée terrible et, cette fois, impossible à réprimer.

Les yeux braqués au sol et la respiration haletante, je peinais à mesurer l'ironie extrême de la situation. Je ne pouvais être malade ! Pas de nouveau ! Pas après tout ce que j'avais déjà vécu ! Pas après toutes ces journées perdues ! Et surtout, pas au moment même où Louise m'écrivait enfin et que la possibilité du départ n'avait jamais été aussi proche ! Je ne pouvais rester au lit ! J'avais des projets à mener, une pension à rejoindre dans quelques jours à peine et un corset à terminer d'urgence ! Il était hors de question que tous mes beaux projets s'arrêtent ici !

Je restai un instant immobile, le temps pour ma vision de devenir claire de nouveau et retrouvai enfin la force de poursuivre mon chemin. Me sentant à bout de forces, je n'osai me rendre jusqu'à ma chambre et décidai de rester à l'air libre, au contact des éléments qui, je l'espérais, me permettraient de rester consciente.

Presque sans y prendre garde, je me dirigeai alors vers le bassin de pierre que j'avais découvert quelques jours plus tôt. Toujours aussi abandonné et triste, avec sa statue sans tête, il semblait attendre ma visite.

Recroquevillée sur moi-même à cause du froid et du mal-être qui menaçait à tout instant de me submerger, je déchirai l'enveloppe sans aucune précaution. J'attendais ce courrier depuis une éternité et n'avais plus une once de patience.

Mes yeux se posèrent avec joie sur l'écriture bien reconnaissable de ma grande amie et je me plongeai immédiatement dans ma lecture.

Ma chère Adèle,

Enfin, voilà la lettre promise ! Après s'être fait attendre, elle est désormais entre tes mains, prête à livrer tous ses secrets et à t'apporter toutes les réponses que tu attends !

Depuis que nous nous sommes quittées dans ce relais de poste infâme et que je suis descendue de voiture, il m'est arrivé tant d'aventures que je ne sais par où commencer ni que te raconter en premier ! Retiens pourtant l'essentiel : c'est de ma chambre d'enfant où je suis assise, seule, et non pas depuis un bel hôtel de la Côte d'Émeraude que je t'écris aujourd'hui !

Là, tu fronces les sourcils et tu pinces les lèvres comme une gouvernante sévère et agacée, n'est-ce pas ? Tu ne comprends un traître mot de ce que je suis en train de te raconter ? Tu vas vite comprendre, j'en ai peur !

Mais tout d'abord, faisons ensemble l'effort de revenir quelques jours en arrière, soit le matin de notre grand départ secret. Je nous revois comme si j'y étais encore : toi, si inquiète et moi, si heureuse ! Si j'avais su, mon Dieu, si j'avais su que j'allais vers ma perte, le sourire aux lèvres, j'aurais sans doute eu un peu moins hâte de quitter ma mère et tous mes repères !

D'un mouvement sec, je tentai de remonter le col de mon manteau un peu plus afin d'y enfouir plus profondément mon visage gelé. Poursuivre la lecture dans de telles conditions était pure folie mais malgré le froid et cette nausée, qui décidément ne me quittait pas, je ne pouvais me résoudre à l'abandonner, ne serait-ce que le temps de rejoindre ma chambre.

Très vite, en descendant de voiture, j'ai dû me rendre à une terrible évidence : Florentin n'était pas là. Pire, nul n'avait entendu parler de lui à l'Auberge du Loup noir où, contrairement à ses promesses, il n'avait pas passé la nuit précédente.

Tu me connais. Je manque généralement de patience mais ne pouvant rien faire d'autre que d'attendre, j'ai essayé de garder mon calme. Après tout, un contretemps en chemin est vite arrivé. Par avance, mon cher amour avait toute mon indulgence.

J'ai dû me résoudre à dormir seule dans un établissement où, je le crains, ma mère n'aurait pas voulu me voir poser un orteil. La nuit que j'ai passée là-bas, mon Dieu ! J'avais à la fois si peur et tellement hâte de le voir arriver ! Mille fois, j'ai cru l'entendre venir à moi dans le couloir et, mille fois, j'ai dû me rendre à l'évidence : ce n'était pas lui !

Lorsque l'aube est finalement arrivée, j'ai dû accepter l'inacceptable : pour une raison connue de lui seul, Florentin ne viendrait pas. Alors, je me suis résolue à rentrer. Qu'aurais-je pu faire d'autre ? Je ne suis pas une aventurière comme toi et, sortie de mes petites habitudes, sans le soutien d'un homme qui avait toute ma confiance, je me suis retrouvée totalement perdue.

Agacée, je relevai une fois encore les yeux de ma lettre, ne parvenant pas à comprendre comment mon amie, si pressée d'être mariée, avait pris si vite le chemin du retour. Quoi qu'il en soit, et malgré toutes les pensées que j'avais eues pour elle depuis notre séparation, il n'y avait eu ni mariage ni de longs baisers échangés sur les remparts de Saint-Malo et encore moins de nuit de noces inoubliable.

Dans la voiture du retour, triste et penaude, j'ai souvent pensé à toi, Adèle. À la mine que tu aurais faite si tu avais été là. À ton index, que tu aurais brandi sous mon nez en me disant : « Je te l'avais bien dit que c'était une folie de faire confiance à un homme que tu connaissais à peine ! » Et c'est bien ce que tu m'aurais dit, n'est-ce pas ? Mais tu es aussi bonne que tu es clairvoyante et tu aurais bien vite oublié les remontrances pour mieux me consoler. Le retour aurait été moins difficile à supporter.

En arrivant à la maison, maman m'a évidemment pressée de questions, si bien que je n'ai pu que mentir. Je lui ai raconté qu'après une nuit terrible au manoir, j'avais décidé de rentrer sur-le-champ à la maison et que nul, à La Renardière, n'avait cherché à me retenir. Elle a tiré les conclusions qui s'imposaient. Du moins, je le pense car nous n'en avons plus parlé.

Mon esprit rendu flou par le froid et ce mal, qui décidément ne voulait me laisser en paix, tentait vainement de fonctionner et de comprendre quelles seraient les conséquences exactes de ces mensonges. Mme Dusang, ayant compris que sa fille avait eu un souci avec ses hôtes, avait-elle écrit à la famille de Mussey pour s'en enquérir ? Si tel était le cas, il me fallait à tout prix quitter le manoir avant que cette lettre soit ouverte par Rebecca !

Je sais que tu l'auras deviné avant même de poser les yeux sur les lignes qui suivent : pour ton bien, comme pour le mien, il est capital que tu quittes le manoir dès que cela te sera possible et que tu reviennes au plus vite parmi nous. À présent que j'ai retrouvé tous mes sens et que je te sais seule, parmi ces gens, je n'ai plus qu'un désir : que tu nous reviennes ! Car ce manoir est mauvais, Adèle ! Peut-être ai-je omis de te raconter certaines choses, avant ton départ… Concentrée sur mon amour et ce mariage dont j'espérais tant, cela me semblait être de l'ordre de l'anecdote mais je vois tout ceci différemment, aujourd'hui. Une question demeure : me pardonneras-tu d'avoir gardé quelques secrets pour moi ?

Craignant bêtement d'être surprise à ce moment précis de ma lecture, je relevai alors brusquement les yeux en direction du manoir. Se dessinant à demi entre les branches dénudées des arbres, il était fidèle à lui-même : ni plus effrayant ni plus riant qu'à l'ordinaire. Au fond, il n'était que ce qu'il avait été depuis mon arrivée : une construction de pierres dans laquelle des gens avaient vécu et vivaient encore aujourd'hui. Alors en quoi pouvait-il à ce point être effrayant ? Pourquoi sentais-je une telle tension dans les mots de Louise qui, malgré son goût pour le drame, n'avait pas l'habitude de se montrer si sombre ?

Je ne connais de cette histoire que ce que j'ai pu en voler en écoutant aux portes et en explorant le secrétaire de ma mère. Il regorge de lettres sans intérêt, où il est question de tout – du temps qu'il fait, du temps qui passe – ce qui, tu t'en doutes, ne m'intéresse guère.

Mère était veuve depuis si longtemps qu'un temps j'ai espéré qu'elle ait un amant secret, quelqu'un, en tout cas, pour lui écrire ces mots d'amour que toute femme, je le crois, rêve d'entendre et de lire. En réalité, ce que j'ai trouvé n'avait rien à voir avec cela.

Cette femme, cette Angélique de Mussey parlait un tout autre langage et je ne crois pas avoir lu des mots plus froids et plus effrayants.

Comment te dire les choses sans te faire peur, à présent que tu te trouves dans la demeure de cette inconnue ? Je n'ai d'autres choix que d'utiliser mes propres mots, soit ceux d'une jeune femme qui n'entend guère à ces questions et qui, je le crois, a feint de ne rien savoir pour conserver une innocence et une tranquillité qui lui sont chères.

Tu le sais, mon père et M. de Mussey ont jadis travaillé ensemble. En vendant les petits trains de mon père, celui de Paul et de Rebecca lui a permis de s'enrichir considérablement, du moins dans un premier temps. Lorsqu'ils se sont retrouvés, des années plus tard, il n'était pourtant plus question de petits trains. Mon père, qui travaillait sur une poupée savante, un automate qui, disait-on, était même capable de parler, avait besoin d'aide, de fonds et du soutien d'un passionné. Cette aide, M. de Mussey a proposé de la lui apporter. Le succès, bien que passager, fut énorme. Cette poupée fut reconnue comme l'une des plus grandes inventions de l'Exposition de 1867 puis nul n'en a plus reparlé. Plus j'y pense et plus je me demande si ce n'est pas celle que nous avons vue, ce fameux jour, alors que nous avions forcé cette porte…

Savoir pourquoi, finalement, seul le nom de De Mussey est passé à la postérité, n'est malheureusement pas de mon ressort. J'avais néanmoins compris, en lisant entre les lignes, que la famille chez qui tu loges à ce jour a présentement tout intérêt à renouer des liens avec la mienne. Je ne sais ce qu'ils veulent réellement, au fond, mais pense que derrière ce mariage se cache autre chose. Quelque chose qu'à mon sens il est préférable de ne pas savoir. Plus que jamais, tu n'as rien à faire parmi eux.

Reviens-moi vite, Adèle et reprenons le cours de notre existence comme cela nous enchantait tant, il y a encore si peu de temps.

À très vite, j'espère.

Louise

Je m'empressai de faire disparaître tous les feuillets dans l'enveloppe puis levai les yeux au ciel pour me rendre à la terrible évidence. Depuis les lourds nuages devenus d'un gris sombre, les premiers flocons commençaient leur danse hivernale. Si Paul avait dit vrai, il me fallait quitter le manoir dans l'heure sous peine d'y rester contre mon gré.

Je parvins à me mettre sur pied puis des taches apparurent dans mon champ de vision et ce fut le noir le plus total.

19

Lorsque je repris connaissance, j'étais dans mon lit, les couvertures remontées jusqu'au menton. Mon tout premier réflexe fut d'essayer de toucher mon crâne, alors très douloureux, mais une main fraîche et légère m'en empêcha.

— Ne touchez pas, je vous prie !

Rebecca.

Au son de sa voix, tout me revint alors. Notre entrevue dans la serre, la tasse qu'elle m'avait tendue, ses questions, ses mises en garde au sujet d'Ernest puis mon malaise, la lettre et enfin le noir.

— En tombant, vous vous êtes blessée. J'ai fait ce que j'ai pu mais je ne suis pas infirmière alors pour éviter d'aggraver votre cas, je vous en prie, ne bougez pas plus que nécessaire. Comment vous sentez-vous ?

Toujours sonnée, j'allais répondre quand une question, impérative, s'imposa à mon esprit :

— Neige-t-il ?

Si elle en fut étonnée, Rebecca n'en répondit pas moins obligeamment.

— Il neige depuis plusieurs heures. La tempête que nous attendions est bel et bien là et elle sera plus forte que jamais.

— Plusieurs heures ? Mais depuis quand suis-je ici ?

— Depuis que vous avez été trouvée inconsciente !

Me redressant vivement dans mon lit, au détriment de ma douleur, je m'écriai, oubliant mon désir de discrétion.

— Je ne peux pas rester ici ! Il faut que je rentre chez moi !

Mon cri du cœur ne généra qu'un rire amusé chez Rebecca.

— Vous n'irez nulle part.

La réplique, prononcée d'un ton affable, me glaça les sangs. De nouveau, les mots de Louise me revinrent en tête. J'avais senti la peur et le regret à travers ces derniers. Je n'avais pas encore eu le temps de lui en vouloir, ni même d'imaginer la manière dont je lui ferais mes reproches. Pour l'instant, je n'avais qu'une envie : quitter La Renardière. Tout simplement.

— Il me faudrait pourtant une voiture.

— Mais pour aller où ?

— Chez moi, bien entendu !

— C'est impossible. Les routes sont déjà totalement impraticables.

Catastrophée, inquiète, j'élaborai alors en pensée les plans les plus fous. Je n'avais jamais été une cavalière émérite, cela allait sans dire mais un cheval pouvait-il encore passer là où les voitures devaient renoncer ?

Bien loin de se douter de ma détresse, Rebecca poursuivait son bavardage léger.

— Vous nous avez fait très peur, tout à l'heure ! En comprenant que la neige commençait à tomber, j'ai pris mes dispositions à la serre et je suis rentrée au manoir. J'ai demandé à vous voir mais on m'a dit que vous n'étiez toujours pas rentrée de votre promenade. Étonnée, je suis tout de même allée à votre chambre, que j'ai trouvée vide, bien évidemment. Alors, je suis revenue sur mes pas et voilà que je croise mon cousin, les bras chargés ! Il venait de vous trouver, inerte, sous les flocons !

À l'idée d'avoir été portée par Ernest, je manquai de nouveau de tourner de l'œil.

— Que dites-vous ?

— Ne vous inquiétez pas ! Pour lui, vous ne pesiez pas plus qu'une plume ! Vous pouvez vous estimer heureuse de vous être trouvée sur son chemin, sans quoi vous étiez en bonne voie pour une pneumonie, ou pire ! Vous aviez dit vouloir rentrer pour vous reposer alors jamais je n'aurais eu l'idée d'aller voir par là-bas ! Jamais !

Consciente d'avoir été un peu trop dramatique, Rebecca tapota le dessus-de-lit de sa longue main fine.

— Nous allons prendre soin de vous. C'est notre rôle. Puis, quand la neige fondra et qu'il sera de nouveau possible de circuler, vous...

— Je rentrerai chez moi.

Il y eut un malaise palpable.

— J'allais vous proposer d'écrire à votre mère pour qu'elle vous rejoigne, poursuivit Rebecca, d'un ton plus froid. Je ne pensais pas... Mais après tout, notre conversation à la serre ne m'a pas permis de comprendre si, oui ou non, vous avez des sentiments pour Paul. Vous étiez désolée à l'idée de l'avoir chagriné mais pensez-vous à lui d'une façon particulière ? À moins que ce ne soit ma faute ? Ai-je fait quoi que ce soit qui ait pu vous contrarier ? Peut-être suis-je allée un peu trop loin dans mes confidences, juste avant la réception. Ou ce matin même ? Je n'aurais peut-être pas dû vous parler ainsi de Paul, ou même vous effrayer au sujet d'Ernest. Vous n'étiez pas prête à entendre tout cela.

Assise, dos au feu, si belle avec ses grands yeux verts, ses beaux cheveux châtains, si soigneusement coiffés... Si jeune, aussi ! Et d'apparence si pure ! Comment Catherine Regard pouvait-elle avoir eu des paroles aussi dures à son sujet ? Toute la gentillesse dont elle faisait preuve à son égard, et ce, depuis mon arrivée, n'était-elle en réalité dictée que par un besoin d'obtenir quelque chose de particulier ? Une chose que seule Louise Dusang lui permettrait d'obtenir ?

Sans doute aurait-il été plus facile de dire la vérité à ce moment précis. D'avouer enfin la folie, l'impensable : soit que je n'étais justement pas Louise Dusang. Que ma présence à La Renardière n'était qu'une plaisanterie, qu'une petite histoire que mon amie et moi avions composée pour l'amusement, sans nous douter des complications qui pourraient en découler.

Si je n'en avais ni le courage ni la force, il me semblait pourtant nécessaire d'avouer quelque chose de capital à mes yeux.

— Je n'ai rien à vous reprocher, Rebecca. Seulement, il est important que je vous dise que...

Je n'eus malheureusement pas le temps de poursuivre.

— Lorsque mon mari est mort, commença Rebecca, avec une autorité que je ne lui connaissais pas encore, il y a deux ans, j'ai cru que mon monde s'effondrait. Je me suis sentie abandonnée de tous ! Tout ce que j'avais connu n'était plus. Mes rêves, même, n'avaient plus de substance ! Ce fut une période triste et compliquée pour moi. Il m'est même arrivé parfois de songer à m'ôter la vie... Oh ! je sais ! Je ne devrais pas vous dire cela mais c'est la vérité. Oui, c'est la vérité ! Qu'y puis-je ? Je n'ai retrouvé le goût de vivre qu'en prenant part au projet de mon frère et d'Ernest, comprenez-vous ?

Je me contentai de hocher la tête, attendant la suite.

— Votre visite a été providentielle pour nous. Vous pouvez le comprendre. Nous avons de grandes attentes pour l'avenir et... nous espérons beaucoup de votre part.

— Je sais. Mais Rebecca, vous devez savoir...

— Louise, je vous en prie, vous...

— Ma famille n'a pas d'argent. Nous n'avons plus d'argent depuis longtemps. Vous n'avez rien à attendre de ma famille. Je suis désolée.

Après s'être considérablement agitée sur son siège durant son court monologue, Rebecca se figea, comme sonnée. Je ne regrettai pas mon aveu pour autant, ayant décidé de mettre un point final à toute cette affaire dès à présent. Je ne voulais pas qu'il continue d'y avoir la moindre ambiguïté entre nous à ce sujet. J'étais désormais persuadée que l'histoire des Dusang avait des atomes crochus avec celle d'Ernest et de sa famille. Tout n'était qu'argent. Celui que l'on pensait mériter, celui que l'on pensait avoir perdu...

Désargentés et à présent dans le besoin, les de Mussey cherchaient certainement à récupérer la somme dont le père de Louise avait profité, il y avait longtemps. Et pour ceci, le mariage leur semblait le plus indiqué. Or, il n'avait aucun sens étant donné qu'il n'y avait aucune fortune à la clé. Ainsi informée, Rebecca accepterait peut-être de me laisser partir sans davantage me questionner, et Louise n'aurait plus à craindre pour son avenir. Il n'y aurait plus de lettre, plus de pacte.

— Je vois.

Le silence s'imposa de nouveau. Un silence néanmoins troublé par la bataille des éléments qui, au-dehors, n'avait évidemment pas cessé.

Les rideaux avaient beau avoir été tirés sur la tempête, celle-ci n'en restait pas moins présente, entre nous, cherchant de toutes ses forces à s'imposer dans une demeure qui ne voulait pas d'elle. Depuis mon lit, j'entendais le vent siffler contre le manoir, tenter de s'insinuer entre ses pierres, de le fragiliser et peut-être, enfin, après tant d'années, de le mettre à mal. Sans doute y mettait-il tout son cœur mais malgré mes propres craintes, je n'avais aucun doute sur la fin du combat : la maison tiendrait comme elle avait tenu au cours des siècles précédents.

Qu'en serait-il de ses habitants ?

Mes yeux se posèrent furtivement sur Rebecca puis errèrent dans ma chambre, ne sachant plus où se poser, que regarder. L'impression de malaise qui ne me quittait pas n'avait à présent que peu à voir avec le mal dont j'avais souffert dans la matinée. Sans doute aurais-je dû me montrer indifférente mais j'étais en réalité désolée pour Rebecca et tous ses espoirs déçus. J'étais tout simplement triste, comme vidée de mon énergie.

Comme pour mieux me confirmer cette déception, elle se leva sans rien ajouter et fit mine de quitter ma chambre. Je crus qu'elle allait me laisser sans m'adresser de nouveau la parole mais elle se retourna vers moi, juste avant de passer dans le couloir.

— Reposez-vous, Louise. Vous en avez grandement besoin après toutes ces émotions. Vous allez avoir besoin de force.

J'acquiesçai d'un mouvement de tête.

La porte s'était à peine refermée sur elle que je me levai et allai jusqu'à la fenêtre. Il fallait que je me rende compte par moi-même de ce qu'il se passait au-dehors.

Je manquais encore de force, aussi les anneaux glissèrent difficilement sur la tringle. Le velours coulissa pourtant suffisamment pour qu'un pan de lumière parvienne jusqu'à mes yeux brûlants. Dehors, tout était d'un blanc immaculé et toutes les aspérités du décor, gommées par ce manteau étincelant, semblaient provenir tout droit d'un rêve.

Frissonnante derrière la vitre, je dus me rendre à l'évidence : que je le veuille ou non, j'étais désormais captive d'un manoir qui donnait l'impression de m'avoir avalée pour mieux me retenir prisonnière.

20

Lorsque, enfant, je dévorais les histoires de mes princesses préférées, retenues dans leurs lointains donjons, je ne voyais jamais que la dimension romanesque du récit. L'ennui, la solitude et la peur que pouvaient connaître ces femmes ne me touchaient pas puisque mon attention était tout entière concentrée sur celui qui allait les délivrer et les emmener vers de plus souriants horizons.

Le nez collé à la vitre, rendue mélancolique par ce décor d'un blanc immaculé, à la fois si beau et si hostile, j'avais longtemps scruté le ciel en pensant à toutes celles qui, comme moi, avaient regardé le monde tourner sans elles et la vie leur passer sous le nez. Plus que jamais en cette triste journée, Paris et ses merveilles me semblaient être le bout du monde comme si chaque flocon, s'accumulant sur les précédents, m'éloignait toujours un peu plus de mon but.

Après le départ de Rebecca, j'avais sorti mon ouvrage et m'étais attelée à la partie qui me rendait la plus fière. Une attache délicate et solide à la fois qui permettrait à chaque femme de s'habiller seule, en toutes circonstances en toute liberté. Discrète, elle faisait toute l'ingéniosité de mon corset et me permettrait peut-être de davantage me démarquer.

Je rêvais aux commentaires élogieux dont le jury ne manquerait pas de me gratifier quand une pensée fulgurante me traversa l'esprit. La lettre de Louise ! Je ne l'avais plus !

Quelques heures plus tôt, une fois ma lecture terminée, j'en étais à peu près certaine, je n'avais eu ni le temps ni la présence d'esprit de glisser l'enveloppe dans l'une de mes poches et elle se trouvait certainement sous mon corps quand... quand Ernest était venu me secourir, réalisai-je avec un soupçon de malaise. Et comme ce courrier n'était pas parmi les vêtements que l'on m'avait retirés et que l'on avait rangés un peu plus loin ni dans mon manteau, il était forcément entre les mains de quelqu'un... Savoir s'il s'agissait de Rebecca ou d'Ernest n'était pas, a priori, une question dont j'avais envie de connaître la réponse, ne sachant quelle possibilité était la pire des deux...

Plutôt que d'attendre que la vérité vienne à moi, je décidai d'aller la chercher. Si j'avais été découverte, je préférais l'apprendre en prenant les devants au lieu d'être surprise au moment où je m'y attendrais le moins. Aussi dus-je me résoudre à quitter ma chambre et à m'aventurer plus avant dans les couloirs.

Alors que je glissais un visage inquiet par la porte d'une salle à manger totalement vide à ce moment de la journée, je songeai une nouvelle fois aux recommandations de Louise. Si catastrophée et fragilisée par l'abandon de Florentin soit-elle, n'avait-elle pas exagéré ? Pensait-elle que les de Mussey allaient me garder de force à La Renardière, exigeant contre ma libération une forte somme d'argent que nul ne pourrait leur donner ? Ou alors était-il question de faits plus graves qui n'auraient guère de rapport avec le dénuement dans lequel vivait Louise ? Peut-être étais-je allée trop vite en besogne en tirant de telles conclusions...

N'ayant d'autre choix que de poursuivre mes recherches, je passai par un petit salon vert où je n'avais jamais mis les pieds, par deux bureaux certainement vides depuis plusieurs décennies et me retrouvai finalement devant la porte de la bibliothèque.

S'ouvrant avec un grincement lugubre, elle me laissa apercevoir une pièce sombre, très encombrée mais où, étrangement, je me sentis attirée. La probabilité d'y trouver Rebecca était tout sauf certaine mais je n'y entrai pas moins d'un pas hésitant, m'accrochant à mon petit panier – où j'avais disposé mon matériel de couture, davantage pour me donner une contenance que pour réellement travailler. De l'autre main, je tendais devant moi ma chandelle comme si cette pauvre petite flamme pouvait suffire à percer l'obscurité grandissante. La nuit n'était pas encore totalement tombée mais la tempête, plus que jamais grondante, tenait le soleil à distance, nous donnant l'impression qu'il était bien plus tard dans la journée.

J'entrai et refermai la porte derrière moi avant d'oser faire quelques pas supplémentaires le long des rayonnages qui se trouvaient là. Je n'avais aucune idée de ce que j'y cherchais ni même si j'y cherchais quelque chose. À l'exception de ces fameux contes enfantins, et contrairement à ma chère Louise, je n'avais jamais été une grande lectrice. J'étais bien trop occupée à courir par les chemins ou à aider ma mère à confectionner l'une de ses pâtisseries. Les bibliothèques m'avaient toujours attirée et rebutée à la fois, comme si les livres me tendaient les bras tout en me murmurant qu'ils n'étaient pas faits pour moi.

Soupirant avec une lassitude que seule ma solitude m'autorisait, je délaissai finalement les livres et tentai de me faire à ce nouvel inconfort. Dans mon cœur était née une certitude : à moins de parcourir le manoir en long et en large ou d'oser aller la trouver dans sa chambre, dont j'ignorais de toute manière l'emplacement exact, il me faudrait sans nul doute attendre le dîner pour interroger mon hôte et en savoir plus sur mon courrier disparu.

J'allais récupérer mon ouvrage, déposé sur le dossier d'un fauteuil quand un bruit, venant du fond de la pièce, me figea sur place.

En moi remontèrent alors toutes les craintes qui m'avaient habitée depuis mon arrivée. Ces bruits étranges qui me réveillaient la nuit. Ces va-et-vient dans les couloirs. Ces fantômes que je tremblais de croiser m'avaient finalement retrouvée ici et j'allais devoir m'y confronter au péril de ma vie. À moins que je ne me contente de hurler, tout simplement ?

J'ouvris grand la bouche pour pousser le cri le plus strident dont je me sente capable quand une silhouette familière se matérialisa soudain devant moi. Indifférent à ma peur, Ernest venait de se lever du grand canapé que je n'avais fait qu'apercevoir, au fond de la pièce.

En le voyant, toute ma frayeur s'envola. Ne restait que la stupéfaction.

— Que faites-vous donc ici ?

— Je vous retourne la question ! Toujours votre fameuse curiosité ?

— Quelle curiosité ?

— Celle qui vous pousse à me suivre partout ! Ma parole, je ne peux jamais être tranquille ! Vous êtes toujours dans les parages à attendre je ne sais quoi ! Me réveillerai-je, un matin, en me rendant compte que vous êtes venue vous allonger auprès de moi ?

— Oh ! Vous êtes impossible !

— Et vous, décidément trop curieuse ! Alors ? Parlez ! Pour quelle raison êtes-vous venue me sortir d'un doux songe ?

— J'étais simplement venue…

Mes yeux partirent à la recherche d'une excuse. Les livres, bien entendu.

— Lire. Voilà. Je voulais lire.

— Vraiment ?

— Et vous ?

— Moi ? Je viens de vous le dire : je dormais !

Du regard, il désigna ce qui, sans nul doute, lui servait de lit.

— N'avez-vous donc pas de chambre ?

— Je préfère être ici. Pourquoi ? Vous souhaitez me proposer la vôtre, peut-être ?

Je ne pris pas la peine de relever, préférant revenir à ce qui m'intéressait vraiment.

— Ma lettre ! Vous m'avez pris ma lettre ! J'aimerais la récupérer, s'il vous plaît !

Le sourire qui avait illuminé son visage s'effaça immédiatement. Il m'observa un instant puis, hochant la tête, me lança.

— Eh bien… Voilà une bien étrange manière de me remercier.

— Mais vous remercier à quel sujet, exactement ? De m'avoir volé ma lettre ?

— De vous avoir sauvée !

— Sauvée ? Rien que cela ?

Comme pour mieux voir mon expression ou me faire sentir sa présence avec davantage d'autorité, il fit quelques pas dans la pièce, réduisant à rien la distance qui nous séparait encore.

— Vous étiez seule, inanimée, sous la neige. Alors oui, j'ai la prétention d'affirmer que je vous ai sauvée.

— J'avais une lettre près de moi. Je ne l'ai plus.

— Je ne suis pas responsable de cette perte.

— Mais…

Je songeai très fort à tout ce que ce courrier contenait. Outre les révélations de Louise, elle divulguait ma véritable identité. Mon inquiétude était terrible et fondée mais je ne pouvais malheureusement pas la lui expliquer.

— Cette lettre est importante, n'est-ce pas ? n'en demanda-t-il pas moins.

— En effet.

— Et vous ne m'en direz pas plus à son sujet, n'est-ce pas ?

— En effet.

— Malgré tout, je vous le dis et vous le répète, je ne sais pas où cette lettre peut se trouver. J'avoue ne pas y avoir pris garde, au moment où je vous ai prise dans mes bras. Vous seule comptiez, alors. Vous étiez telle une poupée de porcelaine.

À ces mots, un léger frisson parcourut mon corps. Je n'avais pas besoin de pousser plus loin la réflexion pour savoir que celui-ci n'avait aucun rapport avec le froid ambiant, la fatigue ou que sais-je de désagréable. Je ne le devais qu'à sa voix, basse, et au regard qui m'enveloppait alors tout entière. Je n'avais jamais aimé l'idée de devoir quoi que ce soit à quiconque et j'aimais me croire aussi indépendante que ce qu'une femme de mon âge et de ma condition pouvait l'être mais... quelque chose en moi aimait l'idée d'avoir été un instant protégée par un tel homme.

Pour mieux masquer ma gêne, je détournai le visage et attrapai mon panier d'une main fébrile. Tant pis pour la lettre, pour Rebecca, et même pour la neige. Je ne devais pas m'abîmer dans ce genre de réflexions mais rester concentrée sur le projet qui m'animait sous peine d'être de nouveau assaillie par mes rêveries nocturnes.

C'était compter sans l'insistance d'Ernest.

— Vous me quittez déjà ? Où allez-vous donc comme cela ? N'êtes-vous venue à moi que pour me fausser compagnie aussi vite ? Êtes-vous à ce point cruelle ?

Avec horreur, je le vis me barrer le chemin et avancer la main vers mon précieux chargement.

— Qu'avez-vous donc, là-dedans ? Vous semblez couver ce panier comme le ferait une maman chat avec ses petits. Or, je n'entends aucun miaulement.

— Ce sont simplement mes travaux de couture, assurai-je tout en tentant de le maintenir à distance. Rien qui ne vous intéresse.

En vain.

Ernest était bien trop grand et, surtout, il avait parfaitement senti ma réticence. Il n'eut alors qu'à tendre le bras pour attraper ce que j'avais essayé si vainement de lui cacher.

Il en observa le contenu un long moment en silence, tournant et tournant encore la pièce entre ses grandes mains puis, enfin, baissa les yeux vers moi. Dans son regard, je ne lus cette fois nulle moquerie ou nulle envie de plaisanter.

— Qu'est-ce donc que cela ?

Mon premier sentiment fut une terrible gêne. Aucun homme n'avait jamais jeté un œil sur mon travail et encore moins sur un ouvrage de lingerie spécialement conçu par mes soins. Je ne savais plus où me mettre ou que dire, tout en ayant l'intime conviction que mon silence n'aurait en réalité qu'une finalité : accroître l'intérêt soudain qu'il avait pour mon travail. Il fallait donc que je parle. Restait à savoir jusqu'où, exactement, je pouvais me permettre d'aller.

— Eh bien... On dirait que vous ne vous contentez pas de reprendre les tenues d'équitation trop grandes pour vous ! Avez-vous réellement conçu ceci ?

Le doute dans sa voix me poussa alors à affirmer haut et fort ce que je souhaitais lui cacher moins d'une minute plus tôt.

— Moi-même ! Du patron jusqu'à la réalisation finale !

— Je n'ai jamais rien vu de tel !

— Seriez-vous un spécialiste des sous-vêtements féminins ?

— Seulement un amateur.

La manière dont il prononça ces mots me fit rougir et je détournai une nouvelle fois le regard. Je le connaissais désormais assez pour savoir qu'il s'amusait de ma gêne.

— Quoi qu'il en soit, reprit-il pourtant très sérieusement, j'en sais en tout cas assez pour noter que ceci est ridiculement petit ! Aucune femme ne porterait une chose pareille ! À moins d'être complètement folle !

— Je porte quelque chose de similaire et je ne pense pas être folle, bien au contraire ! m'offusquai-je naïvement, faisant naître un sourire entendu sur les lèvres de celui qui me faisait face.

— Ah ! Voilà exactement ce que je voulais savoir !

Rien n'avait changé entre nous. Je portais toujours la même robe et avais toujours ce châle, enroulé autour de mes épaules pour mieux me tenir chaud mais il me semblait soudainement être nue devant lui.

— Vous êtes impossible !

— Décidément, vous vous répétez ! Ce n'est qu'un corset, ajouta-t-il alors, apaisant un peu ma tension. Inutile d'en faire toute une histoire...

— Au contraire ! Pour moi, c'est toute ma vie !

— D'où vous est venue l'idée de créer un modèle aussi minuscule ?

J'hésitai de nouveau. Devais-je réellement me confier à lui ? Un homme ? Un inconnu ? Parler de ce qui m'animait était si tentant et il semblait attendre mes confidences avec tant de curiosité que je ne pus résister. J'oubliai ce que sa cousine m'avait dit à son propos et enfin ouvris mon cœur.

— Tout est en réalité très simple. Je tire cette idée de mes propres observations, de mon expérience mais également des confidences que j'ai pu recevoir de la part des femmes de mon entourage. Tout comme moi, elles sont nombreuses à se plaindre des carcans dans lesquels nous devons évoluer tout au long de l'année, qu'importe la saison ou l'occasion. Mon corset, d'un tout nouveau genre, est voué à nous simplifier l'existence sans rien sacrifier à la décence.

— J'imagine que vous en avez pensé chaque détail avec soin…

— Oui ! Il associe confort et efficacité à la fois. J'ai beaucoup réfléchi à la façon de mettre en valeur les femmes sans les brider dans leurs mouvements. Je voudrais qu'elles soient comme les hommes, me permis-je alors d'ajouter, surprise par ma propre éloquence. Libres ! J'aime créer, inventer… Essayer. Je me suis de ce fait lancée dans cette aventure. Voilà. Vous savez tout.

— Alors nous avons peut-être davantage de points communs que ce que vous pensiez. Je suis vraiment admiratif de vos recherches et analyses. Vous avez d'ailleurs sur le sujet une expertise qu'aucun homme ne pourrait se targuer d'avoir… Je pense en effet que votre travail pourrait intéresser de nombreuses personnes.

Les yeux écarquillés de surprise, le cœur empli de ce qui ressemblait de très près à de la reconnaissance, je m'entendis lui confier le seul détail qu'il ignorait encore :

— Et j'aimerais justement présenter mon travail à l'Exposition universelle…

— C'est vraiment ce que vous voulez ?

Il eut l'air si étonné que toute ma belle audace fondit comme neige au soleil. Qu'étais-je allée croire, au fond ? Qu'un homme allait m'encourager à quoi que ce soit ? Si Ernest ne s'était pas moqué de moi durant mon petit monologue, c'est seulement parce qu'il voyait en ce projet le simple passe-temps d'une femme désœuvrée. De là à y voir une entreprise sérieuse, il y avait un grand pas qu'évidemment il ne franchirait pas, tout comme aucun individu de son sexe. J'avais eu tort de ressentir le moindre espoir à ce sujet.

La panique me gagna alors.

— S'il vous plaît, n'en parlez pas à vos cousins !

— Pourquoi cela ?

— Je… je ne souhaite pas avoir à m'exprimer sur le sujet. Cela serait trop… gênant.

Il fronça les sourcils et me rendit mon corset. Je m'empressai de le glisser dans mon panier à couture comme si l'y cacher pouvait me faire oublier toute la scène qui venait d'avoir lieu.

— Vous savez, si vous voulez réellement participer au concours, il faut vous attendre à ce que l'on vous questionne sur votre invention.

— Je doute d'avoir la moindre chance.

— Moi, je crois le contraire.

Alors, ce fut comme s'il avait rallumé la petite flamme que j'avais éteinte de moi-même. De surprise, je vacillai légèrement sur mes jambes. Face à moi, Ernest semblait de nouveau très grave mais cette gravité était différente de celle qu'il affichait habituellement.

— Pas de paroles faussement modestes avec moi !

— Mais il n'est nulle question de fausse modestie ! Je vous fais part de mes doutes avec sincérité. Je suis une femme et…

— Et vous avez quelque chose à proposer. C'est bien plus que la plupart des hommes que je connais !

— Cela ne me rend pas davantage victorieuse !

— Vous ne remporterez pas le concours en évoquant votre prochaine défaite ! Nous voulons tous le remporter, n'est-ce pas ?

— Nous ?

Hochant doucement la tête, comme au rythme de ses propres pensées, Ernest répéta, la mine plus grave :

— Nous. Je me targue, moi aussi, d'être un inventeur. Ne l'aviez-vous pas compris ?

Un courant d'air fit vibrer la porte et je me rapprochai instinctivement de lui, comme pour rechercher sa protection.

— Si. Tout comme votre oncle et votre cousin.

— Si l'on veut.

— Paul et Rebecca le savent-ils ?

— Ils croient savoir des choses. En réalité, ils sont bien en deçà de la vérité.

Le temps se suspendit un instant autour de nous et je me demandai si je devais le croire et, surtout, ce que cette confidence pouvait vouloir dire. Ernest était-il sincère ou alors souhaitait-il me donner ainsi l'illusion que nous étions proches et complices ? Voulait-il ainsi obtenir quelque chose de moi ? Du moins, de celle que j'étais encore à ses yeux ? Autrement dit : la riche héritière d'un homme illustre ? Et dans ce cas, devais-je en conclure qu'il n'avait pas trouvé ma lettre ?

— Je ne sais à quoi vous pouvez penser, là, alors que vous restez face à moi, aussi silencieuse qu'une statue, mais je souhaite moi aussi participer à l'exposition. Vous et moi, quels que soient nos différends, avons ceci en commun. Nous n'avons plus beaucoup de temps et aussi peu de chances de nous illustrer.

— À la fin du mois, tout sera terminé.

— J'en suis conscient. Mais je ne pensais pas être le seul à garder malgré tout espoir. Vous m'avez fait changer d'idée.

— Serez-vous prêt à temps ?

Il poussa un long soupir et mit tant de temps à me répondre que je doutai presque d'avoir été entendue. Puis, il partit en direction du divan d'où il s'était levé, attrapa le carnet noir qui ne le quittait jamais et le brandit dans ma direction.

— J'ai là-dedans tout ce dont j'ai besoin pour travailler. Il me manque seulement quelque chose. Une information capitale. Si je ne la trouve pas, je n'aurai qu'à abandonner car cela n'en vaudra pas la peine. Si je la trouve… il me restera encore un espoir.

— Et vous êtes venu la chercher ici, cette « chose » ?

— Précisément. Ne vous l'avais-je pas dit ? Nul n'est ici pour le plaisir. Je ne fais pas exception à la règle. J'ai d'ailleurs perdu beaucoup de temps. Je devrais déjà être reparti.

— Pour l'instant, oui.

J'eus alors la confirmation de ce que j'avais fini par comprendre. Ernest ne s'intéressait finalement que peu à l'affaire familiale pour laquelle il avait dit être venu. Qu'il m'ait auparavant caché avoir été l'instigateur de son séjour à La Renardière n'était finalement qu'une preuve supplémentaire qu'il était venu au manoir avec un but précis, une raison personnelle qu'il n'était pas prêt à divulguer.

— Cependant, je n'ai aucun regret de m'être attardé plus que de raison.

— Pourquoi cela ?

— Parce que j'ai eu le plaisir de vous rencontrer, bien évidemment.

Je relevai les yeux vers lui, certaine que cette déclaration serait suivie d'un rire. Car Ernest se moquait forcément de moi. Ou du moins, son bonheur ne tenait qu'à sa prétendue rencontre avec Louise Dusang. En réalité, il ne savait rien de celle qui se tenait face à lui. Il ne savait rien de moi, de mon nom à mes aspirations les plus profondes. Et dans des moments comme celui-là, cela m'attristait profondément.

Comme s'il avait senti ma réticence, il se recula légèrement, mettant de nouveau entre nous quelque distance.

— Ai-je dit quelque chose qui vous aura contrariée ?

— Pas du tout. Je suis simplement pensive. Et toujours habitée par une même question.

— Laquelle est-elle ?

— Je vous l'ai déjà posée, à la fin de notre danse.

Il hocha la tête, de nouveau très grave.

— Oh ! je vois. Et je n'ai rien d'autre à vous dire que ce que je vous ai répondu à ce moment-là. Je suis le cousin de Paul et de Rebecca et je suis venu ici pour…

— Pour résoudre une énigme.

— Vous allez un peu loin.

— Vous aviez cette clé, hier soir. Vous avez maltraité cette pauvre porte, en vain. Vous cherchez quelque chose et, pour une raison qui vous appartient, vous ne tenez pas à ce que vos cousins soient au courant.

Cette fois, ce fut à moi d'avancer vers lui.

— Peut-être ne devrais-je pas vous en faire part, repris-je après un court silence, mais votre cousine se doute de quelque chose. Ce matin, juste avant mon malaise, elle m'a fait des remontrances à votre sujet ou, du moins, elle m'a demandé de garder mes distances avec vous. J'ai promis de le faire.

— Et c'est donc pour cela que vous êtes venue me voir ?

J'accusai le coup en silence, avant de répliquer.

— Je ne pensais pas vous trouver ici.

— Alors, vous feriez mieux de quitter cette pièce.

— Je ne cherche pas à entrer dans les bonnes grâces de Rebecca.

— Vraiment ?

— Je viens de lui dire qu'elle n'avait rien à attendre de moi, que ma famille n'avait pas d'argent.

— Et comment a-t-elle réagi ?

— Froidement. Je crois qu'elle est déçue. Mais je pense qu'elle a également compris que mon mariage avec Paul n'aurait jamais lieu.

— Cela vous attriste-t-il ?

— Pas du tout. Je ne suis pas une petite sotte venue ici pour épouser le premier venu.

— Je commençais à m'en douter un peu, voyez-vous…

J'attendis la suite. J'attendis qu'il me pose la question qui devait suivre, en toute logique, mais rien ne vint. Je ne sus si je devais en être soulagée ou non. Au lieu de cela, je m'entendis lui dire :

— Votre cousine ne vous apprécie guère et votre cousin croit constamment que vous l'espionnez. Vous pensez également qu'ils observent le moindre de vos faits et gestes. Ces préoccupations auraient-elles un lien avec l'histoire qui a opposé vos familles, dans le temps ?

— Toute cette histoire n'a aucun rapport avec l'argent ni même un lien avec le passé ou, en tout cas, pas comme vous l'imaginez. En réalité, il s'agit seulement d'une poupée.

Les mots de Louise me revinrent alors en tête. Dans sa lettre, n'avait-elle pas parlé d'une poupée savante dont son père avait eu l'idée et que sa collaboration avec M. de Mussey avait rendue possible ? L'un avait reçu les honneurs et la réputation qui allait de pair. L'autre...

J'avalai difficilement ma salive tout en sentant l'excitation monter en moi. N'étais-je pas en train de comprendre ce que Louise n'avait fait qu'effleurer ? Sans doute me faudrait-il un jour et une nuit entière pour lui exposer tout ce que ce séjour à La Renardière m'avait inspiré !

— Cette poupée a été fabriquée il y a de longues années. Et elle a disparu depuis tout aussi longtemps. Pourquoi en parler de nouveau ?

— N'avez-vous pas lu l'article qui est paru dans le journal *L'Aurore*, en janvier dernier ?

De la tête, je lui indiquai que non. À l'époque, j'étais encore bien trop malade pour avoir la force, ou même seulement l'envie, de lire le moindre article de presse.

— En début d'année, le rédacteur en chef a reçu une lettre anonyme. Une lettre qui affirmait que le secret de la poupée, cette fameuse poupée qui avait reçu tant d'éloges lors de l'Exposition de 1867, serait enfin révélé à la fin de l'Exposition. La nôtre ! Celle qui a commencé en mai et qui se termine bientôt. Est-ce que vous comprenez ce que cela veut dire ?

— Absolument pas, avouai-je, ayant pour de bon abandonné l'idée de jouer mon rôle.

— Cela veut dire que quelqu'un sait quelque chose. Et qu'un véritable compte à rebours est lancé !

— D'où votre présence à La Renardière ?

Ernest hocha la tête.

— Je pense que mes cousins ne sont pas dupes. Et qu'ils cherchent eux aussi des réponses.

— N'auraient-ils pas trouvé ce fameux secret depuis longtemps ?

— On dit parfois que ce sont ceux qui sont les plus proches qui voient le plus mal. Sans le savoir, vous faites peut-être également partie de ces derniers.

Il y eut une forte bourrasque et, cette fois, les volets de la fenêtre de la bibliothèque se détachèrent subitement, venant claquer contre la façade du manoir. Je leur sus gré de leur interruption qui, je l'espérais, rendait toute réponse superflue.

L'incongruité de la situation me frappa de plein fouet, m'amenant un drôle de sourire aux lèvres. Si Paul et Rebecca avaient attendu de ma part non pas de l'argent mais une quelconque information sur un secret qui, je le devinais, avait un lien avec M. Dusang, ils allaient une fois encore être déçus. Je n'avais rien à leur avouer et même pas l'ombre d'un indice à leur fournir.

J'avais pénétré dans le manoir avec la certitude de ne pas comprendre la moitié des choses qui m'arrivaient mais je n'avais jamais été aussi perdue qu'à ce moment précis. Et Ernest, qui se tenait désormais face à moi, son regard clair braqué dans le mien, ne semblait guère plus à l'aise que moi.

21

Ce soir-là, j'allai m'asseoir à la table de Paul et de Rebecca sans savoir où se trouvait ma lettre ni même si quelqu'un l'avait véritablement récupérée et lue. Cette incertitude crispait les traits de mon visage et me serrait à ce point la gorge que je n'arrivais plus à avaler quoi que ce soit. Seul le grand sourire de Paul, assis face à moi, me donnait l'impression que cette nouvelle soirée était semblable aux précédentes. Pour moi, beaucoup de choses avaient changé. Ernest se tenait à son côté, droit et grave, comme à son habitude lorsque nous n'étions pas seuls. Pour la toute première fois, peut-être, je réalisai à quel point il pouvait être différent, auprès de ses cousins.

Notre conversation à la bibliothèque s'était soldée par un moment de gêne inexplicable et quelques commentaires insignifiants sur cette tempête qui, décidément, était particulièrement violente. J'avais osé lui demander s'il en avait jadis connu de telles au manoir mais il m'avait assuré n'avoir jamais séjourné ici en hiver. Je n'avais donc pu trouver en lui aucune consolation quant à mon angoisse de rester prisonnière de ces vieux murs.

Depuis que nous nous étions assis face à face, rien dans son attitude comme dans sa manière de me regarder pouvait laisser penser qu'il connaissait bel et bien ma véritable identité. J'avais de ce fait décidé de le croire tout en étant persuadée qu'entre nous s'était noué un lien particulier. Pourquoi avait-il ainsi décidé de me faire confiance ? Peut-être justement en raison de tous ces points communs que nous partagions apparemment, ainsi qu'il l'avait justement fait remarquer ?

À côté de moi, Rebecca restait de glace, aussi froide et blanche que la neige qui continuait de tomber au-dehors. Si ce comportement pouvait être mis sur le compte de notre dernière conversation et de ce que je lui avais avoué, elle n'en avait certainement pas parlé à son frère. Joyeux et léger, il s'écria pour la seconde fois :

— Vraiment ! Quel temps infâme !

Un peu plus tôt, lorsqu'une rafale de vent, terrible, avait fait trembler les volets des trois fenêtres de la pièce, me donnant l'impression que le mur entier allait s'écrouler sous son souffle, il avait même ri puis interpellé son cousin en lui rappelant la tempête de décembre 1866 où tous deux avaient été relégués dans leur chambre jusqu'à ce que la neige puisse être déblayée devant leur porte.

— Nous étions si jeunes, alors ! Mais vous étiez si effrayé d'être ici que je n'ai jamais oublié votre mimique ! s'amusa-t-il ouvertement.

En retour, Ernest ne le gratifia que d'un sourire poli.

Si Paul semblait particulièrement en verve, il n'en avait pas moins de nouveau disparu pendant une journée. Qu'avait-il fait, dans les tréfonds d'un manoir glacé ? S'était-il tout simplement remis de la réception de la veille ou avait-il cherché quelque chose de particulier, lui aussi ? Un secret, remis au goût du jour par une lettre dont on ignorait l'identité de l'auteur ?

Quoi qu'il en soit, et après m'avoir plus ou moins ignorée durant la première partie du repas, il se tourna enfin vers moi.

— Ma chère Louise, vous ne mangez guère, ce soir. Y a-t-il quelque chose qui vous tracasse ?

Alors, ce fut Ernest qui, contre toute attente, expliqua la situation.

— Mademoiselle a fait un malaise, tout à l'heure. Par le plus pur des hasards, je l'ai trouvée au sol, au jardin et ramenée avant qu'elle soit recouverte de neige. L'ignoriez-vous réellement ?

Il y avait des reproches dans le ton de sa voix, et même un peu de défi.

Loin de s'en offusquer, Paul détourna son regard de son cousin, reposa vivement son verre, se leva et vint s'agenouiller à mes pieds avant que j'aie eu le temps de réagir.

— Est-ce à cause du champagne ? Non ! C'est autre chose !

L'instant était à la fois drôle et étrange. Je ne savais plus où poser les yeux ni que dire. Lorsque mon regard s'ancra finalement dans celui de Paul, je sus que je me trouvais de nouveau en face de celui qui m'avait entraînée à sa suite dans les jardins. Face à celui que j'avais retrouvé dans l'alcôve. Et non au Paul que j'avais rencontré le premier soir ou encore à celui que, parfois, je croisais dans les couloirs du manoir. Cette fois encore, je ne sus à quoi je devais réellement ce changement. Le vin ? L'ennui ? Une de ces mauvaises habitudes dont avait parlé sa sœur sans m'en préciser la nature ? Quoi qu'il en soit, je n'eus alors qu'une envie : qu'il regagne sa place et me laisse en paix.

Malheureusement, cela semblait être le dernier de ses projets. D'un doigt léger, il se permit de toucher l'égratignure qui barrait le haut de mon front et que je n'étais parvenue à dissimuler sous les mèches de mes cheveux.

— C'est moi et moi seul qui aurais dû venir à votre secours et vous sauver, ma chère, ma très chère Louise ! C'était mon rôle et jamais je ne pourrai me pardonner d'avoir failli ainsi !

— Oh ! Paul... Vous êtes tout pardonné. Retournez à votre place, tout est oublié !

Loin de se laisser endormir par mon affirmation, il secoua vivement la tête. De près, le blanc de ses yeux semblait jaune et il y avait, dans son haleine, une odeur doucereuse qui, sans être désagréable n'en était pas moins étrange. Malgré le froid ambiant, il avait ouvert sa veste, dévoilant les pans froissés d'une chemise d'un blanc éclatant.

— Non ! Pas du tout ! Loin de là, même ! Je m'en veux terriblement, surtout après ce moment que nous avons partagé, hier soir, sous l'alcôve, quand vous êtes venue me retrouver. En vous laissant seule dans un moment aussi délicat, je n'ai pas su me montrer digne de ce que nous avons vécu et...

Mon rire nerveux eut le mérite de mettre fin à sa réplique. Paul fronça les sourcils, étonné et me demanda, un ton plus bas :

— Suis-je allé au-delà de ce que vous vouliez que j'exprime ? Je ne voudrais pas...

Je tournai à demi le regard en direction des deux autres convives qui, évidemment, n'avaient rien perdu de cet échange.

— Nous avons seulement discuté...

— Les plus belles histoires commencent toujours par de douces paroles...

Et comme pour mieux appuyer ses propos, il prit mes mains dans les siennes et les embrassa avec une fougue qui me coupa le souffle et la parole. Les joues rougies, je le repoussai vivement, incapable de supporter plus longtemps le contact de ses lèvres sur ma peau puis me levai de table.

— Que faites-vous donc, Louise ? Est-ce moi qui...

— Non, je... je crois que je me sens de nouveau mal et je vais retourner m'allonger...

— N'en faites rien, je vous en prie ! Il est encore bien trop tôt ! Je ne peux me résoudre à être si vite privé de votre douce présence !

Comme pour me donner davantage d'air, Paul s'en retourna à son siège. Décontenancée, j'en fis de même. À n'en point douter, la situation était en train de tourner en une comédie dont je ne voulais entendre parler. Ma gorge, si serrée, et mon cœur, plus lourd que jamais, me dictèrent alors la seule ligne de conduite à suivre. Celle de la vérité. Il fallait que tout cela cesse, j'en étais plus que jamais convaincue.

Non sans m'être bruyamment raclé la gorge, autant pour m'éclaircir la voix que pour retenir leur attention, je commençai :

— Il me semble qu'il est temps de vous avouer certaines choses, à vous, tous autant que vous êtes autour de cette table. Je...

Je cherchai un instant mes mots, désireuse de trouver les plus justes quand Ernest, d'un coup de coude malheureux, envoya valser la bouteille de vin. Le liquide, d'un beau rouge bordeaux, se déversa sur la nappe puis s'écoula à flots sur les genoux de Rebecca.

Bondissant, cette dernière contempla sa robe, stupéfaite, mais ne laissa éclater sa colère qu'au moment où elle leva les yeux sur son cousin.

— Ernest ! Ne pouviez-vous pas faire un peu plus attention ? Cette robe ! J'y tenais tout particulièrement ! Elle est tachée pour de bon à présent !

— Laissez-moi faire ! assura ce dernier qui, après avoir contourné la table, tentait d'éponger ladite robe du bout de sa serviette, devenue elle aussi rouge écarlate.

Après s'être laissé faire quelques secondes, elle le repoussa d'un geste leste.

— Laissez faire ! Je me débrouillerai bien mieux seule ! Pour ceci, comme pour le reste !

Elle quitta précipitamment la pièce.

Un sourire moqueur aux lèvres, Paul la suivit du regard avant de lever son verre en direction de la porte, claquée à grand bruit.

— Veuillez excuser ma sœur pour son départ en fanfare. Elle déteste tout particulièrement que l'on gâche ses robes préférées…

Ernest, qui avait sali son veston à force de vouloir réparer sa maladresse, semblait terriblement désolé.

— Je suis confus, c'est un terrible accident. Jamais je n'ai voulu…

Paul lui jeta un regard étrangement ravi.

— Peu importe ! Soyons au moins satisfaits d'une chose : ma sœur est à présent en train de passer sa mauvaise humeur sur quelqu'un d'autre ! Je plains la pauvre Juliette ! Mais il y a pire, dans cette histoire, finit-il par ajouter, soudain très grave. Le vin ! Ce bon vin gâché ! Laissez-moi donc aller en chercher une autre bouteille pour réparer cette bévue !

Et sans attendre de réponse, il se leva et quitta la table.

Après avoir suivi des yeux son cousin et s'être assuré qu'il avait bel et bien disparu dans le hall, Ernest se tourna vers moi et me demanda, d'un ton très bas, si j'allais bien.

— Je vais bien. J'ai encore quelques douleurs à la tête à cause de ma chute mais je...

— Non. Je ne parle pas de cela... Qu'est-ce qui vous a pris ?

— Comment cela ?

— Là ! s'écria-t-il alors, me désignant de sa grande main. Qu'alliez-vous donc faire ? Rien de très conseillé, je le crois !

Je restai bouche bée, stupéfaite, avant de répliquer :

— Êtes-vous en train de me faire comprendre que...

— Oui, j'ai renversé cette bouteille à dessein. Je ne suis ni ivre ni dans un état second, contrairement à notre hôte. N'avez-vous pas regardé ? N'avez-vous pas vu ses yeux ?

— Ses yeux étaient à l'exact endroit où ils doivent se trouver d'ordinaire.

— Cessez de faire la sotte. Paul est morphinomane. Ne l'aviez-vous pas remarqué ? Ses sautes d'humeur...

Ma paume, grande ouverte, se plaqua sur ma bouche.

— Je ne peux le croire, murmurai-je, sous le choc.

— C'est pourtant bien le cas et, ma foi, pas si grave.

— Pourquoi cela ? Il me semble que...

— Pas si grave, puisque vous ne l'épouserez pas ! N'est-ce pas ce que vous m'avez dit, tout à l'heure ? Ou alors, m'avez-vous menti sur la nature de votre relation avec Paul ?

— Si vous faites référence à l'alcôve, je vous ai déjà expliqué que...

— Il semblerait qu'il ait une tout autre appréciation de ce moment...

— De la part d'un prétendu morphinomane, faut-il s'attendre à une quelconque véracité ?

— En effet.

— Quoi qu'il en soit, mes confidences sur mon travail ou ce mariage ne vous autorisaient pas à me couper la parole quand j'estime avoir le droit de parler.

— Vous considérez donc que j'ai fait une erreur ?

— Oui, parfaitement. Cela me paraît évident.

— Alors, vous n'avez vraiment rien compris.

Son ton, presque paternel, m'agaça plus que de raison. Il me semblait que je redevenais enfant, vulnérable et muette face à une figure d'autorité qui n'avait pourtant nul droit sur moi. C'était plus que ce que je pouvais accepter. En tout cas, plus que ce que je voulais après avoir bravé l'inconnu et menti à tant de personnes.

Cette fois, je me levai avec une certitude : il me fallait quitter la pièce.

Loin d'être impressionné par cet évident sursaut d'humeur, Ernest leva un regard que, d'emblée, je jugeai condescendant.

— Et où allez-vous donc ?

— Où bon me semble.

— Je vois. Vous êtes en colère ?

— Oui, je le suis.

— Alors allez vous calmer plus loin, en effet. Je ne sais ce qu'ont les femmes, ce soir, mais elles sont impossibles, ajouta-t-il tout en articulant exagérément le dernier mot.

— Peut-être bien mais, dans ce cas, sachez, monsieur Ernest de Mussey, que vous y êtes pour beaucoup !

— Je vois. Alors je vous souhaite une bonne soirée sans avoir à supporter votre pire cauchemar, mademoiselle… Songez bien à vos souvenirs de bal, vos pur-sang, vos reines et vos grandes déclarations énamourées sous les lourds rideaux rouges d'une salle de bal poussiéreuse…

— Vous m'en voulez pour cela, ma parole ?

— Je ne vous en veux pour rien. J'ai bien mieux à faire. Bonsoir.

Je ne sus ce que de sa parodie de révérence, exécutée depuis sa chaise, ou de son sourire narquois m'agaça le plus mais je ne pris pas la peine de réfléchir plus longuement aux sentiments qui se battaient en moi. En bonne fille de ma mère, je ne lui laisserais cependant pas le plaisir d'avoir le dernier mot.

— Vous méritez d'être accroché au mur du hall d'entrée, avec tous ces renards comme plus proches voisins ! clamai-je alors d'une voix forte.

Puis, enfin satisfaite, je quittai la pièce en en claquant à mon tour la porte.

22

Je remontai dans ma chambre hors de moi et surtout agacée par mon évident manque de sang-froid.

Rebecca, qui ne m'adressait plus la parole depuis que j'avais avoué que je venais d'une famille désargentée. Paul, qui s'amusait à sous-entendre que des choses inconvenantes s'étaient passées entre nous. Ernest, qui me mentait sur ses souvenirs de famille juste pour le plaisir de m'embrouiller l'esprit (avait-il ou n'avait-il pas passé d'hiver à La Renardière et surtout qui de lui ou de ses cousins était à l'origine de cette réunion familiale ?), quand il ne se prenait pas pour un protecteur auquel je n'avais rien demandé…

C'était à devenir folle !

Et je devins plus folle encore en pensant à Louise, à la façon dont elle s'était arrangée pour me convaincre de la remplacer, à ses mensonges par omission et à sa lettre, dont la fin se voulait consolatrice mais qui, au fond, me prouvait clairement qu'une fois encore elle ne pensait qu'à elle. Et si, moi, Adèle Lamour, je ne souhaitais pas revenir à ces chères habitudes que nous avions prises ensemble ?

Au diapason de mon humeur, le vent hurlait comme un forcené pris au piège, alors que je me faufilais dans ma chambre.

La pièce était aussi agréable qu'à l'accoutumée comme si rien de ce qui se passait au-dehors ne pouvait entacher sa douce harmonie. On y avait entretenu un bon feu de cheminée et elle était chaude, semblant inviter à une détente que mon cœur et mon corps n'étaient malheureusement pas prêts à prendre. Perturbée par la tension du repas, les mots d'Ernest, la disparition incompréhensible de ma lettre et par la tempête qui faisait rage au-dehors, j'étais sûre de ne pas trouver le sommeil avant un long moment.

Plus que tout, je craignais que Paul ou Rebecca ne viennent à moi pour m'interroger sur ma subite défection. Je n'avais nulle envie de me retrouver en tête à tête avec l'un ou l'autre, devinant que chaque conversation n'aurait qu'une finalité : me faire sentir plus mal encore. Pourtant, je devais reconnaître que rien dans leurs attitudes respectives ne me permettait de croire qu'ils avaient récupéré ma lettre et me savaient usurpatrice.

Mais dans ce cas, alors, où était-elle ?

Mon regard, qui scrutait vainement le sol dans l'espoir d'y apercevoir miraculeusement la fameuse enveloppe, tomba finalement sur une petite caisse en bois, déposée à côté du bureau. Devinant qu'il s'agissait de la couseuse dont m'avait parlé Rebecca un peu plus tôt, j'oubliai un instant mes craintes et interrogations. Après tout, pourquoi ne pas profiter de ce moment de solitude pour travailler et peut-être pour tirer avantage des atouts de cette machine mécanique ?

Depuis qu'Ernest m'avait interpellée sur le peu de temps qu'il me restait pour terminer mon projet, j'étais plus que jamais soucieuse de le finir dans les meilleurs délais, que la tempête fasse rage ou non. Ce soir, seule, abandonnée de tous, j'étais toujours habitée par l'envie de réussir.

Telle une enfant le matin de Noël, je me postai devant la caisse et entrepris d'en sortir le contenu. À l'intérieur m'attendait en effet une de ces machines en bois que j'avais aperçues chez d'autres mais dont je n'avais jamais pu avoir l'usage. Sans doute s'agissait-il d'un très ancien modèle car son fonctionnement ressemblait à s'y méprendre à celui de ces « couso-brodeur » qui avaient fait grand bruit quelques décennies plus tôt. Grâce à un fil continu, ces modèles permettaient de coudre mais également de broder, ce qui avait fait leur succès. Depuis, ces machines avaient été améliorées par les Américains, et le point de chaînette, trop fragile, remplacé par le point noué, apprécié pour sa solidité.

Mon enthousiasme retomba aussi vite qu'il était monté. Je n'avais nul besoin d'en avoir l'expérience pour le noter : la couseuse que j'avais sous les yeux n'avait rien de classique, ou plutôt était proposée dans un format miniature et, en ceci, était à peine assez grande pour coudre des vêtements de poupée… Sans doute aurais-je dû m'en douter en voyant la taille de la boîte dans laquelle elle était rangée ! Rebecca s'était-elle moquée de moi et de ma petite taille ou alors avait-elle été sincère en me la recommandant pour mes travaux de couture ? Et à y regarder de plus près, je n'étais même pas certaine qu'elle fonctionne vraiment. J'avais beau être une poupée, selon certains, j'avais passé l'âge d'y jouer depuis longtemps.

Lasse, je fis un pas en avant pour rejoindre mon lit, butai au passage contre la boîte qui était restée à mes pieds et fus surprise d'y entendre un tintement métallique. Un élément s'était-il détaché de cette machine à l'allure de jouet ?

Me penchant, je tâtonnai à l'aveugle au milieu des vieux papiers journaux qui avaient été déposés au fond de la boîte avant que mes doigts se referment sur un objet long et métallique. Une clé.

À la lumière de la lampe qui éclairait faiblement le bureau, je dus me rendre à l'évidence : aussi étonnant que cela puisse paraître, cette clé et celle qu'Ernest essayait vainement d'introduire dans une serrure, le soir de la réception, se ressemblaient comme deux gouttes d'eau… Pourrait-il s'agir du bon modèle, cette fois ? Avait-elle été oubliée des années plus tôt, dans cette boîte qui n'intéressait personne ? Ou Rebecca l'avait-elle glissée à dessein ? C'était presque trop beau pour être vrai mais, si c'était la bonne, alors je tenais là quelque chose d'inespéré ! Mon invitation pour visiter cet atelier si mystérieux !

Mon premier réflexe fut de penser à Ernest. N'espérait-il pas cette clé depuis de longs jours ? N'était-elle pas celle qui devait mettre fin à ses recherches et lui apporter les réponses dont il avait tant besoin ?

Puis, je pensai à notre dernier échange, au besoin irrépressible qu'il avait eu de parler à ma place, de m'empêcher de m'exprimer et à ses évidents mensonges, et je me renfrognai immédiatement. Je n'allais pas lui parler de cette clé. Il ne le méritait tout simplement pas. J'allais visiter cet atelier seule. Et pour cela, j'attendrai que tous soient endormis.

Moins d'une dizaine de minutes étaient passées que, déjà, j'avais changé d'idée. M'imaginer seule, en pleine nuit, montant cet escalier puis glissant cette clé dans la serrure et ouvrant une porte menant sur je ne savais quoi, glaçait mon sang dans mes veines. Je pensai au grand-père assassiné, au mari de Rebecca, possiblement mort sous ce toit et à toutes ces âmes errantes qui, j'en étais absolument certaine, ne manqueraient pas une occasion de venir tourmenter une jeune femme dans son exploration. J'étais trop vulnérable. Si de tels revenants devaient se manifester, je préférais qu'ils s'attaquent à plus grand que moi.

Ernest pouvait être terriblement agaçant, cela était un fait. Mais il représenterait une protection rassurante dans un contexte aussi délicat. De plus, ce serait à lui, et non à moi, d'affronter les araignées et les souris qui, assurément, devaient pulluler derrière la porte. Je n'avais pas besoin de lui, non ! J'allais juste me servir de lui ! Et cela était bien différent !

Je ne m'autorisai à sortir de ma chambre que plus de deux heures plus tard, le temps pour mes hôtes de finir leur repas et de rejoindre leurs espaces privés. Conformément à ce que j'avais demandé, ni Paul ni Rebecca n'étaient venus me trouver et il y avait fort peu de risque qu'ils viennent à ma porte à cette heure aussi tardive.

Néanmoins, pour pallier toute tentative de conversation et dissimuler ma petite excursion, j'arrangeai mon lit de manière à faire croire que je m'y étais endormie. Depuis la porte, où je me trouvais désormais, l'illusion était parfaite. À moins d'être terriblement impoli, nul n'oserait s'avancer davantage dans la pièce, et mon absence passerait inaperçue. Je pouvais m'éclipser, tranquille.

Depuis mon arrivée au manoir, je n'avais jamais fait l'objet d'aucune interdiction. J'étais libre de mes faits et gestes, ma curiosité devant se limiter aux pièces qui m'étaient accessibles. Pourtant, tout en arpentant ces couloirs sombres, seulement éclairés de ma chandelle, je me sentis fébrile et presque coupable. Comme une intruse, un élément indésirable qui se rendait là où elle ne devait pas. La présence d'Ernest, du moins l'espérais-je, atténuerait l'impression inconfortable de ne pas être à ma place.

Tout en progressant par les couloirs, je tentai d'imaginer quels seraient nos premiers mots. Quel accueil me serait-il fait ? Me demanderait-il de retourner à ma chambre, ou alors me ferait-il part de son enthousiasme ? Et si notre visite s'avérait prolifique et qu'il trouvait ce qu'il voulait dans cette pièce ? Me remercierait-il ? S'excuserait-il pour son attitude passée ? Me montrerait-il sa reconnaissance et, si oui, de quelle manière ? Peut-être m'embrasserait-il ?

Aussitôt, je secouai la tête. Voilà qu'à force de me faire passer pour Louise, je commençais à penser comme elle. Un baiser ? Mais quelle drôle d'idée... Surtout après notre dernière conversation ! Peut-être étais-je encore fiévreuse ? Bien entendu, cela ne pouvait être que la fièvre !

Secouant la tête, comme si cela pouvait m'aider à faire s'envoler ces idées étranges, je me pressai, à présent soucieuse d'arriver au plus vite à la bibliothèque où, j'en étais certaine, je retrouverais Ernest. N'avait-il pas affirmé ne jamais mettre un pied dans sa chambre ?

Je n'avais plus qu'à passer le coin du couloir pour arriver à destination quand deux voix masculines vinrent jusqu'à mes oreilles. De surprise, je me figeai et m'adossai contre le mur, tentant de me faire toute petite. Je soufflai ma chandelle et, l'oreille tendue, tentai de percevoir ce dont il était question entre les deux hommes.

À n'en point douter, il y avait de l'agacement dans celle de Paul lorsque, enfin, il brisa le silence qui s'était installé.

— Je vous en prie, mon vieux… Je vous le répéterai aussi souvent que cela sera nécessaire ! Oubliez ces histoires du passé ! Passons à autre chose ! Avez-vous pensé à ce que je vous ai proposé ?

— Plus ou moins.

— Dois-je comprendre que vous n'êtes pas intéressé ?

— Là n'est pas la question.

— Alors, quoi ?

— Je ne comprends tout simplement pas quel est votre intérêt dans l'affaire.

Paul eut un petit rire qui n'avait rien de joyeux.

— Si tel est le cas, alors c'est que vous avez bu autant de vin que la robe de ma sœur…

— Justement… Rebecca… Qu'en dira-t-elle, quand elle saura ?

— Que voulez-vous qu'elle dise ?

— Ce n'est, a priori, pas ce qu'elle attend de…

— Oubliez ma sœur ! Oubliez ce manoir ! Et pensez à ce que je vous ai dit ! Ce que je vous propose n'a rien d'un conte, soyez-en certain.

— Pour autant, cela n'a rien à voir avec ce qui avait été conclu. Ce n'est pas ce qui avait été évoqué, dans nos lettres respectives… Celles que nous avons échangées, vous et moi…

La réponse d'Ernest avait été faite d'un ton ferme mais non moins poli. Aussi m'étonnai-je de la fureur dans laquelle elle sembla mettre Paul. Faisant fi des potentielles oreilles susceptibles de les entendre, il tenta de plaider sa cause, parla de la réception, du succès qu'elle avait eu, de tout ce qu'il pouvait apporter dans l'affaire que, apparemment, Ernest ne prenait pas au sérieux.

— J'entends bien. Mais ce n'est toujours pas ce qui avait été conclu.

— Mais… Ne me dites pas que vous êtes toujours obnubilé par cette histoire de poupée !

— Vous m'aviez promis que je pourrais la voir ou au moins

la chercher. Or, vous n'avez rien fait pour m'aider dans mes recherches, vous me les avez même compliquées.

— Et alors ? Tout cela, c'est du passé ! Et cette histoire de poupée, une légende ! Une histoire de bonne femme ! Êtes-vous une bonne femme, Ernest ?

J'entendis des piétinements comme si l'un d'entre eux, d'impatience ou d'agacement, trépignait sur place sans se décider pour autant à partir.

— Il me semblait pourtant avoir compris, dans votre dernière lettre, que vous étiez favorable à mon projet. Vous me l'aviez dit. Vous m'aviez également demandé de laisser votre sœur en dehors de cette histoire, ce que j'ai fait. J'attendais néanmoins plus d'aide de votre part. Cette clé que vous m'aviez donnée… Elle n'a pas ouvert la porte de l'atelier.

— Oh ! vraiment ? Eh bien, j'en suis désolé.

— Je n'en suis pas certain.

— Insinuez-vous que je mens ?

— Cela se pourrait.

— Alors, nous serions deux à mentir.

— Que voulez-vous dire ?

— Rien d'autre que ce que je vous dis. Vous me reprochez de ne pas vous fournir l'aide que je vous avais promise ? Soit ! Mais vous aussi aviez fait des promesses ! Des promesses qui ne sont, à ce jour, pas tenues !

Il y eut un long silence, de nouveau rompu par Paul.

— Ne faites pas l'imbécile. Je vous laisse une nuit pour réfléchir. Demain, j'attends votre réponse. Si elle ne va pas dans le sens que j'espère, je vous demanderai de quitter La Renardière.

— Par un temps pareil ?

— Vous vous débrouillerez bien.

Puis, un bruit de pas décrut dans le couloir et Ernest s'enferma bruyamment dans la bibliothèque.

J'attendis quelques secondes avant de me décider à quitter ma cachette et, finalement, à aller le retrouver. Ce que je venais d'entendre, et dont je n'avais pas saisi la moitié, me rendait quelque peu mal à l'aise. Ainsi, Paul et Ernest s'étaient écrit sans daigner en parler à Rebecca ? Si ni l'un ni l'autre ne semblait avoir tenu sa parole, Paul avait ouvertement refusé d'aider son cousin dans la recherche de la poupée.

Perdue au cœur de pensées et de sentiments contradictoires, j'entrai sans prendre la peine de frapper, considérant que l'heure et la situation n'étaient pas aux politesses de rigueur.

Mes premiers pas dans la pièce passèrent de ce fait totalement inaperçus. Ernest, le front collé à la vitre, ses doigts tambourinant nerveusement contre le verre, semblait être dans un trouble dont personne ne pouvait le sortir, à moins d'avoir une bonne raison de le faire.

Le bruit fait par mon pied butant contre une chaise qui avait été abandonnée sur le côté eut le mérite de le sortir de ses pensées mais peut-être pas pour le meilleur...

— N'insistez pas ! grogna-t-il instantanément. Je vous ai parfaitement compris. Je quitterai le manoir dès que la neige aura cessé. Si cela ne tenait qu'à moi, je serais déjà bien loin.

— Sans même m'avoir dit au revoir ?

Le son de ma voix le surprit. Se retournant brusquement, il resta un instant stupéfait, immobile, avant de se reprendre.

— Eh bien... Voilà une compagnie bien plus agréable que celle à laquelle je m'attendais.

— Vraiment ? Pourtant, je ne suis pas tout à fait la poupée que vous cherchez à récupérer coûte que coûte !

— Je pensais avoir été clair.

— Vous n'aviez néanmoins pas dit être le complice de Paul.

— La conversation que vous avez surprise n'avait rien à voir avec celle de deux complices évoluant en parfaite harmonie, n'est-ce pas ?

Éludant la remarque qui, je devais l'avouer, n'était pas fondée, je préférai demander :

— Cette poupée... Est-elle pour votre mère ?

Il eut un temps d'arrêt comme si sa mère était le dernier de ses soucis puis répliqua :

— Elle n'a rien à voir là-dedans.

— Qu'allez-vous en faire, alors ?

Ernest quitta la fenêtre pour mieux s'avancer vers moi. Je notai le désordre de sa tenue. Avec sa chemise, pendant hors de son pantalon et dont le col avait été largement déboutonné, et les mains dans les poches, il semblait plus que jamais être un autre. Il se dégageait de lui une brutalité qui, cependant, ne m'impressionnait pas vraiment.

Il me jaugea du regard, apparemment incapable de savoir si, oui ou non, il pouvait me faire la moindre confidence, puis abandonna visiblement l'idée de se taire.

— Paul me propose de ne pas utiliser mes fonds, que je n'ai pas, et mes investisseurs, que je n'ai pas non plus, pour l'affaire familiale mais pour un autre projet. Il nous imagine bookmakers associés, bien loin des préoccupations de nos pères respectifs. Il considère qu'il existe de belles perspectives pour des hommes comme nous... Allez savoir ce qu'il entend par là ! Il ne comprend pas qu'il y a désormais des lois... On ne parie plus comme on le faisait il y a ne serait-ce que cinq ans. Je le devine animé de mauvaises intentions et je plains celui qui tombera les pieds joints dans cette idée saugrenue...

— Il n'est donc absolument pas intéressé par le manoir ou alors l'affaire de son père... Ni même par... cette poupée ?

Ernest secoua vivement la tête.

— Paul fait partie de ceux qui ne croient pas à cette histoire... Celle qui dit que Dusang, se sachant mourant, aurait caché la poupée dans le manoir pour priver son partenaire du succès auquel il ne pourrait participer. Cette manière comme une autre d'expliquer la disparition de ce jouet...

— Je ne vous pensais pas prompt à croire ce genre d'histoires...

— D'ordinaire, je ne le suis pas, en effet. Mais la situation est, pourrait-on dire, particulière... Mais, dites-moi... Que me vaut votre présence ? Avez-vous oublié de me dire quelque chose, tout à l'heure ? Ou bien souhaitez-vous vous excuser pour vos paroles quelque peu piquantes ? Comment avez-vous dit, déjà ? La formule était pourtant assez marquante…

— Je vous ai dit que vous méritiez d'être accroché au mur des trophées…

— Oui, c'est cela ! Avec ces pauvres renards pour voisins ! C'est une idée parmi d'autres, je le reconnais. Sachez néanmoins qu'il y a une grande différence entre ces animaux et celui qui se tient devant vous…

Cette fois, c'était à moi de le jauger.

— Vraiment ? Et en quoi, je vous prie ?

Il réduisit davantage la distance qui nous séparait puis, avec un sourire indéfinissable, se pencha vers moi, soufflant :

— Jusqu'à preuve du contraire, et quitte à vous décevoir, personne ne m'a encore coupé la tête !

Puis, il se détourna de moi et, le plus naturellement du monde, entreprit d'enfiler de nouveau une veste qui avait été négligemment jetée sur le dossier d'un fauteuil.

— Quoi qu'il en soit, vous n'avez pas répondu à ma question… Que faites-vous ici ? Ne pouvez-vous vous passer de moi ou, alors, avez-vous une raison plus honorable ? Un livre, peut-être ? Non. Vous n'êtes pas une grande lectrice.

La remarque eut le mérite de me faire sortir du mutisme dans lequel j'étais tombée malgré moi.

— Qu'en savez-vous ?

— Une lectrice aurait couru vers ces rayonnages, le sourire aux lèvres. Or, tout ce que vous avez fait en entrant ici, c'est pousser un soupir à fendre l'âme !

— J'avais d'autres choses en tête…

— Pensiez-vous à moi ?

— Pourquoi à vous ?

— Et pourquoi pas ?

— Très bien ! concédai-je alors. Je pensais en effet à vous !

Tournant de nouveau plus franchement le visage vers moi, il me gratifia d'un sourire éclatant.

— Voilà qui m'intéresse… Dites-m'en plus !

— Je me demandais pourquoi vos cousins, si charmants au demeurant, faisaient l'effort surhumain de vous héberger ici. À présent que j'ai entendu Paul vous suggérer de partir au plus vite… je ne m'interroge plus. Ils ont dépassé leurs limites depuis bien longtemps.

— Me considérez-vous vraiment comme… un parasite ?

Surprise par la soudaine gravité de son intention, je secouai la tête.

— Non. Vous pouvez avoir vous aussi votre utilité.

— Et je devine que je dois votre présence à cette pensée fort charitable ?

— Précisément.

23

La chandelle qu'Ernest tenait à présent à bout de bras éclairait à peine les marches et, à deux reprises déjà, j'avais manqué de trébucher.

— Tenez, finit-il par me proposer, et passez devant moi. Pour une fois, laissons de côté la galanterie... Je vous suivrai comme je le peux.

— Parce que vous suiviez ces fameuses règles lorsque vous m'avez bousculée par deux fois ?

— Bien entendu ! Mais j'ai une excuse de taille, si je puis dire...

— N'allez pas plus loin ! Je devine ce que vous allez dire et...

— Vous êtes si petite ! Je ne vous avais pas vue !

Je me retournai vers lui, fulminante.

Postée deux marches au-dessus de lui, je ne le surmontais toujours pas pour autant. Je n'en avais pas moins une taille beaucoup plus acceptable, au regard de ma colère. Je ne devais cependant pas me leurrer : gagner quelques centimètres, même de manière artificielle, ne me rendait pas plus forte ou plus menaçante pour un homme de sa trempe. Pour autant, je ne baissai pas le regard et le toisai avec aplomb.

Loin de s'en offusquer ou de se sentir gêné, il sourit du sourire indéfinissable qu'il semblait désormais me réserver.

— Puis-je savoir ce qui vous fait rire ainsi ?

Il m'observa encore un temps, toujours en silence puis souffla d'un air entendu.

— Si vous regardez votre jury ainsi, croyez-moi, ils vous donneront la médaille d'or pour avoir le soulagement de vous voir quitter la pièce...

— Mais je n'ai pas besoin de les effrayer pour obtenir ce que je souhaite !

— Ceci, je n'en doute pas une seconde ! Mais si je peux me permettre de vous faire une remarque...

— Je vous préviens, si vous faites encore une réflexion désagréable sur ma taille...

— Non, c'est seulement que... Vous feriez mieux de continuer à monter ! Sinon, je crains que cette araignée ne finisse dans vos cheveux ! ajouta-t-il finalement tout en levant les yeux vers le plafond.

Poussant un petit cri strident, je me retournai brusquement et grimpai les deux volées de marches restantes aussi rapidement qu'il me l'était possible. Tranquille, Ernest arriva quant à lui bien après moi avec, sur le visage, un amusement évident.

Sa voix, profonde, rompit le silence.

— C'était faux.

Je le regardai en silence, craignant de comprendre.

— Il n'y avait pas d'araignée.

— Cela vous amuse ?

— Oui. Terriblement.

— Grand bien vous fasse.

— C'était juste pour vous taquiner !

— Alors, que diriez-vous si je vous taquinais à mon tour ? Pourquoi ne laisserais-je pas tomber cette clé jusqu'en bas, juste pour le plaisir de vous voir descendre l'y chercher !

Et pour mettre ma menace à exécution, je fis un pas sur le côté, suspendant du bout des doigts ladite clé au-dessus du vide.

Malheureusement, cela n'eut pas l'effet escompté sur Ernest.

— Je ne vous le conseille pas. Sinon, vous seriez vous aussi obligée de descendre toutes ces marches puis de les remonter…

— Vous n'avez pas compris ! Je ne compte pas descendre la chercher !

— Vous voulez que j'y aille, certes, mais… Vous ne resteriez pas seule ici, à m'attendre, n'est-ce pas ?

Jetant un coup d'œil sur le côté, je dus bien reconnaître qu'il en était hors de question.

Un peu plus tôt, je ne lui avais pas caché les raisons de ma présence à la bibliothèque. Après lui avoir présenté la fameuse clé, j'avais évoqué ma peur des souris, des araignées et des possibles âmes errantes. Il m'avait écoutée très calmement puis, après avoir rajusté sa mise, m'avait escortée dans les couloirs. Si j'avais éprouvé une certaine déception quant à la froideur de sa réaction – sans doute mes rêveries passées m'avaient-elles poussée à trop de fantaisie –, j'avais très vite oublié mon malaise en me retrouvant au pied de l'escalier.

Alors que nous arrivions enfin au sommet de ce dernier, j'osai enfin faire part de mes doutes.

— Et si elle ne fonctionne pas ? Si ce n'est pas la bonne clé ?

Loin de partager ma crainte, Ernest se contenta de hausser les épaules.

— Alors, nous irons nous coucher.

— Tout est aussi simple avec vous ?

— Toujours.

J'allai répliquer puis gardai finalement le silence. Après tout, peut-être avait-il raison. J'avais certainement tort de mettre tant d'espoir dans un bête morceau de ferraille. D'autant plus que visiter cet atelier n'avait jamais été dans mes projets, bien au contraire !

Mes mains tremblaient alors que j'introduisis la clé dans la serrure. À ma grande surprise, elle y tourna sans difficulté et la porte s'ouvrit avec un grincement lugubre.

Ernest choisit ce moment précis pour demander :

— Vous dites que cette clé vous a été donnée par Rebecca ?

— En tout cas, elle était dans la boîte qu'elle a fait monter dans ma chambre...

— Très bien. Allez-y, si vous le voulez bien. Je suis derrière vous.

Je restai là un moment, figée avant d'oser enfin faire quelques pas, sitôt suivie de près par Ernest, dont j'entendais la respiration tranquille. Sa présence me donnait le courage qui m'aurait manqué si j'avais vécu une telle expérience en solitaire. Ce réconfort n'était pourtant que peu de chose au regard de l'odeur terrible de poussière et d'huile qui me prit immédiatement à la gorge et au nez. Son intensité m'empêcha un instant de respirer avant que l'étrangeté du lieu me frappe de plein fouet, me faisant oublier tout le reste.

Ainsi, je pénétrai dans ce lieu secret, l'endroit des créations inachevées, là où toutes les œuvres d'un génie, parti trop tôt, avaient été réunies. L'idée que la famille de Louise soit, de près ou de loin, liée à cette pièce et à son contenu était plus que jamais étrange à mes yeux.

— Eh bien, soupira Ernest, je ne m'attendais pas tout à fait à un tel capharnaüm...

J'acquiesçai en silence, la surprise m'ayant littéralement coupé le don de la parole.

Visiteurs inattendus, nous nous trouvions côte à côte dans une pièce immense, sale et où régnait un silence si pesant qu'il en était presque palpable. Le temps d'un battement de cœur, l'idée d'avoir pénétré dans un caveau ou une crypte me submergea. La vie même semblait avoir été tenue à distance de tout ce petit univers...

Partout où je posais les yeux, je ne voyais que des plaques de métal et de bois, des formes étranges d'où émergeaient des boulons, des ressorts ou encore des angles aigus. J'étais absolument certaine que le plus solide des hommes aurait pu trouver la mort rien qu'en les effleurant. Tout semblait dangereux et à la fois si attirant...

Poussée en avant par une curiosité dévorante, celle qui, décidément, me caractérisait tout entière, j'allais me risquer à faire quelques pas supplémentaires quand, en tournant les yeux vers la gauche, j'eus une vision qui me glaça les sangs. Poussant un cri strident, je n'eus d'autre choix que de me jeter contre Ernest, manquant de lui faire lâcher notre chandelle au passage.

— Qu'y a-t-il ? demanda-t-il alors tout en plaquant l'un de ses bras contre moi. Qu'avez-vous donc vu ?

De l'autre, il brandissait bravement notre faible flamme, scrutant l'obscurité à la recherche de ce qui avait provoqué une telle manifestation de peur. En vain.

Osant à peine me retourner, je lui désignai un coin de la pièce tout en murmurant plaintivement :

— Là, il y a un homme !

Il y eut un court silence durant lequel il me sembla connaître mille morts avant que le rire d'Ernest le rompe.

— Retournez-vous !

— Non !

— Si ! Retournez-vous et regardez-le de nouveau ! Il n'a rien de vivant !

À contrecœur, je finis par m'exécuter tout en veillant à rester le plus près possible de mon protecteur. Prête à le serrer un peu plus fort, du moins si cela était encore possible, je scrutai la semi-obscurité quand, enfin, je compris ma méprise.

L'homme qui m'avait tant effrayée et que j'avais cru immensément grand était en réalité de petite taille. Juché sur une caisse, les jambes à demi dissimulées par un bric-à-brac que je ne pensais pas possible, il arborait une moustache massive et son regard, intense, pouvait faire oublier, un temps, qu'il n'avait pas de bras. Son infirmité n'en sautait que plus terriblement aux yeux, au second regard.

Quoi qu'il en soit, Ernest n'avait pas menti : il n'avait rien de vivant. Vivant, il ne l'avait même jamais été.

— Mais pourquoi avoir conservé tout cela ? m'étonnai-je à voix basse, comme si quelqu'un, ici, pouvait être en mesure de m'entendre.

— Je n'en ai aucune idée. Chez d'autres, on pourrait évoquer un mausolée.

— Et chez vos cousins ?

— Je pense que tout a été conservé avec l'espoir d'exploiter la moindre invention. Il n'est pas question de sentiments, ici. Juste… d'intérêt. C'est ainsi que sont les de Mussey.

Sans pour autant quitter l'étreinte rassurante de ses bras, je levai un regard interrogateur vers lui. Le lieu, tout comme le contexte, rendait notre proximité physique envisageable, voire évidente mais ses mots ne m'en avaient pas moins interpellée. Je n'y avais décelé ni amertume ni colère, juste… une grande lassitude.

Se détachant finalement de moi, me laissant l'impression d'un grand froid autour de mon corps, il fit quelques pas vers l'automate et, d'une main respectueuse, effleura le bord d'un chapeau haut de forme aux dimensions disproportionnées.

— Ceci est un très vieux modèle. Je dirais même qu'il date de la fin des années 1850…

Bravant ma peur – ou désireuse de me tenir près de lui, au cas où –, je le rejoignis sans me faire prier vers la poupée grandeur nature.

— Comment pouvez-vous être aussi précis ?

— Mais parce que les automates sont également ma spécialité, voyons ! Ne l'aviez-vous pas deviné ?

— Comment l'aurais-je pu ? Vous ne m'avez rien dit de vous ! Vous avez dit être inventeur mais rien de plus.

Ma question resta sans réponse.

Déjà occupé à autre chose, Ernest avança davantage dans la pièce. De sa main tendue, il éclairait chaque recoin, marchait avec précaution et accordait une attention extrême à chaque élément qu'il croisait sans sembler réaliser qu'il m'avait laissée dans le noir le plus total, au propre comme au figuré.

— Je ne pensais pas qu'il y aurait des créations aussi anciennes… De Mussey avait vraiment… Je veux dire, mon oncle… Il a tant accumulé ! Je comprends mieux pourquoi la porte en a été maintenue fermée. Et je comprends aussi pourquoi mes cousins gardent tout cela secret…

— Je ne comprends pas. Ernest…

Faisant fi de toute réserve, j'étais de nouveau accrochée à son bras comme si nous étions en promenade dans un jardin et non errant au milieu de vestiges d'un passé dont j'ignorais à peu près tout.

— Je sais. Mais croyez-moi : vous êtes en sécurité, ici.

La pression de ma main sur son biceps se fit alors un peu moins forte. Soudainement, je n'avais plus peur. Tout d'abord parce qu'il m'avait assuré que j'étais en sécurité, ensuite parce qu'une partie de moi se sentait en harmonie avec son environnement. Si M. de Mussey et moi-même n'avions guère de points communs, en observant son œuvre, il était impossible de ne pas ressentir sa passion et peut-être bien un brin de folie…

Je demandai :

— Pensez-vous trouver quelque chose d'intéressant, ici ? Est-ce ce à quoi vous vous attendiez ?

Pour la première fois depuis que nous avions pénétré dans l'atelier, il me regarda dans les yeux.

— Je sais déjà que je ne trouverai rien.

— Mais pourquoi être aussi catégorique ? Nous venons à peine d'entrer !

— On n'enterre pas ce qu'on a de plus précieux au milieu des morts, n'est-ce pas ? Or, nous sommes au cœur d'un cimetière. Le cimetière des inventions d'un homme qui n'a jamais rien su faire de ses dix doigts…

— Que voulez-vous dire ? Je croyais que…

Baissant les yeux, je me mordis les lèvres.

Plus je passai de temps avec Ernest et moins tenir le rôle de Louise Dusang me semblait facile. Avec lui, il m'était de plus en plus compliqué de ne pas être moi et j'en devenais bien trop bavarde et bien trop transparente à mon goût…

Plutôt que de poursuivre, je préférai plonger mon doigt dans la poussière qui recouvrait généreusement chaque surface sur laquelle se posait mon regard. Depuis combien de temps ces reliques n'avaient-elles pas été visitées ? Ou du moins, depuis combien d'années nul n'avait pris la peine de faire un tant soit peu de ménage et de mettre un peu d'ordre ? Je regrettai qu'on ne puisse le deviner en sondant la profondeur exacte de ce revêtement blanchâtre.

— Venez ! me proposa alors Ernest, tout en m'attrapant par la main.

Chaude et sûre, elle aurait pu m'entraîner dans les recoins les plus sombres, j'y serais allée sans crainte, et même les yeux fermés, en toute confiance. Je réalisai alors à quel point les mots de Rebecca, dans la serre, ce matin, avaient été faux. Ernest ne m'avait demandé de danser avec lui pour le plaisir de provoquer son cousin, ou même seulement l'assemblée. Il l'avait fait par envie, tout comme il avait eu envie de me suivre jusqu'à un atelier où, m'affirmait-il, il était désormais certain de ne rien trouver. Il n'était pas celui qu'elle m'avait décrit. Je le voyais dans la manière dont il me regardait, dans la façon dont il serrait ma main dans la sienne.

Pour ma part, je savais très bien qu'au fond je n'avais pas cherché sa compagnie par peur des souris ou des fantômes. Je l'avais fait parce que, en plus de la trouver logique, j'avais eu envie de sa présence. Je sus alors que ce sentiment intense qui m'avait traversée, lors de cette même conversation avec Rebecca, n'avait pas pris racine dans la terre de l'orgueil, mais qu'il s'agissait en réalité d'un sentiment nouveau dont j'avais entendu parler mille fois sans jamais le ressentir pour autant. L'amour. Je n'avais pas été contrariée par fierté mais par amour. Car l'idée qu'Ernest ne puisse éprouver des sentiments semblables au mien avait été, pour moi, bien trop douloureuse.

Il était doux d'en prendre conscience, et à la fois regrettable. Car sitôt la neige fondue, chacun repartirait vers l'existence qu'il s'était tracée.

Ne pouvant se douter de l'endroit où m'avaient menée mes pensées, Ernest éclaira d'un mouvement ample une foule de personnages qui me parurent à la fois étranges et très familiers. J'y vis, pêle-mêle, un homme à la peau mate tenant une flûte. Une petite fille, armée d'une fleur à la couleur indéfinissable et à qui il manquait la plupart des pétales. Mais également un pauvre chien qui était bizarrement privé de son arrière-train... Globes oculaires en verre, sourires peints et visages en biscuit s'amalgamèrent très vite en une masse informe qui, à défaut de me faire peur, me mit mal à l'aise.

Se faufilant enfin jusqu'à un garçonnet, Ernest s'absorba dans sa contemplation.

— Vous le reconnaissez ? me demanda-t-il finalement.

— Devrais-je ?

— Il s'agit de votre futur mari. Du moins, je veux dire... De votre futur mari lorsqu'il était enfant. Pouvez-vous seulement le croire ?

— Et vous, pourriez-vous enfin cesser, avec ces histoires de mariage ?

Je m'approchai à mon tour et dus bien admettre qu'il avait raison. Ses cheveux, d'un blond doré, avaient été ternis par les années, et son teint de cire lui donnait un air maladif. Mais il y avait bien, dans ce visage placide et à la fois si atypique, quelque chose qui rappelait Paul. Il reposait là, les mains figées et les yeux clos, semblant attendre que l'on veuille bien lui redonner le souffle de vie qui lui permettrait d'actionner de nouveau les baguettes de son petit tambour...

— C'est étrange, on dirait que celui-ci est terminé... Se pourrait-il que...

D'un geste sûr, Ernest passa la main sous la caisse sur laquelle se tenait l'automate et un bourdonnement se fit entendre.

Alors, et à ma grande surprise, une petite main se leva lentement, le garçonnet ouvrit les yeux et ses lèvres, jusque-là closes, s'entrouvrirent. J'allais tourner les yeux vers Ernest, prête à lui demander comment cette magie pouvait être possible mais l'instant prit fin aussi vite qu'il avait commencé.

Les yeux se fermèrent, la main resta comme en lévitation et le cliquetis que nous entendîmes alors ne laissa aucun doute sur la finalité du mouvement. Subitement privé de vie, le petit musicien s'était de nouveau figé pour l'éternité.

Une moue dépitée aux lèvres, Ernest se redressa.

— Au fond, cela n'est pas étonnant.

— Est-ce que Paul sait…

— Qu'il existe un automate à son effigie ? Bien entendu. Mais je pense qu'il a préféré oublier. Oui. Paul préfère oublier tout ce qui ne lui convient pas, je crois.

— Pourquoi cela ?

Ernest fronça les sourcils et tourna un regard entendu dans ma direction.

— Parce que pour l'aîné mâle d'une famille, un aîné qui s'est, de plus, longtemps targué d'être supérieur au génie que son père ne possédait pourtant pas, il est difficile d'admettre que le seul automate qui ait marqué la mémoire collective a été fabriqué à l'effigie de sa sœur.

— La poupée disparue. Je comprends… M. de Mussey n'a jamais créé cette poupée, n'est-ce pas ?

— Non, en effet.

— Le véritable créateur serait donc…

— Votre père, Louise. Auguste Dusang. Le seul et unique.

24

Alors, tout prit place dans mon esprit. Je me souvins de la lettre de Louise, des mots incompréhensibles de Mme Regard. Surtout, je revis la fameuse poupée qui, adorable, trônait sur le bureau du père de Louise. Se pouvait-il qu'elle soit celle que tous semblaient chercher, ici ? Et dans ce cas, devais-je en parler à Ernest dès maintenant ? Ou était-ce trop tôt ?

Mes yeux se levèrent une fois encore dans sa direction, cherchant un signe, une réponse mais il ne me regardait déjà plus, poursuivant son exploration, passant de machine en machine, tirant sur des caisses, soulevant les couvercles de bois, s'échinant sur des tiroirs bloqués depuis des décennies...

Incapable de comprendre cette frénésie, j'essayai une nouvelle fois de saisir ses motivations. S'il était lui aussi inventeur, et d'autant plus rompu à l'invention d'automates, cherchait-il ici l'inspiration, la clé dont il avait besoin pour poursuivre son travail ? Ou bien n'était-il venu que pour mettre au jour ce fameux secret dont avait parlé *L'Aurore* ?

— Votre oncle était-il un voleur, Ernest ?

Il se tourna à peine vers moi et répondit par l'affirmative.

— Je ne suis pas certain qu'il se serait lui-même défini ainsi mais il n'a été rien d'autre qu'un usurpateur.

— Et nul ne l'a su ?

— Certains le savaient, d'autres l'ont deviné. Mais rien n'a jamais été prouvé, voyez-vous ? Les de Mussey se sont repliés sur un mensonge d'autant plus facile à entretenir que les protagonistes n'étaient plus de ce monde. L'argent a rapidement manqué, mais ils ont profité de cette réputation. Dans notre monde, elle est beaucoup de choses...

L'envie de parler de la poupée aperçue dans le bureau m'effleura un instant avant que je décide de remettre cette confidence à plus tard.

— Est-ce à cause de ce secret que votre mère et celle de Paul et de Rebecca se sont affrontées ?

— En partie, oui.

— Et l'une des raisons pour lesquelles vos cousins se méfient de vous ?

— Sans aucun doute. Ils connaissent la vérité et ne souhaitent pas que je mette le nez dans leurs affaires.

— Pourquoi vous accueillir ici, dans ce cas ?

— L'article de *L'Aurore*. Je présume qu'il leur a fait peur. Ils ont dû se figurer que ma mère cherchait à leur nuire. Ils ont préféré jouer la carte de l'accord familial, pour mieux se protéger.

— Votre mère a-t-elle écrit à *L'Aurore* ?

— Absolument pas.

— Et vous ?

— Bien sûr que non.

— Qui, alors ?

— Je n'en ai aucune idée.

Je gardai le silence, incapable de traduire en mots l'idée qui m'était apparue dans toute son étonnante évidence : cette lettre, parue dans le journal, pouvait-elle avoir été écrite par la mère de Louise, tout simplement ?

De peur de trop en dire, encore une fois, je préférai me taire. Loin d'inquiéter Ernest, ce silence sembla le conforter dans son désir d'exploration et, bientôt, il n'y eut de nouveau d'autres bruits que ceux des caisses traînées, de ses pas sur le plancher et des cliquetis des objets qu'il effleurait en passant près d'eux.

Observer ce manège me fit peu à peu sombrer dans une sorte de torpeur dont je ne sortis qu'à quelques instants furtifs, tant j'étais certaine d'avoir entendu du bruit dans mon dos. Par deux fois, je me retournai sans rien voir et choisis de mettre cette impression sur mon imagination.

Au bout d'un moment, il m'appela pourtant du côté des fenêtres. Il en avait écarté l'un des lourds rideaux et regardait avec attention à l'extérieur, comme happé par le spectacle des éléments.

Tout en prenant garde à ne rien renverser et surtout à n'accrocher ma robe à aucun clou, bout de métal ou tout autre objet piquant susceptible de la retenir, je vins à son niveau et plongeai à mon tour le regard par le carreau.

Je m'étais attendue à tout – montagnes de neige, loups affamés rôdant autour du manoir pour mieux nous dévorer – et eus d'autant plus de mal à réaliser ce qui, décidément, était inespéré. Il ne neigeait plus. L'air était calme, apaisé. Plus aucun flocon n'y virevoltait avec violence. C'était terminé.

— Déjà ? Je croyais pourtant...

— Paul et Rebecca ont l'art du drame. À les écouter, nous étions tous coincés ici pour deux décennies. Je me réjouis qu'ils aient eu tort !

Mon propre soulagement fut d'une grande brièveté. Ainsi qu'il l'avait affirmé un peu plus tôt à Paul, Ernest manifestait de nouveau sa hâte à quitter le manoir. De tous les occupants, j'étais certainement la mieux placée pour le comprendre et, à la fois, tant de joie me serrait le cœur. Car en quittant La Renardière, ne me quittait-il pas également ?

— Ne vous inquiétez pas, nota-t-il alors, semblant lire de la contrariété sur mes traits. Je n'oublierai pas de vous dire au revoir...

— Là n'est pas la question.

— Ah oui ? Alors, quelle est-elle ?

En levant les yeux vers lui, je sus que je ne me trompais pas et qu'une fois encore, il s'amusait de moi et de la situation.

— Peu importe, dis-je alors en faisant le choix d'éluder.

À présent, j'aimerais aller me coucher. Pourriez-vous me ramener à ma chambre ? Ensuite, vous êtes libre de revenir ici seul si cela vous chante mais, pour ma part, j'en ai assez.

— Je ne reviendrai pas. Sans vous, je n'ai aucun intérêt à me promener parmi les épaves.

Soudainement trop lasse pour répliquer, j'entrepris de me diriger vers la porte. Ernest m'emboîta le pas et, bientôt, nous fûmes de nouveau sur le palier et la clé joua dans la serrure. Lorsqu'il me la tendit, je refusai d'un mouvement de tête.

— Pourquoi donc ? Elle est à vous.

— Elle n'est pas plus à moi qu'à vous. Que voulez-vous que j'en fasse ?

Mes yeux restaient obstinément braqués en direction du sol. Je refusais de croiser son regard. Je refusais qu'il voie mon trouble, ma peine et la déception qui grandissait au fond de mon cœur. Je redoutais d'autant plus de me livrer à lui que je ne comprenais moi-même plus vraiment l'enchaînement des émotions qui me submergeaient. J'avais tant espéré que cette neige ne tombe jamais ! Alors pourquoi regretter qu'elle cesse au bout d'une seule journée ? Pourquoi ce sentiment de vide ?

Le manoir, comme endormi, ne leva pas une paupière à notre passage. Nul grincement, nul craquement ne vint rythmer notre retour. En nous laissant pénétrer dans l'une de ses pièces condamnées, peut-être avait-il enfin baissé la garde ? À moins que je ne sois trop perturbée pour entendre ou comprendre quoi que ce soit autour de moi ?

Une fois devant ma chambre, Ernest s'inclina devant moi comme un majordome devant sa reine. Avec toute cette poussière qui maculait le bas de ma robe et ces mèches que, dans ma hâte, j'avais laissées s'échapper de mon chignon, je tenais pourtant davantage de la servante, et j'en avais douloureusement conscience… Je n'avais plus rien à voir avec la mystérieuse invitée cachant des cartes de visite dans son décolleté.

— Êtes-vous souffrante ? s'inquiéta-t-il alors. Notre visite ne vous a-t-elle pas trop apeurée ? N'allez-vous pas passer la nuit à rêver de créatures étranges ?

— Non. Je crains d'être trop fatiguée pour rêver de quoi que ce soit…

— Je vois. J'espère ne pas avoir été de trop mauvaise compagnie, ce soir.

Je levai enfin les yeux sur lui, interdite.

— Pourquoi en doutez-vous ?

— Je ne sais pas. Vous semblez accablée. Vous n'étiez pas ainsi, à votre arrivée à la bibliothèque.

— Je suis simplement fatiguée.

— En êtes-vous certaine ?

Dans ma poitrine, mon cœur s'affola subitement. Peut-être était-ce le moment, après tout ? Celui de lui avouer que je n'étais pas Louise mais Adèle. Au fond, rien de ce que je lui avais dit lors de nos moments passés ensemble n'était faux. Il ne pourrait me reprocher quoi que ce soit ! Seule ma peur d'être condamnée pour mon mensonge m'empêchait de parler.

— Nous nous serons à peine connus, n'est-ce pas ? souffla-t-il alors, comme incapable de se taire.

— Que voulez-vous dire ?

— Que nous n'avons eu que peu d'occasions de nous parler.

— Nous n'étions pas destinés à nous rencontrer.

— Il est vrai. Je regrette pourtant de ne pas avoir été plus agréable avec vous, le premier soir, comme le lendemain.

— Vous l'avez été à votre manière, Ernest, vous n'avez aucun regret à avoir. Vous ne me laisserez pas de mauvais souvenirs.

— Vous le pensez sincèrement ?

— Je suis aussi sincère qu'il m'est permis de l'être. Je suis ravie d'avoir fait la connaissance d'un ours, si brutal puisse-t-il être parfois.

— Nous ne nous reverrons plus, n'est-ce pas ?

— Si telle est votre question, je n'épouserai pas votre cousin, non.

— Peut-être regrettez-vous d'être venue, dans ce cas ?

Il semblait attendre une réponse qu'étrangement, pour une fois, je ne me refusais pas à lui donner.

— J'ai passé d'agréables moments ici. La promenade à cheval ne me laissera peut-être pas autant de souvenirs amers que je l'aurais pensé... Qui sait ? Peut-être grâce au renard que nous avons croisé, ajoutai-je avec un sourire. Certainement le tout dernier de son espèce à arpenter le domaine...

— C'était un sanglier.

— Si vous le dites. De là où je viens, on ne fait pas la différence, vous le savez bien.

Nous échangeâmes un sourire avant que le silence retombe entre nous. Alors, Ernest prononça les mots que je craignais d'entendre tout en m'y attendant.

— Eh bien, je vous souhaite une bonne nuit...

— Je vous remercie de m'avoir raccompagnée.

— Et moi, de m'avoir permis de découvrir l'atelier de mon oncle.

L'ordre des choses aurait voulu qu'Ernest me quitte sur ces mots et s'éloigne dans le couloir. J'aurais alors ouvert la porte de ma chambre et cette étrange soirée se serait terminée de la manière la plus naturelle qui soit. Cependant, il ne fit pas mine de vouloir me quitter et de mon côté, je me retrouvai incapable de faire le moindre mouvement.

Toujours face à moi, il entrouvrit les lèvres, comme pour ajouter quelque chose puis, finalement, se ravisa. Dans ma poitrine, mon cœur se serra un peu plus. Dans quelques heures à peine se lèverait le soleil, éclairant les pas d'Ernest vers un avenir auquel je n'appartiendrai jamais.

Enfin, après un dernier hochement de tête à mon intention, il tourna les talons et commença à s'éloigner dans le couloir sombre. La chandelle, qu'il m'avait laissée et qui bientôt, mourrait, tremblota plus que jamais dans ma main.

La scène, certainement insignifiante pour un manoir qui, je l'avais compris, avait été le théâtre de bien des passions, n'en prit pas moins une importance capitale à mes yeux. J'en sentis la moindre aspérité, j'en ressentis la rudesse. La dureté. La cruauté, même ! Je ne savais ce que je voulais, au fond, mais ce dont j'étais sûre, c'est que je ne voulais pas voir partir cet homme ainsi, en silence, dans le noir le plus total.

Alors, ce fut plus fort que moi.

— Ernest ! Je vous en prie, ne partez pas !

Ma voix, fluette, me sembla ridicule. C'était le cri d'une enfant perdue, d'une naufragée cherchant de l'aide, d'une femme qui ne pouvait avouer ce que son cœur lui hurlait sans pouvoir pour autant se taire.

Ses pas s'étaient instantanément arrêtés mais il mit un temps infini à se retourner. Sur son visage, il n'y avait plus de sourire mais rien que cet air grave auquel je n'étais plus accoutumée.

Sa voix était très basse lorsqu'il me répondit mais je n'en saisis pas moins le moindre de ses mots.

— Me voulez-vous à ce point du mal ?

— Mais non ! Absolument pas !

En deux pas, il fut de nouveau à mon niveau et mon cœur chavira. Quoi qu'il me dise, quoi qu'il ait à répondre, j'allais lui avouer. Oui, j'allais lui dire que j'avais menti, que je m'étais présentée sous le nom de Louise Dusang mais que je n'étais qu'Adèle, une jeune femme trop rêveuse et surtout très sensible à sa présence...

Il ne m'en laissa pas la possibilité.

— Vous ne comprenez donc pas ? demanda-t-il, toujours aussi bas. Mais en me rappelant près de vous ainsi, à la porte d'une chambre qui m'est interdite, vous prolongez mon calvaire... J'ai eu tant de mal à vous quitter ! Vous ne me facilitez pas la tâche ! Pourquoi ? Pourquoi vous montrer si cruelle ?

— Je ne suis pas cruelle, murmurai-je à mon tour. Je ne voulais pas vous voir partir ainsi. C'était... c'était trop tôt.

Il eut un petit rire.

— Il est pourtant tard.

— Il sera toujours trop tôt pour vous voir partir...

— Et pour moi, toujours trop tôt pour vous laisser. Ce soir, notre petite aventure m'a rendu plus heureux que jamais. Chaque moment passé à vos côtés me rend heureux. Ne l'avez-vous pas compris ? Mais sans doute ne devrais-je pas me confier à vous ainsi... De telles pensées devraient rester silencieuses. Tout comme l'attrait que vous avez pour moi. Ce soir, vous êtes plus belle que jamais et je crains de ne trouver le sommeil avant longtemps... Donc, oui, je l'affirme de nouveau : vous êtes bien cruelle !

Alors, je lui sautai au cou. À moins que ce ne soit lui qui m'ait attrapée par la taille et soulevée de terre en premier ? Au fond, peu importait.

Tombée à terre, la chandelle mourut sur le sol glacé sans que nous lui accordions la moindre attention. Nous étions plus proches encore que lors de notre valse. Plus proches qu'à l'atelier, où la curiosité et l'obscurité nous avaient pourtant réunis, plus proches qu'un peu plus tôt, alors que les yeux dans les yeux, nous pensions nous dire adieu.

Des deux mains, à présent, j'étais pendue à son cou, comme pour davantage l'attirer à moi, là où nos souffles pourraient se réunir et nos lèvres enfin se découvrir. Notre baiser me sembla durer le temps d'une tempête de neige, à moins qu'il ne dura que le temps que met un flocon pour fondre sur la vitre.

Quand enfin il me relâcha sans pour autant me reposer au sol, j'avais si chaud que ma tête m'en tournait un peu. Ma bouche me semblait comme gonflée de ses baisers et mes joues rougeoyaient certainement aussi fort que le poêle dans la serre de Rebecca.

— Restez, lui murmurai-je alors, convaincue du bien-fondé de cette décision. Suivez-moi dans ma chambre. Vous ne pouvez partir ainsi.

Mais Ernest secoua la tête et me repoussa doucement.

— Je ne peux pas.

— Pourquoi cela ? Je ne veux pas épouser Paul ! Vous n'avez aucun souci à vous faire sur...

— Il n'est pas question de Paul...

— Alors pourquoi ?

Le regard que nous échangeâmes fut si intense que j'en tremblai presque. De stupeur et de frustration, mais d'amour aussi. Il me semblait impossible qu'il me laisse ainsi et, pourtant, c'est bien ce qu'il fit.

Sans que rien ne me permette de m'y préparer, nos doigts jusque-là enlacés se séparèrent et il fut de nouveau dans l'ombre, aussi vague qu'un automate aperçu dans le coin d'une pièce sombre.

— Ne m'en voulez pas. Il me faut vous quitter, ce soir... Mais soyez certaine : je ne partirai pas sans vous revoir.

Puis, il s'éloigna pour de bon et je rentrai dans ma chambre comme dans un rêve où je ne maîtrisais plus rien, sans prendre garde à aucun de mes mouvements.

Une fois à l'intérieur, le dos contre la porte, je laissai échapper quelques larmes lourdes des sentiments qui se battaient en moi. En quelques minutes à peine, n'avais-je pas eu l'impression d'avoir été aimée puis rejetée ? D'avoir tout gagné puis tout perdu ?

Je n'eus pourtant guère le temps de m'appesantir sur ces questionnements. Très vite, mon regard fut attiré par mon lit et surtout par mes draps défaits. D'après ce que je pouvais voir, mon petit stratagème n'avait pas longtemps fait illusion.

Restait à savoir qui était venu vérifier mon sommeil... Juliette ? Rebecca ? Ou bien Paul ?

Sur le sol, quelques gouttes de sang achevèrent de m'inquiéter et, après avoir couru jusqu'à la porte pour en tirer le verrou et vérifié que nul n'était caché sous le lit ou dans l'armoire, je me blottis sous mes couvertures avec l'illusion vaine que ces dernières pourraient me protéger.

Ne pas savoir exactement de quoi, au fond, était peut-être la plus terrible des questions.

25

Après le vacarme assourdissant et constant de la tempête, le calme qui régnait désormais autour du manoir avait quelque chose d'étrange.

Malgré mon coucher tardif, je m'étais réveillée tôt, mais avais immédiatement abandonné l'espoir de me rendormir. Une fois habillée et mon petit déjeuner pris, il me faudrait aller trouver Rebecca et lui annoncer mon départ pour le lendemain. Le temps, pour moi, de faire mes adieux dans les formes et de prendre mes dispositions pour la suite.

Dans mon esprit, tout était encore un peu flou mais ma nuit de solitude était venue considérablement entamer ma félicité de la veille.

Dans les bras d'Ernest, j'avais connu les plus doux délices mais, le temps d'un baiser, avais oublié un détail qui, en réalité, était loin d'en être un : si sincère soit-il, Ernest n'en pensait pas moins avoir embrassé Louise Dusang. Quelle serait son attitude lorsqu'il comprendrait qu'il n'en était rien ?

Me regarderait-il avec les mêmes yeux s'il savait ? En avouant mon mensonge et en lui révélant ma véritable identité, ne risquais-je pas de le perdre à jamais ? Prendre le risque c'était, peut-être, me donner la chance de le revoir un jour. Partir sans rien dire, la meilleure manière de sauvegarder la beauté du peu que nous avions échangé mais étais-je prête à me passer de sa présence à jamais ?

Quoi qu'il en soit, je devais commencer par Rebecca.

J'attendis un long moment puis finis par comprendre que Juliette ne viendrait pas à moi avec son habituel plateau. Quoi qu'il se passe dans le manoir, il y avait un problème en cuisine.

Une fois prête, je descendis à l'étage inférieur avec l'espoir de croiser Rebecca en pleine conversation avec son personnel. La vieille cuisinière avait-elle décidé de ne plus s'allumer ? À moins qu'il n'y ait tout simplement une pénurie de café ? Ou Juliette, malade, restait-elle sans remplaçante ? Il y avait si peu de domestiques à La Renardière qu'au fond cela ne serait pas étonnant. Quoi qu'il en soit, il me fut bien vite impossible d'ignorer l'écho inquiet des voix qui finirent par me parvenir aux oreilles.

Avant même d'avoir sous les yeux les visages de leurs propriétaires, je compris que l'heure était au désarroi le plus total. Les mots « disparu », « danger » et « incompréhensible » s'imposèrent finalement sur les autres et, incapable de rester plus longtemps dans l'ombre, je me décidai à rejoindre les trois bavardes.

Plantées au milieu d'un petit hall qui desservait plusieurs pièces réservées aux domestiques, elles tournèrent leurs visages pâles dans ma direction avec, sur leurs traits, un mélange d'angoisse et de curiosité. Je reconnus alors Juliette qui, après une petite révérence aussi désuète que superflue, me salua.

— Mademoiselle... Je suis désolée de n'avoir pas encore pu vous porter votre plateau. Il fallait rester dans votre chambre ! Il fait très froid dans les couloirs, le matin. J'allais venir sans tarder.

— C'est sans importance... Que se passe-t-il donc ici ? Y aurait-il un problème ? Avez-vous besoin d'aide ?

— De l'aide ? Non ! Mais pour un problème, ah ça oui, il y a un problème ! répliqua une femme aux joues rouges que je n'avais encore jamais vue.

— Pourquoi ne pas en informer vos maîtres ?

— Justement ! Ils sont introuvables ! C'est bien cela, notre problème ! Nul n'a réussi à leur parler !

Je tentai de faire de cette information une nouvelle sans importance.

— Les couloirs sont immenses et les pièces, nombreuses. Peut-être n'est-ce pas si grave, après tout. Sans oublier le fait qu'ils sont peut-être partis se promener.

— Ce matin ? Dans la neige ?

— Pourquoi pas ?

Les servantes se regardèrent, ahuries.

— Le jour même où madame annonce enfin son retour ?

— Mme de Mussey ? Elle... elle va revenir ? Quand ?

— Demain ! Ou le jour suivant ! Que sommes-nous censées faire sans les ordres de ses enfants ? Nous ne savons même pas si elle revient seule ou avec des invités !

Je portai la main à mon cœur, partageant désormais pleinement leur angoisse. Pourquoi la mère de Paul et de Rebecca décidait-elle de revenir à présent ? Avait-elle eu vent des mésaventures fictives de la réelle Louise Dusang ? Sa mère avait-elle réussi à la joindre, où qu'elle soit ? Et si Paul et Rebecca étaient introuvables, cela avait-il un lien avec les gouttes de sang que j'avais trouvées près de mon lit, en revenant dans ma chambre, la veille ? Aurais-je moi aussi disparu si d'aventure j'avais été endormie au moment de cette fameuse visite ?

— Et Ernest ? Je veux dire... Est-ce que leur cousin est au courant ?

— Nous ne l'avons pas vu non plus.

Sans doute devais-je paraître aussi inquiète que je l'étais en réalité car Juliette fit un pas vers moi et m'attrapa l'avant-bras comme on attrape celui d'une vieille femme trop faible pour se tenir debout sans soutien.

— Mademoiselle ? Tout va pour le mieux, n'ayez crainte. Il faudrait retourner dans votre chambre et...

— S'ils sont sortis par un temps pareil, ils sont peut-être en difficulté !

— Il ne neige plus.

— Mais il fait si froid !

— Il ne fait pas plus froid que les années précédentes, mademoiselle. Monsieur et madame sont habitués. N'ayez crainte. Je vais vous servir une collation dans la salle à manger. À moins que vous ne préfériez retourner dans votre chambre ?

— Non, non, répondis-je subitement d'un ton détaché. La salle à manger, c'est très bien.

Je fus à peine capable d'avaler une tasse de café.

Ne pouvant me résoudre à rester à table, je commençai alors mes allers et retours entre la porte et la fenêtre, attendant un signe, une apparition et, si possible, l'arrivée d'Ernest. J'en étais à présent convaincue : il me fallait lui annoncer la vérité sans attendre et sans craindre son regard. Ensuite, nous pourrions parler du reste et il saurait me conseiller sur l'attitude à adopter et les décisions à prendre. Plus j'y réfléchissais et plus j'en étais persuadée : peu lui importerait, au fond, mon nom. C'était moi, Adèle, qu'il avait rencontré et non une Louise factice. Je n'avais joué aucun rôle.

Un bruit sec me fit sursauter, me sortant de mes pensées. Je n'eus pas besoin de beaucoup chercher pour comprendre l'origine de sa provenance : un second petit caillou venait de s'écraser à son tour sur la vitre qui séparait la pièce du jardin.

Après un instant de flottement, je me dirigeai à pas rapides jusqu'à la fenêtre derrière laquelle, à ma grande stupeur, m'attendait Rebecca. M'intimant le silence, l'index posé sur sa bouche, elle se tourna à demi afin de m'indiquer du menton un lieu qui, je le devinai, n'était autre que la serre. Puis, sans un sourire ou même un petit geste destiné à me rassurer, elle disparut de mon champ de vision.

Je n'hésitai pas.

Passant dans le hall d'entrée, je me faufilai dans le réduit où, je le savais pour l'avoir justement appris de Rebecca, se trouvaient des chaussures davantage adaptées à la neige que mes propres bottines. Je n'étais pas perturbée au point d'oublier le grand précepte de ma mère : garder les pieds au sec, coûte que coûte. Il me fallait avant tout penser à ma santé.

Avancer sur l'étendue blanche fut d'une étrangeté sans pareille pour moi, plus habituée au sable mouillé qu'à cet amas de flocons poudreux. À bien des reprises, j'eus l'impression que ma jambe allait s'enfoncer dans la neige si profondément que je n'en ressortirais jamais. Peut-être me retrouverait-on ici, figée telle une statue de glace... À moins qu'Ernest ne vienne une fois de plus à mon secours, me portant dans ses bras puissants comme... Comment disait-il, déjà ? Une poupée de porcelaine ?

— Par ici ! Je suis là !

À moitié dissimulée par la porte de la serre où elle n'était entrée qu'à demi, Rebecca m'avait certainement regardé venir à elle avec une impatience qu'elle peinait à dissimuler. Je pressai le pas, poussée en avant par la fébrilité et la tension qui émanaient d'elle.

Une fois face à elle, je remarquai immédiatement son visage blême, marqué par la fatigue.

— Ne serait-il pas plus indiqué de rentrer au manoir ? suggérai-je d'une voix mal assurée. Vous m'avez l'air mal en point... Qu'est-il arrivé à votre main ?

Du doigt, je désignai l'épais bandage qui apparaissait à moitié sous un pan de sa cape mais n'obtins aucune réponse.

— Êtes-vous venue dans ma chambre, hier soir, une fois remontée de la salle à manger ?

— N'êtes-vous pas la personne la mieux indiquée pour le savoir ?

— Je... En réalité...

— Peu m'importe ! Venez ! Oui, venez ! J'ai besoin de votre aide et de vous parler sans témoin...

Après un regard circulaire pour s'assurer que nul ne nous avait vues, elle se glissa pour de bon dans la serre. Je n'eus d'autre choix que de l'y suivre... De nouveau, je fus immédiatement assaillie par une forte odeur de terre humide à laquelle s'ajoutait, une fois n'est pas coutume, un froid polaire.

— Je ne peux faire de feu, précisa Rebecca, à qui mon long frisson n'avait pas échappé. Paul saurait que je suis ici et alors...

— Mais vos plantes, Rebecca !

— Cela ne compte pas !

— Vous les aimiez tant !

— J'aime encore davantage mon secret.

— Un secret qu'il faut cacher à Paul ?

Un éclat passa dans son regard.

— Je suis si heureuse ! Vous ne pouvez savoir à quel point !

Je m'abstins de tout commentaire. Son teint pâle et ses cernes marqués racontaient une tout autre histoire.

— J'ai enfin trouvé ce que je cherchais ! Vous vous souvenez de la conversation où je vous parlais de l'autorité que Paul avait sur moi ? Du besoin que j'avais d'être soutenue ?

— Oui.

— Eh bien, ce jour est arrivé. J'ai besoin de votre aide.

Puis, comme pour appuyer un discours auquel je ne comprenais décidément que peu de choses, elle souleva furtivement le pan de sa large cape et j'eus le temps d'apercevoir le visage balafré d'une poupée brune. La fissure, large et nette sous l'œil, s'étirait ensuite en une multitude de craquelures dont la délicatesse rappelait celle des plus fines dentelles.

Lorsque je relevai les yeux sur elle, Rebecca n'était plus que fierté.

— Elle est à moi à présent, à moi ! Vous voyez ? Alors, êtes-vous déçue ? Qu'avez-vous à me dire ?

Papillonnant des cils dans la lumière vive de ce matin d'hiver, je ne savais plus que dire ni que faire. Pour la première fois peut-être, Rebecca m'effrayait comme m'effrayait également cette poupée défigurée qu'elle traitait avec une délicatesse que l'on réserve d'ordinaire aux nouveau-nés.

M'étais-je trompée sur son compte ? La sœur de Paul était-elle en réalité la moins équilibrée de la famille ? Préférant cacher mon trouble derrière une question insignifiante, je demandai plutôt :

— Où se trouvait-elle ?

— Dans la bibliothèque.

— Vraiment ? Et comment l'avez-vous su ?

— C'est une petite voix qui me l'a dit.

— Et vous vous êtes blessée ?

Elle accorda un regard détaché à sa main.

— Ceci ? Ce n'est rien !

— Tout de même, vous devriez la montrer...

— Nous ne sommes pas ici pour parler de ma santé.

— Pour quoi, alors ?

— Je vous l'ai dit, j'ai besoin de vous !

— Vous êtes maîtresse en votre demeure, je ne vois pas en quoi je pourrais vous aider. Je me trouve totalement démunie...

— Vous êtes surtout déçue et en colère ! Avouez-le ! Vous faisiez la mystérieuse, vous m'avez tenue à l'écart ! Vous ne m'avez fait nulle confidence et vous voilà bien déçue ! Vous avez perdu, Louise !

Et comme pour me confirmer ce que je craignais déjà, elle serra un peu plus fort la poupée sous la cape.

— Vous pensez... vous pensez que je suis venue pour elle ?

— Vous n'étiez pas venue pour mon frère, en tout cas ! Alors pour quoi d'autre ?

Dans sa bouche, tout paraissait si évident que je ne pus que m'en vouloir. La poupée qu'elle m'avait montrée avec tant de joie et dont elle me croyait jalouse n'était autre que celle que M. Dusang avait cachée dans le manoir ! Du moins le pensait-elle puisque j'étais la seule à savoir qu'il n'en était rien ! La véritable poupée était à des heures de route de là ! Quelque part chez Louise !

— J'espérais davantage de vous, vous savez ? Jusqu'au bout, j'ai pensé que vous alliez me mener vers la vérité. Ce soir, celui de la réception, où vous m'aviez affirmé pouvoir m'apporter quelque chose... Quelque chose dont j'avais besoin et qui apaiserait ma peine... L'instant d'après, vous complotiez avec mon frère sous l'alcôve et, plus tard encore, vous exposiez à la vue de tous votre accointance avec mon cousin... On a connu mouche plus discrète...

— Sous-entendez-vous que je sois venue à La Renardière avec le seul et unique but de vous observer, tous autant que vous êtes ?

— Qu'attendre d'autre de la part d'une usurpatrice ? Qu'en dites-vous, Louise ? Ou devrais-je dire... Adèle ? Oui, Adèle

Lamour… Voilà un bien joli nom pour une jeune femme aussi peu scrupuleuse !

L'air se bloqua dans ma gorge et j'eus l'étrange impression de suffoquer avant que, finalement, mes poumons se gonflent de nouveau, me laissant le loisir de trouver une réponse adaptée… Mais laquelle pouvait-elle être, en pareilles circonstances ?

— Depuis quand ? fut tout ce que j'arrivai à prononcer.

— Depuis la réception.

— Mais comment… Est-ce ma lettre ?

— Votre malle, Adèle, votre malle.

La lumière que renvoyait la neige, d'un blanc si éclatant, se répercutait sur les vitres de la serre, me faisant plisser les paupières. À moins que mon malaise ne provienne en réalité de Rebecca et de la situation dans laquelle je me trouvais ? Figée face à elle, je regardai ce petit nuage blanc sortir de sa bouche au rythme de sa respiration saccadée. Si elle s'était attendue à un commentaire de ma part, ou même à une vive dénégation, elle devait être déçue. Je n'étais pas assez bonne menteuse pour seulement oser m'offusquer face aux évidences.

— Il y avait dans cette dernière une étiquette. Oh ! une jolie étiquette brodée par votre mère ou peut-être vous-même… Vous vous demandez certainement comment je le sais ?

Perdue, je hochai mécaniquement la tête.

— Je ne suis pas de nature suspicieuse. Jamais je ne serais allée voir vos affaires si votre comportement, vos mots et votre personne même ne m'avaient pas inspiré une quelconque méfiance… Il faut avouer, Adèle, que vous ne ressembliez pas réellement à l'idée que je me faisais de Louise Dusang. La fille d'un inventeur fou n'aurait pu se permettre les petites libertés dont vous vous êtes rendue coupable. Les questions que vous avez posées à Ernest sur l'Exposition, par exemple, expliqua-t-elle ensuite, comprenant ma surprise. Votre manque de tenue, lors de la réception… Tant de champagne ! Tant de danse !

— Il s'agissait d'une seule valse !

Sans sembler entendre ma modeste protestation, elle poursuivit.

— Découvrir votre nom, dans cette malle, a été la réponse aux nombreuses questions que je me posais.

— Et qui vous a autorisée à vous montrer aussi indiscrète ?

Rebecca sourit largement, amusée par ma repartie.

— Pour une personne que nul n'a invitée ici, je vous trouve bien virulente...

— Vous auriez pu me poser la question. M'interroger. Rien dans votre discours ne m'a permis de comprendre que vous aviez le moindre doute.

Rebecca secoua la tête, visiblement atterrée.

— Vous ne pouvez imaginer ma déception ! Oh non, vous ne le pouvez pas ! Quelle audace vous avez eue ! Quel affront, pour moi !

Le regard qu'elle me lança alors me parut si froid qu'un long frisson remonta le long de mon dos.

— Moi qui imaginais avoir trouvé en vous une complice ! Une femme acculée qui, tout comme moi, rêvait d'aller contre le courant ! En réalité, j'étais face à une menteuse ! Je voulais vous confronter en public, à table, lors du dîner qui a suivi la réception mais Ernest a renversé la bouteille de vin et je n'ai pu mener mon plan à exécution. Je lui en sais gré, à présent, car j'ai trouvé une façon plus habile d'utiliser vos mensonges contre vous. Vous avez souhaité mon malheur mais voyez, j'ai de nouveau pris l'avantage !

— C'est là que vous vous trompez, Rebecca. J'ai compris votre détresse et à aucun moment je n'ai souhaité votre malheur. Je savais à quel point vous souffriez et c'est pour cela que je désirais vous aider, de la manière la plus sincère qui soit !

— Vous entendre persister dans vos mensonges est un spectacle dont je me serais volontiers passée ! Que croyez-vous obtenir de moi, avec vos paroles doucereuses ? Vous n'aurez pas cette poupée ! C'est terminé ! Elle est à moi à présent et, d'ailleurs, elle me revient de droit ! C'est pour moi que papa l'a faite ! Elle a été réalisée à mon image, elle était pour moi et pour personne d'autre, quoi que dise maman ! Quoi que dise Paul ! Papa m'adorait et je l'aimais tout autant ! Je pensais que vous la trouveriez dans l'atelier mais j'avais tort. Elle était plus près encore, à portée de main, dans cette bibliothèque que j'ai toujours tant aimée et dans laquelle j'ai passé tant de temps !

— Vous aviez glissé la clé qui y menait tout en sachant que je n'étais pas Louise Dusang ?

— Vous n'étiez pas Louise mais étiez une amie pour elle. Une amie à qui elle avait certainement donné un objectif. Ce n'est pas la première fois que les Dusang essayaient de nous duper, nous, les de Mussey et encore moins de nous voler ce qui nous appartenait ! Mon pauvre père y a perdu la vie !

— Je croyais qu'un accident de chasse était à l'origine de votre perte ?

Rebecca eut une légère hésitation, comme si elle ne savait plus à quel saint se vouer puis déclara avec emphase :

— Tout est lié dans cette triste histoire, mais peu importe à présent car je sais qu'elle finira bien ! Vous allez aller voir Paul et lui demanderez une voiture pour rentrer chez vous. Cependant, vous n'y monterez pas et je prendrai votre place. J'ai perdu bien trop de temps ici. Il est temps pour moi de commencer une nouvelle existence.

— Pourquoi vous ferais-je ce cadeau, à présent que vous connaissez mon véritable nom ? Pourquoi n'irais-je pas tout raconter à Paul et ainsi dévoiler votre découverte ?

Rebecca plissa les yeux puis, avec une petite moue, déclara :

— Ernest connaît-il votre véritable identité ? Ce baiser que vous avez échangé, hier, après votre exploration de l'atelier, à qui pense-t-il exactement l'avoir donné ? Vous ne voudriez tout de même pas qu'il apprenne la vérité de ma bouche, n'est-ce pas ? Alors ? Pensez-vous m'aider, Adèle ? Puis-je compter sur vous ainsi que vous me l'aviez assuré, ce fameux soir ? Paul est mauvais pour moi et je dois le fuir. Je suis prête à tout pour cela, même à m'attirer quelques ennuis.

D'instinct, j'enfonçai un peu plus le visage dans le col de mon manteau, comme pour y chercher la chaleur et l'énergie qui décidément me manquaient. Rebecca semblait croire dur comme fer à cette histoire de poupée et, sans savoir ce qu'elle souhaitait en faire, je m'interrogeai sur ma propre destinée. Aller voir Paul et lui demander cette voiture était sans doute la meilleure chose à faire mais encore me fallait-il savoir si elle serait pour Rebecca ou bien pour moi...

26

Je voyais déjà ses beaux yeux clairs se ternir d'un voile sombre et sa voix, si chaude, devenir tranchante. Ses bras, qui s'étaient refermés sur moi, m'apportant une protection et peut-être bien cet amour auquel je ne m'attendais pas, resteraient ballants, le long de son corps. Quant à cette bouche, à laquelle j'avais à peine goûté, elle ne serait bientôt plus que le souvenir d'un plaisir aussi intense que fugace et dont je ne profiterais plus jamais. Et à cette idée, mon cœur se serra plus fort encore qu'il ne l'avait jamais fait. Je n'avais d'autre choix que d'aller voir Paul et de lui demander cette voiture. Ensuite, il me faudrait enfin accepter et parler. Si Ernest devait connaître la vérité, autant que cela soit de ma bouche.

Je ne le cherchai ni dans son bureau ni même du côté de sa chambre, persuadée de le trouver à l'atelier. Si nul n'avait encore pu lui parler, ce matin, c'était parce qu'il s'était perdu au milieu des caisses pleines d'écrous graisseux, de visages sans expression et de membres disparates, abandonnés çà et là par une main peu précautionneuse.

Mue par cette intuition, je parcourus les couloirs d'un pas rapide. La lumière du jour, tout comme la certitude de voir toute ma comédie terminée, me donnait de l'assurance et peut-être bien cette audace dont avait parlé Louise…

Cette fois, je grimpai les marches avec vivacité. Je n'avais pas hâte. J'étais déterminée.

Lorsque j'arrivai pour de bon sur le dernier palier, je pris à peine mon souffle avant d'en pousser la porte entrouverte.

Dans la lumière crue, tout sembla perdre en magie comme un sortilège qui, sans la lumière de la lune, ne pouvait fonctionner.

De jour, l'atelier n'avait plus le moindre mystère. Il n'était plus qu'une pièce étrange et sale, à la fois effrayante et pleine de surprise. Il n'était plus qu'un endroit triste, délaissé, un lieu où se dégradaient des créations qui, à la lumière du soleil, n'étaient qu'un amas informe de métaux, de bois et de porcelaine sans attraits esthétiques et, devais-je avouer, sans intérêt.

Bien qu'alerté par tous les craquements, les grincements que générèrent mes pas sur le plancher, Paul détourna immédiatement les yeux, ne prenant pas la peine de me regarder venir à lui. Campé devant une grande armoire que je n'avais absolument pas remarquée lors de ma première visite, il reprit sa tâche comme si de rien n'était. Fébrilement, ses mains attrapèrent, froissèrent et rejetèrent des dizaines et des dizaines de documents. Son agacement semblait croître à mesure qu'ils s'amoncelaient à ses pieds.

Ne supportant d'assister plus longtemps à ce spectacle, je décidai de ne pas m'embarrasser des politesses de rigueur.

— Vous voilà enfin dans l'atelier de votre père ? Je pensais que cela ne vous intéressait pas.

— J'ai peut-être dit cela, en effet. Mais puisque cette pièce jadis secrète est désormais ouverte à tous les vents, je me devais, moi aussi, de l'explorer. Comment m'avez-vous trouvé ?

— Une intuition.

— Alors, elle aura été un bon guide, une fois n'est pas coutume.

— Que voulez-vous dire ?

Il tourna un regard entendu vers moi.

— Vous avez été laissée suffisamment seule durant votre séjour pour avoir le loisir d'explorer chaque recoin de La Renardière. Pourtant, votre curiosité ne vous a pas menée à grand-chose... Pour être honnête, je m'attendais à mieux.

— Vous m'observiez ?

— Il se pourrait.

— Depuis quand ?

— Depuis le début. Mais vous savez, je n'étais pas le seul.

— J'ai bien cru comprendre, en effet.

— Avez-vous parlé à ma sœur ?

— Précisément.

— Alors, elle vous aura montré sa poupée ?

Je tâchai de dissimuler mon étonnement sans réellement y parvenir.

— Je sais tout ce qu'il se passe ici. Il n'y a bien que Rebecca pour croire en sa discrétion… La bibliothèque est sens dessus dessous. Elle aura enfin mis la main sur ma petite surprise…

— Vous voulez dire…

— Que c'est moi qui l'ai cachée ? Bien entendu. Il n'y avait nulle poupée dissimulée ici, du moins avant la mienne ! L'histoire selon laquelle votre père aurait caché celle de l'Exposition juste pour faire enrager le mien n'est qu'une légende dont ma mère est l'instigatrice. Il était mort depuis un moment quand mon père cherchait encore… Si les gens réfléchissaient, ce qu'ils font rarement en réalité, eh bien, ils auraient compris que ce jeu de cache-cache avait été impossible. À moins qu'un fantôme ne puisse en être l'instigateur ? Croyez-vous aux fantômes ? Oui, vous y croyez. D'ailleurs, je me demande si vous n'en aviez pas vu un, hier matin, alors que vous lisiez votre lettre, assise à tous les vents…

— Vous étiez là ?

— Je n'étais jamais loin.

— Vous voulez dire que… vous étiez là au moment de mon malaise ?

— En effet. Et ma foi, il est plutôt tombé à pic car il m'a permis de vous dérober la lettre qui m'intéressait tant. Je suis comme ma sœur, vous savez ? Nous sommes tous deux de grands lecteurs. Il faut avouer qu'ici en hiver, comme en été d'ailleurs, il n'y a jamais eu beaucoup à faire.

Comme si l'information était insignifiante, il retourna à son occupation, passant cette fois à l'exploration de la partie supérieure de l'armoire.

Je n'avais pas besoin d'aller plus loin, évidemment, pour comprendre qu'il savait pertinemment qui j'étais. Savoir qu'il avait fait le choix de me laisser inanimée, sous la neige, suffisait à me donner à voir une facette de sa personnalité que je n'aurais pu deviner.

Tentant de ne pas me laisser décontenancer, je m'avançai encore un peu plus dans la pièce. L'homme au haut-de-forme qui m'avait pourtant tant fait peur la veille semblait me sourire et le jeune Paul, que j'apercevais un peu plus loin, n'avait jamais paru plus factice. Peut-être parce que son modèle, vivant et à présent bien plus âgé, n'avait guère plus de rapport avec ce petit joueur de tambour ?

J'adoptai le ton le plus léger pour demander :

— Vous faites un peu de tri ?

— Qu'est-ce qui vous fait dire ça ?

— Paul, je vous en prie… Cessez quelques secondes et regardez-moi.

J'étais désormais plus proche de lui et, en tout cas, assez proche pour prendre pleinement conscience de son regard hagard, de ses cernes bleutés. Le blanc de ses yeux était strié de petites taches rouges partout où de fins vaisseaux avaient éclaté.

— Paul ? demandai-je d'un ton plus doux. Vous allez bien ?

— Vous êtes venue me dire que vous partez, n'est-ce pas ? Vous exigez une voiture, peut-être ? Demain, à la première heure ? Vous avez terminé votre petite visite de courtoisie ?

Inquiète de l'agressivité de sa réponse, je reculai instinctivement.

— Voilà que je vous fais peur.

— Pas du tout. Je… En effet, j'étais venue vous demander une voiture. Je crois que vous et moi avons compris que rester un jour de plus à La Renardière n'a guère plus de sens…

— Alors, vous allez partir comme cela ? Sans rien me dire ? Sans rien m'expliquer ?

— Il n'y a rien à expliquer.

— Vous savez, Adèle, reprit-il, non sans m'avoir adressé un regard en coin, un instant, avant de savoir tout cela bien entendu, j'ai presque pensé pouvoir vous épouser. Pouvez-vous seulement y croire ? Quelle bêtise de ma part !

— Pourquoi avoir fait venir Louise Dusang si ce mariage n'était pas envisageable ? Souhaitiez-vous réellement respecter le pacte de vos pères ?

— Absolument pas ! Pour tous, cette entente paternelle était une fable qui appartenait à un passé révolu. Puis il y a eu cet article, en début d'année. Un plaisantin qui profitait du lancement de l'Exposition pour rappeler une vieille histoire à tous les esprits... Il n'en fallait pas davantage pour mettre le feu aux poudres.

— Que voulez-vous dire ?

— Ma mère a toujours pensé qu'il y avait plus.

— Plus que cette poupée, vous voulez dire ?

— Parfaitement. Elle a toujours pensé que mon père lui avait caché quelque chose d'autre. Un document important ? Des dessins prodigieux, peut-être ? En tout cas, de quoi lui permettre de récupérer la fortune qui lui était passée sous le nez avec la disparition de la poupée et la mort de son mari.

— Je ne comprends toujours pas le lien avec Louise.

— Il est pourtant clair. Ma mère a toujours pensé que la femme de Dusang en savait plus qu'elle et que, mieux encore, elle cachait quelque chose.

— Pourquoi ne pas lui avoir demandé ? Entre veuves, elles auraient pu trouver un accord autre qu'un mariage...

— Elle l'a fait, dans le temps. Mais la femme de Dusang est du genre... buté. En lisant cet article, donc, ma mère a cru y lire une confirmation de ses propres doutes. Elle n'a rien trouvé de mieux que de remettre ce potentiel mariage au goût du jour. Il y avait une chance sur deux pour que la mère de Louise refuse. Elle a accepté. Et vous voilà !

— Où est-elle ?

— Ma mère ? Elle a fait le choix de se retirer pour mieux vous laisser évoluer.

— Sait-elle que je ne suis pas Louise ?

— Pas encore.

— Pourquoi ?

— Mmm... Je crains sa réaction. Et puis, je voulais en savoir davantage sur votre compte... Qui êtes-vous vraiment ? Pourquoi avoir pris la place de votre amie ? Qu'aviez-vous à y gagner ?

Son attitude restait fébrile mais, dans son regard, il semblait n'y avoir plus que de la curiosité.

— Rien. Absolument rien.

— Je ne vous crois pas. Nul n'agit « pour rien », vous aviez forcément une volonté particulière, insista-t-il.

— Les amies font ces choses-là. Louise ne voulait pas venir. Elle ne voulait pas vous épouser. Elle ne voulait même pas vous rencontrer.

— Alors vous seriez venue ici, sans rien demander, juste pour lui éviter notre compagnie ?

— En quelque sorte.

— J'en suis navré mais je crois que, cette fois encore, vous mentez.

Nous nous regardâmes un long moment.

Tandis que le froid de l'atelier menaçait de s'infiltrer jusqu'au plus profond de mes os – je me jurai de ne plus jamais maudire le soleil de juillet ! –, je remarquai avec dépit que Paul s'était rapproché de moi. Désormais, nous étions à quelques centimètres l'un de l'autre et, dans la lumière matinale, son teint n'avait jamais été aussi pâle.

Il y avait un tel détachement sur ses traits, une telle indifférence que pour rien au monde je n'aurais pu prévoir ce qui suivit.

— Rebecca n'est pas ma sœur. Du moins, nous avons été élevés ensemble mais elle a été ramenée un soir d'hiver par mon père. Il l'avait glissée dans un pan de son manteau. C'était une enfant des rues, dirons-nous. Une enfant qu'il s'était mis en tête d'adorer. Elle était, selon lui, sa muse. Tant qu'elle était dans sa vie, disait-il, il serait chanceux. Et pour favoriser la chance, il l'a gâtée. Rebecca a tout eu sans rien demander. Elle vivait une vie de rêve. Les gens louaient mon père pour sa générosité, pour son bon cœur. Quand tout a commencé à se compliquer, quand la chance que mon père pensait avoir lui a tourné le dos, il s'en est pris à elle. Sans doute avait-il perdu un peu de sa raison, à l'époque. Mais à ses yeux, c'était évident : si tout tournait mal, c'est qu'elle le trahissait et si elle le trahissait, il fallait la corriger. Et il l'a corrigée aussi fort qu'il l'avait gâtée. Quel âge avait Rebecca, lorsque père est mort ? Cinq ans ? Peut-être six ? Assez en tout cas pour savoir tirer à bout portant. Nous sommes une famille de chasseurs, n'est-ce pas ?

— Êtes-vous en train de me dire que...

— Oui, vous l'avez compris. Cet accident de chasse n'est en réalité qu'un accident familial. Ceci, je n'ai jamais pu l'oublier, contrairement à elle, qui n'en a aucun souvenir. C'est étonnant, n'est-ce pas ?

Ma gorge, serrée, ne me laissa pas le loisir de répondre distinctement. Je parvins malgré tout à demander, non sans m'y être reprise à plusieurs fois :

— Je ne comprends pas où vous voulez en venir, Paul.

— C'est pourtant évident. Dans l'existence, rien n'est gratuit et tout se paye, toujours. Ainsi, mademoiselle Lamour, demandez-vous réellement les raisons de votre présence en ces lieux et surtout pourquoi votre amie vous a-t-elle envoyée à sa place.

— Si vous voulez insinuer que les motivations de Louise n'étaient pas charitables, je...

— Elles ne l'étaient pas ! Maintenant, c'est à vous de comprendre exactement pourquoi ! N'avez-vous pas envie de percer ce secret ?

Son sourire, cynique, me pénétra jusqu'au plus profond de mon cœur. Face à lui, je ne me sentais plus mal à l'aise, j'étais tout simplement malheureuse et triste. À ses côtés, il me semblait avoir touché les tréfonds de l'âme humaine et je n'avais plus qu'une envie, le fuir.

— J'en ai assez entendu. Il m'est désagréable d'entendre parler ainsi de celle que je considère comme ma plus chère amie.

— Pourquoi être si pressée ? Ne souhaitez-vous pas rester un peu avec moi ? Dansons, si vous le voulez bien ! Je suis désormais tout à fait disposé à cela !

— Il n'y a pas de musique, Paul...

— Peu importe !

Je jetai un regard plein de détresse vers la porte. Plus que jamais, j'aurais voulu voir la large silhouette d'Ernest y apparaître. Sans un mot, il aurait traversé la pièce, se serait débarrassé de son cousin d'un coup de coude et, enfin, m'aurait prise dans ses bras pour mieux me ramener à ma chambre. Je n'aurais plus eu qu'à révéler ma véritable identité au seul qui l'ignorait encore et nous aurions quitté La Renardière sans un regard en arrière.

Mais Ernest ne vint pas et il me fallut bien accepter que les mains de Paul se posent sur moi, enserrent ma taille, se glissent sur mon poignet. Bientôt, nous valsâmes en silence dans la poussière, butant contre les caisses, les meubles. La poussière, volatile, s'éleva dans l'air et me piqua tant les yeux que je commençai à pleurer sans même y prendre garde. Et ce furent ces larmes qui, étrangement, rebutèrent mon cavalier improvisé. À mon grand soulagement, il me relâcha enfin.

J'en profitai pour me faufiler jusqu'à la porte sans prendre la peine de me retourner. À chaque pas, je craignais de sentir de nouveau ses mains se poser sur moi. Mais chaque pas qui m'éloignait était un de plus vers ma liberté.

— Vous êtes pressée de partir, n'est-ce pas ?

Enfin sur le pas de la porte, j'osai me retourner.

— Ma mère m'attend. Mais avant de partir, j'aimerais saluer votre cousin. Pouvez-vous me dire...

— Ernest est parti. Ne soyez pas trop déçue, Adèle. Ce n'était pas un homme pour vous.

Je n'eus ni la présence d'esprit ni le courage de lui demander pour quelles raisons, exactement.

Je quittai enfin l'atelier, soulagée qu'il ne cherche pas à me suivre ou ne me pose davantage de questions sur la véritable Louise Dusang.

Dans mon cœur, la peine et la colère se disputaient la première place, se crêpant le chignon comme deux débutantes que cette concurrence inédite rendait furieuses.

Perturbée par ce qu'il m'avait raconté, je peinais à savoir si je pouvais le croire ou non. Au-delà de tout le reste, je ne parvenais à accepter qu'Ernest ait pu quitter le manoir après m'avoir assuré le contraire quelques heures plus tôt. Cet homme auquel j'aurais donné le bon Dieu sans confession – et tous ses saints, s'il me l'avait demandé – m'avait menti. Surtout, j'étais désespérée. Comment survivre, à présent que j'étais certaine de ne plus jamais le revoir ? J'écrasai sur ma joue quelques larmes amères, qui cette fois n'avaient rien à voir avec la poussière.

27

La détresse qui avait été la mienne entre la porte de l'atelier et le couloir qui menait à ma chambre avait rendu mon pas chancelant et d'une lenteur insupportable. Bien que pleinement consciente de ce fait, j'éprouvai le plus grand mal à me hâter, comme si mon corps – à moins qu'il ne s'agisse de mon cœur ? – pesait désormais trop lourd.

Aussi, je crus être victime d'une hallucination lorsque mes yeux croisèrent ceux d'Ernest. À en croire l'impatience qui émanait de lui, il n'en était pas à sa première allée et venue devant ma porte.

Les bras ballants, je restai immobile si longtemps qu'il dut venir à moi d'un pas pressé.

— Je ne savais où vous étiez et j'ai préféré vous attendre ici plutôt que de parcourir le manoir en tous sens, au risque de vous perdre.

Je me laissai tomber dans ses bras comme si toutes mes forces venaient de me quitter. Sans doute serions-nous restés longtemps ainsi, silencieux, s'il n'avait ajouté :

— Je craignais que vous ne soyez partie.

— Partie ? Mais pourquoi donc ?

— Parce que c'est plus ou moins ce que m'a dit Juliette, lorsque je l'ai croisée.

— Elle aura menti ! Tout comme Paul !

— Vous avez vu Paul ?

— Oui ! Il est à l'atelier ! Il vide tout, il retourne tout !

— Alors, il sera passé avant cela à la bibliothèque ! Elle m'a semblé à moitié détruite lorsque j'y suis retourné hier, après vous avoir laissée... J'ai dû dormir dans ma chambre. Je n'ai pas fermé l'œil.

— Mais pourquoi cela ?

Il fit une légère grimace puis haussa les épaules.

— Il y a un trophée de chasse, juste au-dessus de la cheminée.

— Et alors ?

— Et alors, je déteste cela ! C'est tout ! Je... je n'aime pas avoir l'impression d'être observé ! Voilà !

J'aurais pu être amusée par sa gêne mais l'instant n'était pas à la fantaisie.

— Rebecca a trouvé la poupée, dans la bibliothèque. Et Paul... Paul m'a avoué que sa sœur avait tué leur père ! Vous vous rendez compte ? Je...

— Venez ! Nous devons parler !

Coupant court à la panique qui montait en moi, Ernest m'attrapa par le poignet et m'attira à sa suite dans ma chambre. Je ne respirai un peu mieux qu'au moment où la porte se referma sur nous.

Le soulagement de retrouver Ernest avait été si fort qu'il coulait encore dans mes veines lorsque le poison du doute s'y injecta de nouveau. De quoi, exactement, souhaitait-il me parler ? J'étais plus que jamais dans l'obligation de lui révéler ma véritable identité. Lorsqu'il saurait... Ses bras se refermeraient-ils encore sur moi, comme ils venaient de le faire ?

Mes yeux dérivèrent sur le décor.

Ma chambre n'avait pas changé. Mon lit avait été fait. Ma malle, la fameuse malle, bien rangée dans un coin était semblable à ce qu'elle avait toujours été. Au regard de tout ce que j'avais dernièrement appris, je me sentais plus que jamais étrangère à un lieu qui n'avait jamais été préparé pour moi.

Je posai les yeux sur Ernest qui, sentant ma détresse, m'entraîna à sa suite sur le lit. S'asseyant contre les oreillers, il me fit signe de le rejoindre et je me blottis contre lui comme si nous étions mari et femme et que cette situation était non pas nouvelle mais une normalité pour nous deux.

— Vous avez l'air terriblement préoccupée.

— Je le suis. Paul m'a fait peur. Quant à Rebecca, je ne suis pas sûre… Je ne suis pas sûre qu'elle soit vraiment saine d'esprit, ajoutai-je alors, à moitié surprise par mes propres pensées. En réalité, je ne sais plus lequel des deux est le plus…

— Le plus fiable ? Aucun des deux, je vous assure ! Ils ne vous ont pas fait de mal, j'espère ?

— Non.

— Rebecca ne vous a rien donné à boire ?

— Non, pourquoi ?

— Parce que c'est sa petite habitude, lorsqu'elle veut obtenir des réponses. J'en ai fait les frais, le jour de votre arrivée. Vous en souvenez-vous ?

— Vous étiez malade à cause d'elle ?

— Elle m'avait invité à la serre et j'ai eu le malheur d'accepter l'une de ses préparations. Je crois qu'elle souhaitait m'affaiblir pour obtenir de moi quelques réponses.

— Mais à quel propos ?

— Elle avait parfaitement compris le lien qui s'était noué entre son frère et moi. Cela l'inquiétait plus que de raison et elle souhaitait en apprendre davantage. Après la réception, lorsque je vous ai vue partir pour la retrouver, j'ai eu peur que quelque chose de mauvais ne vous arrive, et j'ai bien fait.

— Vous voulez dire que vous me suiviez, ce matin-là ?

— De loin.

— Alors, vous avez vu Paul me prendre ma lettre ?

— En effet.

— Mais pourquoi me l'avoir caché ?

— Vous sembliez si inquiète… Je ne voulais pas vous faire plus de mal en vous avouant qui l'avait prise. Mais je me suis promis de garder un œil sur vous, coûte que coûte.

— Mais pourquoi ?

— Ne me demandez pas pourquoi. C'est ainsi.

J'aurais voulu me mordre les lèvres, ne pas poser la question mais les mots, semblant vouloir vivre leur vie propre, m'échappèrent littéralement.

— Pensez-vous que Rebecca, ses boissons étranges et la mort de son mari soient liées ?

— Vous voulez savoir si Rebecca a tué son mari ?

— On m'a dit qu'il était mort de manière brutale, ici même, à La Renardière...

— Je vous rassure, Édouard Regard est mort de façon tout à fait naturelle. Les rumeurs... Elles font partie intégrante de la vie des de Mussey, croyez-moi. Je suis bien placé pour le savoir.

— Mais sa tante, que j'ai rencontrée à la réception, semblait si remontée à son sujet...

— Je peux comprendre sa douleur, mais sa rancune, elle, a pris racine dans une autre terre.

— Laquelle ?

— Je pourrais vous l'expliquer mais cela risque d'être long. Or, nous n'avons plus beaucoup de temps. Je suis allé demander une voiture, ce matin.

— Pour vous ?

— Pour nous.

À ces mots, mon cœur bondit dans ma poitrine avant de retomber lourdement. Je ne méritais pas toute cette attention, toute cette bienveillance.

— Qu'y a-t-il ?

Incapable de rester contre lui en un tel moment, je préférai m'asseoir au bord du lit.

— Ernest, je suis vraiment touchée que vous ayez pensé à moi mais...

— Mais vous ne voulez pas partir avec moi, c'est cela ?

— Si, bien sûr que si !

— Alors, où est le problème ? Faites votre valise et partons dès que cela nous sera possible !

— Je ne peux pas.

— Pourquoi ? Je ne comprends pas.

J'hésitai quelques secondes puis décidai de me lancer.

— Parce que je ne suis pas celle que vous pensez. J'ai peur de vous l'annoncer. Peur qu'en apprenant la vérité, vous soyez en colère ou ne souhaitiez plus me voir. Que vous vous éloigniez de moi… J'ai… j'ai peur de vous perdre ! Désespérément !

Ses mains attrapèrent les miennes et il les porta à ses lèvres.

— Il n'y a rien qui puisse m'éloigner de vous, soyez-en certaine… Je vous connais.

— Je n'en suis pas si certaine.

— Alors parlez, et vous en serez sûre !

Mon regard s'accrocha au sien et quelque chose se brisa dans mon cœur alors que j'avouais :

— Vous m'avez souvent parlé de mon mystère, de ce flou que vous sentiez autour de moi et… Vous aviez raison, Ernest. Vous aviez raison car, en vérité, je ne suis pas Louise Dusang. J'ai menti depuis mon arrivée. Je m'appelle Adèle Lamour et je n'ai absolument rien à voir avec toutes ces histoires.

Après ces mots, il y eut un long silence qui me paru terriblement pesant.

Nos yeux ne se quittaient pas mais j'étais si émue et si perturbée qu'il ne me semblait plus rien lire dans les siens. Ni amour, ni désir, ni même cette tendresse si agréable qui m'avait donné l'impression de ne plus réellement toucher terre. Croisant et décroisant les mains, je tentai de meubler le silence qui nous entourait par trop de mots, trop d'explications.

— Louise ne voulait pas venir. Sa mère lui avait parfois parlé de la famille de Mussey et de ce mariage mais elle a toujours pris ces récits pour des histoires. Quand elle a compris que la rencontre était imminente, elle…

Lorsque les lèvres d'Ernest se posèrent sur les miennes, je perdis le peu de lucidité qu'il me restait encore.

— Cela ne vous fait donc rien ? arrivai-je enfin à articuler, après m'être difficilement détachée de lui.

— Que voulez-vous que cela me fasse ? Je le savais déjà ! Je savais que vous étiez la fameuse bonne amie, celle dont vous aviez parlé avec tant d'attachement et non pas la fille d'Auguste ! J'attendais seulement que vous vous décidiez à le dire !

D'un mouvement brusque, j'essayai de prendre quelque distance mais il me ramena contre lui aussi facilement qu'il l'aurait fait avec un chaton. Il fallait bien plus qu'une poupée récalcitrante pour déstabiliser un ours qui tenait à affirmer sa prise.

— Vous saviez ? m'étranglai-je de surprise. Vous êtes vraiment en train de me dire que vous saviez que je n'étais pas Louise Dusang ? Et vous avez gardé le silence !

— Mais c'est que vous oseriez me faire des reproches ? s'amusa-t-il.

— Mais comment ? Suis-je à ce point mauvaise comédienne ?

Ernest reprit sa posture initiale et, nonchalamment installé, expliqua :

— Seulement une intuition qui s'est avérée. Le jour de notre promenade à cheval, ne vous avais-je pas glissé que vous n'étiez pas celle que je croyais avoir rencontrée le premier soir ?

— Vous saviez déjà ?

— Je m'en doutais. Puis, j'ai été mis sur la voie de la vérité.

— Mais par quoi, exactement ?

— Par vos hésitations.

— Louise aurait également pu être hésitante.

— Par votre méconnaissance d'à peu près tout ce qu'il se passait ici. Par votre candeur, la façon dont vous vous adressiez à Paul et Rebecca comme si votre histoire commune était des plus classiques, des plus douces.

— Nous n'avons pas d'histoire commune.

— Et c'est justement pour cela que vous étiez vous-même, tout simplement. C'est quelque chose qui a également surpris Paul et Rebecca. J'imagine qu'ils attendaient autre chose de vous. Peut-être davantage de sous-entendus, d'affrontements. Je suis presque certain qu'ils se sont pris au jeu et qu'ils ont imaginé un temps que vous étiez vraiment au manoir pour épouser Paul.

— Si j'avais été Louise, qu'aurais-je dû exiger ?

— La vérité. Paul et Rebecca sont convaincus que la lettre envoyée à *L'Aurore* a été écrite par Mme Dusang. Sans cela, Louise n'aurait pas été invitée au château. Ce mariage n'avait aucune raison d'être. Seuls la peur et l'appât du gain avaient poussé la mère de Rebecca et de Paul à convier Louise. On attendait d'elle qu'elle prenne position. On attendait d'elle une explication, le début d'une négociation, peut-être... Or, vous n'avez rien dit. Par votre silence, vous les avez obligés à déplacer leurs pions avant le vôtre. Le temps presse, vous comprenez ? Pour nous tous.

— En réalité, tout le monde ment. Tout le monde sauf vous, Ernest...

Son rire me glaça les sangs. J'eus l'impression d'être de retour au grenier, face à Paul, et je frémis en m'imaginant avoir été une fois de plus la proie de ma naïveté.

— Suis-je encore trop naïve ? osai-je demander d'un ton coupant.

— Non. Vous êtes adorable et moi, impardonnable.

— Puis-je savoir pourquoi ?

— Parce que je n'ai que trop tardé à vous dire ma propre vérité.

— Je ne comprends pas.

Non sans m'avoir encouragée à relever les yeux sur lui, il reprit. Dans ma poitrine, mon cœur battait si fort que j'en conçus quelques inquiétudes. Une telle agitation était forcément mauvaise pour moi, ma santé et mon avenir ! Ce qui suivit me fit pourtant tout oublier.

— Il n'y a pas grand-chose à comprendre. Vous et moi sommes les mêmes. En venant à La Renardière, nous avons mis les pieds là où nous ne devions pas être.

Incrédule, je secouai la tête. Quoi qu'Ernest tente de me faire comprendre, il se trompait. Nous avions peut-être des goûts et des préoccupations communes mais lui, en tant que neveu et inventeur de surcroît, avait parfaitement le droit de se trouver au manoir.

— Ernest, je crois que vous vous trompez. Je sais ce que vous essayez de faire… Je suis la seule à avoir menti, mais malgré cela j'espère que vous me pardonnerez… Il est inutile d'essayer de faire davantage pour moi.

— Mais je te pardonne, Adèle, répliqua alors Ernest, les yeux plongés dans les miens. Je te pardonne et sais-tu pourquoi ? Pour une raison si simple que ton esprit n'y aura même pas pensé…

— Parle, alors, et fais cesser cette attente !

— Très bien. Sache que je ne suis pas plus Ernest de Mussey que tu n'es Louise Dusang !

28

Fallait-il rire ? Fallait-il pleurer ? Perdue entre deux sentiments, je ne sus comment réagir à cette annonce. Un temps, je pensai à une plaisanterie avant que cette possibilité s'efface d'elle-même dans mon esprit. Le regard d'Ernest, à quelques centimètres seulement du mien, si intense, excluait de lui-même cette possibilité. Il ne mentait pas. Du moins, il ne mentait plus.

— Mais alors, qui es-tu ?

— Arthur.

— Arthur ?

Victime de ma nervosité, à moins qu'il ne soit en réalité question que d'un soulagement extrême, je sentis un rire enfler dans ma gorge puis monter, monter et monter encore jusqu'à exploser.

Fronçant les sourcils, il prit un peu de recul et, me repoussant doucement, se redressa sur le lit.

— Mon prénom est-il à ce point ridicule ?

Je secouai la tête.

— Non ! Mille fois non ! Je comprends un peu mieux pourquoi j'ai vu en toi un ours... Mais je t'expliquerai plus tard... Et moi qui avais si peur de t'annoncer qui j'étais ! Si j'avais su ! Mais alors que fais-tu ici ? Pourquoi Paul et Rebecca voient-ils en toi leur cousin ? Comment... Mon Dieu ! Comme c'est compliqué ! ajoutai-je, tout en plaçant mes mains de chaque côté de mes tempes.

Avec douceur, Arthur les prit dans les siennes et me sourit tendrement.

— Rien n'est compliqué, pourtant. Entre nous, c'est bien plus qu'une histoire de noms, n'est ce pas ? La manière dont nous nous appelons ne change rien à ce que nous avons vécu.

Le sourire qui naquit sur mes lèvres ne lui laissa bientôt aucun doute sur mon assentiment. Il avait parfaitement raison. Ce qui nous liait n'avait que peu à voir avec nos noms. C'était une histoire d'entente, de rire, de communication et de corps qui, sans doute, s'étaient reconnus malgré leurs identités factices. Seulement, il m'était impossible de m'arrêter uniquement à cela.

— N'ai-je pas perdu tout intérêt à tes yeux ?

— Bien au contraire. J'ai encore plus à découvrir, ainsi.

— C'est également mon cas…

— Pourtant, je crains que l'heure ne soit pas aux confidences. Nous devons quitter le manoir dès que possible. Nous avons perdu trop de temps ici. À moins que tu n'aies encore quelque chose à y faire ?

— Absolument pas…

— Pourquoi une telle mine, dans ce cas ?

Malgré moi, j'avais laissé me revenir en tête les paroles de Paul et ces mots, terribles pour mon cœur, m'avaient de nouveau plongée dans un malaise sans fond.

— Selon Paul, j'ai été envoyée ici par Louise pour une raison particulière… J'ignore cependant pourquoi. J'ignore s'il ment mais j'ai le sentiment que je devais rapporter quelque chose ou faire quelque chose que je n'aurais pas fait.

— Ne te tracasse pas avec tout cela. Ne l'as-tu pas dit toi-même ? Tu n'as rien à voir avec toutes ces histoires.

— Tu pourrais m'en dire davantage…

— Sur moi ?

— Oui. Mais également sur cette poupée… Sur le père de Louise… Sur tous ces secrets et ces mensonges.

— Oh ! je ne sais pas si tu es prête pour ce genre de conversation…

— Je le suis ! Et plus que ce que tu crois, encore !

— Eh bien ! Que d'enthousiasme !

Je me glissai de nouveau près de lui, cherchant son contact, en ayant l'impression de retrouver l'homme que j'avais cru commencer à connaître mais dont je ne savais en réalité que si peu de choses...

Dehors, le vent faisait doucement osciller la cime enneigée des arbres. Un bon feu ronronnait dans la cheminée. Ni lui ni moi n'étions chez nous mais, lorsque nous étions ensemble, j'avais l'impression d'être à ma place. Et c'était cette sensation de confort qui, malgré ses réticences et au fond ma peur de me confronter à la réalité, me donna envie d'insister.

— Raconte-moi ton histoire, Arthur... Tu me dois bien cela, non ? Tu m'as raconté tant de choses, avec tant d'assurance alors que tout était faux...

Il sourit, s'apprêta à répondre pour finalement sourire encore plus largement.

— C'est un peu plus compliqué que cela, ne crois-tu pas ? Le vrai et le faux s'emmêlent parfois d'une drôle de façon...

— Dans ce cas-là, explique-moi pourquoi et surtout comment !

Alors, non sans avoir marqué un instant d'hésitation, Arthur se lança dans un long récit dont je ne perdis pas un mot. Blottie contre lui, le visage levé vers le sien, comme en adoration, je l'écoutai parler de son enfance, notamment de ce père militaire qui l'avait forcé à embrasser la même carrière que lui.

— Sans être docile, j'étais obéissant, précisa-t-il, les traits soudain tendus. Les deux premières années, jamais il ne me serait venu à l'esprit de remettre en cause la volonté paternelle. J'aurais certainement fini par être un militaire émérite, tout comme lui si je ne l'avais rencontrée, elle. Elle a tout bonnement changé ma vie.

Me redressant subitement, je fronçai les sourcils.

— Mais de qui parles-tu ainsi ?

— Tu es jalouse, ma parole ?

— Absolument pas !

— Tu n'as pas à l'être ! Je parle d'un automate ! De la Joueuse de Tympanon ! Une autre poupée, en quelque sorte...

— Décidément, c'est une obsession...

— Je voudrais que tu voies cela ! Vraiment ! Tu aurais un autre avis sur la question. Jadis, elle fut un cadeau offert à la reine Marie-Antoinette. On disait que ses cheveux avaient été réalisés avec les cheveux de la reine elle-même ! Et que sa robe avait été coupée dans une robe de la reine ! Mais je n'en avais que faire à l'époque. Non, moi ce que je voulais voir, c'est ce qu'il y avait dessous cette fameuse robe ! ajouta-t-il avec un clin d'œil.

Pour réponse, je lui donnai un petit coup sur le bras.

— Je n'étais pas venu dans ce musée par hasard. Comme tout enfant, j'avais été captivé par les jeux de construction, les mécanismes et les rouages mais cette passion ne m'avait pas quitté en grandissant. J'avais beau m'en défendre, mes goûts me poussaient vers une carrière qui n'avait que peu de liens avec celle que ma famille souhaitait me voir embrasser. Contrairement à bon nombre de visiteurs, ce jour-là, je n'étais pas là pour admirer mais plutôt pour comprendre. Est-ce que tu saisis la différence ?

— Parfaitement. Quand je vois une robe qui me plaît ou un quelconque vêtement, je cherche toujours à comprendre comment on a obtenu un tel rendu, comment on a pu obtenir un tel drapé...

— J'aurais pu me faire voleur, je crois. J'aurais pu enfreindre la loi, juste pour savoir comment elle avait été créée ! Car il n'était pas question d'un quelconque système de boîte à musique, non ! C'était la poupée elle-même qui pouvait jouer jusqu'à huit airs différents... Heureusement, je n'ai pas eu à aller jusqu'à cette extrémité. Un vieil homme a saisi mon intérêt et m'en a expliqué le fonctionnement. J'ai alors découvert un monde nouveau, un monde de cylindres en laiton, de remontoirs à ressort ou encore de cames contrôlant le mouvement des bras et des têtes d'humanoïdes plus vrais que nature... Une véritable révélation ! Dès lors, je n'ai cessé d'y penser ! Mes ambitions militaires, déjà paresseuses, se sont effacées et, peu à peu, la perspective de rendre fiers mes parents a perdu en intensité. Je voulais créer ! Je voulais faire naître la vie sous mes doigts ! Je voulais vivre une autre existence ! Ce qui n'était alors qu'un passe-temps devait devenir l'essence même de ma vie ici-bas !

Je hochai la tête en silence. Qui mieux que moi pouvait le comprendre ?

— Mes premiers pas se sont faits en secret, dans la chambre que je louais et qui fut bientôt débordante d'un bric-à-brac tel que ma logeuse s'en est rapidement inquiétée. J'étais encore jeune et mes parents surveillaient chacun de mes pas. Très vite, ils ont été mis au courant de mes nouvelles activités et ont cherché à me faire retrouver la raison. Je ne peux leur en vouloir. Ils me croyaient devenu fou et sans doute qu'ils le pensent encore. Je ne peux le savoir, ayant rompu tout lien avec eux, pour leur bien comme pour le mien.

— Ils ne savent pas où tu vis ?

— Absolument pas. Peut-être me croient-ils mort ? Peut-être l'espèrent-ils ?

— Oh...

— C'est ainsi ! La vie est trop brève pour avoir le moindre regret.

Il soupira légèrement puis reprit, soudain plus vif :

— Très vite, je me suis installé dans le quartier de la Villette, car j'y ai trouvé un logement assez grand pour nous accueillir, moi et mes créations. D'inculte, je suis passé à autodidacte. J'ai troqué de longues heures à cheval et le maniement des armes contre la graisse et la poussière des engrenages. Le jour, je travaillais sans relâche et le soir, j'allais me promener le long du canal, observant les façades froides et tristes des raffineries de sucre, des savonneries et de toutes ces usines qui pullulaient dans cet endroit de la ville. Moi qui avais toujours voulu travailler pour elles, pour les industriels, j'ai réalisé que mon rêve me porterait ailleurs. Je ne créerais pas le prochain marteau-pilon à vapeur, je ne marcherais pas dans les pas d'Edison, de Thomson ou d'Otto ! Je voulais offrir à d'autres le ravissement que j'avais éprouvé en découvrant cette petite joueuse. Je voulais créer des jouets d'un nouveau genre. Des jouets savants !

— Mais tout cela ne me dit toujours pas comment tu as fini par te retrouver au manoir ! Si tu n'appartiens pas à cette famille, tu...

— Ne sois pas si impatiente ! J'y viens ! Il y a environ deux ans, au cours de l'été 1887, je me suis rendu rue d'Aubervilliers, au milieu d'une foule immense. On avait annoncé un grand événement. L'aérostat de Mallet et Jovis, dont Maupassant était le passager, allait s'envoler. Parmi les curieux, un homme, plus que tout autre, a retenu mon intérêt. Peut-être était-ce parce qu'il avait une haute stature, si semblable à la mienne ? Parce qu'il marmonnait tout seul, sans accorder la moindre attention à ceux qui l'entouraient ? Il a dû sentir mon regard. Son envie de parler a fait le reste. Nous avons rapidement lié connaissance.

De la rencontre d'Arthur avec Ernest de Mussey, le vrai, je ne retins qu'une chose : ce nom, qui n'avait jamais eu le moindre écho particulier en moi, avait immédiatement interpellé Arthur. Il avait fait le lien entre ce jeune homme et l'inventeur génial qui avait connu le plus grand succès avant de sombrer dans l'oubli.

— Je ne dirais pas que nous sommes alors devenus amis. Non. Ernest aimait parler et moi, j'écoutais. Je ne suis pas certain qu'on puisse qualifier cela d'amitié. J'ai vite compris qu'au fond il n'avait que faire de ma propre existence, de mes rêves et aspirations. Il souhaitait seulement avoir une oreille attentive pour y déverser toutes ses histoires, sa colère, ses frustrations...

— Pourquoi avoir accepté de le revoir, alors ?

— Parce qu'il était le neveu d'un grand homme. Parce que j'admirais de Mussey pour le succès phénoménal qu'il avait eu. Parce que je rêvais de voir sa poupée, de l'étudier... Parce qu'il planait autour de lui un mystère que j'avais envie de percer. Ernest étant particulièrement bavard, surtout lorsqu'il avait bu, j'ai fini par comprendre que ce qui se cachait là derrière était encore plus terrible que ce que j'avais pu imaginer.

— Tu as compris que tout était faux, n'est-ce pas ?

— Et que Dusang, dont le nom avait été relégué à la seconde place, était en réalité le seul génie à célébrer, et cela fut pour moi un véritable cataclysme.

Là, il se tut longuement et resserra un peu son étreinte comme si, par ce contact, il essayait de trouver un peu de réconfort, ou peut-être la force de poursuivre.

— Les différends entre la famille d'Ernest et celle de Paul et de Rebecca venaient également de là, n'est-ce pas ? Ce n'est pas seulement une histoire d'argent ?

— J'ai fini par le comprendre, en effet. En 1879, la vérité est arrivée aux oreilles de la mère d'Ernest. Son frère lui avait peut-être confié trop de choses ? Certaines personnes avaient peut-être parlé ? Tu sais, Catherine Regard et son mari ont fait partie de ceux qui ont élevé la voix avant de se taire. Ils avaient travaillé avec M. Dusang, ils avaient reconnu son travail… Quoi qu'il en soit, Ernest savait et, après avoir lu l'article dans *L'Aurore*, il m'a parlé de son désir de retourner chez les de Mussey pour mettre lui-même au jour ce secret.

— Il voulait retrouver la poupée ? Pourquoi être venu à sa place, alors ?

Arthur eut un petit rire gêné.

— Je l'en ai convaincu. J'avais à cœur de voir tout cela par moi-même. Mon séjour était prévu pour l'été dernier mais j'ai fait une malheureuse chute qui m'a immobilisé quelques semaines. Je lui dois ce léger boitement que tu as peut-être remarqué. J'ai perdu beaucoup de temps, prisonnier de mon lit…

— Nous n'aurions pas dû nous rencontrer…

— Mais tout semble s'être concerté pour que cette rencontre soit possible, en vérité !

Je relevai une fois encore un regard intrigué dans sa direction mais sans me décider à poser la question qui me brûlait les lèvres depuis si longtemps.

— Tu voudrais savoir, n'est-ce pas ? Pourquoi le nom de Dusang a été oublié au profit de celui de De Mussey ?

— Bien sûr que je le veux ! J'ai beau essayer, je n'arrive pas à comprendre pourquoi l'un a été porté aux nues et l'autre, laissé de côté ! Qu'a-t-il bien pu se passer ? Pourquoi le père de Louise a-t-il été oublié ? Pourquoi tout ce qu'il reste de lui est le souvenir de sa prétendue folie ? Et des erreurs qui ont poussé sa famille à la ruine ?

— La voiture n'arrivera que dans deux heures, nota Arthur, après avoir jeté un œil à l'un de ces bracelets-montres que j'avais encore très rarement vus au poignet des hommes. Si tu le souhaites, je peux te raconter.

Comme pour mieux lui prouver que j'étais prête, je me redressai et lui fis signe de poursuivre.

— Eh bien… Tout a commencé au mois de mai 1866. Il faisait doux et bon, à Paris, ce jour-là…

29

Auguste Dusang sifflotait sur le chemin de la gare de Paris-d'Enfer, heureux comme un pape. Il était satisfait, plein d'espoir et surtout heureux de constater que sa santé, longtemps déclinante, semblait enfin lui laisser un peu de répit. En se rendant à ce congrès, au sein de cette ville qu'il évitait d'ordinaire comme la peste, il n'avait été sûr de rien, si ce n'est de perdre son temps. Qu'allait-il y trouver, mis à part des individus imbus d'eux-mêmes, aux discours aussi stériles que leurs pensées ?

Certain de ne pouvoir être à l'aise en leur compagnie, il aurait une fois encore décliné leur invitation si Adélaïde, sa femme, ne l'y avait vivement encouragé. Les temps n'étaient pas aux caprices, lui avait-elle maintes fois répété, comme s'il pouvait l'oublier ! Comme s'il lui était possible de fermer les yeux sur tout ce qui rendait son quotidien si difficile ! L'argent, toujours l'argent ! Surtout, le manque d'argent ! Autant de priorités qui l'empêchaient de se consacrer à celle qui, au fond, l'emportait sur toutes : sa poupée !

Alors, forcément, lorsqu'il avait vu de Mussey, ce cher Philippe, campé au milieu des invités, sa mauvaise humeur s'était immédiatement envolée vers d'autres cieux. Un peu moins de dix ans auparavant, leur rencontre avait donné lieu à une riche collaboration mais, plus que les nombreux petits trains que de Mussey lui avait permis de vendre au meilleur prix, Auguste se souvenait de l'homme, de leur entente intellectuelle et de cette oreille attentive dont il n'avait pas l'habitude de profiter.

Face à Philippe, il n'avait pas l'impression d'être un fou ou un incapable. Il n'avait pas l'impression d'être seul face à des sceptiques qui ne comprenaient jamais vraiment où il souhaitait en venir. Cet homme n'était pas son égal pour autant. À cette époque déjà, de Mussey se donnait des airs et des postures qui, au fond, sonnaient creux. Mais il avait le mérite d'être ouvert et ses idées, bien que parfois farfelues – même pour un homme comme lui ! –, n'en avaient pas moins de piquant.

Leurs retrouvailles avaient été à la hauteur de leur entente passée. De Mussey, grand seigneur, avait même fait mine de ne pas se souvenir de la dette qu'Auguste avait contractée auprès de lui et qu'il n'avait jamais honorée. Pour l'en remercier sans avoir l'air de le faire, Dusang l'avait interrogé sur ses inventions, domaine dans lequel, il le savait, Philippe avait toujours été plus prolixe en mots qu'en résultats. Peu importait, au fond, qu'il parle et qu'il l'écoute. L'idée avait été de s'occuper l'esprit. De feindre d'avoir obéi à Adélaïde, tout en pensant à autre chose qu'à signer des contrats.

Contre toute attente, la suite lui avait réservé quelques surprises...

Au lieu de se rengorger sur une quelconque invention qui n'avait jamais fonctionné autrement qu'en esprit, de Mussey lui avait raconté sa récente visite au musée des Arts et Métiers avec force détails et exclamations.

— J'y ai vu la fameuse joueuse, lui avait-il expliqué, de son éternel phrasé lent. Une fois son mécanisme remonté, ce petit automate peut jouer jusqu'à huit mélodies différentes ! Vous rendez-vous compte de ce prodige ? C'est de la magie ! De la pure magie !

Dusang avait réprimé un sourire. S'il n'avait rien de condescendant, il n'en était pas moins amusé. Sous couvert d'être un initié, Philippe avait les réactions d'un profane qui préfère voir en tout phénomène l'intervention d'une force supérieure plutôt que le résultat de calculs mathématiques.

Si de Mussey était encore resté à l'ère des poupées portraits, que l'on créait à la chaîne d'après une personnalité en vue, lui savait que ces temps étaient révolus depuis bien longtemps. La poupée d'Edmond Lindner avait fait sensation quelques années plus tôt, mais on attendait désormais autre chose qu'un humanoïde en papier mâché. Quant à ces poupées phonographes à disques échangeables, qui avaient désormais le vent en poupe, elles ne l'impressionnaient pas outre mesure. Elles dansaient, certes, mais leurs mouvements saccadés, ces secousses incessantes, n'étaient qu'une parodie de mobilité et au fond qu'une pâle imitation de l'humain qui ne pourrait longtemps faire illusion.

Il lui avait été impossible de ne pas faire la leçon à cet homme. Car de magie, il n'y avait pas trace. Chez cette joueuse de Tympanon, comme chez les autres, tout n'était que mécanique. Ces petites mains étaient tout simplement dirigées par un cylindre pivotant, rien de plus !

— C'est brillant ! Véritablement brillant ! s'était extasié Philippe, le regard luisant de vin.

Encouragé par une attention inhabituelle, Auguste avait finalement osé raconter ses propres recherches en la matière, sa fascination pour tous ces jouets qui imitaient la vie, et avait fini par avouer qu'il n'avait jamais oublié leur ancien projet commun, idée dont ils avaient longuement débattu sans jamais envisager sa réalisation concrète.

— Notre propre poupée savante ! avait clamé de Mussey, prouvant par son exclamation et son enthousiasme qu'il n'avait rien oublié non plus.

Lui qui avait si peu de contacts avec ses semblables et qui passait la plupart du temps pour un doux original tout juste bon à produire des petits trains de bois – et encore, au vu des finances familiales, le doute était également permis sur ce point ! Auguste en avait été touché jusqu'au tréfonds de son âme. Et à son tour, il avait parlé, exposant point par point ce qui le brûlait depuis l'intérieur, autant d'idées qu'il rêvait de traduire en matière.

Cette poupée qui n'existait qu'en pensée, qu'en esprit, il la rêvait là, devant lui !

De Mussey avait-il compris quoi que ce soit à ce dispositif d'animation d'un nouveau genre ? Peut-être bien… À moins que cet homme d'affaires avisé ne l'ait feint juste par instinct ? Quoi qu'il en soit, sa réponse avait été sans appel.

— Alors, qu'attendons-nous ? Créons-la, cette poupée savante !

Ils s'étaient quittés pleins d'idées et de joie. Après une courte correspondance, Dusang avait fourni l'argent promis, puis plusieurs mois étaient passés.

Lassée de son mari, la femme de Philippe avait quitté le manoir avec leurs deux enfants. Celle d'Auguste avait eu Louise, un bébé chétif sur lequel elle veillait nuit et jour, avec la ferveur de la jeune mère qu'elle était. Il fallait de l'argent, disait-elle. De l'argent pour l'enfant, pour leur vie ! Et en bon père de famille, il aurait dû s'atteler à la tâche au lieu de perdre son temps avec des rêveries !

Las de ses injonctions, Auguste avait finalement quitté le domicile familial, avec en point de mire La Renardière.

Le mois de janvier commençait à peine lorsqu'il avait posé le premier pied dans ce hall étonnant où une famille de trophées semblait monter la garde.

— Ma petite lubie ! s'était amusé de Mussey. J'aime les armes et j'ai transmis cet amour à ma fille !

— Non à votre fils ?

De Mussey avait haussé les épaules.

— Les affinités d'un père vont là où elles peuvent. Si le Ciel vous fait don d'un second enfant, vous comprendrez où je veux en venir… Certaines choses s'imposent par elles-mêmes ; certaines relations se choisissent ! Ma petite Rebecca et moi, c'est particulier, voyez-vous ? Depuis que sa mère me l'a enlevée, elle me manque plus que de raison. Quand j'aurai le temps, je ferai tout pour la faire revenir auprès de moi, quoi qu'en dise ma femme !

— Je l'espère pour vous.

— Et la vôtre ? Que pense-t-elle de votre séjour chez moi ?

— Pas grand-chose, il me semble. Encore faudrait-il qu'elle sache où je suis... Et ce que je fais.

Sa repartie avait amusé Philippe, qui y avait vu la rébellion d'un homme qui, sans nul doute, avait passé l'entièreté de sa vie maritale à obéir à sa femme. Il ne savait évidemment rien des affrontements constants entre les deux époux. De la colère d'Adélaïde, qui avait épousé le fils d'un riche fabricant de jouets et qui se retrouvait, reine déchue, sans raison d'éprouver la moindre fierté.

Que les temps aient changé, elle n'y entendait guère. Lancés en série pour répondre aux besoins toujours plus importants des grands magasins, les petits trains Dusang, qui avaient fait le succès de son père et du père de son père avant lui, n'avaient plus le même charme ni la même qualité. Face à la concurrence allemande, ils avaient fini par s'incliner et les finances de la famille, longtemps sereines, s'étaient flétries comme une fleur fragile sous le soleil d'août.

Que son mari rêve désormais d'autre chose, elle ne l'aurait compris non plus, si tant est qu'il ait fait l'effort de lui expliquer. Conscient des limites de son épouse autant que des siennes, Auguste s'en était tenu au strict minimum et c'était un homme meurtri, bien que plein d'espoir, qui s'était remis au travail, cet hiver-là.

Quatre mois, de janvier à avril, voilà tout ce dont il avait disposé pour mettre le point final ou, disons-le plus clairement, pour visser le tout dernier écrou sur une poupée qu'il imaginait fabuleuse.

— Tout ici a été fait pour que nous puissions travailler dans les meilleures conditions ! avait affirmé à maintes reprises de Mussey. J'ai tout fait pour nous garantir le plus grand calme ! Ma femme est partie, j'ai réduit mes domestiques au strict minimum... Il n'y aura ni oreille indiscrète ni distraction !

Et travailler, ils l'avaient fait ! Même si, au fond, Philippe n'avait jamais fait que commenter et parler pendant qu'Auguste découpait, calculait et ajustait dans la plus grande concentration. Pour rien au monde il n'aurait fait la moindre réflexion à cet homme si agréable. Qu'il se rêve grand inventeur, lui aussi, s'il le fallait ! Son atelier, bien qu'embarrassé par ce que lui-même considérait comme des horreurs sans nom, était agréable et favorable aux avancées qu'il espérait rapides.

Tout semblait réuni pour qu'il réussisse et que sous ses doigts habiles naisse enfin sa plus belle création. Une poupée, plus belle encore que celle qui trônait sur son bureau et qui, en comparaison, ne serait plus qu'une coquille sans âme.

Ce ne serait pas une poupée de plus. Ce ne serait pas une créature factice, aux mouvements saccadés et à la mine artificielle. Il allait lui donner l'illusion du réalisme, l'illusion du naturel. Il savait comment s'y prendre et de quelle manière fixer le dispositif d'animation à l'intérieur même du corps. Une prouesse technique qui n'avait rien d'impossible, au fond, à condition de savoir s'y prendre !

Au bout de quelques jours, à peine une semaine, plus rien d'autre n'avait compté. Ni ce mal qui, le sentait-il, rongeait de nouveau ses poumons ni sa fatigue. Ne comptait que l'Exposition universelle, qui bientôt ouvrirait ses portes et auprès de laquelle, il l'espérait, il pourrait proposer son œuvre. Fort de sa renommée et de ses qualités d'orateur, de Mussey ferait le reste et se chargerait de leur apporter la prospérité qui lui manquait tant. Adélaïde serait enfin satisfaite et peut-être le laisserait en paix. Il pourrait se consacrer à la suite, à des projets toujours plus phénoménaux. De sa prochaine création, il n'avait parlé à personne mais, dans le secret de sa chambre, il en avait déjà tracé les grandes lignes. Ce carnet, il le gardait caché, bien dissimulé dans un lieu où, il le savait, de Mussey n'irait jamais.

Et puis un matin, l'aventure qui semblait-il devait durer toute une vie s'était terminée. Dusang avait religieusement cloué le dernier pan de la caisse vouée à être transportée à Paris par son compère. Ils s'étaient dit au revoir devant le parvis de La Renardière. L'un rentrant chez lui. L'autre s'étant offert de transporter l'œuvre auprès de ce jury qui, l'espéraient-ils, les couronnerait de succès.

De Mussey avait-il compris avant l'heure ce qui suivrait ? Avait-il senti l'issue d'une histoire dont, au fond, il n'avait été jusque-là qu'un des personnages secondaires ?

Moins d'un mois plus tard, Auguste Dusang s'était éteint des suites d'une maladie qui menaçait sa vie depuis des années. Et c'est seul que Philippe de Mussey s'était présenté devant le jury qui, séduit, lui avait remis la médaille d'or et tous les honneurs allant de pair.

De la véritable paternité de Dusang, il omit de parler. Après tout, peu importait, puisque le pauvre homme était mort sans avoir déposé le moindre brevet ! Et puis n'avait-il pas travaillé lui aussi sur cette poupée ? Quant à l'argent qui avait été utilisé, c'était le sien, après tout ! Il méritait les honneurs, il méritait le succès !

Les semaines qui suivirent son sacre avaient été les plus belles de sa vie.

De réception en réception, Philippe de Mussey s'était déplacé, présentant sa petite merveille, sa chère Becky, une poupée capable de compter jusqu'à dix.

— Il s'agit ni plus ni moins de la réplique miniature de ma petite Rebecca ! avait-il répété et répété sans cesse. Ma fille ! Sa robe a été taillée dans le même tissu que celui de sa robe préférée ! Et ses cheveux, inspirés par la couleur de sa si belle chevelure !

Et tous avaient regardé ladite poupée, au demeurant charmante. Et tous l'avaient écoutée réciter de sa petite voix les chiffres de un jusqu'à dix.

Les vieilles bourgeoises parisiennes, collectionneuses aussi désœuvrées que passionnées, s'étaient arraché sa présence et plus d'une l'avait supplié de lui céder la poupée contre une somme d'argent qui, elles le promettaient, le mettrait à l'abri pour des années. Toutes rêvaient de ranger Becky dans leurs cabinets de curiosité, ces endroits secrets, sacrés, où l'artificiel s'inspirait du naturel.

Mais Philippe de Mussey avait vu plus grand. Becky ne serait pas un objet de collection. Becky serait la poupée que toutes les petites filles s'arracheraient. Elles en auraient toutes un exemplaire et lui, assez d'argent pour être à l'abri dans cette vie comme dans la prochaine.

Mais pour préparer la suite et parer à toutes les éventualités, il devait ramener Becky chez elle, là où elle était née. Alors avait été pris le chemin du retour.

Devrait-on parler de malchance ou plutôt d'un juste retour des choses ?

La faute à une erreur du cocher, la voiture était tombée dans un fossé. De Mussey s'en était sorti avec beaucoup de peur et surtout une cheville foulée. Mais Becky, elle, avait cessé de fonctionner.

Alors, pour son propriétaire, il n'avait plus été question d'argent ni de promesses.

À son tour, il s'était enfermé dans l'atelier. Il avait travaillé, étudié, s'était usé les yeux sur des croquis dont il peinait à comprendre le sens.

Des jours et des nuits étaient passés dans le brouillard de la panique et de la fatigue mêlées. Il avait dépensé des fortunes pour des instruments qui ne lui avaient servi à rien, faute de savoir qu'en faire.

Plus les jours étaient passés et moins l'espoir de parvenir à ses fins avait semblé envisageable. À court d'idées, à bout de forces, Philippe de Mussey avait alors dû se rendre à l'évidence et accepter l'inacceptable : il lui fallait aller demander son aide à la veuve Dusang.

30

— Ainsi, cette poupée parlait ? Je veux dire, elle parlait vraiment ?

— Elle parlait, expliqua Arthur, très sérieusement. Du moins, c'est ce qui a été rapporté.

— Tu ne sembles pas convaincu…

— Je pense que le temps et la légende qui a entouré sa perte ont contribué à lui forger des qualités qu'elle n'avait pas forcément. Je suis certain qu'elle bougeait avec beaucoup de liberté. À l'époque, on était capable de concevoir des mécanismes très complexes avec des cannes associées à des leviers qui permettaient de reproduire des mouvements parfois très proches de la réalité. Si doué soit-il, Dusang n'avait rien d'un magicien. C'était un mathématicien ! Pour ce qui est de la voix, je suis plus mitigé. À mon sens, celle de Becky devait reproduire la voix humaine de manière imparfaite mais non moins émérite. Il y avait de quoi plaire ! Il y avait de quoi séduire les foules !

Il faisait déjà sombre lorsque Arthur arriva au bout de son récit. Le ciel d'octobre semblait avoir fait son possible pour grignoter au plus vite le moindre vestige de lumière. Était-ce pour mieux s'accorder avec l'histoire qui m'avait été contée ? Ou bien pour rendre notre fuite plus discrète ?

— Je ne peux imaginer la réaction de la mère de Louise en voyant arriver cet homme chez elle, repris-je après un temps de réflexion. Connaissait-elle seulement son nom ?

— Je ne sais pas vraiment comment les choses se sont déroulées mais j'imagine qu'elle a commencé par le repousser avant de finalement se laisser convaincre. Il a certainement fini par lui exposer les faits et les raisons de sa présence. L'accord qu'ils ont passé devait être simple : elle acceptait de lui fournir un croquis dont il pensait avoir besoin ; en échange, elle recevait une forte somme d'argent. Pour une veuve, l'occasion était inespérée.

— Louise ne m'a jamais parlé de cette rencontre. Elle m'a assuré que nul membre de la famille de Mussey n'était venu chez eux.

— Elle était bien trop jeune pour s'en souvenir.

— Je devine que le croquis ainsi récupéré n'a servi à rien.

— De Mussey n'avait aucun savoir-faire mais, selon Ernest, le croquis était de toute manière erroné.

— Tu veux dire que...

— Toujours selon lui, la mère de Louise aurait sciemment piégé de Mussey, empoché l'argent et fait en sorte que le secret de son mari le reste. Elle ne pouvait prouver que son mari était le véritable inventeur de cette poupée mais elle avait saisi le potentiel de son héritage et entendait bien le conserver. De son côté, le père de Paul et de Rebecca a tenté de réparer la poupée, en vain, et a terminé son existence sans être capable de redonner vie à Becky. Sa famille s'est repliée sur ce secret.

— Et tout serait resté dans l'oubli s'il n'y avait eu cet article dans le journal ?

— Possiblement.

— Paul m'a dit que sa mère attendait quelque chose de Louise. Les de Mussey restent persuadés que Mme Dusang détient toujours une pièce du puzzle. Celle qui leur permettrait de renouer avec le succès, et l'argent...

Arthur sourit tristement.

— Plus le temps passe, et plus j'en doute. La veuve Dusang n'a rien à proposer à qui que ce soit. Et cette pauvre poupée... Elle a simplement été détruite par de Mussey.

— Et celle trouvée par Rebecca ?

— Un prototype, sans doute. Mais en trop mauvais état pour servir à quoi que ce soit.

— Se pourrait-il qu'il y ait d'autres… prototypes ?

— Que veux-tu dire ?

Je compris qu'il était temps pour moi de lui confier enfin ce que j'avais sur le cœur.

— Je sais de source sûre qu'il y a une autre poupée, chez Louise. Peut-être ne t'apportera-t-elle aucune solution mais elle s'y trouve toujours. Je l'ai vue.

— Es-tu certaine de ce que tu avances ?

Il y avait dans sa voix autant d'enthousiasme que de méfiance. Si Arthur voulait me croire, il n'osait pas encore se fier à mes paroles.

Sûre de moi, je hochai la tête avec assurance.

— Sûre. Je l'ai vue de mes yeux. Avec sa belle robe verte, en velours, et ses beaux cheveux bruns. Elle est dans le bureau de M. Dusang. Une pièce fermée à double tour.

Arthur me jeta un long regard avant de demander, la voix désormais tremblante :

— Penses-tu que nous pourrions y aller ? Toi et moi ? Pourrais-je la voir ?

Je ne pris pas la peine de réfléchir plus longtemps que nécessaire. Submergée par un sentiment d'urgence, j'oubliais que nous étions des inconnus l'un pour l'autre. J'oubliais mes mensonges, les siens. Je ne voulais même pas penser à la surprise terrible que serait celle de Louise et de sa mère, en nous voyant arriver chez elles, à l'improviste.

— Quand doit arriver la voiture, déjà ?

Durant les heures qui suivirent, je perdis la notion du temps et de l'espace. Pour la première fois depuis mon arrivée au manoir, j'acceptai de m'en remettre entièrement à une tierce personne. Ma rencontre avec Arthur ne m'avait pas fait oublier tous mes rêves et toutes mes ambitions mais, dans ces moments de trouble, j'appréciais de pouvoir me fier à lui et de tout remettre entre ses mains.

Des bagages qui m'avaient accompagnée à l'aller, je ne pris

presque rien, me contentant d'empaqueter mes effets les plus indispensables et, bien évidemment, mes travaux de couture. Je laissai la couseuse, ma tenue d'équitation et une robe que je n'appréciais de toute manière que peu.

— Je t'en offrirai d'autres lorsque nous serons chez nous, me souffla Arthur tout en m'aidant à refermer mon sac. Tu verras. Les Parisiennes sont les femmes les plus élégantes du monde.

Murmurée à mon oreille, alors que je me trouvais encore dans le cadre devenu familier de ma chambre, la mention de ce « chez-nous » ne me parut pas moins des plus naturelles. Irrésistible, l'assurance d'Arthur me faisait oublier les obstacles et toutes les complications susceptibles de se trouver sur notre route.

Le bras glissé dans le creux du sien, je fermai la porte sans un regard en arrière mais avec quelques scrupules.

— Ne devrais-je pas au moins aller saluer Paul ? glissai-je à Arthur, alors que nous parcourions à grands pas le couloir qui nous mènerait à l'escalier puis au grand hall.

— La teneur de votre dernière conversation t'en dispense, je crois.

— Et Rebecca ?

— Si tu dis vrai, alors elle doit errer entre la serre et la forêt, sa poupée sous le bras… Je ne suis pas certain qu'aller lui faire la conversation soit une idée lumineuse.

— Donc, tout va se terminer ainsi ?

Nous étions désormais dans le hall. D'une main, il m'entraînait à sa suite et, de l'autre, tentait de tenir nos maigres bagages. Il y avait de la hâte et beaucoup d'impatience dans ses mouvements, comme dans la façon qu'il avait de répondre à mes interrogations.

— Adèle, soupira-t-il, au bas des marches. Comment voudrais-tu que ton séjour au manoir se termine ? Il n'y aura pas d'échange de politesses devant la voiture du retour ni de promesse de lettres et d'invitations futures.

— Je ne suis peut-être pas Louise Dusang mais j'ai reçu une bonne éducation.

— Alors, tu leur écriras. Cela te suffit-il ?

— Je crois, oui.

— Très bien. Et à eux, souhaites-tu leur dire au revoir ?

Je jetai un regard circulaire sur les pauvres renards. Leurs yeux sombres et inexpressifs ne m'impressionnaient plus, à présent que j'étais redevenue moi-même. Je me contentai de secouer la tête en guise de négation et sortis à l'air libre.

Le froid ambiant me saisit à la gorge et je m'engouffrai dans la voiture. Alors, une fatigue terrible s'abattit sur moi. Mes jambes se désolidarisèrent de mon corps et je tombai lamentablement entre les deux banquettes.

Je n'eus pas le temps de comprendre ma chute ou même de sentir la moindre douleur que les bras d'Arthur me soulevaient déjà de terre pour mieux me déposer sur l'un des sièges.

Le regard qu'il posa sur moi était plus inquiet que jamais.

— T'es-tu blessée ?

— Je ne crois pas.

— Je n'aurais pas dû faire venir cette voiture. Je me suis montré trop impatient. Nous n'avons même pas pris la peine de prendre le moindre repas… Tu es fatiguée. Nous pourrions décider de passer une nuit supplémentaire ici et…

— Non !

L'idée même de retourner dans une chambre que je pensais avoir quittée pour toujours m'était tout simplement insupportable.

— Non, il nous faut partir. Tu as besoin de voir cette poupée et, moi, j'ai besoin de voir Louise. Où dormirons-nous, ce soir ? Comptes-tu voyager toute la nuit ?

— Non. Nous nous arrêterons quelques heures pour prendre un peu de repos.

— C'est impossible.

— Tu ne veux pas t'arrêter ?

— Je ne pourrai pas. Il faut que je termine mon corset. Il reste si peu de temps…

— Je comprends. Je resterai près de toi. Alors profite du trajet pour dormir un peu…

J'acquiesçai pour lui faire plaisir tout en pensant que j'en étais tout simplement incapable. Je serrai très fort sa main lorsque la voiture quitta le manoir. Lorsqu'elle emprunta le premier virage, je jetai un dernier regard par la fenêtre, crus voir une ombre bouger derrière l'une des fenêtres du premier étage puis perdis La Renardière de vue.

C'en était fini de mon séjour chez les de Mussey.

— Il paraissait mécontent, murmurai-je alors.

J'avais davantage parlé pour moi-même que pour partager ce sentiment étrange avec Arthur. Aussi fus-je particulièrement surprise de l'entendre demander :

— Qui ça ?

— Le manoir. Là-bas, il semblait froncer les sourcils, ajoutai-je, tout en désignant du menton la fenêtre où désormais s'affichait un paysage hivernal sombre et morne.

— Il fronçait les... Mais, Adèle... Que veux-tu dire par là ?

— Je ne sais pas. J'ai l'impression qu'il voulait me garder ou alors qu'il est déçu que je parte ainsi.

— Ne divague pas. C'est une simple construction en pierre. Et tu n'es pas Louise Dusang. Si tant est qu'il ait attendu quelqu'un, ce n'était pas toi.

Dans l'intimité de la voiture, cette remarque me sembla subitement prendre un air d'accusation. Je me crispai légèrement.

— En es-tu déçu ?

— De quoi parles-tu ?

— Que je ne sois pas Louise ?

Son étreinte, déjà étroite, se resserra davantage.

— Au contraire, j'en suis ravi. Et tu le sais bien ! Est-ce que tu as froid ?

— Pas du tout.

— Bien. Repose-toi, à présent.

Nous nous étions à peine éloignés que déjà la perspective de fermer les yeux me semblait un peu plus tentante. Au cours des dernières heures, j'avais vécu et surtout entendu trop de choses pour pouvoir résister plus longtemps à la torpeur qui menaçait de me submerger.

J'allais pour de bon glisser vers le sommeil quand une question, comme revenue du fond de mon esprit, s'imposa soudainement à moi. Je parlai sans réfléchir.

— Arthur ?

— Oui ?

— Tu ne m'as pas encore dit pourquoi Ernest t'avait envoyé au manoir, au fond ? Pourquoi n'est-il pas allé lui-même ?

— Je te l'ai pourtant plus ou moins dit… J'imagine qu'il n'avait nulle envie de revoir ses cousins.

— Oui, c'est vrai. Mais… et toi ?

— Moi ?

— Pourquoi y être allé ? Au fond, quel était ton intérêt ? Nul n'agit sans avoir une idée derrière la tête, n'est-ce pas ? ajoutai-je, reprenant les mots de Paul à mon compte.

— Les vrais amis font cela. Ernest m'a fait confiance. Il n'y a absolument rien d'autre à savoir ni à raconter, je t'assure.

Je restai un long moment songeuse. Il n'y avait rien dans la réponse d'Arthur qui soit susceptible d'éveiller en moi un quelconque doute, et pourtant quelque chose me perturbait encore.

Incapable de mettre un mot sur cet inconfort, j'abandonnai sans beaucoup de lutte. Apaisée par la chaleur de son corps, je finis par m'endormir.

31

Je fus réveillée bien plus tard, par un long baiser qui me laissa frissonnante.

— Nous arrivons.

De surprise, je me redressai, cherchant des indices par la fenêtre obscure. Étions-nous déjà passés devant ma propre maison ? À moins que nous n'ayons pas encore dépassé la ville voisine ?

— Nous arrivons à l'auberge, précisa alors Arthur, qui avait pleinement saisi mon trouble. Tu as dormi ; cependant, pas assez pour que nous soyons déjà à destination.

Lorsque nous sortîmes de voiture, l'air était glacé et sentait la fumée. Sous mes pieds, un lit de feuilles craquantes et glissantes manqua de me faire perdre mon équilibre, déjà instable. Je me rattrapai de justesse au bras d'Arthur. Il me semblait avancer dans un rêve, dans une pure création de mon esprit et non vivre un instant qui m'échappait totalement.

Le regard de l'homme qui se chargea de nos bagages, tout comme celui de la servante qui nous apporta notre repas dans un coin reculé de la salle à manger, me paru curieux et accusateur.

— Tu te fais des idées. Pourquoi voudrais-tu qu'ils nous regardent ainsi ? Ils ne savent rien de nous.

— Je ne sais pas... Nous voyageons comme mari et femme. Or, nous ne le sommes pas. S'ils ne le savent pas, moi, je ne peux l'ignorer.

Depuis que nous étions sortis de voiture, l'incongruité de la situation me frappait de plein fouet. Elle n'était pas désagréable mais sans précédent et, en ceci, un peu inconfortable.

— Ce n'est qu'une question de temps. Du moins, si tu le souhaites.

Nos mains se cherchèrent sous la table et mes yeux se chargèrent de lui répondre. La douce chaleur qu'il faisait naître en moi m'assaillit de nouveau avant de mourir, telle une bougie que l'on mouche.

— Il y a quelques jours, mon amie Louise s'est trouvée dans une auberge telle que celle-ci, ne pus-je m'empêcher de lui confier un peu plus tard, alors que le calme s'était fait dans le reste de la salle. Elle devait y retrouver l'homme qu'elle aimait et l'épouser. Or, cela n'est jamais arrivé car il lui a menti. Il n'est jamais venu. Il l'a laissée seule.

— C'est une triste histoire. Je suis navré de l'apprendre.

— Je me demandais… Est-il possible de se tromper à ce point sur quelqu'un que l'on aime ? Il semblerait qu'avec cet homme, malgré ses sentiments très forts, elle ait fait fausse route… Ce n'était pas la première fois et sans doute pas la dernière non plus.

— Qu'essayes-tu de me dire ?

Je secouai la tête, incapable de savoir où je souhaitais moi-même en venir. À présent que j'étais loin du manoir, ma vie telle qu'elle était au moment de mon départ semblait se rappeler à mon bon souvenir. Je pensais à ma mère, à nos habitudes et à la vie que je connaissais. Mais je pensais aussi à François, cet homme auquel elle avait voulu me lier et que j'avais totalement oublié. Enfin, je songeais à cette vie qui m'attendait aux côtés d'Arthur et à tout ce qu'elle signifierait peut-être, en termes de renoncements…

— Je suis là, répliqua Arthur. Je suis là et je resterai à tes côtés, tu n'as aucun doute à te faire sur la question.

— Je sais, mais…

— Et jamais je ne t'empêcherai de faire ce que tu souhaites, ajouta-t-il alors, me donnant une fois encore l'impression qu'il avait un accès privilégié à mes pensées. Si telle est ta crainte, tu peux l'oublier dès à présent. Je ne serai pas un obstacle à tes ambitions. D'ailleurs, si tu le veux bien, montons nous coucher. Il faut que tu termines ton corset afin de le présenter au plus vite, avant qu'il soit vraiment trop tard. Au retour de notre visite chez les Dusang, je m'en chargerai personnellement, si tu le souhaites. Ainsi, tu gagneras un temps précieux.

Lorsque nous arrivâmes à l'étage et qu'Arthur s'effaça pour me laisser entrer dans la chambre, je remarquai immédiatement qu'il y avait seulement un lit.

— Si cela te dérange, je dormirai dans le fauteuil.

D'un sourire, je lui indiquai le contraire. L'idée même de le savoir loin de moi était insupportable.

Me remettre au travail dans ces conditions fut une entreprise aussi délicieuse qu'étrange. Non loin de moi, silencieux, Arthur écrivait dans son éternel carnet. Il m'avait avoué y avoir répertorié toutes les idées et tous les calculs nécessaires à la création de son automate. S'il espérait trouver la poupée chez Louise, c'était pour vérifier certains éléments, et peut-être enfin trouver la clé de l'énigme.

— Chercher à percer le secret d'un travail datant de plus de vingt ans… c'est vertigineux ! m'avait-il avoué. Dusang était une âme à part. Un visionnaire.

Reprenant mes aiguilles, je pensai à son émotion palpable, à la lueur de son regard et à ses mains impatientes, ses mains qui rêvaient d'explorer, de manipuler et de toucher enfin du doigt la vérité qui l'intéressait tant. J'étais heureuse de lui en donner la possibilité. Je n'avais plus qu'une chose à espérer : que la poupée nous attende toujours, campée sur son bureau poussiéreux. Mais avant cela, il y aurait un obstacle de taille : la mère de Louise. À l'idée de lui expliquer les raisons exactes de notre venue, mon cœur s'emballait. Et si elle refusait tout bonnement de nous ouvrir la porte ? Que ferions-nous ? Quant à ma mère, je ne pouvais envisager de lui présenter Arthur dans de telles conditions mais arriverais-je à passer devant ma maison, celle qui m'avait vue grandir, et détourner le regard ?

Je tentai de retrouver mon calme dans la concentration et la minutie qu'exigeait la broderie. Au bout de quelques minutes à peine, sa magie opéra et, une heure plus tard, j'avais terminé. Ce corset résumait à lui seul plusieurs mois de travail, d'espoir et de passion. Serait-il à la hauteur de mon ambition ? Me mènerait-il là où je souhaitais aller ? Tout était fait et, à la fois, tout semblait encore à faire. L'avoir terminé auprès d'Arthur était un doux présage auquel je voulais croire.

Semblant avoir senti mon émotion, il se leva justement du lit où il était resté absorbé par ses pensées et s'avança jusqu'à mon fauteuil. Je tournai légèrement le visage vers lui alors que ses bras, dans une posture qui nous était désormais familière, se refermaient autour de moi.

— Satisfaite ?

— Très ! Avec le temps dont j'ai disposé et tous ces... aléas, je n'aurais pas pu mieux faire.

— Je suis fier de toi.

Sa bouche chercha la mienne et j'oubliai bien vite mon corset, l'Exposition et les jours du calendrier qui avaient défilé un peu trop rapidement à mon goût.

— Il est temps de se reposer, à présent. Dans quelques heures, le soleil sera levé et il faudra repartir.

— Je n'ai pas sommeil.

— Vraiment ?

— Je peux te l'assurer.

L'éclat de rire qui m'échappa lorsqu'il me souleva de mon siège se changea en soupir de contentement lorsque nous nous allongeâmes sur ce lit qui, pour une nuit seulement, serait le nôtre.

Dehors, il faisait froid mais près de nous, un feu joyeux se chargeait de réchauffer l'atmosphère. Nos corps étaient désormais si proches l'un de l'autre, et la chaleur d'Arthur, si agréable, que j'avais pourtant l'illusion de ne pas en avoir besoin.

— Ne sommes-nous pas mieux loin de ce manoir, de ces longs couloirs et de ces renards empaillés ? me demanda-t-il au bout d'un long baiser.

— Je ne pense pas que j'aurais tenu une nuit de plus...

— Moi non plus, surtout sans toi à mes côtés ! Qu'importe la suite, qu'importe ce qui m'attend puisque tu es là !

Nos souffles courts finirent par se confondre l'un dans l'autre et il me sembla complètement perdre la tête. Dans un dernier élan de lucidité, j'eus la sensation que je ne pourrais plus jamais être la même. Que celle que j'avais été n'était plus et qu'au fond, c'était bien tout ce que je voulais.

32

Toutes les nuits, même les plus belles, ont malheureusement une fin.

Alors que le jour poignait par la fenêtre aux volets grands ouverts sur le ciel et que le feu qu'Arthur avait ravivé durant la nuit montrait de nouveau des signes de fatigue, j'aurais volontiers échangé tous mes beaux projets contre une journée de repos, blottie entre ces bras qui ne m'avaient quittée de toute la nuit.

À demi penchée sur lui, j'allais lui en faire la suggestion. Mais lorsqu'il tourna son regard clair vers moi, ce fut pour me demander, d'un air faussement sérieux :

— Alors, tu es bien là ? Ce n'était pas un rêve ? Il y a de cela quelque temps, n'avais-je pas dit qu'un beau matin je te trouverais allongée auprès de moi ? On dirait que ce jour a fini par arriver. N'ai-je pas toujours raison, au fond ?

Incapable de le suivre dans sa légèreté, je n'en répliquai qu'avec plus de gravité.

— Restons ici. Arthur ? Qu'en penses-tu ?

— C'est impossible.

— Pourquoi pas ? Je suis tellement fatiguée... Il fait si bon sous ces couvertures ! En sortir est bien trop cruel !

Mais déjà, après un rapide baiser, il entreprit de passer sa chemise et se leva pour finir de se vêtir.

— Plus tard. Oui, plus tard, nous aurons tout le temps de rester au lit, sous toutes les couvertures que tu voudras. Pour l'instant, le temps presse, mon ange. Nous avons à faire. Beaucoup à faire !

Il y avait tant de ferveur dans sa réponse que je n'eus comme autre choix que de me lever à mon tour, attrapant la main qu'il me tendait.

En bas, on nous servit de quoi nous restaurer mais je touchai à peine à mon assiette, incapable d'avaler quoi que ce soit.

Je ne respirai de nouveau normalement qu'une fois dans la voiture, assise aux côtés de celui qui, décidément, veillait sur moi comme on veille sur un trésor précieux. Bien que consciente de ses efforts pour favoriser mon confort, je ne pus m'empêcher de soupirer.

— Je suis épuisée.

— Il nous reste peu d'heures de voiture, m'assura-t-il alors d'une voix consolatrice. Sois courageuse. Nous touchons au but, et bientôt tu retrouveras ton amie.

Je me contentai de hocher la tête.

Dans mon sac, mon corset, soigneusement plié, reposait. Une fois passée la visite à Louise et à sa mère, j'avais décidé d'aller retrouver maman, de le lui montrer et de tout lui expliquer. Arthur, mon travail, mes rêves et mon mariage à venir... Les sujets de conversation n'allaient pas manquer mais je la connaissais et n'avais au fond aucune crainte. Passé la surprise, sa compréhension, son empathie et surtout l'amour qu'elle avait pour moi lui permettraient d'accepter toutes ces révélations.

Je devins de plus en plus sûre de moi à mesure que le paysage devenait plus familier. Désormais, chaque tour de roue me rapprochait d'un monde auquel j'appartenais, au sein duquel j'étais née et où j'avais grandi. J'en reconnaissais le moindre vallon et les nuages même m'étaient familiers. Quant au vent, il me semblait chanter autour de la voiture, comme un ami heureux de me revoir.

Je me redressai peu à peu sur mon siège, ragaillardie. À présent, la fatigue n'avait plus aucune importance, tout comme ce qui m'attendait au bout du chemin. J'aurais bien le temps d'y penser.

Pour l'instant, seuls comptaient cette odeur si caractéristique, les cris des mouettes et la couleur du ciel, d'un gris bleuté. Derrière sa couverture grise, le soleil se faisait facétieux comme les jeunes chats après une bonne sieste. Il apparaissait, disparaissait et revenait nous taquiner de nouveau, du bout de ses rayons joyeux.

Toute à ma joie, je tournai un regard plein d'enthousiasme vers Arthur et constatai à mon grand regret qu'il était bien loin de partager de telles émotions positives. Ses traits étaient empreints de gravité et il me semblait presque triste. Ne sachant que lui dire ni comment réagir, je glissai ma main dans la sienne et le regardai la porter à ses lèvres.

— Qu'y a-t-il ? Regrettes-tu d'être venu ?

— Je suis fatigué. Mais heureux d'être arrivé.

Bien vite, mon regard fut de nouveau attiré à l'extérieur.

— Regarde ! lui lançai-je au moment où nous nous apprêtions à prendre un dernier virage. Je vis là-bas ! C'est la maison de ma mère ! La seule que j'aie toujours connue mais...

Je fronçai à mon tour les sourcils, dépitée et inquiète. En arrivant près de chez moi, j'avais craint d'apercevoir ma mère. Passer en voiture devant elle, aux côtés d'un inconnu alors qu'elle me croyait chez ma cousine, aurait été pour moi une épreuve. En conséquence, je m'attendais à tout sauf à entrevoir tous les volets de notre maison fermés. Maman n'était pas là, ce qui n'arrivait pour ainsi dire jamais.

Je n'eus pas le temps de m'inquiéter outre mesure. Déjà, la voiture ralentissait à l'approche du grand portail des Dusang. Notre véhicule tressauta en en passant le seuil, et la solennité de l'instant me frappa alors de plein fouet.

Je n'avais pas l'habitude de passer par la grande allée et encore moins d'arriver chez Louise en voiture. Si, en des temps pas si lointains, il me semblait connaître chaque recoin de ce parc, désormais j'y étais telle une étrangère.

— Alors, enfin, nous y sommes, commenta Arthur d'une voix grave.

— Es-tu déçu ?

Il haussa les épaules puis, après un long silence, avoua :

— J'ai eu le temps de l'imaginer et j'avoue que je ne m'attendais pas tout à fait à cela.

Nul ne vint nous ouvrir en entendant la voiture s'arrêter devant la maison. Sans doute notre intrusion était-elle totalement passée inaperçue. Il n'y avait rien d'étonnant à cela, le nombre de domestiques s'étant réduit comme peau de chagrin au cours des dernières années, sans parler des visites, tout aussi rares.

Côte à côte, nos maigres bagages à la main, le nez levé en direction de la façade, nous avions l'air de deux voyageurs perdus.

— Nous ferions mieux de nous manifester, décidai-je avant de m'élancer d'un pas volontaire vers la porte d'entrée.

Bien évidemment, personne ne répondit.

Loin de m'avouer vaincue pour autant, je posai la main sur le loquet et entrai chez Louise comme je l'aurais fait dans ma propre maison. Après tout, n'était-ce pas ma façon de procéder, d'ordinaire ? N'avais-je pas fait de même à bien des reprises, sans prendre la peine de m'annoncer ? Être aux côtés d'un visiteur inconnu ne devait pas me priver de ce que je considérais comme un droit.

Derrière moi, Arthur fit quelques pas hésitants dans le hall. Autour de nous, tout était sombre et silencieux. Je jetai un regard circulaire à la pièce et lançai :

— Tout cela manque un peu de renards, n'est-ce pas ?

Il n'y eut aucune réponse à ma plaisanterie. Pâle et muet, Arthur semblait être en proie à une forte émotion.

— Il n'y a personne ?

— Attends, je vais appeler.

Je m'exécutai de la manière la plus naturelle possible, bien qu'avec une certaine gêne.

— Tu fais toujours ça, d'ordinaire ?

— D'ordinaire, Louise m'attend.

Au bout de trois appels, je me rendis à l'évidence :

— Nous allons monter.

Comprenant que, pour une fois, Arthur ne prendrait aucune initiative, je lui attrapai la main et, ensemble, nous empruntâmes l'escalier qui devait nous mener au premier étage.

Et c'est là, juste en haut de ces marches, au moment même où je désespérais de la retrouver, que mon amie apparut. Sans prendre le temps ni de lui expliquer les raisons de notre présence, ni même de la saluer, je me jetai dans ses bras. Je ne relâchai mon étreinte qu'au bout de longues secondes et demandai :

— Comment vas-tu ? Et où est donc ta mère ? Est-elle partie avec la mienne ? Chez moi, tous les volets sont fermés... Mais, Louise ! Tu as l'air si fatiguée ! ajoutai-je ensuite, non sans avoir pris un léger recul pour mieux l'observer. Et si maigre ! Manges-tu seulement ? Que se passe-t-il ici ?

Mes mots s'enchaînèrent mais ne semblèrent pas la toucher outre mesure, comme si en partant j'avais adopté un nouveau langage qu'elle ne comprenait pas. À moins qu'elle ne soit sous le coup de la surprise ?

Quand enfin elle me répondit, ce fut d'une voix lente.

— Je t'attendais avec tant d'impatience... Tu as mis tellement de temps...

— Pas du tout ! Bien au contraire ! Je suis allée le plus vite possible !

— Quand as-tu reçu ma lettre ?

— Hier matin !

— Seulement ?

Très vite, nous nous mîmes à parler ensemble, ne sachant pas par où commencer ni que nous dire en priorité. Je finis par prendre ses mains dans les miennes.

— Nous avons tant à nous dire mais, avant cela, il faudra que je sache... Où est ta mère ?

— Dans le bureau.

— Tout là-haut, tu veux dire ?

— Non ! Elle est dans le bureau de mon père. Depuis mon retour, elle a, disons... Son comportement a changé. Elle est restée enfermée dans sa chambre et quand elle a accepté d'en sortir enfin, c'était pour mieux s'enfermer dans cette pièce où elle ne va jamais ! Je ne comprends absolument pas ce qu'elle peut y faire et, Adèle, elle me fait peur ! ajouta-t-elle, tout en me retirant sa main pour mieux la plaquer devant sa bouche. Je crois qu'elle est en train de tout détruire !

Je connaissais très bien cette mimique et le tremblement de sa voix. Louise ne mentait pas ; elle était totalement catastrophée par la situation. Sa panique, évidente, commença à me gagner et je me tordis les mains d'affolement, ne sachant comment procéder.

— Si cela est bien le cas, alors, il faut aller la trouver et l'empêcher de poursuivre ! Et sans attendre !

Arthur, qui était resté en retrait jusque-là, avait fait un pas vers moi et, de ses mains chaudes posées sur mes épaules, tentait de me redonner un peu de la force et du sang-froid qui semblaient subitement me manquer.

Remarquant enfin sa présence, Louise, les yeux agrandis par la surprise, se tourna de nouveau vers moi.

— Qui est cet homme ?

— Je suis Arthur Chevalier, là pour vous servir, mademoiselle Dusang.

— Il était à La Renardière quand je suis arrivée, expliquai-je, pas peu fière de revenir avec un tel homme à mes côtés.

À mon grand regret, elle ne semblait guère impressionnée mais plutôt suspicieuse et froide.

— Vraiment ? Et il est venu avec toi ? Mais pourquoi ? Je ne comprends pas...

— L'histoire est trop longue à raconter ! Allons voir ta mère !

Sans répondre, elle tourna les talons.

Nous la suivîmes dans deux autres volées de marches et enfin arrivâmes au tout dernier étage. Le couloir y était relativement court et à nos oreilles parvinrent immédiatement des bruits sourds, brusques, accompagnés de gémissements dont je peinais à saisir la provenance.

Je regardai Louise puis Arthur, interdite.

— Mais que fait-elle ? Que se passe-t-il, là-dedans ?

— Je vous l'ai dit. Je crois qu'elle détruit des documents. Elle a brûlé des objets. Ce matin, alors que le soleil se levait à peine et que je la suppliais de sortir et d'arrêter tout cela, elle a même dit qu'elle irait jusqu'à brûler chaque latte de ce plancher de malheur !

— Mais pourquoi ?

— Je l'ignore ! Si seulement je savais ! s'agaça-t-elle finalement, comme à bout de forces.

Tous les reproches que j'aurais pu lui faire sur ses mensonges par omission et son égoïsme s'envolèrent alors avec ma rancune. Comment lui en vouloir plus longtemps ? Si Louise avait souhaité jouer, tout comme l'avait sous-entendu Paul lors de notre dernière conversation, alors elle était la première à avoir perdu la partie...

Tout à coup, Arthur sembla redevenir lui-même. Nous dépassant, il se rendit jusqu'à la porte et y tambourina vigoureusement.

— Madame Dusang ! Ouvrez-moi !

Il y eut un silence puis une voix lointaine répondit :

— Qui êtes-vous, monsieur ? Que faites-vous ici ? Qui que vous soyez, vous n'avez rien à faire chez moi !

— Je vous demande de sortir de cette pièce ! J'ai à vous parler !

— Et moi, rien à vous dire ! Et bien trop à faire !

— Votre fille s'inquiète beaucoup pour vous ! Et vous, vous ne pouvez détruire tout l'héritage de votre mari !

Il y eut de nouveau un silence puis la mère de Louise répliqua :

— Quel héritage ? Il n'y a rien qui vaille la peine d'être conservé, ici !

— Je pense le contraire ! Et je sais que vous mentez.

— Vous n'en savez rien !

— J'en sais bien plus que vous ne le croyez !

— Et pourquoi cela, je vous prie ? Vous ne pouvez avoir connu mon mari !

Désormais, sa voix ne nous parvenait que de très loin, comme si elle s'était davantage éloignée de la porte pour mieux se protéger des exigences d'Arthur.

— En effet, je ne l'ai pas connu.

— Alors, vous n'avez rien à exiger de moi !

— Si ! Bien au contraire !

— Et pourquoi, je vous prie ?

— Mais parce que je suis son fils ! Je suis le fils de votre mari ! Et à ce titre, je vous demande d'ouvrir !

— Vous mentez !

— Je ne mens jamais, madame Dusang, sauf lorsque j'y suis obligé ! Je vais de ce fait ouvrir cette porte sans votre accord. Afin de ne pas vous blesser, je vous prie de rester à distance !

Et d'un coup d'épaule puissant, il enfonça la porte.

33

Une fois passé le choc de voir cette pauvre porte à terre, la vue du corps inanimé de la mère de Louise, allongée au centre de la pièce, acheva de retourner mes sens.

— Tu l'as tuée ! m'exclamai-je, complètement affolée, tout en martelant le torse d'Arthur de mes poings fermés.

— Mais non ! Regarde !

Du doigt, mais sans faire mine de retenir mes coups, il me désigna Louise, qui avait accouru auprès de sa mère. À présent agenouillée près d'elle, elle l'aidait à s'asseoir et à recouvrer ses esprits.

— Elle va bien ! Ou du moins, elle est en vie. Elle a tout simplement besoin de repos. Je ne suis pas responsable de l'état de faiblesse dans lequel elle se trouve… Elle ne m'a pas attendu pour cela.

Je lui désignai la porte, atterrée par son calme.

— Et ceci ?

— Seulement une porte.

— Et le reste ?

— Mmm… Le reste ?

Mes mains agrippèrent fermement son veston. J'aurais voulu être plus grande, plus forte et, une fois encore, plus impressionnante, juste pour lui faire sentir la pleine mesure de mon indignation. Malheureusement, je ne pouvais que fulminer.

— Tu es le fils de M. Dusang ? Qu'est-ce que c'est que cette histoire ? Est-ce un nouveau mensonge ? Ou alors, mentais-tu auparavant ? En réalité, tu auras tout fait pour que je t'amène ici, n'est-ce pas ? Sinon, nul n'aurait jamais voulu t'ouvrir ! Tu t'es servi de moi !

Mes poings, certes insignifiants, n'en martelèrent pas moins de nouveau Arthur. Cette fois, il y mit rapidement fin. M'attrapant les poignets avec une autorité que je ne lui connaissais pas, il n'essaya même pas de s'expliquer, se contentant de me répéter qu'il était désolé.

— Désolé ? Tu n'as rien de mieux à me dire ? Après cette nuit que... Après tout ça ? ajoutai-je d'un ton plus bas, ne tenant pas à dévoiler notre secret, du moins dans l'immédiat. Te rends-tu compte de ce que cela veut dire pour moi ? Et là, devant mon amie, j'apprends que tu n'es pas celui que tu m'as dit être. Pour la seconde fois !

— Je t'ai dit qui j'étais, hier, dans ta chambre. Tu ignorais seulement un détail.

— Je ne considère pas cela comme un détail !

— En effet, cela n'en est pas un, mais cela ne change rien à nous, à ce que je t'ai dit, à...

— Tu aurais pu me le dire plus tôt !

— Et comment voulais-tu que je te le dise ?

— De simples mots auraient fait l'affaire !

Il poussa un soupir à fendre l'âme, qui aurait dû m'agacer plus que de raison mais qui, en réalité, m'interpella. Il semblait dépassé par ses émotions et surtout par ma colère, somme toute bien compréhensible.

— J'avais peur. Tout d'abord, j'ai eu peur que te l'avouer ne te rende suspicieuse, ou alors que cela change le regard que tu portais sur moi. Ensuite, je ne savais tout simplement plus comment évoquer le sujet. C'était bien trop tard pour le faire...

— Alors, tu en avais conscience ?

— Parfaitement conscience. Plus j'attendais et plus j'étais

certain que cela poserait un problème, et j'avais bien raison, ajouta-t-il tout en me jetant un regard navré. J'ai préféré me taire.

— Il aurait mieux valu dire la vérité !

— Il faut me pardonner, Adèle. Je...

Comprenant qu'il allait m'enlacer et qu'à ce contact toute ma colère s'évanouirait instantanément, je préférai faire un pas en arrière pour l'éviter.

Je me détournai, soudain envahie d'une grande lassitude. Plus que jamais à ce moment précis, j'avais besoin d'être seule, de m'éloigner de Louise et de sa mère, de ce bureau où jadis j'avais vu cette poupée mais également de l'homme que j'avais cru connaître et qui, une fois de plus, m'échappait totalement.

Inquiet de mon soudain revirement d'humeur, Arthur parvint cette fois à me retenir par l'épaule.

— Que se passe-t-il ? Adèle, s'il te plaît... Je n'ai jamais pensé à mal et tout ce que je voulais, c'est que nous restions ensemble !

Je levai les yeux au ciel et fis mine de poursuivre mon chemin.

— J'ai voulu te le dire au moins dix fois, dans la voiture, poursuivit-il malgré tout, alors que je m'éloignais dans le long couloir.

— Pourquoi ne l'avoir pas fait la onzième, dans ce cas ?

— Parce que nous sommes arrivés chez les Dusang, bien entendu...

— Bien entendu ! Alors pourquoi ne pas l'avoir dit en arrivant ? Ce n'était pas bien compliqué, j'imagine... Quelque chose de l'ordre : « Il fait beau aujourd'hui, n'est-ce pas ? Au fait, puisque nous avons encore quelques secondes devant nous, il me semble avoir omis de te dire que je suis le demi-frère de ton amie Louise. »

— Adèle...

Me retournant à demi, je levai une main autoritaire, comme pour mieux le réduire au silence.

— Non ! Ne dis rien, je t'en prie ! J'ai l'impression d'être la personne la plus naïve au monde à tes côtés ! Peux-tu seulement imaginer à quel point cette sensation m'est désagréable ? Je ne comprenais pas ton attitude, lorsque nous étions en voiture ; je t'ai trouvé préoccupé, inquiet, tendu... Désormais, je sais pourquoi mais j'aurais aimé ne pas me poser toutes ces questions !

Chemin faisant, nous étions arrivés au niveau du hall et j'hésitai quant à la suite à donner à ma fuite. Devais-je remonter voir Louise sous peu ou pouvais-je m'autoriser une rapide promenade dans le parc ? Il me semblait avoir besoin du ciel au-dessus de ma tête et de l'air vif sur ma peau pour parvenir de nouveau à réfléchir. Aussi décidai-je de sortir.

Arthur m'offrit son bras au moment où je passais sur la terrasse, à l'arrière de la maison. Je soupirai ostensiblement mais ne l'en pris pas moins. Qui qu'il soit, quoi qu'il fasse, je ne pouvais lui en vouloir longtemps.

Nous commençâmes à déambuler parmi les massifs abandonnés et où les mauvaises herbes pulluleraient de nouveau dans quelques mois, dès les premiers dégels. Après les dimensions impressionnantes du parc des de Mussey, le jardin des Dusang me paraissait très modeste, presque intime.

Nous passâmes d'un pas lent vers le kiosque où nous avions l'habitude de jouer, Louise et moi, du temps de notre enfance et je mesurai pleinement le chemin parcouru depuis cette époque lointaine. En quelques jours à peine, il me semblait avoir expérimenté mille vies. Tout ce que j'avais vécu précédemment me paraissait à la fois plus clair et plus lointain.

J'eus un petit rire en songeant à toutes les existences qu'avait également eues celui qui se tenait à mon côté.

— Qu'y a-t-il ? me demanda-t-il d'un air anxieux, semblant craindre ce qui suivrait.

— J'étais seulement en train de me dire que tu es bien différent de la petite fille que nous avions imaginée, Louise et moi !

— Alors, elle connaissait mon existence ? Je veux dire... On lui avait parlé de moi ?

— On lui avait parlé d'un enfant né avant le mariage de ses parents. Un enfant que son père n'avait pas reconnu et qui vivait on ne savait où. Et toi ? As-tu toujours su que tu avais une sœur ?

Il secoua vivement la tête.

— Non, je l'ai toujours ignoré. Enfin, en réalité, je savais que mon père, du moins, le mari de ma mère, n'était pas mon véritable père. Je ne sais pourquoi ma mère a tenu à ce que j'en sois informé, quand on connaît son goût pour le secret…

— Que t'a-t-elle caché ?

— Peu avant sa mort, quelques jours, tout au plus, mon père m'avait écrit.

— Il voulait te voir ?

— Non. Il connaissait mon existence, mais jusque-là je ne l'avais pas assez intéressé pour qu'il tente de me rencontrer, d'une quelconque manière que ce soit. J'imagine qu'en voyant la mort arriver, il a décidé de transmettre quelques pensées à son fils… Je ne prétends pas le comprendre ni l'expliquer. Quoi qu'il en soit, ma mère a reçu cette lettre, l'a lue et m'a caché son existence jusqu'à il y a quelques mois.

— Tu veux dire que tu n'as connu sa véritable identité que cette année ?

— Parfaitement. J'avais suivi mon propre chemin et décidé de quitter mes fonctions peu avant de lire à mon tour cette lettre. Si ma mère ne s'était trouvée malade à ce moment-là et ne m'avait demandé de lui trouver l'adresse d'une amie, je n'aurais jamais ouvert sa correspondance ni découvert des mots posthumes qui m'étaient adressés et qui étaient restés là, à attendre qu'un jour je veuille bien en prendre connaissance. Cette découverte tient à peu de choses, à vrai dire, mais elle a bouleversé toute mon existence.

Du regard, je l'encourageai à poursuivre, devinant qu'il allait à présent me révéler les pans d'une histoire qu'il n'avait fait qu'effleurer.

— J'avais déjà un goût pour les mathématiques, pour la création, pour tout ce dont je t'ai déjà parlé. Quand j'ai découvert la lettre de mon père, j'ai compris que tout avait un lien, que tout avait un sens. Qu'au fond, tout ce monde coulait littéralement dans mes veines.

— Mais que t'avait-il écrit ?

— Rien. Tout. C'était un homme qui se savait proche de la fin et qui avait à cœur de faire passer un dernier message. Il me parlait de la poupée, du vol dont il a fait l'objet. Il me disait qu'elle était mienne et qu'en ma qualité de fils, il était de mon devoir de la récupérer et de rétablir la vérité.

— Tu l'as cru ?

— Bien sûr que non. Je connaissais l'histoire de cette poupée, de son succès phénoménal et de sa disparition tout aussi inoubliable. Le nom de Dusang ne m'était pas inconnu mais il était pour moi ce qu'il avait toujours été pour tous : celui d'un second rôle. Et voilà qu'au seuil de la mort, cet homme, mon père, m'affirmait le contraire ! Or, il n'avait jamais rien fait pour moi de son vivant. Il ne m'avait accordé aucune attention. Je ne pouvais le croire, d'autant moins que cette lettre était trop ancienne pour avoir encore le moindre poids dans mon existence. J'ai donc poursuivi ma vie du mieux que j'ai pu, tentant de me concentrer sur mes propres objectifs. Et puis…

— Tu as rencontré Ernest de Mussey, je présume. Votre rencontre était-elle fortuite ?

— Tu te doutes bien que non ! Mais avant cela, il y a eu l'article dans *L'Aurore*, bien entendu ! Il a apporté une tout autre lumière à ce que je venais d'apprendre… Cette histoire était ancienne mais j'avais soudainement l'impression d'être cerné de tous côtés ! J'ai de ce fait décidé d'écrire à la mère de Louise.

— Vraiment ? Et que t'a-t-elle répondu ?

— Rien ! Alors j'ai écrit de nouveau, la suppliant de m'en dire davantage sur cette poupée. Je lui ai tout expliqué en omettant évidemment le fait que j'étais moi aussi inventeur, de peur qu'elle ne me pense plus intéressé que sincère. Après ceci, j'ai appris, cette fois par le plus grand des hasards, qu'un certain Ernest de Mussey avait fait quelques histoires dans un hôtel à côté de chez moi, et il ne m'a pas été bien difficile de le trouver et encore moins de lier connaissance avec lui. Le reste, tu le connais déjà. Il voulait récupérer la poupée, étant persuadé tout comme sa mère qu'elle était cachée quelque part dans La Renardière et qu'elle pouvait lui rapporter gros.

— Ce que tu savais faux ?

— Je n'en savais que peu de choses. J'étais venu davantage pour voir les lieux, visiter l'atelier et m'assurer que de Mussey avait réellement été l'imposteur. Que mon père était l'inventeur. C'est pour cela que j'ai arpenté le manoir, de jour et surtout de nuit. Enfin, c'est également pour cela que ton arrivée, du moins celle de Louise Dusang, m'a à ce point posé un problème.

— Tu pensais que je venais te faire concurrence ?

— J'ai pensé que tu cherchais toi aussi la poupée. Que ton père l'avait bel et bien cachée au manoir et que tu voulais la récupérer. L'Exposition universelle allait se terminer sous peu, le secret n'avait pas encore été dévoilé et toi, tu es arrivée chez les de Mussey avec ton visage d'ange et tes manières de poupée !

— Je n'ai rien d'une poupée !

— Je sais, je l'ai découvert à mes dépens ! répliqua-t-il avec une grimace, semblant faire référence à mes vaines attaques. Quoi qu'il en soit, j'ignorais si tu étais de mèche avec Rebecca, Paul, les deux ou alors aucun des deux. Je devais chercher, t'observer et, à la fois, je craignais d'être découvert ! Je n'avais qu'une piètre connaissance de l'histoire des de Mussey…

— Assez pour me parler du grand-père Charles, en tout cas…

— En effet. Lorsqu'il avait bu, Ernest n'était pas avare en anecdotes familiales qui ont eu leur utilité. Mais au-delà de ces dernières, il n'aurait pas fallu gratter beaucoup plus loin pour découvrir la supercherie. Je ne suis pas certain d'avoir été à ce point convaincant dans mon rôle de cousin. D'ailleurs, je pense que je les ai plus ou moins déstabilisés. Cela étant dit, je les pensais trop préoccupés par leurs propres affaires pour avoir la présence d'esprit de remettre en question ce qu'on leur assurait.

Nous reprîmes notre promenade mais sans perdre pour autant de vue la maison de Louise. Je ne voulais pas m'éloigner, considérant qu'une fois sa mère alitée, mon amie pouvait avoir besoin de moi à tout moment.

— Alors ce soir-là, le tout premier soir, tu pensais rencontrer ta demi-sœur...

— En effet. Une sœur dont j'ignorais à peu près tout. Une sœur qui, bien vite, a éveillé mon intérêt d'une bien étrange façon ! J'ai cru être devenu fou. Heureusement pour moi, j'ai su assez rapidement te percer à jour !

— Pourquoi y être parvenu quand d'autres n'y sont pas arrivés ?

— Peut-être parce que j'ai suffisamment de cœur pour écouter les gens dont je croise le chemin. Je sais les voir, les comprendre. Et plus je te voyais, plus je t'écoutais et plus j'étais certain que tu n'étais pas Louise Dusang. Que tu ne pouvais être ma sœur ! La promenade à cheval me l'a confirmé. Ce que j'ai ressenti pour toi n'était assurément pas le genre de sentiment que l'on ressent pour un membre de sa famille, à moins d'être à moitié fou. Et je ne le suis pas, Dieu m'en garde !

— Tu aurais pu te tromper...

— Je ne me trompais pas. Je ne savais pourquoi tu mentais ni pourquoi tu avais pris la place de Louise, mais je voulais te protéger. Il me semblait nécessaire de garder un œil sur toi en toutes circonstances, de veiller sur toi. Durant la réception comme lors de ce repas, avec cette bouteille renversée qui t'a tant agacée... J'avais compris que tu allais révéler ton identité et je ne souhaitais pas te voir dans cette tourmente. J'ai préféré me faire détester plutôt que de te voir te mettre dans une situation inconfortable. J'ai vite compris que je pouvais te révéler des choses sur moi, je l'ai fait petit à petit, jusqu'à hier matin, où tout s'est emballé... Je me savais en confiance. J'avais déjà bien compris que tu ne pouvais plus te passer de moi, ajouta-t-il avec un petit sourire en coin.

— Je te trouve très présomptueux...

Arthur écarta les bras de toute leur envergure et déclara, fataliste :

— Je plaide coupable ! Mais c'est en croyant en sa personne et en sa chance que l'on attire à soi les plus belles situations et les plus belles femmes !

— J'aimerais avoir ton assurance.

— Tu l'auras ! Je te le promets !

Mes yeux se posèrent de nouveau sur la façade de la maison de Louise et je sus qu'il était temps de revenir et de me confronter à une autre histoire qui, sans doute, me donnerait les pièces manquantes du puzzle.

— Rentrons. Qu'en penses-tu ?

Arthur acquiesça.

— Je le crois, oui. Mais avant toute chose, il me reste quelque chose à faire...

Alors, il mit un genou à terre dans l'herbe mouillée.

— Je crois qu'il est plus que temps de te demander si tu veux bien être ma femme, Adèle Lamour. Pour l'instant, je n'ai pas grand-chose à t'offrir, si ce n'est une vie qui me ressemble et qui j'espère te rendra heureuse. Je n'imagine plus un jour sans t'avoir à mes côtés et si tu refuses, eh bien... je crois que je t'épouserai de force, quitte à ce que tu me le fasses regretter !

Je papillonnai des cils quelques secondes, au moins pour lui faire croire que la question méritait réflexion. Puis, je demandai :

— Y a-t-il encore un secret, un mystère à découvrir ou as-tu épuisé toutes tes cartes ?

— Tout est dit. Je te le jure.

— Puis-je vraiment te croire ?

— C'est à toi de faire ce choix. Alors ?

De large et éclatant, son sourire devint plus discret, presque timide. Sous ses airs bravaches, Arthur Chevalier semblait lui aussi pouvoir être en proie au doute. Je décidai d'en jouer.

— Je n'accepterai de t'épouser qu'en échange d'excuses que je pense mériter.

— Très bien. Je te présenterai mes excuses pour tout ce que tu veux ! Et plus encore ! Pour la pluie qui tombe trop souvent, le vent qui souffle trop fort, les chiens qui aboient...

— Inutile ! Il y a seulement une chose, une raison pour laquelle je souhaite tes excuses. C'est important, Arthur, s'il te plaît, reste sérieux.

Il fit de son mieux pour avoir l'air grave et quand cela fut le cas, quand je vis même un soupçon d'inquiétude de nouveau poindre dans son regard, je me permis de demander :

— Excuse-toi pour avoir sous-entendu que je pouvais confondre un sanglier et un renard.

Toujours aussi sérieux, il hocha gravement la tête.

— Ah. Nous en sommes donc toujours à ce point ?

— Toujours, oui. Avant d'envisager d'autres choses, il me semble important d'en mettre certaines au clair...

— Très bien. Alors, Adèle, je te prie de m'excuser d'avoir sous-entendu que tu pouvais confondre un sanglier et un renard.

J'inclinai joyeusement la tête, telle une reine, ravie par le comportement de son sujet. Ma satisfaction ne dura malheureusement qu'un temps infime, car déjà Arthur poursuivait.

— Bien que je n'en aie jamais eu la confirmation formelle pour autant. Es-tu bien certaine d'en être capable ?

— Oh ! Arthur !

— Je...

Plutôt que de lui répondre, je préférai tourner les talons et m'éloignai de lui aussi vite qu'il me l'était possible. À feindre la colère, j'étais à deux doigts de la ressentir pour de bon mais c'était compter sans Arthur et son regard ensorcelant.

En deux pas à peine, il fut à mon niveau et m'attrapa par la taille pour mieux me plaquer contre lui.

— Une réponse, Adèle ! Tu n'iras pas plus loin sans daigner me répondre ! Alors ? Est-ce oui ou non ?

J'allais répliquer, m'agacer ou que sais-je encore quand la beauté de l'instant eut finalement raison de moi. Il était peut-être temps d'arrêter de jouer un rôle, si drôle soit-il.

Alors, je tournai mon regard le plus tendre vers Arthur et lui lançai, plus sûre de moi que jamais :

— C'est oui ! Évidemment que c'est oui !

34

Allongée aux côtés de Louise lors de la nuit qui suivit cette longue et inoubliable journée, j'eus le plus grand mal à trouver le sommeil. Il me semblait entendre chaque craquement d'une maison où j'avais finalement rarement dormi au cours des dernières années. Je ne connaissais pas la musique nocturne de ses planchers, le son des horloges qui, chaque heure, croyaient bon nous rappeler que le temps passait. J'y étais presque aussi étrangère qu'à La Renardière, au fond. Qu'en serait-il quand je rentrerais chez moi ? La nuit prochaine serait-elle douce ou au contraire tout aussi difficile et tourmentée ?

Malgré la danse incessante de mes pensées, j'aurais certainement pu rester longtemps ainsi, couchée dans le noir, à écouter la respiration régulière de mon amie si mon agitation intérieure n'avait pas exigé un peu de mouvement.

Enveloppée dans un châle trouvé au pied du lit, j'allai jusqu'à la grande fenêtre et y tirai discrètement un petit fauteuil d'un bleu sombre, dans lequel je m'étais certainement déjà assise mille fois. Cette nuit, il ne m'en semblait pas moins nouveau ou, en tout cas, loin de m'être familier. Comme si tout ce que j'avais en tête, tout ce que j'avais appris au cours des dernières heures avait modifié jusqu'à ma vision du monde qui m'entourait.

Là, dans le silence de la nuit, je m'autorisai enfin à penser au père de Louise et d'Arthur, à la mère de Paul et de Rebecca, à cette poupée que j'avais cru retrouver ici mais qui n'était qu'un modèle depuis longtemps détruit, et à la profonde déception qui avait animé les traits de son fils unique et illégitime lorsqu'il avait appris cette nouvelle.

— Ainsi, avait déclaré Arthur, ici s'arrête le rêve. En venant à vous, j'avais espéré découvrir le travail de mon père et peut-être lui redonner la lumière dont il aurait dû bénéficier en son temps mais j'arrive trop tard. Bien trop tard !

Mme Dusang, qui avait accepté de nous recevoir depuis le lit où elle avait pris un peu de repos, avait demandé :

— Vouliez-vous réellement voir cette poupée pour rétablir l'honneur et le talent de mon mari ? Et non à des fins personnelles ?

— Je suis moi-même inventeur, avait alors confié Arthur, après quelques secondes de réflexion. J'avais omis de vous en parler dans les deux lettres que je vous ai envoyées. Je ne veux plus en faire un mystère, à présent. Dire que je ne suis pas intéressé par sa technique à titre personnel serait mentir. Néanmoins, en moi, il n'y a jamais eu la volonté de voler qui que ce soit. J'agis par passion, j'avance au gré de mes émotions, et c'est ainsi que le monde devrait tourner, à mon sens. Quand j'ai lu l'article faisant mention de votre lettre, dans *L'Aurore*... Car il s'agit bien de vous, n'est-ce pas ? C'est bien vous qui avez écrit ?

— Je n'ai pas écrit à ce journal, non ! Pourquoi l'aurais-je fait ? J'avais fait mon deuil de toute cette histoire depuis longtemps et si j'aimais raconter à Louise qu'un jour elle épouserait un de Mussey, c'était davantage pour lui donner l'espoir d'un avenir plus fortuné qu'avec certitude ! À la suite de la réception de votre lettre, j'ai fait en sorte de lire l'article et depuis lors, je n'ai guère eu de doute sur la personne qui avait pu prendre la plume...

— Qui ?

— Mais Angélique de Mussey, bien entendu !

L'évocation de cette femme avait semblé la toucher plus que de raison car quelques couleurs étaient montées à ses joues. Bien qu'elle soit toujours aussi faible, elle nous prouva par sa réaction qu'il lui restait encore de l'énergie et qu'elle se remettrait rapidement.

Tout ne serait pas simple et évident pour autant...

Sa première rencontre avec Arthur avait été si fracassante qu'un peu plus tôt, en le voyant de nouveau passer le pas de la porte, j'avais imperceptiblement rentré la tête dans les épaules. Qu'ils puissent discuter aimablement et surtout calmement m'avait semblé impossible ; et pourtant, c'était ce qui était arrivé.

— Venez par ici et asseyez-vous ! avait clamé la mère de Louise, dès son entrée. Vous êtes si grand que je me tords le cou ! Vous me rappelez quelqu'un !

— Madame, je vous remercie de me permettre de me présenter de nouveau à vous. Je vous prie d'accepter mes excuses pour ce qu'il s'est passé un peu plus tôt. Je...

D'un geste de la main plus vif que son état n'aurait pu le faire pressentir, elle avait envoyé valser la suite de ses excuses.

— Peu importe ! Alors, c'est vous ? C'est bien vous ?

— C'est moi.

— Comment puis-je en être certaine ?

— Vous ne le pouvez pas. Je vous ai tout dit dans mes lettres. Les avez-vous seulement lues ?

— En effet.

— Pourquoi n'avoir pas répondu ?

— Je n'en avais nulle envie.

Louise avait étouffé un rire nerveux. Je m'étais alors demandé ce qu'elle savait de toute cette histoire et s'il me faudrait lui donner quelques détails supplémentaires ou non. À moins qu'elle n'en sache en réalité plus que ce qu'elle avait bien voulu m'avouer ?

— Oublions cette lettre ! Comment êtes-vous arrivé ici ? Je veux dire... J'ai bien compris que vous étiez venu avec Adèle. D'ailleurs, ma chère, avait-elle poursuivi non sans s'être furtivement tournée vers moi, vous avez du souci à vous faire avec votre mère. Préparez-vous à une scène pénible. Je lui laisse le soin de vous faire la morale que vous méritez...

J'avais difficilement avalé ma salive, mal à l'aise à l'idée de ce qui m'attendait.

Puis, ils avaient parlé du journal, de l'article et de la mère de Paul et de Rebecca.

— S'il s'agit bien d'elle, je ne comprends pas pourquoi elle a attendu si longtemps pour écrire cette lettre…

— Pourquoi ? s'était écriée Adélaïde. Mais pour profiter de l'engouement lié à l'Exposition, bien entendu ! Avec cette lettre, elle souhaitait semer le trouble, et la presse adore ces vieilles histoires… Ces articles sont si racoleurs ! Ils n'ont guère d'intérêt littéraire mais tout le monde les lit et tout le monde s'en souvient ! Quelques semaines après avoir reçu votre première lettre, Arthur, j'ai reçu la sienne. Elle ne me parlait absolument pas de *L'Aurore* mais évoquait étrangement cet accord que nous avions passé en 1877, le jour où elle m'a rendu visite…

— La mère de Paul et de Rebecca est venue chez nous ?

— Parfaitement ! Mais vous n'étiez pas là, Louise. J'avais fait en sorte de vous éloigner. Quand elle s'est trouvée en face de moi, je m'en suis félicitée. Quel regard ! Oui, quel regard, elle avait ! Il vous aurait fait peur. C'était… c'était un regard de serpent ! Des yeux si étranges !

Gênée, Louise nous avait regardés, Arthur et moi, et s'était levée pour poser une main apaisante sur l'épaule de sa mère.

— Vous ne devriez pas vous agiter ainsi…

— Je m'agite si je veux ! Quand on a un regard pareil, on est forcément habitée par le démon ! Un œil vert, l'autre bleu ! Vous imaginez ?

La réplique aurait eu le mérite de retenir mon attention si je n'avais déjà été aussi absorbée par la scène qui se déroulait devant moi. Mais Adélaïde ne m'avait évidemment pas laissé le temps de réfléchir davantage et avait repris :

— C'était une journée particulièrement chaude et j'avais passé la matinée à…

Un œil vert, l'autre bleu ?

Alors cela avait été comme si mon esprit, après avoir occulté l'information, avait fait le choix de la recevoir avec plus de force encore. Le temps d'un rapide retour en arrière, j'avais revu la femme croisée le premier matin dans le parc. J'avais pensé n'avoir jamais vu un regard pareil ; et pourtant, nous nous étions déjà rencontrées bien des années plus tôt ! Car ce jour-là, celui de sa visite, j'étais là !

Je m'étais souvenue du bruissement des insectes dans les massifs de fleurs, des rayons de soleil ardents qui me faisaient courir d'ombre en ombre et surtout de mon ennui d'être sans Louise. Pour mieux me rapprocher d'elle et surmonter son absence, je m'étais faufilée dans leur maison et m'étais glissée jusqu'à ce troisième étage si mystérieux où nous allions très rarement.

J'essayais de nouveau de m'introduire dans le bureau de M. Dusang quand leurs voix étaient arrivées jusqu'à mes oreilles, transformant ma curiosité en panique. J'avais à peine eu le temps de me glisser derrière une paire de lourds rideaux que déjà elles étaient à portée de vue.

Très grave, la mère de Louise était suivie par une inconnue. Grande et brune elle aussi, elle portait l'une de ces robes seyantes mais très étroites, à l'ancienne mode. Malgré mon jeune âge, je n'en avais pas douté : cette tenue était aussi belle qu'elle devait être désagréable à porter. Ainsi vêtue, elle ne risquait pas de descendre les marches quatre à quatre comme j'allais le faire dès que la voie serait libre et c'était bien dommage pour elle !

Si l'inconnue souffrait d'un quelconque inconfort, elle ne l'avait en tout cas pas montré. Avec grâce, elle s'était légèrement inclinée face à Mme Dusang puis sa voix, cristalline, avait brisé le silence ambiant.

— J'ai été très heureuse de vous rencontrer, madame, et je vous sais gré d'avoir bien voulu me recevoir.

— Et moi, je vous remercie d'avoir pris la peine de venir jusqu'à moi. De tels déplacements sont rarement bienvenus.

— Le sujet ne pouvait faire l'objet de lettres. Nous devions en parler de vive voix pour enfin mettre cartes sur table et mieux se comprendre.

— Je partage votre avis. Rien ne vaut une conversation.

— Se regarder dans les yeux est souvent le seul moyen de s'assurer de la sincérité de l'autre.

— Êtes-vous satisfaite sur ce point ?

— Tout particulièrement.

Il y avait eu un court silence puis la femme avait ajouté :

— Nous reverrons-nous ?

— Pas avant un moment.

— Je comprends. Cependant, n'oubliez pas ce que je vous ai également demandé...

— J'y penserai.

Comprenant que leur conversation cessait à cet instant précis, la femme avait docilement hoché la tête puis suivi son hôte jusqu'au haut de l'escalier. Lorsqu'elles étaient arrivées près de la fenêtre où je m'étais cachée du mieux que je pouvais, j'avais retenu mon souffle pour me faire oublier. En vain. Les yeux de la femme, croisant les miens, avaient retenu toute mon attention.

L'un était vert pâle. L'autre bleu !

Ainsi, la femme que j'avais croisée dans les jardins de La Renardière, et que j'avais prise pour une ancienne domestique en promenade, n'était autre que la mère de Rebecca et de Paul. Elle n'était jamais allée en voyage. Elle avait toujours été là ! Non loin de nous ! Voilà pourquoi le prénom de Louise lui avait échappé...

Seule la voix de Mme Dusang, qui avait poursuivi sa confession, m'avait permis de revenir au présent et à notre conversation du moment.

— Ce jour-là, Angélique de Mussey est partie en me rappelant le pacte que nos maris avaient passé du temps de leur vivant. Sur l'instant, je n'ai vu dans cette promesse qu'un échange de paroles sans beaucoup de sens. Par la suite, je me suis demandé si ainsi elle n'essayait pas de garder un certain pouvoir sur moi... Elle n'ignorait pas les problèmes d'argent de notre famille. Pour ma part, j'ignorais les siens. J'ai découvert plus tard que nos vies, au fond, étaient assez similaires. Lorsqu'il était venu me rendre visite en son temps, son mari s'était montré beaucoup moins subtil.

— Il n'a rien avoué, ce jour-là, n'est-ce pas ?

— Rien. Il m'a présenté ses condoléances et il m'a demandé si, en hommage à son ami, il pouvait se rendre dans son bureau et consulter une dernière fois ses documents. Par colère, j'ai tout bonnement refusé.

— Colère ?

— Oui, colère. Pour moi, ces inventions avaient mené mon mari à sa perte et je ne voulais plus en entendre parler. J'aurais pu accepter la proposition de De Mussey et, au contraire, tout lui céder mais… une part de moi, infime mais non moins réelle, se méfiait de tant d'empressement. Bien plus tard, j'ai compris que j'avais bien fait. Qu'il ait osé venir jusqu'ici et me demander ces documents en étant coupable était une preuve de plus, s'il en fallait, de son cœur mauvais.

— Ou alors de son désir de succès…

— Aucun succès n'a de valeur s'il est acquis au détriment d'autrui. J'ai malgré tout fini par lui vendre quelques croquis, autant pour la modique somme qu'il me demandait que pour le voir enfin partir. J'étais veuve, il me fallait de l'argent mais je n'ai donné que d'anciens documents, les faisant passer pour les plus récentes recherches de mon mari.

— Vous ne saviez vraiment rien du vol dont il avait fait l'objet ?

Mme Dusang avait alors tourné son regard perçant vers Arthur.

— Mon mari et moi ne parlions pas de son travail. Il savait que je déplorais le temps et l'argent qu'à mon sens il y gaspillait. Je n'ai rien su de son talent, rien compris de ce qui se jouait. Je m'en suis longtemps voulu, avant de réaliser que cela était inutile. À quoi bon penser et penser encore à un passé révolu ? J'ai tout fait pour oublier cette histoire, et ces gens. Et puis, j'ai reçu votre lettre, Arthur. L'article dans le journal, la lettre d'Angélique de

Mussey. Tout s'est enchaîné. Toutes les pièces du puzzle se sont mises en place et alors… Alors, j'ai compris !

— Vous avez compris que vous pouviez enfin redonner à votre défunt mari la place qu'il méritait ?

Là, la mère de Louise s'était agitée dans son lit, semblant en proie à des sentiments contradictoires.

— Non ! J'ai compris que, moi aussi, je m'étais rendue coupable d'un terrible méfait !

Là, Mme Dusang avait frappé à plusieurs reprises du plat de la main le dessus-de-lit, de nouveau en proie aux plus fortes émotions.

— Mère, avait tenté d'intervenir Louise, je ne pense pas que…

D'un geste, Mme Dusang avait fait taire sa fille.

— J'ai moi aussi fait des erreurs. De terribles erreurs !

— Comme celle d'avoir voulu me faire épouser un inconnu ? Vous alliez réellement m'envoyer au manoir, mère ? Au milieu de tous ces gens que vous vouliez prétendument oublier ?

Clairement contrariée par le tour qu'avait pris la conversation, Louise avait croisé les bras sur la poitrine, semblant s'attendre à tout et à son contraire.

— Il faut me comprendre. J'étais dépassée par la culpabilité !

— Quelle culpabilité ? D'envoyer votre fille au loin ?

— Non ! Pire que cela ! J'avais tué un homme !

Un vent de stupéfaction nous avait tous trois gelés sur nos sièges respectifs avant que Louise demande d'une voix tremblante :

— Qui cela, mère ? Qui avez-vous donc tué ?

— Mais de Mussey, voyons ! J'ai tué Philippe de Mussey !

35

Le bruissement de couvertures que l'on rejette, suivi du craquement léger du parquet, m'indiqua que Louise était à son tour réveillée.

— Je suis désolée, soufflai-je, lorsqu'elle fut arrivée à mon niveau. J'ai dû penser trop fort et je t'ai réveillée.

Elle secoua la tête, et ses longs cheveux blonds dansèrent autour d'elle. Elle avait toujours refusé de les natter pour la nuit mais ils restaient malgré tout soyeux, brillants et même étrangement lumineux dans une pièce pourtant sombre.

— Tu n'y es pour rien. Il m'est difficile de trouver le repos, cette nuit.

— Comment ne pas le comprendre ? Les révélations de ta mère ont été aussi nombreuses qu'étonnantes…

— C'est le moins que l'on puisse dire… Tu me fais une petite place ?

Je me poussai autant que faire se peut. Il me sembla alors être de retour à l'époque où, enfants, nous luttions ensemble contre le sommeil pour le plaisir simple de passer encore un peu de temps toutes les deux.

— À quoi pensais-tu ?

— À ta mère. J'étais en train de me souvenir de l'instant où elle a annoncé qu'elle avait tué Philippe de Mussey. Je pensais qu'elle était née avec toi mais finalement, je sais d'où tu tiens ta théâtralité…

Louise pouffa.

— Jamais je n'aurais pensé qu'elle puisse dire une chose pareille ! Elle a toujours été si raisonnable, si modérée…

— Elle l'est toujours. Au fond, elle sait que c'est faux mais une part d'elle, peut-être la plus enfouie, y croit malgré tout un peu.

— Donner sciemment le mauvais croquis à un homme n'est tout de même pas la même chose que le tuer. Elle n'est pas responsable de ce qui a suivi.

— Certes. Mais pour elle, les deux sont liés. À force de travailler sur un croquis erroné, qu'il croyait être vrai, de Mussey a perdu la tête et il est mort.

— Mais qui peut l'affirmer ?

— Sa propre sœur le disait fou.

Louise eut l'une de ses petites moues qui, je m'en doutais, ajoutaient beaucoup au charme que les hommes lui trouvaient.

— Oh ! Adèle, tu l'as toi-même dit : c'est à son argent qu'elle en voulait, non à sa santé !

— Tu as raison. Toi et moi savons de toute manière qui est la véritable coupable.

— Tu penses vraiment cela possible ?

Louise, à qui j'avais tout raconté dans les moindres détails, semblait avoir du mal à croire en la dernière confession de Paul.

— Si tel est le cas, alors elle ne s'en souvient en effet pas. Elle n'a jamais parlé de son père qu'avec beaucoup de respect et, oserais-je même dire, d'amour. Elle l'adorait et l'adore toujours.

— Que va-t-elle faire de cette poupée ?

— Je pense qu'elle voulait retrouver quelqu'un. Peut-être un homme avec lequel elle a vécu une de ces belles et douces histoires qu'elle avait évoquées une fois ?

— Et son mari ? Crois-tu qu'elle l'aurait tué également ? En lui faisant boire quelque chose ? Cette vieille femme, à la réception…

— Catherine Regard…

— Oui. Eh bien, elle semblait particulièrement virulente à son propos…

— Je crois surtout qu'elle était en colère contre les de Mussey car elle avait parfaitement compris les manigances de Paul. Elle avait voulu se rapprocher de cette famille pour profiter de leur aura, mais avait finalement découvert le vide de leur existence… Perdre son neveu, marié à une femme que l'on n'apprécie pas, a dû être difficile.

— Moi, cette Rebecca me fait peur, rien qu'à en entendre parler. Je suis bien contente de ne pas l'avoir rencontrée. Après tout, elle t'a fait boire quelque chose qui t'a rendu malade, n'est-ce pas ?

— Et à Arthur également…

Comme chaque fois que je mentionnais ce prénom, Louise se tendit. Alors qu'elle s'était laissée aller contre moi, dans ce petit fauteuil décidément bien trop petit pour nous deux, elle se redressa subitement.

— Comment vas-tu faire, à présent que ton chevalier servant n'est plus là ?

Il y avait de l'amertume dans sa voix mais je décidai de ne pas lui en tenir rigueur. Ma pauvre Louise avait eu bien trop de contrariétés ces derniers jours et, dans mon bonheur présent, je me devais d'être indulgente et patiente.

— J'ai été désolée d'apprendre tous tes déboires avec Florentin, me contentai-je alors de souffler. Nous n'avons pas encore eu l'occasion d'en discuter mais c'est injuste.

— Injuste, je ne sais pas. J'ai surtout l'impression d'avoir été bêtement naïve. Il avait beau m'assurer le contraire, au fond, je ne suis pas certaine qu'il ait seulement imaginé s'enfuir avec moi. Pour moi, c'était l'aventure de ma vie ! Pour lui, une histoire à laquelle il ne croyait pas.

— Tu devais être si triste ! J'aurais tellement voulu être auprès de toi !

— J'étais en colère mais davantage contre moi que contre lui.

Je ne pensais pas m'être une fois encore trompée, et pourtant ! C'était la pire de mes erreurs !

— Louise, tu trouveras un jour l'homme qui te convient. Je te le promets !

Elle me jeta un regard en coin puis fit une petite grimace de dépit.

— Tu n'en sais strictement rien mais je te remercie pour tes mots. Après tout, peut-être aurais-je dû me rendre à La Renardière ? Peut-être me serais-je plu dans ce manoir perdu au milieu de rien ? Comment était Paul ?

— Mmm… Changeant. Je ne suis pas vraiment certaine d'avoir compris qui il était vraiment. Je sais que ce qu'il cherchait avant tout était l'argent.

— Et l'argent, je n'en aurais pas eu à lui donner. Ne me serait resté que mon charme… Penses-tu que cela aurait été suffisant ?

Je songeai à Paul, à son badinage et à la façon qu'il avait de faire comme si tout était léger avant de disparaître pour, sans nul doute, s'adonner à ses « petites distractions » et revenir d'une tout autre humeur.

— Il t'aurait rendue folle ! Et tu serais morte d'ennui, si loin de moi !

— Pourtant, c'est bien ce qui va arriver, n'est-ce pas ? Tu vas suivre cet homme à Paris et me laisser ici, seule.

— « Cet homme », comme tu dis, n'est autre que ton demi-frère, Louise ! Ce n'est tout de même pas rien ! Celui qui est parti avec les secrets de ton père et qui va faire en sorte de leur donner la place qu'ils méritent.

Submergée par l'émotion, je le revis, quelques heures plus tôt, serrant entre ses mains les croquis qu'avait bien voulu lui confier Mme Dusang.

— C'est là toute l'œuvre de mon mari, avait-elle précisé, des trémolos dans la voix. Ceux que je n'ai pas voulu donner à Angélique, le jour de sa visite. Ceux que je n'ai pas voulu donner à Philippe lui-même, lorsqu'il est venu me trouver après la mort d'Auguste. En apprenant que les de Mussey avaient mis ma fille dehors, j'ai perdu mon sang-froid. J'ai cru... Je ne sais pas. Qu'ils avaient trouvé la poupée prétendument cachée. Il me semblait impératif de brûler le reste. Au moins, cela n'aurait pas été volé...

— Je saurai me montrer digne de la confiance que vous me faites...

Les deux avaient échangé un long regard, cherchant en l'autre le reflet de sa propre honnêteté. Pour ma part, j'avais glissé dans la main d'Arthur la carte de Catherine Regard, certaine qu'il trouverait en elle l'aide qu'elle avait promise à Louise Dusang, ce fameux soir où le champagne coulait à flots.

— Oui, je vais le rejoindre, répondis-je alors avec force à mon amie. Je vais enfin vivre la vie dont j'ai rêvé mais cela ne voudra pas pour autant dire que je vais t'oublier. Tu sais que tu es chère à mon cœur ! J'aurais pu partir avec lui tout à l'heure, mais j'ai fait le choix de rester.

— Tu es restée parce que tu veux parler à ta mère !

— Je suis restée parce que je ne voulais pas te laisser seule mais également parce qu'une conversation très importante m'attend.

— Elle sera contre.

— Contre Arthur, tu veux dire ?

— Non, contre ton corset, ton projet de travailler à la capitale, ton... Oh ! Adèle ! Est-ce que tu crois vraiment que tout cela est fait pour toi ?

Il y avait de l'inquiétude dans sa voix, mais cette crainte lui appartenait. Elle parlait davantage de ses propres incertitudes que de ce que j'étais et de ma capacité à réussir ou non dans le domaine qui faisait battre mon cœur.

Arthur était parti sans moi mais il ne s'était pas éloigné les mains vides. Quoi qu'elle en dise et quel que soit l'avis de maman, mon corset serait présenté dès le lendemain dans la Galerie des textiles. Et à cette idée, mon cœur explosait d'allégresse.

Maman n'avait-elle pas toujours dit qu'elle ne voulait que mon bonheur ? Je n'avais rien à craindre d'elle, juste à espérer qu'elle rentre rapidement à la maison.

Et comme pour me donner raison, un halo jaune apparut à ce moment au loin, à travers les branches nues des arbres. Je connaissais assez la topographie pour savoir que cette lumière ne pouvait provenir que d'un endroit : le salon de ma propre maison.

Maman était rentrée.

36

Bien que l'envie de courir jusqu'à elle soit forte, j'avais décidé de laisser passer une nuit avant de me présenter à maman. Louise et moi ne nous étions endormies qu'au lever du jour, ayant décidé de troquer quelques heures de sommeil contre l'une de ces conversations qui, je le sais, resteraient longtemps gravées en moi. Pourtant, si aux heures les plus sombres, ce partage m'avait semblé être le plus naturel qui soit, ma fatigue, terrible, n'allait pas sans quelques regrets au moment où la mère de Louise vint nous trouver.

— Je ne comprends pas ce que vous faites encore au lit, toutes les deux ! Surtout en une telle journée ! Louise, vous devriez aller vous refaire une beauté car vous êtes pâle et échevelée. Quant à vous, Adèle, il serait de meilleur ton de rentrer chez vous. Aux premières lueurs du jour, j'ai fait porter un billet à votre mère ! Elle vous attend !

Son ton était sec, son chignon, aussi serré qu'à l'accoutumée et ses doigts se croisaient et se décroisaient nerveusement au niveau de la poitrine, ainsi qu'ils l'avaient toujours fait. Malgré la rudesse de son intervention, j'échangeai un regard amusé et soulagé avec Louise. Il n'y avait rien de plus agréable que de voir une femme se remettre de ses émotions et redevenir elle-même, si désagréable puisse-t-elle être.

— Cela étant dit, ajouta-t-elle, sans se départir pour autant de sa mine pincée, je vous remercie pour ce que vous avez fait. Je condamne votre conduite mais non ses résultats. Nulle autre que vous, je crois, ne pouvait ramener Arthur parmi nous. J'imagine qu'une force supérieure voulait que vous vous rendiez au manoir, et non ma fille. Si les choses devaient être ainsi, je ne peux totalement vous blâmer même si, évidemment, cela reste entre nous !

Sans se préoccuper des mises en garde maternelles, Louise m'accompagna jusqu'au bout de sa propriété, autant pour m'apporter le soutien dont j'avais besoin que pour s'assurer que j'arrivais à bon port.

— J'espère que tu plaisantes ! m'amusai-je, lorsqu'elle me l'avoua. Je ne suis pas partie assez longtemps pour oublier un chemin que j'ai parcouru toute ma vie durant !

— Je le sais bien. Mais il s'est passé tant de choses et en si peu de temps !

— Rien qui m'empêche de savoir rentrer chez moi, en tout cas. Ma maison est ici et elle le sera toujours !

— En es-tu si certaine ?

Dans ses yeux, je lus la peur dont elle m'avait déjà fait part, la veille. Celle de me perdre, celle d'être de nouveau seule.

— Je ne t'abandonnerai pas, Louise !

— Et si ta mère t'envoie au couvent ?

— Quand bien même, cela ne changerait rien ! Non, rien ne pourra m'empêcher d'arriver à mes fins. Ni mère supérieure ni qui que ce soit d'autre, d'ailleurs ! Et certainement pas ma mère ! N'est-elle pas la seule personne qui soit encore plus petite que moi ? Comment pourrait-elle m'effrayer ?

Malgré ces belles paroles, je n'en menais pas large lorsque, une fois seule, je poussai finalement la porte de la maison familiale.

Il faisait toujours aussi froid, en cette nouvelle journée d'octobre mais, très tôt ce matin, un vent violent avait vigoureusement chassé les nuages. En conséquence, la lumière était belle, presque printanière.

Autour de moi, rien n'avait changé, bien évidemment.

Dans notre petit hall, il y avait toujours cette douce odeur de cire ; le vase de fleurs séchées avait toujours les stigmates d'une chute qu'il devait à mes jeux enfantins, et les murs étaient toujours d'un beau bleu pâle. J'aurais pu me sentir bien, à ma place et heureuse si maman, le visage grave, n'était pas sortie vivement du salon, alors que je refermais à peine la porte.

Sa mine, fermée, gagna encore en dureté lorsque nos regards se croisèrent.

— Ah. Il me semblait bien avoir entendu la porte. D'où viens-tu ? Puis-je savoir à quoi me vaut ce plaisir ? Tu cherches un lit entre deux vagabondages ?

— Maman, je... J'étais chez Louise, tu le sais bien !

— Et avant cela ?

— Il faut que je t'explique, je...

— Non !

De son index, dressé dans ma direction, elle m'intima le silence.

— Je ne veux pas écouter toutes tes petites justifications. Non mais vraiment, Adèle ! Que t'est-il passé par la tête ? Toi, si sage. Toi, si agréable. Jamais je ne t'aurais cru capable d'un tel mensonge !

Elle ferma les yeux quelques instants et lorsqu'elle les rouvrit, elle me parut alors beaucoup plus attristée qu'en colère, ce qui, au fond, me rassurait un peu.

— Je ne t'aurais pas menti si j'avais pu faire autrement, osai-je lui avouer.

— Et est-ce que ce n'est pas un peu facile comme excuse ?

— Pouvons-nous aller nous asseoir près du feu ? Je... je me sens si fatiguée.

Maman haussa les épaules comme si cela ne lui importait guère mais je vis, dans le coup d'œil qu'elle me lança, qu'elle était inquiète et perturbée. Mille et une questions devaient danser dans son esprit. Dans quelles conditions avais-je dormi au cours des derniers jours ? Qu'avais-je mangé ? Est-ce qu'on m'avait bien traitée ? Et mon linge ? Devait-il être lavé ? N'étais-je pas de nouveau en train de couver l'une de ces maladies dont on ne se relève pas deux fois ?

Pourtant, une fois que nous fûmes installées, c'est de sa voisine qu'elle me parla en premier lieu.

— J'ai eu le temps de penser, ces derniers jours. Je n'aime guère cela… Je préfère passer du temps au jardin, m'occuper de mes plantes mais, en une telle saison, ces plaisirs me sont interdits alors… J'ai pensé. Oui, j'ai pensé et je crois, même si cela n'excuse en rien ton attitude, que j'aurais dû réagir différemment le jour où tu es revenue de chez Louise, totalement bouleversée. En apprenant que cette histoire de mariage était revenue au goût du jour, j'aurais dû me douter que quelque chose de mauvais allait en ressortir…

— Je suis partie pour aider une amie. Et pour fuir François.

— Je vois.

— Mais tout n'était pas mauvais, dans cette histoire, maman ! Grâce à moi, en quelque sorte, la mère de Louise va enfin obtenir réparation !

— Comment cela ?

— Que sais-tu de l'histoire ?

— Je sais que le père de Louise était un véritable artiste, mais que son étrangeté lui a souvent porté préjudice. Et je me suis toujours doutée que la mère de Louise portait un lourd secret.

— Veux-tu davantage de détails ?

Maman semblant véritablement intéressée, j'osai me lancer dans un long récit, une histoire où il était question de poupée, de grenier abandonné mais également de longs couloirs, de renards au mur, et de froid. De neige. Je ne poussai pas mon désir de vérité jusqu'au bout, passant sur mes moments privilégiés avec Arthur mais également sur mon malaise.

— Alors ces histoires étaient bien vraies ? Auguste avait eu un enfant avant son mariage… Il en parlait parfois, avant d'affirmer le contraire, mais nul n'y faisait véritablement attention. C'était un homme confus. Constamment entre rêve et réalité…

— Il a dû se sentir souvent bien seul…

— Je n'en suis même pas certaine. Ces personnes-là ont généralement tant de choses en tête qu'elles n'ont pas le temps de regarder autour d'elles.

— Parle-moi de sa mort. Comment l'as-tu apprise ?

— Par une autre voisine. Mais tu sais, ce n'était pas vraiment une surprise. On le savait malade, très malade, même. Ce jour-là, je me suis rendue jusque chez eux afin de proposer mon aide à la mère de Louise. La savoir seule, avec une petite fille en bas âge, moi qui vivais seule, avec une petite fille toute aussi jeune... Tu peux imaginer la peine que j'avais pour elles !

— Mais elle ne t'a pas ouvert n'est-ce pas ? devinai-je.

— En effet. Je ne l'ai revue que bien plus tard. Elle m'avait alors semblé avoir retrouvé tous ses sens, bien qu'elle m'ait parlé d'un homme venu avec une poupée ou alors d'un homme venu pour une poupée...

— Et ensuite ?

— Ensuite, rien.

Un silence ponctua sa réplique et l'horloge du salon sonna dix heures.

Quittant ma mère et le cadre familier auquel elle était associée, mes pensées s'envolèrent vers Arthur. Désormais, il devait être de retour chez lui, armé des croquis de son père et de tous les secrets qui allaient de pair. Dans moins de trois semaines, l'Exposition universelle fermerait ses portes. Aurait-il terminé à temps ? Quant à ma propre création ? Quel accueil lui serait-il fait ?

— Je n'arrive pas à croire que tu étais chez ces gens, reprit maman, les sourcils de nouveau froncés. Là, au milieu d'inconnus qui pensaient que tu étais une autre, à... à jouer la comédie ! Quelles idées étranges et folles te sont donc passées par la tête ?

L'instant que j'avais pris soin de repousser s'imposa à moi de toute sa force. Parler de mon séjour à La Renardière comme d'une aventure, certes interdite, mais anecdotique était une chose, reconnaître pleinement les raisons qui m'avaient poussée à m'y rendre sans son accord en était une autre.

— Maman, je crois que je ne t'ai pas tout dit.

— Vraiment ? Y a-t-il une raison supplémentaire au mensonge terrible dont tu t'es rendue coupable ? Sais-tu que je suis allée jusque chez ta cousine pour espérer avoir de tes nouvelles ?

— Comment va-t-elle ?

— Très bien mais ne change pas de sujet, je te prie ! Dis-moi ce que tu as à me dire, qu'on en finisse une bonne fois pour toutes !

Les yeux dans les yeux de ma mère, je parlai enfin. De mes rêves de couture, de mes réflexions, des essayages, de ma dernière création en date et de mon désir fou de la présenter à des professionnels parisiens.

Immobile et silencieuse, en face de moi, maman sembla m'écouter avec une grande attention ce qui, je l'avoue, n'était pas sans me donner beaucoup d'espoir sur ce qu'elle pourrait dire de mes beaux projets. Encore bercée par les paroles d'Arthur, j'étais certaine de recevoir son soutien, son amour et ses encouragements et tombai des nues lorsqu'elle me demanda, apparemment décontenancée :

— Je n'entends rien à toutes ces petites histoires de couture ! Ce n'est pas l'important ! Tu as dit, tout à l'heure, vouloir fuir François. Pourquoi cela ? N'est-il pas assez bien pour toi ?

— François sera certainement un très bon mari, pour une autre… Pas pour moi.

— Adèle, tu es charmante, mais nous sommes pauvres et nous vivons à l'écart du monde. Tu ne peux te montrer aussi difficile… Sinon, tu ne trouveras personne pour partager ta vie !

— Je ne suis pas difficile, maman. Et d'ailleurs, j'ai déjà trouvé !

— Et qui cela, je te prie ? Pas ce Paul de Mussey, j'espère !

— Arthur.

Sa réaction ne se fit pas attendre.

— Cet homme t'a menti par deux fois et tu songes à lui lier ton existence ? Ma parole ! Tu as perdu tout sens commun ! Tu sais ce que tu mériterais, Adèle ?

— Je n'irai pas au couvent !

Cette fois, ce fut à maman de s'étouffer avec sa boisson chaude.

Elle reposa sa tasse si vivement qu'elle en éclaboussa copieusement l'assiette de sablés qu'elle avait également fait apporter.

— Mais que racontes-tu, encore ? Le couvent ? Mais quelle idée ! Non, ce que tu mérites, c'est d'aller dans ta chambre !

— Je ne suis plus une enfant !

— Peut-être, mais tu restes ma fille !

Nous nous affrontâmes un moment du regard puis, comprenant que maman ne céderait pas ni ne reviendrait sur son ordre, je quittai la pièce avec autant de dignité que possible ce qui, au vu de mon état d'alors, était bien peu de chose.

37

Rien de ce qui se passait à présent ne semblait se dérouler comme je l'avais imaginé. Je n'étais ni à Paris ni avec Arthur et même pas avec Louise, en train de parler de choses agréables.

Deux jours après mon retour, bravant les regards noirs de maman qui, par punition, voulait me soustraire au monde et à mes semblables, mon amie était venue m'annoncer son départ imminent pour la ville de Lyon.

— Maman souhaite se tenir à l'écart du remue-ménage que la poupée d'Arthur va faire à Paris et en profite pour aller rendre visite à sa sœur, qu'elle n'a pas vue depuis des années, m'avait-elle annoncé d'un ton qu'elle voulait certainement plein de retenue.

Je la connaissais pourtant assez bien pour voir, derrière son attitude mesurée, le reflet d'une impatience qu'elle tentait de garder secrète pour ne pas m'attrister davantage. Florentin était oublié et désormais, toute son attention retenue par ses projets de mariage.

— Alors, c'est toi qui m'abandonnes, on dirait bien...

— Mais non, je ne t'abandonne pas, voyons ! Tu es avec ta mère et, bientôt, Arthur reviendra. Il a promis de nous tenir au courant des dernières nouvelles, maman et moi, et j'ai hâte de savoir comment il s'en est sorti. Qui sait ? Peut-être est-ce enfin le début d'une nouvelle existence, pour moi aussi ?

Puis, elle partit et les jours commencèrent à défiler.

Après une première lettre destinée à me rassurer quant à son arrivée à la capitale, Arthur ne prit plus la peine de m'écrire. Il m'y avait préparée mais je n'en restai pas moins meurtrie par cette toute nouvelle solitude. Sans lui, sans Louise, ne me restait plus que ma mère. Notre relation, jadis au beau fixe, n'éveillait plus en moi qu'une terrible culpabilité.

Peu à peu, je perdis le sommeil, et même le goût de manger. Maman, qui pouvait avoir un mauvais caractère, n'était pas une femme cruelle pour autant. En voyant que mes assiettes restaient pleines et que mon teint, déjà pâle, devenait plus translucide encore, elle commença à s'inquiéter.

Si elle n'eut tout d'abord aucune parole consolatrice, son ton se fit un peu moins dur. Bientôt, je vis apparaître mes plats préférés à notre table et, un beau matin, me vis proposer une promenade sur la plage.

— Habille-toi bien. Il fait froid.

— Je croyais que toi vivante, je ne mettrais plus un pied au-delà du jardin.

— Eh bien, il faut croire que j'ai changé d'avis mais hâte-toi de te préparer avant que je revienne sur mes paroles !

Fâchée mais pas folle pour autant, je me dépêchai de m'équiper et me glissai à sa suite sur le perron de notre maison.

En passant devant le portail qui menait à celle de Louise, maman poussa un long soupir. Je commençai par me crisper, certaine qu'elle allait de nouveau me parler de François avant que je prenne conscience de la réalité : maman se languissait tout simplement de mon amie et de sa mère !

— Mais pourquoi cela ? Tu n'allais jamais leur rendre visite, je ne comprends pas en quoi leur absence peut te toucher d'une quelconque manière...

— Eh bien, c'est pourtant le cas. Il arrive qu'on ne se rende pas toujours compte de l'importance qu'ont les gens. Quand Louise et sa mère étaient présentes, je n'avais aucun besoin d'aller leur rendre visite. Savoir qu'elles étaient là me suffisait. Mais à présent qu'elles sont parties, elles me manquent.

— Elles reviendront.

— Je ne sais pas. Mme Dusang m'a écrit et elle semble tout particulièrement se plaire à Lyon.

— C'est ce que je crois aussi. Du moins, j'ai l'impression que Louise est de nouveau heureuse, là-bas.

Toujours très enthousiastes, les quelques lettres que m'avait écrites mon amie narraient son quotidien auprès de ses cousins, sa découverte des ruelles médiévales, la promenade en bateau qu'elle avait faite sur le Rhône et sa stupéfaction en découvrant les ruines du théâtre antique qui trônait en haut de la ville, sur la colline de Fourvière. « Il faudra que tu viennes m'y rendre visite car tout, ici, est magnifique ! » m'avait-elle annoncé à plusieurs reprises, comme s'il était question qu'elle y pose ses valises pour de bon.

Bien qu'elle n'en parle qu'à demi-mot – mais bien assez souvent pour que l'ambiguïté ne soit pas de mise –, je devinai sans trop de mal qu'un certain Hippolyte, meilleur ami de son cousin Louis, n'était pas étranger à un engouement soudain pour cette ville et ses merveilles architecturales.

Je prenais rarement la plume en retour, n'ayant que peu à raconter sur mon quotidien bien morne. Ma solitude, terrible, me broyait le cœur et, à l'heure où d'autres dorment, je m'abîmais dans des lamentations sans fin.

Souvent, mon esprit revenait à cette nuit, dans cette auberge perdue au bord d'une route dont je ne connaissais même pas le nom. Je revoyais notre chambre, ce lit, ces bras refermés autour de moi et ces couvertures si douces, dont j'aurais voulu ne jamais sortir. Oh ! si seulement cela avait été le cas ! Si seulement Arthur m'avait écoutée ! S'il n'avait pas été si pressé de courir vers son destin ! Nous serions encore l'un avec l'autre, l'un contre l'autre. J'entendrais encore battre son cœur contre mon oreille, mes longs cheveux noirs coulant autour de nous comme une mer sombre et sa peau, si chaude sous mes doigts...

— Je sais que tu es triste, me souffla enfin maman qui, sans doute, m'avait observée en douce alors que j'avançais sans beaucoup d'enthousiasme le long du ruban de sable.

Je ne pris pas la peine de répondre, me contentant de hausser les épaules comme si, au fond, sa remarque ne me concernait pas.

En réalité, je n'étais pas triste. J'étais seulement frustrée et de méchante humeur. Et puis j'avais froid et, pour une fois, la vue de l'eau grise n'éveillait rien d'autre en moi qu'une angoisse terrible. Allais-je être condamnée à vivre ici pour toujours ou pouvais-je espérer autre chose ? Que n'aurais-je donné pour voir, à la place, couler l'eau de la Seine ! Que n'aurais-je donné pour me glisser à mon tour parmi la foule de curieux qui se pressaient en ce moment même sur le Champ-de-Mars ? Tout !

Mais je n'avais rien ou, en tout cas, rien qui me permette d'arriver à mes fins en cette morne journée.

— Est-ce que tu as des nouvelles de... de ce corset ? me demanda alors maman d'une voix très basse comme si le sujet valait mille précautions et que les oreilles indiscrètes se comptaient par dizaines.

Sur cette plage, en cette fin du mois d'octobre, il n'y avait pourtant nulle âme qui vive et c'est d'une voix forte que je me permis de répondre.

— Je croyais que tu ne t'intéressais pas à mes « petites histoires de couture ».

— Oh ! Adèle... Ne commence pas ! Et réponds à ma question, je te prie !

— Si tu souhaites vraiment le savoir, sache que je n'en ai encore aucune. Mais puisque tu me veux femme de boulanger, à quoi cela pourrait-il me servir, au fond ?

— En effet. Tu ne peux décemment aller là-bas, et t'engager seule dans un monde auquel, quoi que tu dises, tu ne connais rien.

Nous continuâmes à marcher pendant encore quelques minutes. Prisonnière de mes sombres pensées, je souffrais le martyre en silence. Maman n'encouragerait pas mes rêves, elle ne m'apporterait aucun soutien. Cette vie dont je rêvais, je ne pourrais la vivre qu'en lui désobéissant de nouveau.

Je songeais aux dispositions à prendre avant de m'éclipser quand elle reprit pourtant, les yeux dans le vague, comme captivée par le décor.

— Quand je me suis installée ici, tu n'avais que six mois. J'étais seule, malheureuse et je n'avais foi en rien. J'ai cru que tout était terminé mais, au fond, je vivais tout le contraire sans même m'en rendre compte. Tout commençait. Avec le temps, je me suis attachée à cette maison, à ce village. J'ai tissé des liens avec les habitants. Tout le monde me connaît et je connais tout le monde. C'est ce qui me plaît. Je ne vendrai pas la maison ; j'éprouve pourtant aujourd'hui l'envie de voir autre chose, de découvrir d'autres rues, d'autres personnes. Assister au départ de Mme Dusang m'a donné des envies de voyage. Est-ce que tu comprends ce que je veux dire, ma fille ?

Interdite, je secouai la tête alors qu'elle tournait un regard intense vers moi.

— Tu veux aller à Paris ? Très bien. Tu iras mais tu n'iras pas seule ! Je viens avec toi ! Tu as besoin de quelqu'un pour guider tes pas !

— Oh ! maman ! Mais... tu n'y connais rien !

— J'ai l'expérience de la vie ! C'est déjà beaucoup.

— Mais...

— Il y a cet homme, bien vrai ? Cet Arthur Chevalier ? J'ai écrit à la mère de Louise et elle m'en a dit le plus grand bien. J'ai reçu sa réponse ce matin.

Je plongeai mon visage dans mes paumes ouvertes, gémissant.

— Oh ! maman... Tu as fait cela ? Mais de quoi vais-je avoir l'air ?

— C'était mon devoir de mère. J'ai foi en le jugement d'Adélaïde mais j'ai quelques doutes sur l'activité de ce jeune homme... Inventeur ? Ce n'est pas un métier !

— Bien sûr que si ! Je te jure que...

Elle envoya valser mes arguments d'un geste de la main.

— Ne me noie pas sous les informations, je te prie ! J'ai déjà suffisamment de choses en tête. De toute manière, nul ne se marie en une semaine, n'est-ce pas ? Si tel est ton souhait, les choses devront être bien faites et elles seront faites à ma manière ! Je ne donnerai pas ma fille au premier venu, en un claquement de doigts ! Non, il va devoir te mériter ! Demande-lui de venir nous chercher dès que cela lui sera possible. Nous avons besoin d'un homme pour nous trouver une pension correcte en ville mais également pour nous amener à cette exposition… J'ose espérer qu'il se montrera vif et obligeant !

— François aurait-il été soumis aux mêmes exigences ?

Le regard qu'elle me lança me coupa l'envie de poursuivre dans cette voie et je me tus, heureuse de ce revirement inespéré de sa part.

Au retour, je découvris une enveloppe qui m'était quant à elle adressée. J'y espérai l'écriture d'Arthur et mon sang ne fit qu'un tour lorsque j'en découvris l'expéditeur.

Ce courrier venait ni plus ni moins de La Renardière… Mes mains tremblèrent mais j'usai de tout le courage possible pour l'ouvrir, me plongeant sans réfléchir dans une lecture à laquelle, décidément, je n'aurais pu m'attendre…

Ma très chère Louise,

… ou devrais-je dire, ma très chère Adèle ?

Il ne m'aura pas fallu chercher longtemps pour savoir où adresser ma lettre. Je savais où écrire. Quand les mystérieuses invitées ne sont pas si mystérieuses que cela, il est aisé de les retrouver. Vous aviez laissé derrière vous suffisamment de petits cailloux pour que je retrouve votre chemin.

Le jour de votre départ, alors que votre voiture s'éloignait dans l'allée, j'avais déjà tous les mots en tête. Je savais ce que j'allais vous écrire avant même de prendre ma plume. N'y voyez pas une quelconque sensibilité littéraire. Je n'ai jamais été une femme de mots, et encore moins une amatrice de longues relations épistolaires.

Non, mes lettres à moi ont rarement été écrites avec le plaisir de me raconter. Elles n'en avaient pas moins toutes une raison d'être : transmettre une information précise à leur destinataire.

Celle-ci, je crois, n'échappera pas à la règle. Car, ma chère Adèle, je vous écris avant tout pour vous remercier. Vous êtes partie si vite la dernière fois, et sans même prendre la peine de dire au revoir ! Quel dommage ! Nous aurions pourtant eu tant à nous dire !

Dans un premier temps, j'aurais voulu pouvoir vous faire part de mon étonnement face à une audace telle que la vôtre. Sans parler de mon admiration ! Comment une jeune femme, venue de nulle part, s'était-elle mis en tête de se faire passer pour une autre ? Et pour quelles raisons ? Voyez-vous, je me suis longuement interrogée sur cette question et je m'interrogerai certainement encore pendant longtemps.

Nous n'aurons malheureusement pas l'occasion d'en discuter ensemble de vive voix. Le jour où cette lettre vous parviendra enfin, je serai loin, sur les mers. Je pars. Je quitte mon manoir, et même le pays. On dit que la ville de New York est une terre d'accueil pour qui souhaite la rejoindre et je le souhaite plus que tout. J'ai là-bas quelques personnes qui, je le crois, se feront un plaisir de me recevoir. Elles seront d'autant plus heureuses de me voir arriver que je ne viens pas à elles les mains vides. Et c'est justement pour cela que je tenais à vous remercier.

Grâce à vous, j'ai enfin retrouvé le tout dernier croquis de M. Dusang, une création inédite dont nul, si ce n'est mon mari, n'avait entendu parler. Dans quatre ans, l'exposition de Chicago ouvrira ses portes. Puisse-t-elle enfin m'offrir le fruit de mon dur labeur... Ne vous l'ai-je pas dit, ce matin où nous nous sommes rencontrées ? Ce manoir, j'avais eu l'occasion d'en explorer le moindre recoin et, jusqu'à votre arrivée, avais fait fausse route.

Submergée par les dettes depuis que mon gendre, ce pauvre Édouard Regard, était passé de vie à trépas, coupable d'une curiosité dévorante, je me devais de trouver une solution avant d'avoir à rendre des comptes. Moi qui n'avais pu compter sur ma fille, je ne trouvais aucun soutien en mon fils, ses dettes égalant les miennes, si elles ne les dépassaient pas.

Mon désespoir m'a finalement poussée à écrire à ce journal parisien, L'Aurore, en début d'année. Je n'avais qu'une volonté : pousser Mme Dusang à se manifester, réveiller les partisans de son mari, alerter la famille de feu mon époux qui jadis avait déjà tenté de me dépouiller, en somme : voir qui réagirait et comment !

Quelques mois après, vous étiez là et le cousin de mes enfants également. Tous réunis à La Renardière ! Sous mon toit ! Mais sans moi !

Tout comme mes enfants, vous ignoriez ma présence et cela fut, pour moi, le meilleur moyen de tous vous observer. Et quelle déception, vraiment !

Je ne prendrai pas la peine d'évoquer les occupations détestables de Paul, les petites manies de Rebecca ou cette habitude étrange qu'avait Ernest de courir par les couloirs, à la nuit tombée. Quant à vous, vous m'avez menée de fausse piste en fausse piste. Vous sembliez incapable de tenir en place et, pourtant, vous exploriez le manoir sans aucune méthode ni aucun résultat ! De votre chambre au salon, en passant par la bibliothèque, vous n'avez fait qu'errer, explorer ! Sans parler de la serre ! Mais vous n'avez pas mis un pied dans le salon bleu, vers lequel pourtant j'avais tenté de vous diriger ! Celui que je croyais être votre père y avait passé tant de temps lors de son seul et unique séjour !

Puis, il y a eu le bassin. Celui où vous vous êtes rendue par deux fois. Ce bassin où jadis trônait une petite réplique de ma fille, Rebecca. Enfant, elle aimait tant les poissons qui y nageaient ! Le jour où elle a failli s'y noyer, mon mari, de rage, en a brisé la statuette et a vidé le bassin de son eau. Sans doute l'aurait-il fait détruire s'il n'avait pas oublié tout bonnement son existence. Tout comme cela fut mon cas, jusqu'à votre visite. Votre intérêt a éveillé le mien. Et c'est évidemment là, sous la petite statue, que j'ai finalement trouvé une trappe. Sous la trappe attendait un coffret scellé. Et dans le coffret dormaient tous les documents que je cherchais depuis près de vingt ans.

Alors que tous cherchaient la poupée, j'avais trouvé le véritable trésor, caché à La Renardière depuis si longtemps que j'osai à peine effleurer les feuillets du bout des doigts, de peur qu'ils ne tombent en poussière à leur contact.

On dit que dans toutes les légendes il y a une part de vérité. C'est ici que se termine cette histoire de poupée. Et là-bas que se poursuit la mienne.

Même si nos chemins ne se croiseront plus jamais, Adèle, je resterai pour toujours votre obligée et vous souhaite le bonheur pour les années à venir.

Angélique de Mussey

Épilogue

Le jour du départ, figée dans notre salon, un peu émue, j'éprouvai le plus grand mal à faire le point sur mes pensées. Nos plus gros bagages avaient été emportés la veille et nous attendaient déjà dans la chambre qu'Arthur nous avait louée, à deux pas du Champ-de-Mars. Nous n'avions plus que le strict nécessaire avec nous et, à l'exception de ceux de la pièce où je me tenais, tous les volets de la maison avaient été fermés sur l'automne.

Il y avait de la tristesse dans l'air, de celle qui naît lorsque l'on quitte des lieux aimés, mais également de l'espoir et beaucoup d'impatience.

Maman, qui n'avait jamais voyagé, trépignait et passait de pièce en pièce, persuadée d'avoir oublié quelque chose d'important. Pour ma part, je n'avais qu'une hâte : qu'Arthur arrive enfin ! Il me semblait avoir été séparée de lui pendant une année au moins, mais c'étaient ces dernières minutes qui me paraissaient les plus longues !

Catastrophée par ce que j'y avais appris, je n'avais pu résister à l'envie de lui écrire après avoir reçu la lettre d'Angélique de Mussey. Si elle m'avait offert un tout nouvel éclairage sur certains points – la mort d'Édouard, les ressentiments de Mme Regard ou l'origine du mystère qui planait sur La Renardière –, l'impression qu'elle m'avait laissée avait été des plus désagréables.

En retour, Arthur m'avait opposé son éternelle confiance,

assurant que si la veuve de Mussey ne mentait pas, elle se trompait certainement sur la portée de ces documents. Dans le cas où ils seraient réels et exploitables, cela ne lui laissait pas moins de quatre années pour faire de sa propre poupée un succès. L'aide des Regard, le soutien de la mère de Louise et la foi en son propre talent suffisaient à lui donner des ailes.

J'avais lu et relu ces mots, tentant de m'en imprégner pour, à mon tour, mieux les ressentir. Le pouvoir qu'ils avaient sur moi m'avait permis, un temps, de faire taire mes craintes mais ils devinrent bien peu de chose lorsque je compris que la voiture qui venait de tourner au coin était la sienne et que, enfin, il arrivait !

Sans doute maman eut-elle un instant d'incompréhension en me voyant m'élancer au-dehors et courir jusqu'à l'entrée de notre jardin. Elle ne connaissait pas Arthur et n'avait pas l'ombre d'une idée de ce que je pouvais éprouver pour lui. En me voyant me jeter au cou de celui qui en descendit alors que les roues tournaient encore, elle n'eut bientôt plus beaucoup de doute sur l'amour fou qu'il m'inspirait. Ni sur celui qu'il m'offrait en retour.

Je percutai Arthur avec la force d'un boulet de canon. Me retrouver dans ses bras était à la fois doux et terrible car cette sensation, si agréable soit-elle, ne me faisait sentir que plus durement la douleur de ces jours qui s'étaient écoulés sans lui.

— Tu es venu ! murmurai-je à bout de souffle, une fois déposée à terre. Enfin !

— N'avions-nous pas rendez-vous ?

— Si ! Mais avec toi, tous les doutes sont permis !

— Je ne vois pas du tout ce que tu veux dire par là. Quand je donne ma parole, je la tiens ! Mais dis-moi, qui est donc cette charmante personne derrière toi ? Serait-ce...

Tout en attrapant ma main, il se dirigea finalement vers maman qui était restée quelques pas en arrière. Après s'être incliné très bas devant elle, lui donnant au passage l'impression d'être une altesse royale, il s'adressa à elle avec la plus grande courtoisie.

— Madame... Enchanté. Votre fille m'a beaucoup parlé de

vous et vous êtes à la hauteur de toutes les belles choses qu'elle m'a racontées à votre sujet !

Je lui jetai un regard en coin mais m'inquiétai encore davantage de la réaction de maman. Dans l'état dans lequel elle se trouvait, elle pouvait aussi bien lui rendre son salut que lui répondre avec un agacement évident.

— Je vous remercie d'être venu nous chercher, finit-elle par répondre, non sans l'avoir gratifié d'un sourire qu'au fond je lui voyais rarement et qui prouvait qu'elle était sous son charme.

— Le plaisir est pour moi ! Nous avons beaucoup à nous dire mais je crois que nous avons tout le temps pour cela. Il nous faut parler ensemble de l'avenir d'Adèle, tout comme du nôtre, à tous les trois… Que diriez-vous d'en parler une fois arrivés à Paris ? Je connais un restaurant très agréable et tout à fait propice à ce genre de conversation.

Je fermai les yeux, certaine que maman, ayant recouvré ses esprits, allait lui faire part de sa vision des choses – quelque peu différente, au demeurant – mais, stupéfaite, je l'entendis répondre qu'elle serait absolument ravie de parler avec lui de tout ce qu'il souhaiterait.

Tentant de ramener son attention sur moi, j'osai enfin lui demander :

— Arthur, tu ne m'as pas encore parlé de mon corset… Dois-je comprendre qu'il est passé absolument inaperçu ?

Mes mains tremblaient un peu lorsqu'il les prit dans les siennes. Dans son regard, je crus lire tout et son contraire. L'espérance, tout comme la déception, semblaient être à portée de main sans se décider à prendre le pas ou non sur l'autre.

— Comment aurait-il pu passer inaperçu, tant il est exceptionnel ? Beaucoup de personnes souhaitent te rencontrer, Adèle, et c'est l'une des raisons pour lesquelles nous devons reprendre la voiture au plus vite.

— Et…

— La poupée ?

— Oui, qu'en est-il ? renchérit maman qui, d'un baiser sonore sur ma joue, m'avait déjà félicitée pour ma propre réussite.

Arthur nous regarda l'une et l'autre avec une grande solennité et répondit :

— Elle est exposée à la Galerie des jouets depuis hier matin et, d'après ce que j'ai su, elle a déjà fait grand bruit. Il faudra passer la voir…

— Nous commencerons par cela !

— Mais quelle bonne nouvelle, Arthur ! Nous avons réussi !

Faisant fi de maman et de son regard, je ne pus m'empêcher de me jeter de nouveau dans ses bras.

— Comment te remercier, Adèle ? me demanda-t-il enfin, après un baiser dont notre spectatrice privilégiée avait préféré se détourner pudiquement.

Le nez levé vers lui, je me noyais dans ses yeux, quelque part encore un peu sonnée en pensant à la vague de chance sous laquelle j'avais plongé le jour de mon départ pour La Renardière.

— Pourquoi le faire ? Je n'y suis pour rien ! n'en répliquai-je pas moins.

— Eh bien, je pense exactement le contraire… Tu as fait beaucoup, plus encore que ce que tu crois ! Te rends-tu seulement compte de tout ce que nous avons accompli en si peu de temps ? Et ce n'est rien encore à côté de tout ce qui nous attend ! Est-ce que cela ne valait pas la peine de contrarier quelques personnes et d'outrepasser quelques règles ?

— J'en suis plus que jamais persuadée.

Il me rendit mon sourire et, me tendant la main pour faciliter ma montée en voiture, déclara pompeusement :

— Dans ce cas, si Mlle Adèle Lamour veut bien s'asseoir… Car c'est elle et nulle autre que l'on attend à Paris !

Note de fin

Mes personnages d'Auguste Dusang et Philippe de Mussey sont en partie inspirés de la vie de M. Alexandre Nicolas Théroude, qui fut certainement l'un des plus brillants fabricants d'automates. Tout comme M. de Mussey, il était marchand de jouets en gros et rêvait de créer ses propres jouets, ce qu'il a fait, pour sa part, avec brio. Tout comme M. Dusang, il est l'un des premiers à avoir su cacher le mécanisme dans le corps de l'automate, rendant l'expérience d'autant plus stupéfiante pour le public du XIXe siècle.

Quant à la poupée parlante, elle m'a été inspirée par une création d'Abbot Mical qui, en 1780, a créé deux têtes placées sur un socle. Ces dernières, grâce à un filet d'air traversant des cordes vocales artificielles, pouvaient converser. Ces sons, bien qu'imparfaits, durent en fasciner plus d'un.

Mon personnage d'Adèle est quant à lui très largement inspiré par l'ouvrière corsetière Herminie Cadolle, qui présenta son invention, le « corselet-gorge », lors de l'Exposition universelle de 1889. Grâce à un modèle baptisé « Bien-Être », elle entendait libérer les femmes du corset. Cette invention, féministe s'il en est, accompagne une lente évolution des mœurs d'alors. Les mentalités ont évolué lentement mais la tendance était à l'émancipation féminine. Adèle n'a cependant pas les mêmes préoccupations politiques qu'Herminie, communarde convaincue.